Robert B. Thiele
Peter Orzechowski

Der Staatsstreich

Ein politisch unkorrekter Roman

Die Personen, Handlungen und Handlungsorte dieses Romans sowie die in ihm verwendeten Bezeichnungen sind - abgesehen von geographischen Bezeichnungen und berühmten Marken - frei erfunden. Etwaige Ähnlichkeiten mit tatsächlich lebenden oder verstorbenen natürlichen oder juristischen Personen, mit Ereignissen, Handlungsorten oder sonstigen Bezeichnungen sind rein zufällig.

Impressum

Der Staatsstreich
Ein politisch unkorrekter Roman

1. Auflage 2016

Anderwelt Verlag, München

Druck: CPI Books GmbH Printed in Germany
ISBN: 978-3-940321-14-5

Prolog

Die große militärische Landkarte zeigte den Norden von Mali, von Taoudeni im Norden bis Gao im Süden, von Arouan im Westen bis Kidal im Osten. Alles Wüstengebiet, größer als die Bundesrepublik Deutschland.

Der Zeigestock des Generals fuhr hinunter nach Gao. Dort würde er sein Hauptquartier einrichten. UN-Mission Minousma. Nördlich davon würde der Operationsraum des Bataillons liegen, das als Teil seiner Brigade zusammen mit einer norddeutschen Aufklärungskompanie den Waffenstillstand zwischen den Konfliktparteien überwachen würde. Kriegsgebiet. In 10 Tagen würde es losgehen.

Über die Baumwipfel des Bayerischen Waldes hinweg warf die Sonne letzte Strahlen in das Lagezentrum in der Nordgau-Kaserne, Cham. Hier hatten bis eben noch seine Kommandeure und die Führer der ihnen unterstellten Einheiten ihre vorläufigen Einsatzbefehle entgegengenommen.

Das rote Telefon klingelte. Der General legte den Zeigestock weg und nahm den Hörer ab. Sein Vorzimmer. „Herr General, General Lambert vom Heereskommando Bayern. Sagt, es sei dringend."
Das war dieser Luftwaffen-Heini aus München, dem er hier mit seiner Brigade aus nicht nachvollziehbaren Gründen regional unterstellt war. „Verbinden Sie."
„Neue Lage, Herr General, völlig neue Lage", bellte der Luftwaffen-General. „Ich will deshalb gleich zur Sache kommen: Sie gehen nicht nach Mali. Sie erhalten heute Nacht noch neue Befehle aus Potsdam. Sie bleiben mit Ihrer Brigade hier und mir unterstellt, und zwar in meiner neuen Zusatzrolle als militärischer Flüchtlingsbeauftragter Bayern. Die Flüchtlinge -."

„Grenzsicherung? Landesverteidigung?"
„Nein, nein. Hören Sie mir doch mal zu: Zurzeit strömen Tausende Flüchtlinge über die ostwärtige Landesgrenze zu uns rein, stünd-

lich. Hören Sie denn keine Nachrichten? Sie stellen noch heute Abend einen Ihrer Obersten als Verbindungsoffizier zu mir ins Landeskommando ab, setzen noch heute Nacht eine Kompanie nach Passau in Marsch, zur Flüchtlingsaufnahme. Registrierung, Essensaufbereitung und –verteilung, usw. Morgen früh eine weitere Kompanie nach Bad Reichenhall in die Hochstaufen-Kaserne sowie eine weitere Kompanie in die Gäuboden-Kaserne in Feldkirchen. Dort Errichtung vorläufiger Notunterkünfte für die Schutzsuchenden ... ."

„Was soll ich?" Der General schepperte den Zeigestock auf den Konferenztisch. „Ich soll diese illegalen Einwanderer bei ihrer unbewaffneten Landnahme auch noch unterstützen? Potentielle Terroristen willkommen heißen? Und dafür Minousma vergessen? Das ist noch nicht Ihr Ernst! Wer hat sich denn das einfallen lassen?"
„Doch, ist es. Aktuelle Befehlslage. Machen wir gerne, ist unser neuer Auftrag. Und jetzt unterbrechen Sie mich nicht immer. Es kommt nämlich noch besser: Stellen Sie sich darauf ein, dass die Flüchtlinge, die in Feldkirchen in Notunterkünften wie Zelten nur vorübergehend unterkommen sollen, am folgenden Wochenende in Ihre Kaserne verbracht werden. Entsprechende Transport-Kapazitäten werden durch Ihre Brigade gestellt. In Ihrer Nordgau-Kaserne sollen Mannschaftsunterkünfte für mindestens 200 der insgesamt 890 Flüchtlinge des Landkreises Cham bereitgestellt werden, mit entsprechendem Aufbau- und Reinigungspersonal."
„Wir sollen denen hier auch noch den Tisch decken und die Betten machen? Hier? In der Nordgau-Kaserne lagern Waffen. Und Munition. Das ist hier militärischer Sicherheitsbereich! Schon mal von gehört?" Der General hieb mit dem Zeigestock immer wieder auf die Tischplatte. „Das kann doch nur ein Witz sein."
„Ist es nicht. Mir liegen die Befehle bereits schriftlich vor. Sind zu Ihnen vom Einsatzführungskommando auf dem Dienstweg unterwegs, sollten jeden Moment eintreffen. Betrachten Sie diesen Anruf als Vorbefehl."

Der General verdrehte die Augen und legte den Hörer beiseite. Er starrte in die dunklen Wolken, die sich in den abendlichen Himmel schoben. Vor dem Gebäude des Lagezentrums rasselte ein Panzer Richtung Technischer Bereich.

„Sind Sie noch dran?"
Er nahm den Hörer wieder auf. Ganz langsam. „Und wie! Ich sage Ihnen eines, Herr General: Solange ich hier Kommandeur bin und Standortältester, wird das alles nicht stattfinden. Ich bin zur Landesverteidigung ausgebildet worden und nicht als Pfleger. Schon gleich gar nicht für Invasionskräfte. Meinen Treueeid habe ich auf mein Vaterland geleistet, nicht auf die UN-Flüchtlingshilfe. Rufen Sie mich erst an, wenn Sie wieder nüchtern sind." Er ließ den Hörer auf die Gabel fallen und ging an die Lagekarte. Mit langsamen Schritten, in Gedanken versunken.

Da war soeben etwas ganz Entscheidendes passiert. Er war während seiner glänzenden Karriere zwar nicht immer ganz brav gewesen, aber so hatte er einen Vorgesetzten noch nie behandelt, auch keinen Generals-Kameraden. Bis gerade eben. Soeben hatte er nicht nur die militärische Hierarchie, er hatte auch den Comment der Offiziere verlassen. Dabei konnte dieser Luftwaffen-Heini ja wahrscheinlich gar nichts dazu, wenn das alles stimmte, was der da gerade abgelassen hatte. Dann war die Politik dafür verantwortlich. Oder das Einsatzführungskommando in Potsdam. Oder der Inspekteur. Aber da war sie ja schon, die Politik.

Seine Vorzimmerdame riß die Tür des Lagezentrums auf, ein längeres Schreiben in der Hand. „Höchste Priorität, Herr General. Vom Einsatzführungskommando."

Es donnerte. Platzregen setzte ein. Gewitter.

Mit spitzen Fingern nahm der General den schriftlichen Befehl entgegen. Warf einen kurzen Blick drauf. „Sie können gehen. Schönen Abend noch."

Nachdem sich die Tür wieder geschlossen hatte, ließ er das Papier ungelesen in einen der großen Papierkörbe fallen. Mit zwei, drei Streichen fetzte er die Mali-Einsatzkarte von der Pinwand.

Mit seinen Tropenstiefeln zertrat er den Papierhaufen zu einem handlichen Klumpen. Den warf er dem Flüchtlings-Befehl hinterher, dem Befehl, dessen Befolgung er verweigern würde.

Teil 1

Vorbereitung

1

General Berndt von Roddeck erhob sich, zog die Bügelfalten seiner Flecktarn-Uniformhose zurecht und freute sich über den gelungenen Stiefelputz. Die Fernbedienung legte er an der vorderen Schreibtischkante ab, Ränder parallel, und brüllte: „Hauptfeld Renstorff".

Er hatte den Namen noch nicht ganz ausgesprochen, als ein ebenfalls in Flecktarn Uniformierter durch die Verbindungstür in sein Dienstzimmer krachte, die Hacken seiner makellos gewienerten Springerstiefel zusammenknallte und schrie: „Herr General?" Die Tür fiel hinter ihm ins Schloss.

„Renstorff, rühren und angucken!" Der General zeigte auf den Bildschirm, der Hauptfeldwebel ging drei Schritte hinter ihm wieder in Grundstellung und spähte amüsiert auf die Mattscheibe.
Auf Kanal 13 zeigte der WDR die Domplatte vor dem Kölner Hauptbahnhof mit einer großen Menschenansammlung. Auf einer Art Podest standen Redner und Ordner und brüllten, mit den Armen gestikulierend, in jedes erreichbare Mikrophon. Zu verstehen war nichts, zu groß war der Lärm, den die Menschenmenge machte, Rufe, Schreie, Parolen, Fetzen von Reden und Kommandos. Die Menge – der Reporter hatte von mehreren Tausend gesprochen – wurde von Minute zu Minute unruhiger. Beim Zoomen der Kamera machte von Roddeck vor allem in den vorderen Reihen zahlreiche Vermummte, Verhüllte aus, darunter auch Burnus-Träger und Burka-Trägerinnen. Aus dieser Gruppe flogen Gegenstände in alle Richtungen. Von den Rändern wurden – jetzt sah man es – Flaschen und Steine in die Menge zurück geworfen. Polizeiuniformen tauchten prügelnd an den Bildrändern auf, wurden aber von der immer wilder werdenden Horde zurückgeschlagen. Verletzte fielen auf die Knie, Umstehende versuchten ihnen zu helfen oder traten auf ihnen herum. Die Uniformierten verschwanden wieder, einige kehrten mit großen Schutzschildern und gummiartigen Knüppeln zurück ins Bild.

Von Roddeck fuhr den Ton runter. Auf dem Bildschirm sah er, wie Nebel aufwaberte, weißer, roter, gelber, blauer. Die Podiumssprecher fielen etwa zeitgleich von ihren Podesten, die Menge schien zu explodieren, jedenfalls quoll sie über die Ränder der Ansammlung auf dem Bahnhofs-Vorplatz hinaus, fegte über die Polizisten hinweg, die nach außen fortzuspringen suchten. Dann erlosch das Bild.

„Die Kamerateams wurden soeben außer Gefecht gesetzt", murmelte von Roddeck und schaltete mit irgendeiner Fernbedienung den Ton des Kommentators hinzu.

„Die Demonstration junger Migranten für mehr Rechte, mehr Geld und den zügigen Bau der Ehrenfelder Moschee hat soeben ein unfassbares Ausmaß angenommen. Nicht genug, dass die Polizei-Hundertschaften bislang vergeblich versucht haben, der von der Menge ausgehenden Gewalt Einhalt zu gebieten – ich höre soeben, Sie haben keinen Bildempfang mehr, meine sehr verehrten Damen und Herren, ich weiß jetzt nicht, woran das liegt, sicher eine vorübergehende technische Störung, Entschuldigung, das richten – mein Gott, jetzt sehe ich, warum: Eines unserer Kamerateams ist ausgefallen, hier, nicht weit von mir, wir werden sogleich … . Nun sehe ich Rauch aus einem unserer Ü-Wagen, wer weiß, wie lange … ?"

Im Hintergrund war ein dumpfer Knall zu hören.

„Der Rauch wird immer dichter. Wie Sie sehen, sehen Sie nichts. Wir auch nicht, aber ich bleibe solange dran, meine Damen und Herren, wie ich diesen Rauch hier noch aushalte."
Man hörte, wie der Reporter einen Hustenanfall bekam. Eine Stimme aus dem Off sagte:
„Ich höre gerade von der Regie, dass die Leitung auf der Kölner Domplatte zusammen gebrochen ist. Wir versuchen, wieder Kontakt herzustellen und schalten jetzt um zum ‚Blickpunkt aktuell', der seit über einer Stunde läuft. Thomas, was gibt's Neues von euch?"

Von Roddeck schaltete ab. Der lokale muslimische Aufstand war innerhalb von knapp fünfzehn Minuten durch eine Einsatztruppe getarnter Kommandokräfte – alles Angehörige eines ehemaligen Jägerbataillons – niedergeschlagen und beendet worden.

Renstorff nahm Grundstellung ein und sagte: „Gratuliere, Herr General!"
„Nicht mein Verdienst, Renstorff. Verdienst unserer Reservisten. Denken Sie an Steuben und Scharnhorst!"
„Jeder Staatsbürger ist der geborene Verteidiger seines Landes", wußte Renstorff.
„Sie haben eine Beförderung verdient, Hauptfeld", freute sich von Roddeck. „Kein Soldat kennt sein Land so gut wie der, der täglich auf dem Weg zur Arbeit Auffälligkeiten beobachtet. Jeder Zaun, der gestern noch in Ordnung war und in der Nacht durchtrennt wurde, fällt ihm auf. Und am Abend erfährt er als erster von staatsgefährdenden Umtrieben, wenn er mit Kumpels in seiner Kneipe beim Kölsch hockt und das eine und das andere so hört. Eine Art Heimatschutz wie ihn die Amerikaner in ihrer National Guard haben. Höchst effektiv. Alles ausgebildete Infanteristen, die Sie da eben leider nicht mehr sehen konnten, spezialisiert auf Straßen- und Häuserkampf, haben sie alle in Bonnland in der ehemaligen Infanterieschule in Hammelburg gelernt."

Von Roddeck blickte zurück, und Renstorff wusste, dass das für seinen Vorgesetzten so etwas wie Entspannung war. Seine Frau hätte gesagt, eine Kurz-Meditation. Denn der General dachte gern zurück – an die Zeiten, als alles noch halbwgs in Ordnung war. „Bis 1990 hatte die Bundeswehr von ursprünglich 500.000 Soldaten auf 1,334 Millionen Mann aufgerüstet – die Masse davon sogenannte mob-eingeplante Reservisten. Diese mobilisierungsabhängigen Reservisten waren nach der Wende motiviert genug, ihrem Vaterland, auf das sie ihren Treueeid einst feierlich geschworen hatten, weiterhin zur Verfügung zu stehen."
Der General hörte sich an, als hätte er einen Kloß im Hals, fand Renstorff. So hörte er sich immer an, wenn ihm etwas nahe ging. Aber schon hatte sich der Alte wieder im Griff, denn er wechselte den Ton.

„Die Politiker glaubten jedoch, Mob-Reservisten würden nicht mehr benötigt. Hinzu kam, dass die Bundeswehrführung seit der Wende von einer Strukturreform in die nächste taumelte, bis keiner mehr mitzählen mochte und man nur noch von einer Transformation sprach. Und in der befindet sich die deutsche Armee bis heute und immer noch."

Renstorff fand, das waren jetzt genug Reminiszenzen: „Die haben uns nicht auf dem Schirm gehabt, Herr General. Reserve hat noch lange nicht Ruh!"

Von Roddeck war in seinem Element. „Das will ich meinen, Renstorff. Unsere Heimat wird überflutet von Einwanderern aus Kulturen, die in ihrem Glaubensbekenntnis verankert haben, uns – die Ungläubigen – zu bekehren und unsere Länder zu erobern. Der militante Teil von ihnen bekämpft unsere gesetzliche Ordnung und – was noch wichtiger ist – seine Vertreter, angefangen bei den Polizisten bis zu den Asylbeamten und sogar den Helfern. Mittlerweile läuft eine Million unregistrierter, kampfbereiter junger Muslime unbehelligt durch Deutschland – und damit kommen wir zum Thema der Notwendigkeit unseres Einsatzes."
Der General ordnete einige Papiere auf seinem Schreibtisch, Ränder parallel zur Schreibtischkante, den Blick unverändert auf dem Fernsehbild. „Ihre Stellungnahme, Renstorff?"
„Stellungnahme?"
„Politisch: Verheerend. Kann nicht ohne Folgen bleiben."
„Militärisch?"
Der Untergebene konnte sich jetzt ein Grinsen nicht mehr verkneifen. „Operation gelungen, hervorragend, Herr General." ‚Wenigstens eine kleine Entschädigung für deine Strafversetzung hierher', dachte Renstorff.
„Das will ich meinen, Renstorff." Der General nahm in seinem ledernen Schreibtischsessel Platz und griff wieder nach der Fernbedienung.

2

Für die Besprechung im Kanzleramt war das kleine Konferenzzimmer reserviert worden, das unmittelbar neben dem Vorzimmer zum Kanzlerbüro liegt. Kleines Konferenzzimmer für die sogenannte nationale Sicherheitslage, auch „Nachrichtendienstliche Lage“ genannt, zu der der Kanzleramtsminister für heute Morgen – wie jeden Dienstag – um neun Uhr im Auftrag der Bundeskanzlerin der Bundesrepublik Deutschland geladen hatte.

Anwesend waren neben dem Kanzleramtsminister der Außenminister, der Geheimdienstkoordinator, der Innenminister, der heute vor Sorgen noch grauer aussah als sonst, und die nervöse Verteidigungsministerin in einem hellblauen Kostüm, mit ihr etliche hohe Uniformträger, die sich stehend dezent im Hintergrund hielten.

Der Kanzleramtsminister entschuldigte räuspernd die Kanzlerin, auf die fünfundzwanzig Minuten nach neun immer noch gewartet wurde. „Ich denke, wir fangen dann schon mal an“, schlug er vor und schaute in die Runde, die sich um das lange Oval des polierten Eichentisches versammelt hatte. „Wie Sie sich ja denken können, ist Gegenstand dieser Besprechung und einziger Tagesordnungspunkt die Vorfälle auf der Kölner Domplatte.“
Verunsicherte Blicke der Teilnehmer rechts und links, Gemurmel der Umsitzenden.

Die Kanzlerin polterte fahrig aus ihrem Vorzimmer und nahm neben dem Außenminister Platz. „’Tschuldigung, bitte fahren Sie doch fort, Elmar.“ Der Kanzleramtsminister blickte erst über die Runde, dann auf seinen Nachbarn, den Außenminister. „Es liegen seit heute Nacht, äh, seit gestern Nacht neue Erkenntnisse vor, dramatische Erkenntnisse, die zumindest den Verdacht einer eigenmächtigen militärischen Aktion erwecken, hmm, wahrscheinlich erscheinen lassen, wahrscheinlicher sozusagen. Die Einzelheiten haben wir aus dem Verteidigungsressort erfahren müssen, weshalb ich vorschlage, Ihr Einverständnis vorausgesetzt, Frau Bundeskanzler, dass wir uns das von der Kollegin Voncampen vortragen lassen.“

Die Bundeskanzlerin warf ihrer Verteidigungsministerin einen aufmunternden Blick zu. Elena Voncampen ergriff das Wort: „Frau Bundeskanzler, liebe Kolleginnen und Kollegen, die Untersuchung landete in meinem Ressort, weil nach Polizeiangaben die Kräfte, die gestern die Demonstration tausender Migranten auf der Kölner Domplatte gewaltsam beendet haben, eindeutig militärisch vorgingen und auch wie geschulte Militäreinheiten auftraten."

Der Generalinspekteur der Bundeswehr trat aus der Reihe der Uniformierten einen Schritt vor. „Frau Bundeskanzler, meine Damen und Herren Minister, da weder aus dem Ministerium noch von Dienststellen der Bundeswehr irgendein Einsatzbefehl kam, müssen wir von einem eigenmächtigen Einsatz irgendwelcher Verbände ausgehen. Ich habe sofort die Untersuchung der Angelegenheit angeordnet. In den nächsten Stunden erwarte ich erste Berichte."

Der Kanzleramtsminister flüsterte der Kanzlerin etwas zu.
„Wir haben mindestes zwei Probleme", sagte die Kanzlerin. „Sie, Herr Kollege Innenminister, müssen jetzt zunächst mal dafür sorgen, dass die Sache nicht hochkocht in den Medien. Sie haben da ja Erfahrung drin. Gehrke wird Ihnen dabei behilflich sein können."
Friedrich von Hohenfels, alter Adel, Vater hochdekorierter General, blickte auf den Chef des Bundeskanzleramtes und war froh, dass er diesen Schlamassel nicht alleine bewältigen musste.
„Und Frau Voncampen, Sie haben ein Problem – ein größeres." Sie wandte sich der Verteidigungschefin zu. „Schließlich sind Sie – noch – der Inhaber der Befehls- und Kommandogewalt IBUK. Sie müssen schnellstens herausfinden, was da in Ihrer Truppe los ist."
Die Kanzlerin hob ihre Stimme an. „Zunächst interessiert hier jetzt mal, ob unsere Truppen stabil sind, in den jetzigen erodierenden Befehls- und Kommandostrukturen, sagen wir mal so für die laufende und die nächste Woche. Ist das gewährleistet?"

Der IBUK schaute ihren Generalinspekteur an, der eine kerzengerade Sitzposition einnahm. „Jawoll, Frau Bundeskanzler, ist derzeit noch gewährleistet. Wie lange noch, wird geprüft werden."

„Na, dann machen Sie mal.“ Die Kanzlerin erhob sich und zerrte ihr Handy aus der Jackentasche. „Sonst noch was?“ Sie steuerte ihr Vorzimmer an, während die Runde sich murmelnd erhob.

Die Verteidigungsministerin gab ihrem Generalinspekteur einen verabredeten Wink und eilte der Kanzlerin hinterher. Ihnen folgten drei Offiziere, die der Generalinspekteur in den abhörsicheren Raum eingelassen hatte.
„Frau Bundeskanzler!“
„Ja, was ist denn nun noch?“ Die Kanzlerin drehte sich zurück und steckte ihr Handy wieder ein. „Ach ja, Ihre Anhörung im Untersuchungsausschuss – Sachstand?“
„Tagt in drei Wochen wieder, wenn es sich nicht doch noch verhindern lässt. Die Schweizer Zeugen sollen gehört werden. – Aber das war nicht der Grund ...“.
„Sondern?“
„Ich wollte Ihnen bei dieser Gelegenheit Ihren Referatsleiter für Militärpolitik, Ihren neuen Verbindungsoffizier zur Bundeswehr vorstellen, Frau Bundeskanzler.“ Die Ministerin wies auf ihren Generalinspekteur, der auf den Inspekteur des Heeres, aus dessen Schatten ein Oberst und ein Oberstleutnant hervortraten.
„Oberst von Hallbeck kennen Sie ja, er geht ab morgen in Urlaub. Ihn vertritt ab heute Oberstleutnant der Reserve Bloch, der damit Gelegenheit erhält, auf einer Oberstenstelle erstmalig zu üben; Oberstleutnant Bloch ist nämlich Reserveoffizier, im Zivilberuf ist er – “.
„So, so“, erwiderte die Kanzlerin, „angenehm, Herr Bloch, dann machen Sie mal. Verbindungsoffizier – dann verbinden Sie mal schön die nächsten Wochen. Verletzte und Tote haben wir ja mal gerade genug“.

3

Brigadegeneral von Roddeck beendete seinen 5.000-Meter-Lauf. Blick auf die Stoppuhr: unter 30 Minuten – das war nicht schlecht für einen Fünfziger. Er lief in langsamer werdenden Schritten noch einige hundert Meter aus, da entdeckte er seinen Fahrer am Eingang des Sportplatzes der Adenauer-Kaserne.

Der General trabte auf ihn zu. „Nolte – was gibt's?"
Der Obergefreite nahm Grundstellung ein. „Herr General, der Hauptfeld hat mich geschickt, ich soll Ihnen bestellen ..."
„Mensch, Nolte! Bestellen können Sie heute Abend Ihrer Verlobten ´nen Prosecco – hier wird gemeldet!" Der General rubbelte sein Gesicht mit dem nato-olivgrünen Handtuch ab, das der Soldat ihm gereicht hatte.
„Herr General, ich melde, dass der Hauptfeld wichtige Neuigkeiten für Sie hat."
„Schon besser, Nolte. Auch Sie werden noch einmal ein richtiger Soldat. Bin in achteinhalb Minuten in meinem Dienstzimmer."
Fünf Minuten duschen, davon zwei heiß, drei kalt; zwei Minuten passgenaues Anlegen der Uniform, danach hetzte der General mit tigerhaften Sprüngen die Treppe zu seinem Dienstzimmer hinauf.

Hauptfeldwebel Renstorff wartete in Grundstellung vor der Tür und grüßte.
Von Roddeck winkte ihn rein. „Was gibt's?"
Sie nahmen in der Sitzecke Platz. Auf dem Besprechungstisch stand eine Flasche Mineralwasser.
„Meldungen aus dem Kanzleramt, Herr General, Stand: 9 Uhr 44. Erstens: Die Regierung glaubt, dass gestern Militäreinheiten im Einsatz waren."
Der General schmunzelte zufrieden. „Wenigstens sind sie nicht ganz von der Rolle."
„Zweitens: Sie wissen noch nichts Genaues."
„Das wird auch noch eine Weile so bleiben", brummte von Roddeck.
„Drittens: In drei Wochen tagt der Untersuchungsausschuss zum Thema Geheimnisverrat unserer Verteidigungsministerin wieder; gehört werden sollen zwei Zeugen aus der Schweiz."
Der General horchte auf. Er ordnete ein Bündel Papiere. „Ich will wissen: Erstens: Wem haben wir diese zeitnahen Informationen zu verdanken?"

„Oberstleutnant der Reserve Bloch, übt derzeit für Oberst von Hallbeck, aktiv, als Verbindungsoffizier Bundeswehr im Kanzleramt, Wehrübungs-Dauer vier Wochen."
„Guter Mann, sollte Oberst werden."
Renstorff notierte.
„Zweitens: Was machen derzeit (a) dieser Unternehmensberater, dieser Oberst der Reserve, und (b) dieser Major, dieser Top-Journalist?"
„Zu (a): Oberst der Reserve Tocker, (b) Major der Reserve Stich, Zivilberuf Chefredakteur. Wird geprüft."
„Einberufen lassen!"

4

Bundeskanzleramtschef Gehrke ließ sich mit dem Präsidenten des Bundeskriminalamts verbinden.
„Hier Gehrke."
„Hier Haussen. Was verschafft mir die Ehre Ihres Anrufs? Und dann auch noch auf der abhörsicheren Leitung."
Gehrke mochte diesen vertraulichen Ton nicht, ließ sich das aber – ganz ehemaliger Diplomat – nicht anmerken. „Herr Präsident, ich hätte da ein delikates Anliegen." Bei dieser Anrede hätte Haussen eigentlich merken müssen, dass Gehrke einen offizielleren Ton bevorzugte.

Er merkte es. „Immer zu Diensten, Herr Minister".
Gehrke überhörte die Ironie. „Gestern wurde im vertraulichen Kreise im Kanzleramt bekannt gegeben, dass wir von einer Revolte innerhalb der Bundeswehr ausgehen müssen."
„Das kann ich bestätigen."
„Und dass die Bundeswehr bis jetzt nicht weiß, wer da eigentlich dahinter steckt."
Gehrke ließ das zunächst mal so im Raum stehen. „Ich habe die alten Kontakte aus meiner Zeit in Washington aktiviert und konnte folgende interessante Details in Erfahrung bringen: Es muss wohl eine ominöse Gesellschaft geben, die sich Deutsche Gesellschaft

für Nationale Sicherheit nennt. Langley vermutet diese Leute hinter dem gestrigen Vorfall."

Haussen war beruhigt. Klang nach Zuständigkeit Verfassungsschutz, vielleicht auch BND. „Dann sind von diesen Leuten noch mehr Aktionen zu erwarten?"
„Vermutlich ja."

Haussen wartete einfach ab.
„Jedenfalls", fuhr Gehrke fort. „müssen wir alle Quellen anzapfen, um mehr über diese ominöse Gesellschaft zu erfahren. Das heißt: Ich brauche auch Ihr Amt, um mehr über diese Brüder herauszufinden."
„Aber wie begründe ich das?" Haussen wußte, dass ihm jetzt der Freibrief für alle auch nur erdenklichen Aktionen winkte.
„Behaupten Sie einfach, terroristische Hintergründe könnten beim gestrigen Vorfall nicht ausgeschlossen werden", schlug Gehrke gönnerhaft vor, nicht ohne Arroganz.
„Genau so mach' ich das. Werde ich sofort veranlassen, und vielen Dank, Herr Minister!"

Gehrke legte auf.

5

Brigadegeneral Berndt von Roddeck lag auf dem Rücken und machte Situps. 89-90-91, die Beine auf dem Boden seines Dienstzimmers gerade ausgestreckt, in dunkelblauer Trainingshose, weißes T-Shirt, nass geschwitzt, 92-93-94. Er wurde immer langsamer, und das ärgerte ihn, 98-99-100. Geschafft. Von Roddeck sprang auf und griff zu Handtuch und Trainingsjacke. Noch immer schwer atmend baute er sich vor einem gerahmten Katalog von Punkten auf, der an einer Längswand inmitten von sportlichen und militärischen Auszeichnungen hing, Erinnerungen aus den über dreißig Jahren seiner Dienstzeit bei der Bundeswehr, Manöveraufnahmen aus dem In- und Ausland, zwischen Fotos aus dem Kosovo, Somalia und Afghanistan.

„Die Merkmale einer Eliteorganisation
von Günter F. Gross (1978)

1. *Elite ist das Ergebnis von Qualität. Qualität ist das Ergebnis von Fleiß.*
2. *Die Elite leistet aus eigenem Antrieb mehr als erwartet wird. Sie leistet mehr als von ihr als Gegenleistung erwartet wird.*
3. *Die Elite weiß, was Qualität ist. Sie verfügt über Beurteilungsmaßstäbe."*

Er murmelte die Punkte halblaut vor sich hin und ging an seinen Schreibtisch. Dort lag eine Meldung von Hauptfeldwebel Renstorff, die er heute früh vorgefunden hatte.

„Die beiden Schweizer Zeugen, die für den Untersuchungsausschuss im Bundestag vorgesehen sind, Rüdiger Naef und Harry Anax, befinden sich derzeit noch in ihrer Schweizer Heimat in Zürich. gez. Renstorff"

Er entnahm seiner Schreibtischschublade einen Schlüssel, mit der er eine Kommode an der Querwand, unterste Schublade, öffnete. Er ergriff eines von neunzehn Mobiltelefonen und wählte eine Nummer, während seine linke Hand das Haar mit dem Handtuch trocken rubbelte.
Es meldete sich die tiefe Stimme einer Frau. „Ja, bitte?"
„Kannst Du reden?" erkundigte sich der General.
„Ach, Du bist's! Lange nichts gehört."
„Ob Du reden kannst?"
„Ja, ja, nur zu. Was gibt's?"
„Bist Du allein?"
Von Roddeck hörte, wie eine Tür ins Schloss fiel. Dann sagte die Frau: „Jetzt."
„Ich höre von zwei Schweizer Zeugen, die demnächst gegen Charly aussagen sollen. ‚Operation Charly', Du weißt schon!"
„Ja, so ist das vorgesehen."

„Doch nicht etwa Deine beiden Freunde aus Deiner Anwaltszeit, November und Alpha?"
Die Frau zögerte. „Auf die Schnelle haben wir niemanden anderen gefunden, die beiden sind Schweizer und haben zudem den Vorteil ..."
„Egal, sie haben vor allem den N a c h t e i l, dass sie Dich hinhängen können. Vergiss nicht, was Du ihnen vor zwanzig Jahren angetan hast. Du hast sie schäbigst reingelegt, Du hast sie alle reingelegt, und mit den beiden Clowns willst Du jetzt diese Geheimdienst-Nummer durchziehen? Das kann doch nicht Dein Ernst sein!"
„Ich war – ."
„Operation Charly sofort abbrechen! Lass' mir die Koordinaten zukommen – die ‚ladungsfähigen Anschriften', würdest Du sagen –, und ich erledige das, ich betone: ich!"
„Was hast Du vor?"
„Ich wiederhole: Ich erledige das, Du schickst mir nur die Koordinaten. Den beiden passiert nichts, nichts, was nicht so schlimm wäre wie das, was ihnen bereits passiert ist. Ich ziehe sie nur aus dem Verkehr, vorübergehend. Sie werden zum Zeitpunkt ihrer Zeugeneinvernahme verhindert sein, wichtige Geschäftstermine im Ausland. Ich habe befürchtet, dass Du auf diese beiden Pappnasen zurückgreifen würdest. Ich habe bereits einen Plan. Wieviel hast Du Ihnen geboten?"
„Zwanzig Blätter"
„Für einen oder für beide?"
„Für einen."
„Ich biete mehr, und die beiden werden verreist sein."
„Du gehst mit meinem Geld wie immer großzügig um."
„Dein Problem."
„Was wird aus Charly?"
„Mein Problem. Wenn ich Dich zu seiner Lösung brauche, erfährst Du's."
„Muss ich jetzt ‚danke' sagen?"
„Ende der Durchsage"
Laura Schwartze warf ihr Mobiltelefon in den Komposthaufen, der heute Nachmittag abgebrannt werden würde, und öffnete die schwere Metalltür zum Gewächshaus.

6

Von Roddeck jagte durch die langen trostlosen Flure des Heeresamtes, warf sein Handy in einen abholfertigen Müllcontainer auf dem Kasernenhof und ging duschen.

Neun Minuten später betrat er sein Dienstzimmer in frisch gebügelter Flecktarnuniform und erwartete seinen ersten Besucher. 9 Uhr 24. Zeit für einen weiteren Blick auf „die Merkmale einer Eliteorganisation“:

„5. Die Elite ist außergewöhnlich sorgfältig bei gewöhnlichen Dingen.
6. Die Elite glaubt nicht nur, sie prüft, kontrolliert und vergewissert sich.
7. Die Elite hat einen ausgeprägten Sinn für Dringlichkeit. Sie redet nicht nur. Sie handelt. Sie denkt und verhält sich ergebnisorientiert. Sie fängt nicht nur etwas an, sondern sie beendet es auch.“

Auf dem Flur bog ein junger Mann in Zivil um die Ecke und steuerte von Roddecks Vorzimmer an. Er stellte sein Gepäck unter dem Schild „Hauptfeldwebel Renstorff – Vorzimmer ZbV“ ab und trat ein, ohne anzuklopfen.
„Morgen, Hauptfeld Renstorff. Wie geht's denn so? Heute schon geroddeckt worden?“ Er grinste und hielt dem Unteroffizier seine Rechte entgegen. Renstorff sprang auf, nahm Grundstellung ein und schmetterte seine rechte Hand gegen die Schläfe. „Täglich mehrfach, Herr Major. Willkommen an Bord!“
„Kann ich rein?“ Der Zivilist nahm die ausgestreckte Hand ungenutzt wieder an sich und deutete auf die gepolsterte Verbindungstür.
Renstorff blickte auf die Schreibtischuhr. 9 Uhr 29. „In einer Minute, Herr Major.“
Als der Sekundenzeiger senkrecht auf der 12 stand, griff Renstorff zum Hörer. „Herr General, Major der Reserve Stich, in Zivil.“
„Soll trotzdem reinkommen!“

Renstorff riss die Tür auf und klackte die Hacken zusammen. Dann ließ er die beiden allein.

General von Roddeck wies seinem zivilen Besucher einen der tiefen Sessel in der Sitzecke zu. Er selbst lief auf und ab. „Stich, ich will Sie hier nicht lange mit Vorreden aufhalten, zumal Sie offenbar noch durch die Kleiderkammer geschleust werden müssen. Aber ich kann nicht verhehlen, dass wir uns freuen, Sie ab jetzt im Boot zu haben. Offiziell sind Sie – das ist Ihr Zivilberuf – während Ihrer Wehrübung der hiesigen Pressestelle zugeordnet, wo Sie sich bei deren Leiter bis 10 Uhr melden. In Uniform. Inoffiziell werden Sie da so viel Leerlauf haben, wie wir alle hier in diesem Amt, was Sie in die Lage versetzen wird, mir und unserer Gesellschaft weitestgehend zur Verfügung zu stehen, uneingeschränkt. Am Ende des Flures ist Stube 15 für Sie und Ihre Pressearbeit – ich wiederhole: für unsere Gesellschaft – eingerichtet. Sie werden zudem viel Urlaub für externe Pressearbeit von mir über den Leiter Pressestelle erhalten, weil Sie voraussichtlich viel unterwegs sein müssen. Vergessen Sie Reisekosten-Abrechnungen, Ihre Kosten trägt die Gesellschaft."
„Herr General –."
„Unterbrechen Sie mich nicht. Bis dahin irgendwelche Fragen?"
„Keine, Herr General".
„Gut. Bevor Sie gehen, habe ich eine: Ihre Boulevard-Blätter haben sich in den letzten Wochen und Monaten immer wieder ausführlich mit der Geheimdienst-Affäre unserer Verteidigungsministerin befasst."
Der Reserveoffizier nickte stolz.
„Was würde aus dieser bislang so erfolgreichen Kampagne, wenn die beiden Zeugen aus der Schweiz im Untersuchungsausschuss nicht antreten?"

Major der Reserve Stich legte die Fingerspitzen zusammen und dachte nach, ganz Chefredakteur. Von Roddeck hielt in seiner Wanderung inne und schaute ihn an.
„Wir würden Probleme bekommen, die Kampagne gegen Voncampen überzeugend rüberzubringen. Immerhin wartet die ganze

Nation jetzt auf die Aussagen dieser beiden Belastungszeugen. Wir haben sie auch schon gefunden, sie heißen Naef und Arnax."
„Anax, ohne ‚r'", korrigierte von Roddeck. „Ergebnis Ihrer Lagebeurteilung?"
„Das Mindeste, was geschieht, ist, dass wir die Kampagne dann irgendwann in drei oder vier Wochen einstellen müssen, wenn sich keine neuen Belastungsmomente gegen die Ministerin ergeben."
„Wird's auf die Schnelle nicht geben. Reicht mir für's erste. Interesse an einer neuen Geschichte über die beiden Zeugen?"
„Immer. Gibt's eine?"
„Noch nicht. Es ist 09.47. Jetzt sehen Sie zu, dass Sie in Ihre Uniform kommen, damit Sie wie ein Mensch aussehen."
Stich mochte den entspannten Gesichtsausdruck, den der General hatte, wenn er sich besonders zackig gab. Manchmal kam es Stich vor, als ob sich der General selbst auf die Schippe nähme. Stich fühlte sich wohl. Er sprang auf und nahm Grundstellung ein. Auch in Zivil.

Der nächste Besucher kam um zehn, Oberst der Reserve Lothar Tocker, im Zivilberuf Unternehmensberater, Chef der Unternehmensberatungsgesellschaft „Omega", zweiundvierzig Mitarbeiter, ein Unternehmen mit erstaunlichen und rätselhaften Verbindungen in die deutsche und internationale Wirtschaft, dessen Gründer und erster Mann seine Uniform nur noch anzog, wenn er Abwechslung oder Erholung brauchte. Oder wenn General von Roddeck ihn rief.
Der Reserveoffizier grüßte: „Oberst der Reserve Tocker meldet sich wie befohlen zur Wehrübung."
„Mit Wehrübungsbeginn sind Sie nicht mehr Oberst der Reserve, Tocker, sondern Oberst. Setzen." Von Roddeck wies ihn in seine Sitzecke. „Wir werden Ihnen in dieser Wehrübung militärisch nicht viel bieten können. Dafür aber delikate Aufgaben für unsere Gesellschaft."

Tocker war wie 250 weitere Entscheidungsträger Mitglied der DGNS, der Deutschen Gesellschaft für Nationale Sicherheit. Wie er waren sie überall in den Schaltzentren der politischen Macht verteilt, in den Städten und Gemeinden über die Landratsämter

hinweg bis in die Landesparlamente und Regierungen. Ebenso in den Schaltzentren der wirtschaftlichen Macht. Es gab nur noch ganz wenige wirtschaftlich relevante Unternehmen in der Bundesrepublik Deutschland, in deren Vorstandsetagen und Aufsichtsräten nicht mindestens ein DGNS-Mitglied saß, das zumindest melden, in vielen Fällen aber auch Einfluss ausüben konnte. Auch das Umfeld der Privatwirtschaft, deren Berater, Wirtschaftsberater, Rechtsanwälte, Ärzte, Apotheker, wurde überwiegend von Reserveoffizieren abgebildet.
Die DGNS berief sich auf Artikel 20 des Grundgesetzes: „Gegen jeden, der es unternimmt, diese Ordnung zu beseitigen, haben alle Deutschen das Recht zum Widerstand."

„Welche delikaten Aufgaben kommen da auf mich zu? Wieder Vermögensanlagen?" Tocker schmunzelte.
„Warten Sie's ab. Haben Sie Verbindung zu Libyen, zu den Amerikanern, Franzosen, Briten oder Israelis dort?"
Tocker nickte.
„Könnten Sie es arrangieren, dass zwei Schweizer Bürger, die seit Jahrzehnten dubiose Informationen an Geheimdienste verkaufen, ein Angebot und eine entsprechende Einladung nach Libyen erhalten, die so attraktiv sind, dass beide in spätestens zwei Wochen dort hinreisen?"

Tocker dachte nach. „Müssen das echte Einladungen sein?"
„Nicht unbedingt. Die Schweizer sind notorisch schwach bei Kasse. Es muss nach top-secret-Informationen riechen und damit nach viel Geld."
„Kann ich versuchen, aber nicht zusagen. Zweites Problem: Seit dem Sturz Gaddafis reist kein vernünftiger Schweizer mehr nach Libyen, die Schweizer Regierung hat sogar eine Reisewarnung ...".
„Genau deshalb sollen die beiden dort einreisen. Und sei es auf dem Landweg über Tunesien, Ägypten, egal. Und dann werden sie dort festgehalten, sei es durch die kaum noch funktionierenden Behörden oder durch die Terrormiliz IS, durch einen Unfall oder was auch immer."

„Dann müssten die beiden entweder wegen Dummheit vorbestraft oder das Angebot muss entsprechend attraktiv sein."
„Die geforderten persönlichen Voraussetzungen bringen die beiden mit. Und das Angebot – beide sind nachweislich käuflich – sollte über 20.000 pro Mann liegen, sagen wir dreißig. Schaffen Sie das?"
„Wenn das befohlen wird, Herr General." Tocker grinste ihn mit sämtlichen Zähnen an.
„Dann machen Sie sich mal 'ran. Telefonate mit einem Ihrer Mobiltelefone, Kosten trägt die Gesellschaft."
„Kosten trage ich."
„Widersprechen Sie nicht, Tocker. Wenn Sie Auslauf brauchen, auch in Zivil, soweit erforderlich, Abmeldung bei Renstorff, der Sie während Ihrer Wehrübung ständig erreichen können muss. Die Operation heißt ‚Operation Omega', wie Ihr Unternehmen. Noch Fragen?"
„Keine, Herr General."
„Wir sehen uns heute Abend im Kasino, 19 Uhr. Das ist das Gebäude 18, bei dem über dem Eingang ‚Offizier-Betreuungsheim' steht."
Tocker schüttelte in Erinnerung an alte Offizierskasinozeiten traurig den Kopf. „Fallen wir damit jetzt eigentlich unter das Betreuungsgesetz, Herr General?"
„Noch nicht, Tocker, noch nicht. Aber unsere Politiker arbeiten gerade daran."

7

Nach seinem mittäglichen Geländelauf schaltete von Roddeck den Fernseher in seinem Dienstzimmer an und rubbelte sich den Schweiß ab. Für die Abendnachrichten war ein Interview mit Verteidigungsministerin Voncampen angekündigt. Sie sollte zu den Vorfällen auf der Kölner Domplatte und zu den Vorwürfen in ihrer Landesverrats-Affäre Stellung nehmen. Außerdem stand in Syrien und Libyen eine Aufstockung der Truppenkontingente kurz bevor.

Und im Bundeskanzleramt wurden Vorbereitungen für das Sommerfest getroffen; die Bundeskanzlerin persönlich würde –.
Das Telefon klingelte.
„Von Roddeck."
„Major Stich."
„Was gibt's?"
„Aussichtslos Herr General. Ohne Zeugen wird der Untersuchungsausschuss ...".
„Kommen Sie in zwanzig Minuten zu mir."
„Zu Befehl, Herr General, in zwanzig Minuten."

Nachdem er geduscht hatte, hörte sich von Roddeck den Bericht des Presseoffiziers an.
„Wenn die Zeugen nicht aussagen, wird der Untersuchungsausschuss vor sich hinplätschern. Wie lange und mit welchen Ergebnissen, wissen wir nicht. Lässt sich auch nicht einschätzen oder steuern."
„Doch: wird im Sande verlaufen."
„Davon kann man ausgehen. Das heißt für unsere journalistische Arbeit, wir werden nicht mehr über Voncampen berichten, weil es nichts zu berichten gibt. Fragen wie ‚Hat Voncampen den Ausschuss oder das Parlament belogen?' oder ‚Ist Voncampen Opfer einer Intrige oder Kampagne?' werden kein öffentliches Interesse mehr finden und unsere Leser nicht mehr bewegen. Nicht wirklich."

Der General saß an seinem Schreibtisch und schob auf der ledernen Platte einige Bleistifte so lange hin und her, bis sie nach Größe geordnet, links die langen, rechts die kurzen, vor ihm lagen. Ein überlanger Stift störte die Ordnung, von Roddeck zerbrach ihn zwischen zwei Fingern und schnipste die Reste in den Papierkorb.
„Was wäre denn, wenn die beiden Schweizer Zeugen nicht nur nicht erscheinen, sondern entführt würden – sagen wir zum Beispiel in Libyen. Könnten Sie daraus für unsere gemeinsame Sache Honig saugen?"
„Oh ja." Stichs Journalistenmiene hellte sich auf. Er saß in der Sesselecke und machte sich eine Notiz.

„Keine Notizen! Wäre es für Ihre Medien ein gefundenes Fressen, wenn – unaufklärbare – Umstände den – unbeweisbaren – Verdacht aufkommen lassen, die deutsche Regierung könnte der Drahtzieher dieser Entführung – zum Beispiel in Libyen – sein? Etwa um sie als Belastungszeugen zu beseitigen?"
„Das wird ja immer besser." Der Journalist strahlte. „Auch wenn es schwer vorstellbar ist."
„Nicht wichtig. Darstellbar muss es sein. Ist es das?"
„Und wie! Und verkäuflich. Und wie!"
„Dann bereiten Sie Ihre Berichterstattung mal auf diese Entwicklung vor, ohne aber die Katze vorzeitig aus dem Sack zu lassen. Bleiben Sie spekulativ, bis zum Tag ‚Omega'. Die Operation heißt ‚Operation Omega'. Einen Tag vorher werden Sie von mir informiert. Das dürfte in spätestens zwei Wochen sein."
„Wunderbar, dann haben wir genug Zeit."

„Nächster Punkt: Was planen Ihre Medien für die Zukunft mit unserer Bundeskanzlerin? Sie haben da doch mal vor Jahren diese Kampagne gefahren: War die Kanzlerin IM der Stasi? Lief das gut? Aus Ihrer Sicht?"
„Ja, aber es gibt nichts Neues mehr zu berichten, es sei denn die Amis hätten noch was Brisantes aus den Rosenholz-Dateien."
Von Roddeck erinnerte sich. „Auch so ein Skandal, der zeigt, wie souverän Deutschland ist: Die 350.000 Dateien, die die CIA sich nach der Wende unter den Nagel gerissen hat. Hauptsächlich mikroverfilmte Karteikarten der Hauptverwaltung Aufklärung des Auslandsnachrichtendienstes der DDR. Epstein hieß der Mann, der sie für George Dabbeljuh besorgt hatte. War damals CIA-Chef Berlin und ist gerade der oberste Boss der CIA geworden."
Auch Stich erinnerte sich. „Aber die Amis haben uns doch 2003 die Dateien zurückgegeben."
„Und Sie glauben, dass die uns alle Dateien gegeben haben? Kommen Sie, Stich, das glauben Sie doch selbst nicht. Unser Gold haben die ja auch noch."
„Wie gesagt, wir haben jedenfalls nichts Verwertbares gegen die Kanzlerin. Wenn ihr schon die Migranten-Invasion nichts anhaben konnte…".

„Aber Ihre permanenten Rechtsbrüche?" Von Roddeck spielte auf verschiedene Bemerkungen führender deutscher Rechtswissenschaftler und Richter an.
„Unsere Vorgesetzte, Stich, hat doch gegen das Grundgesetz verstoßen. Weil sie sich geweigert hat, die Landesgrenzen umfassend zu kontrollieren. Das Grundgesetz setzt ‚die Beherrschbarkeit der Staatsgrenzen und die Kontrolle über die auf dem Staatsgebiet befindlichen Personen' voraus."
Stich wußte, dass von Roddeck das Grundgesetz immer als Säule der Demokratie gesehen hatte.

„Einige, zum Beispiel der frühere Präsident des Verfassungsgerichts von Nordrhein-Westfalen, haben den Alleingang der Kanzlerin als Akt der Selbstermächtigung bezeichnet", wußte der General. „So wie das Ermächtigungsgesetz der Nationalsozialisten, das die Gewaltenteilung beendete, indem es der Reichsregierung gesetzgeberische Befugnisse einräumte. Das Parlament war dadurch überflüssig, die Ermächtigung des Reichskanzlers Hitler ein Akt der Selbstabschaffung. Ganz Ähnliches hat die Kanzlerin im September 2015 getan: eine Verlagerung der Rechtssetzung auf die Exekutive des Kanzleramts, begleitet und ermöglicht durch einen staatspolitischen Selbstmord des Parlaments. Wenn je ein Regierungschef das Parlament als überflüssige Schwatzbude behandelte, dann diese Kanzlerin."

Stich stimmte zu, wollte es aber nicht bei der Verurteilung der Kanzlerin belassen. „Das Parlament fügte sich doch damals. Ohne Protest verzichtete es auf sein vornehmstes Recht, alle grundlegenden Entscheidungen des Gemeinwesens zu treffen. In der wichtigsten Frage seit der Wiederbewaffnung, essentiell für die Zukunft dieses Landes wie auch für die Zukunft Europas, hatte der Bundestag kein Wort mitzureden – und er wollte es auch gar nicht. Statt ihre Rechte zu verteidigen, hielten die Abgeordneten still oder dankten sogar der Regierung für ihr humanitäres, wenn auch gesetzwidriges Vorgehen.
Jetzt ist es zu spät: Die Öffnung der Grenzen kostet uns Jahr für Jahr mindestens 20 Milliarden Euro. Wir können heute gar nicht mehr darüber debattieren, ob wir diese Ausgaben wollen, sondern

nur darüber, wer sie trägt und was dafür gekürzt werden muss. Denn die Migranten sind im Land."

„Sie haben völlig Recht, Stich. Das Parlament hat abgedankt. 631 Abgeordnete sitzen im Bundestag, doch bis auf den bekannten Münchner Anwalt – übrigens der einzige, der sich auch ernsthaft um die Bundeswehr und ihren Auftrag Gedanken macht, und der leider auch noch in der eigenen Partei bekämpft wird – den müssen Sie unbedingt publizistisch unterstützen, Stich! Also bis auf diesen guten Mann aus München erhob kein Parlamentarier seine Stimme gegen Rechtsbruch und Entmachtung. Niemand außer ihm wagte, dem Zeitgeist der Willkommenskultur zu widersprechen, die eigenen Verfassungsrechte zu verteidigen. Keine Aussprache wurde gefordert, keine Regierungserklärung. Es war eine Kapitulation."

„Problem war allerdings auch, Herr General, dass die Zustimmung zum Kurs der Kanzlerin groß war. Die Medien jubelten, ebenso Arbeitgeber und Gewerkschaften, auch die Kirchen und Wohlfahrtsverbände. Selbst Sport- und Heimatvereine fühlten sich plötzlich Wildfremden tief verbunden, ebenso prominente Sänger, Schauspieler, Musiker und Maler. Da fiel der Rechtsbruch nicht ins Gewicht, der Münchner Kardinal erteilte ausdrücklich Absolution."

Von Roddeck fiel ihm ins Wort. „Für uns", resümmierte der General, „hat die einsame und rechtswidrige Selbstermächtigung der Kanzlerin ihr Gutes. Womit ich wieder bei Ihnen bin, Kamerad Stich: Wie können Sie den Niedergang der Kanzlerin öffentlichkeitswirksam beschleunigen?"

„Ich fürchte: Politisch wird sich bei den derzeitigen Ohnmachtsverhältnissen in dieser Koalition nichts ändern."

„Na, warten wir's mal ab."

8

Um 19 Uhr schauten sich General von Roddeck und Oberst Tocker auf der Terrasse des Offizierskasinos des Heeresamtes gemeinsam die ersten Abendnachrichten an. Zwischen Ihnen stand eine Flasche australischer Shiraz Cabernet 2009, Forest Hill.

Von Roddeck wies die Ordonnanz an, den Fernseher auszuschalten, und prostete Tocker zu. „Was macht die Operation Omega?"
„Ist angeschoben, Herr General. Die beiden Zielpersonen werden in diesen Tagen ein unwiderstehliches Angebot erhalten."
„Tocker, disponieren Sie so, dass diese beiden Idioten Mitte nächster Woche, spätestens Ende nächster Woche nach Afrika aufbrechen. Und zwar über Tunesien oder Ägypten, besser Tunesien, und von dort auf dem Landweg ins Zielgebiet geschleust werden."
„Wird veranlasst, Herr General. Die beiden würden dann in knapp zwei Wochen libyschen Boden betreten."
„Sie würden nicht, Sie werden." Der General erwiderte den Gruß von Major Stich, der es sich im Salon des Kasinos an der Bar bequem gemacht hatte. Eine Besprechung zu dritt wäre ökonomischer gewesen, aber auch gefährlicher: Zwar war auf alle diese Kameraden unbedingt Verlass, aber jeder sollte nur den Ausschnitt der Operation kennen, der ihn unmittelbar betraf. Compartment-Wissen hatte sich bewährt.

9

Ohrenbetäubender Lärm. Discomusic aus zimmerhohen Lautsprechern, dumpfes Gewummer, schrille Sirenenklänge, alles durcheinander, dazwischen Kreischen, menschliche Schreie, markerschütternde Tierlaute, die das Zwerchfell quälten, alles untermalt durch Gefechtslärm, Kanonendonner, das Wuff-wuff explodierender Granaten, grell dazwischen peitschende Gewehrschüsse und das Klack-klack-klack von Pistolenfeuer.

Oberst Tocker und Major Stich trennte eine schussfeste Glasscheibe von dem über 100 Quadratmeter großem Raum, in dem zwischen Leuchtfeuer, das in allen Farben aufblitzte, und unter einem Spektralscheinwerfer-Ungetüm, das diese Farborgie immer wieder durchquirlte, sechs oder sieben schwarze Pappschatten zu erkennen waren, mit unterschiedlichen Markierungen an der Stirn oder auf der Brust. Nebel schoss aus allen Ecken des Raumes. Stich rieb sich die Augen. Wo mochte der General geblieben sein?

Ein Lautsprecher, der nur in diesem Vorraum zu hören war, ertönte: „Übungsbeginn". Das Chaos hinter der Scheibe nahm zu. Irgendjemand sang ein Klagelied, ein anderer fetzigen Rock, ein Mudzahedin plärrte das Abendgebet. Dazu jetzt auch noch das Wumm-wumm-wumm-wumm-wumm eines sich nähernden Hubschraubers, immer lauter werdend.

Die beiden Reserveoffiziere erstarrten. In die nervenfressende Hölle vor ihnen sprangen vier oder sechs Soldaten, man konnte es nicht genau erkennen; einige ließen sich an Seilen in den Raum herab, alle trugen schwarze Uniformen. Eine oder mehrere Granaten gingen hoch, Maschinenpistolen bellten auf, auch zwei, drei knallharte Pistolenschüsse – dann Stille. Absolute Stille. Totenstille. Kein Laut mehr. In den verfliegenden Nebel schnarrte der Lautsprecher: „Übungsende." Dazwischen hatten vielleicht zwanzig Sekunden gelegen, vielleicht auch nur zehn oder noch nicht mal.

Die Offiziere nahmen ihre Ohrenstöpsel raus. Von den schwarzen Pappkameraden in dem Übungsraum vor ihnen standen nur noch vier. Bei denen, die nicht mehr standen, sammelten die Soldaten mit den schwarzen Uniformen Markierungen ein, entsicherten ihre Handfeuerwaffen und verließen einer nach dem anderen den Raum durch eine Stahltür, die sich bei „Übungsende" geöffnet hatte. Eine der vier stehen gebliebenen Figuren entfernt seine gelbe Stirnmarkierung und folgte den Soldaten durch diese Tür. General von Roddeck.

Der Lautsprecher über ihnen knackte. „Trefferaufnahme: alle drei Terroristen ausgeschaltet, keine Verletzten. Alle vier Geiseln: gerettet, keine Verletzten. Trefferquote demnach: einhundert Prozent. Ausfallquote: null. Keine besonderen Vorkommnisse."

„Na, meine Herren, wie finden Sie das?" Von Roddeck trat zu ihnen und zog seinen schwarzen Overall aus.
„Sehr beeindruckend, Herr General, beängstigend gut", meinte Major Stich.
„Beängstigend fand ich vor allem Ihren Leichtsinn, sich da so unauffällig zwischen diesen Pappkameraden zu positionieren; wussten die Übungsteilnehmer das?" Oberst Tocker klang besorgt. „Das verstößt doch wahrscheinlich gegen jede Sicherheitsbestimmung."
„Mache ich immer mal wieder. Eine Angewohnheit aus meiner Zeit hier als stellvertretender Kommandeur beim KSK. Kommando Spezialkräfte – die können das. Da muss man sich drauf verlassen können. Die Amerikaner haben bei ihren Gefechtsübungen schon vor Jahrzehnten beste Erfahrungen damit gemacht, in ihrer Übungsmunition jeden zehnten Schuss scharf zu machen. Hat erheblichen erzieherischen und Ausbildungswert."
„Ihr Wort in Gottes Ohr", murmelte Tocker.
„Meine Herren, Sie nehmen jetzt stellvertretend für mich an der Übungsbesprechung teil, ich habe hier noch was zu erledigen. In einer halben Stunde sehen wir uns im Kasino, in einer Stunde Rückmarsch zum Heeresamt. Fragen?"

Von Roddeck verließ das Schießausbildungszentrum und hielt inne.
„Schön, Dich zu treffen“ prangte auf einem Schild über dem Eingang. Die Graf-Zeppelin-Kaserne lag in sommerlicher Abendschwüle auf der Anhöhe oberhalb der Nagold. Auf seinem Weg zum Betreuungsheim für Offiziere dachte er mit Wehmut und Sehnsucht an seine Dienstzeit zurück, die er hier vor Jahren als Oberst verbracht hatte. Aufbau und Strukturierung des KSK, das war sein Auftrag gewesen, erster Kommando-Offizier der Bundeswehr. Und die Kameraden konnten es immer noch. Seine Schule, wunderbar.

Er sprang die Stufen zum Kasino hinauf, bestellte zwei Kaffee und trat in den verabredeten Nebenraum, der so selten benutzt wurde.
Der Oberleutnant wartete schon auf ihn und nahm Haltung an.
„Oberleutnant Sassen meldet sich wie befohlen zur Einsatzbesprechung.“
Der General schmunzelte. „Gut, Sassen, setzen Sie sich.“
Die Ordonnanz brachte den Kaffee.
„Möchten nicht mehr gestört werden“, befahl der General. Die Ordonnanz zog die gepolsterte Tür fest hinter sich zu.

„Sassen, Sie gehen mit Ihrem Trupp nächste Woche nach Afghanistan, richtig?“
„Jawohl, Herr General“
„Seit vier Jahren sind Sie Mitglied unserer Gesellschaft, wird mir gemeldet.“
„Jawohl, Herr General.“
„Habe da für Sie einen Spezialauftrag.“
„Dafür bin ich ausgebildet, Herr General.“ Die hellblauen Augen des jungen Offiziers leuchteten. „Darf ich mir Notizen machen, Herr General?“
„Natürlich nicht. Zuhören sollen Sie, konzentriert zuhören. Sie hören es nur einmal, und zwar hier und jetzt.“
„Jawohl, Herr General.“
„Wir werden in den nächsten Tagen völlig überraschend unsere Truppen aus Afghanistan abziehen. Sondieren Sie die Lage dort.“
„Verstehe, Herr General.“

„Nächste Woche wird Hauptfeld Renstorff mit Ihnen Verbindung aufnehmen, irgendwie, und Ihnen die Einzelheiten der Auftragsdurchführung befehlen, Zeitpunkt, Gelegenheit, Art und Weise der Durchführung, und so weiter. Die Operation heißt ‚Operation Mühle'. Soweit klar?" Der General nahm einen Schluck Kaffee.
„Renstorff, okay, alles klar. Soweit."
„Rückmeldung oder Meldung über Auftragsausführung nur an mich persönlich." Von Roddeck leerte seine Kaffeetasse.
Der junge Offizier strahlte. „Jawohl, Herr General, persönlich."

10

Der weiße Opel aus dem „Fuhrpark Bundeswehr" mit dem Y-Kennzeichen des Militärs machte auf der Strecke Kassel-Berlin an der Tankstelle hinter dem Autobahnkreuz Kassel-West Halt. Die beiden Offiziere betraten die Toilette mit leichtem Handgepäck und verließen sie nach acht und nach zehn Minuten wieder, nach acht Minuten Oberst der Reserve Tocker durch den Vordereingang, zwei Minuten später Brigadegeneral von Roddeck durch den Hinterausgang, jetzt beide in Zivil. Von Roddeck ging stracks an den Diesel-Zapfsäulen und einem tankenden Sattelschlepper vorbei auf einen grauen Volvo zu, in dem Tocker schon auf ihn wartete. Den Wagen hatte ihnen ein Mitglied der DGNS, ein Stabsunteroffizier der Reserve, Kommandosoldat und ausgebildeter Scharfschütze, überlassen, der hier in der Gegend ein kleines bäuerliches Anwesen betrieb. Den Schlüssel hatte Tocker wie vereinbart in einem kleinen Kuvert angeklebt unter dem letzten Waschbecken von Sanifair gefunden.

„Schloss Hirschesruh", rief von Roddeck und knallte die Seitentür zu. Tocker beobachtete im Rückspiegel den weißen Bundeswehr-Opel, der ihnen in wechselnden Abständen folgte. „Nolte ist dran, Herr General".
Von Roddeck knurrte und schaute sich die hügelige Landschaft an.

Sie verließen die Autobahn hinter Fritzlar und steuerten an der Ausfahrt Wabern das Waldgelände um Trockenerfurth an.

Nolte blieb bis zur Ausfahrt Borken auf der Autobahn. Nach der Abfahrt fuhr er Richtung Trockenerfurth und dann im Kreis über Nassenerfurth, Pfaffenhausen und Borken erneut nach Trockenerfurth, jetzt von Norden kommend. Den grauen Volvo entdeckte er an einem Wanderweg zum Borkensee an der verabredeten Stelle. Er nahm seine Rundstrecke wieder auf, jetzt langsamer, in unregelmäßigen Abständen immer wieder anhaltend, nach hinten abwartend, ob ihm jemand folgte, nach vorne und zur Seite beobachtend, ob sich Auffälliges ereignete. Aber auch durch sein Fernglas sah er nur Bauern bei ihrer Erntearbeit. Nolte bezog eine halbverdeckte Stellung an einem Waldrand, in der er von der Umgehungsstraße aus nicht zu sehen war. Später fuhr er seinen Rundkurs im Uhrzeigersinn noch mal. Wieder nichts als Bauern, Erntehelfer, Rinder, Pferde. Neben ihm auf dem Beifahrersitz lag das Handy, das ihm der General überlassen hatte.

Von Roddeck und Tocker hatten das Waldstück in einem kurzen Fußmarsch durchquert. Vor ihnen tauchte das grüne Tor von Schloss Hirschesruh auf. Von Roddeck tippte eine Nummer in sein Mobiltelefon und brummte: „Wir sind hier."

Das Tor öffnete sich Sekunden später. Die beiden Offiziere schritten über den grob gepflasterten Innenhof auf die steinerne Brücke zu, die über den Flussgraben führte und hinter der sich ein gewölbeartiger Durchgang zum Schloss auftat. Rechts von ihnen schlummerte das Gästehaus, links wucherten üppige Gartenanlagen, im Hintergrund konnte man die Silhouette eines alten Garten- oder Gewächshauses erkennen. Tocker mühte sich, mit dem General Schritt zu halten.

Von dem Eingangsportal führten drei Stufen rechts hinunter in einen Flur, von dem eine Holztreppe in die oberen Etagen entschwand. In dem Flur dösten zwei riesige Hunde. Einer knurrte sie ein bisschen an, der andere machte sich sogar die Mühe, sich schwanzwedelnd von seiner Decke zu erheben.

Von Roddeck ging zwischen den Hunden hindurch geradeaus drei weitere Stufen hinab in einen großen Raum - die Schlossküche, mutmaßte Tocker, denn sie standen zwischen einem alten Herd, einem Arbeitstisch aus dicken Eichenbohlen und einem gemütlichen runden Esstisch unterhalb des Fensters zum Schlosshof, umgeben von Pfannen, Schöpflöffeln, Spießen, Gabeln, Messersets und anderen Küchengerätschaften, Weinregalen und einem schwarzen Kamin. In der Mitte der Küche eine Frau wie eine Statue, langes schwarzes Haar, große Ohrreifen, silbern, schwarze Reithosen, hochhackige Stiefel. Sie hielt ein großes Küchenmesser in ihrer rechten Hand und starrte sie unbewegt an.
„Hallo, Laura."
„Willst Du uns nicht vorstellen?" Die Frau legte das lange Küchenmesser auf die Arbeitsplatte.
„Besser nicht."
„Dann schick' ihn raus." Laura würdigte Tocker keines Blickes.
„Ich ziehe es aus Sicherheitsgründen vor, unsere Besprechung im Garten zu führen", erwiderte von Roddeck.
„Aus Sicherheitsgründen wird diese Besprechung ohne Sie stattfinden." Laura sah Tocker an. Sie hatte eine tiefe, sinnliche Stimme, der selten widersprochen worden war. „Ich unterhalte mich nicht vertraulich mit Fremden. Schon gar nicht mit Zeugen. Ich gehe davon aus, dass Sie das verstehen." Sie lächelte so wenig wie möglich. „Wenn nicht, gibt es keine Besprechung."
Von Roddeck knickte ein. „Laura, das ist Oberst Tocker. Und das ist die Schlossherrin, Frau Laura Schwartze. Tocker, vertreten Sie sich draußen die Beine, bis ich Sie rufe, und verlassen Sie den Bereich des Schlosses nicht."
Tocker hätte fast die Hacken zusammengeknallt, was mit seinen hellbraunen Slippern nicht funktioniert hätte. Er deutete gegenüber der schönen Schlossherrin eine Verbeugung an, schlich an den beiden Hunden vorbei und entschwand durch das Eingangsportal in den sonnigen Innenhof des Schlosses.

Von Roddeck und Laura Schwartze gingen durch den Torbogen in den Schlossgarten. Tocker sah ihnen nach und atmete tief durch. Mann, hatte diese Frau einen erhabenen Gang – das musste an ihren hohen Stiefeln liegen, an den eng sitzenden Reithosen oder an der Schlossherrin selbst oder an allem zusammen; einen so fraulichen Gang hatte Tocker noch nie in seinem Leben gesehen.

Die beiden verschwanden aus seinem Sichtfeld hinter dem Torbogen und setzten sich auf bequeme grünbezogene Gartensessel, die im Schatten einer Pergola standen.
„Hast Du einen Knall mit Deinen ‚Sicherheitsgründen', eine Neurose, oder ist es schon schlimmer?" erkundigte sich Laura.
Von Roddeck griff nach einer Flasche Wasser, die in einem Eiskübel vor sich hinschwitzte, und schenkte sich und Laura ein. „Was willst Du denn hören?"
„Ich will wissen, was dieses Theater soll, ich will wissen, aus welchen Gründen Du diese Figur hier reinschleppst, die ich nicht kenne, was gegen unsere Sicherheitsbestimmungen verstößt. Und ich will, bitte, drittens wissen, was die Sache so eilig macht. Mein Verdacht ist, dass Dich nicht Sicherheitsüberlegungen leiten - sonst wärst Du alleine gekommen, wie immer - sondern ein krankhaftes Misstrauen, und deshalb bist Du in Begleitung hier aufgetaucht." Sie zündete sich eine Zigarette an.

Von Roddeck verzog das Gesicht und versuchte, dem Rauch auszuweichen. „Lass uns zur Sache kommen."
„Nur zu."
„Ich will bitte zwei Dinge von Dir –."
„Erstens?"
„Unsere Bemühungen, die Verteidigungsministerin unglaubwürdig zu machen, dürften scheitern. Sie werden scheitern, weil wir nicht zulassen können, dass die beiden von Dir gekauften Zeugen aus der Schweiz vor dem parlamentarischen Untersuchungsausschuss aussagen. Übrigens hast Du mir deren Koordinaten bis heute trotz meines telefonischen Befehls nicht mitgeteilt."
„Ach?"
„Es wäre zu gefährlich, weil die Fragen, die insbesondere von den Vertretern der Regierungskoalition im Untersuchungsausschuss zu befürchten sind, in Deine Vergangenheit als Rechtsanwältin führen könnten. Ich bin sicher, dass die Vertreter der Regierungskoalition das Vorleben der beiden Schweizer Herren genau unter die Lupe genommen haben und nehmen werden."

„Na und?“
„Ich denke da insbesondere an unseren Geheimdienstkoordinator, einen Dr. Elmar Gehrke, der nach unseren Informationen mit allen Wassern gewaschen ist.“
„Das sind wir auch. Ich zumindest.“
„Egal. ‚Operation Charly’ ist abgeblasen.“
„Jawoll, Herr General, abjeblasen. - Leben meine ehemaligen Mandanten eigentlich noch?“ Laura betrachtete die Kronen der Obstbäume.
„Sie erfreuen sich bester Gesundheit und bereiten nach meinen Informationen sogar eine lukrative Geschäftsreise nach Afrika vor.“ Der General rückte die beiden Gläser mit dem Eiskübel in der Mitte in eine Linie, die parallel zur Tischkante verlief.
„Berndt, Du lebst in einer Welt von gestern, und wenn Du noch ein bisschen so weiter machst, von vorgestern. Kein Verteidigungsminister müsste heute wegen irgendwelcher inoffizieller Geheimdienstkontakte zurücktreten. Sogar die Bundeskanzlerin hat sich kürzlich in London mit den Chefs der britischen Geheimdienste im privaten Kreis getroffen. Da wäre vor Jahren noch ein Aufschrei in der Presse erfolgt.“
„Weiß ich alles“, knurrte von Roddeck. „Nicht ihre komischen Kungeleien mit den Amerikanern waren der Ansatz, sie wegzuschießen, – nein, ihre Lügen wären es gewesen, ihre Lügen gegenüber dem Parlament, gegenüber ihrer Regierungschefin und gegenüber der Öffentlichkeit.“
Laura winkte ab. „Dein Versuch, mit einer Voncampen-Affäre die Regierung ins Straucheln zu bringen, ist demnach gescheitert. Wie schade für Dich. Bist Du traurig?“
„Nein, ich verfolge einen anderen Plan und dasselbe Ziel weiter.“
„Neuer Plan?“ Laura versenkte ihre Zigarette in einem tiefen Steinaschenbecher.
„Unser nächstes Ziel ist die Kanzlerin selbst. Ihre öffentliche Demontage wäre noch weit wirkungsvoller. Fällt die Kanzlerin, fällt die Regierung, weil die Große Vorsitzende aus den eigenen Reihen unersetzlich ist. Fällt die Regierung, kommen die Linken –.“
„Weshalb fiele die Regierung? Rücktritt?“

„Ein konstruktives Misstrauensvotum würde erfolgreich sein, bei Neuwahlen noch in diesem Jahr hätten die Roten die Mehrheit."
Von Roddeck schaute Laura an, als erwarte er Applaus.
„Kann sein, muss nicht sein", erwiderte sie und schenkte Wasser nach. Im Teich weiter hinten im Garten quäkten Enten.
„Sind die Roten dran, vor allem zusammen mit den Knallroten, womöglich mit Hilfe der Hell- und Dunkelgrünen, wird das Deutschland, das unsere Kanzlerin gerade zerstört, noch schneller im Chaos versinken. Keine öffentliche Ordnung mehr. Das Gesetz des Stärkeren wird gelten. Und die Stärkeren, das werden unsere muslimischen Zuwanderer sein."
„Und was habe ich damit zu tun?"
Von Roddeck goss sich Eiswasser in den Hals. „Ich brauche Deine Kontakte. Und Dein Schloß als Operationszentrale und als Kulisse für wichtige Verhandlungen."

Von Roddecks Mobiltelefon surrte.
Tocker war dran. „Nolte meldet soeben ein besonderes Vorkommnis, verdächtiges Fahrzeug, schwarzer Audi-Kombi mit polizeilichem Kennzeichen Frankfurt, ein Mann Besatzung, kurvt in rätselhaften Schleifen im Gelände um das Schloss herum, immer wieder. Fahrer hat Kfz soeben abgestellt und nähert sich Schloss im Fußmarsch, langsamer als ein Spaziergänger, aus südlicher Richtung, Wald."
Von Roddeck befahl: „Laufen lassen, Kennzeichen und Halter feststellen. Ende."
Der General wechselte das Thema. „Wie geht es dem Alten?"
Laura zuckte mit den Schultern. „Unverändert. Schön, dass Du fragst. Soll ich Deinem Vater was ausrichten?"
Von Roddeck überhörte ihre Frage, sah ihr in die dunklen Augen. „Schlafen wir mal wieder miteinander?"
Laura drehte sich um. „Ich muss Herrn Tocker was zu trinken anbieten." Sie ging zu Tocker, der im Innenhof in der Sonne auf dem heißen Pflaster verharrt hatte.
Von Roddeck folgte ihr.

Als sie wieder in ihrem Volvo saßen, rief Tocker Nolte an. „Wir fahren los. Treffpunkt wie vereinbart. Zeit: X minus 15. Haben Sie schon was rausbekommen?"
Er hörte zu und erwiderte: „Romeo soll über Quelle Foxtrott-Romeo-Alpha Lima-Kilo-Alpha Feldwebel Ucker Mieter orten."
„Sie sollten keine Namen nennen", brummte von Roddeck.
„Keine Namen nennen, Herr General. Nolte meldet: Halter des verdächtigen Audi ist ein Kfz-Vermieter, EuropCar, Frankfurt, Mieter wird Renstorff über unseren Feldwebel Ucker beim LKA Hessen feststellen."
„Fahren Sie schon los. Treffpunkt Nolte."

Tocker kurvte den schweren Volvo über den Waldweg auf die Landstraße zurück. „Gestatten Sie eine Frage, Herr General?"
„Welche?"
„Bin wie befohlen im Schlossgelände herumgelaufen. Naherkundung. War auch an einem Gewächshaus." Tocker zögerte.
„Ihre Frage?"
„Kann es sein, dass ich da einen älteren Mann in einem Rollstuhl, zugedeckt, gesehen habe, markantes Gesicht, kam mir nicht unbekannt vor?"
„Wenn Sie es sagen. Sie müssen doch wissen, was Sie beobachtet haben."
„Wer ist das?"
„Keine Ahnung. Vielleicht der Gärtner."
„Sah krank aus und bewegte sich nicht."
„Vermutlich Mittagsschlaf". Warum hatte er diesen neugierigen Oberst eigentlich mitgenommen? „Was macht ‚Operation Omega'?"
Tocker sah auf die Uhr am Armaturenbrett.
„Die beiden Zeugen dürften schon ihre Koffer gepackt haben."
Von Roddeck nickte zufrieden.

Hinter einer Waldecke trafen sie Nolte, der in seiner gedeckten Stellung auf sie wartete. Sie wechselten die Fahrzeuge. Während die Offiziere sich umzogen, klebte Nolte den Schlüssel des Volvo an die vereinbarte Stelle auf den rechten Hinterreifen und rief von seinem Handy eine Nummer an. Er gab dem Stabsunteroffizier

der Reserve die Koordinaten seines Volvo durch und setzte sich ans Steuer des Opels der Bw-Fuhrpark Service GmbH.
„Marsch!" dröhnte von Roddeck von der Rückbank. „In dreieinhalb Stunden will ich am Kanzleramt sein. Habe da um 16 Uhr 30 den Kameraden Bloch einbestellt."

Der Rückruf von Renstorff erreichte sie zwischen Braunschweig und Magdeburg. Tocker nahm ab und hörte zu. Er drehte sich zu seinem General um. „Renstorff. Wollen Sie ihn selbst sprechen?"
Von Roddeck nahm das Telefon entgegen. „Was gibt's Neues?"
„Herr General, ich melde, Zielperson ist ein Hannes Lomer, Mitarbeiter der Bundesvermögensverwaltung, Zweigstelle Rosental 9 in München, hat den Audi heute Morgen –."
„Sonst noch was?"
„Sonst keine besonderen Vorkommnisse."
„Ende."

Von Roddeck reichte Tocker das Telefon zurück. Bundesvermögensverwaltung? Am Viktualienmarkt in München?
„Tocker, rufen Sie Renstorff noch mal an. Der soll herausfinden, was sich hinter dieser ominösen Bundesvermögensverwaltung verbirgt. Ergebnisse, bevor wir in Berlin sind und den Kameraden Bloch treffen."
Es war doch vorteilhaft, auf Reisen Stabspersonal mitzuführen.
Tocker griff in die Tasten.

Der nächste Anruf erreichte von Roddeck am Berliner Ring. Es war kurz vor Vier. Der Anruf kam auf dem Mobiltelefon, das er in seinem blauen Kurzhemd in der Außentasche trug.
„Von Roddeck."
„Renstorff, Herr General – ."
„Weshalb rufen Sie mich auf diesem Apparat an? Wir sind in Eile. Was ist mit diesem Lomer?"
„Das ist wahrscheinlich ein Deckname und die Bundesvermögensverwaltung, Zweigstelle Rosental 9 in München, eine Deckadresse für den Bundesnachrichtendienst."
Von Roddeck richtete sich auf. „BND." Er reagierte sofort. „Renstorff, veranlassen Sie Folgendes, erstens: Kontaktaufnahme MdR

Rinzen sofort auf Weg Alpha. Zweitens: Möglichkeit einer Wehrübung, Einberufung nach Afghanistan, überprüfen, unter Einschaltung Papa. Falls negativ, Rückruf bei mir auf diesem Apparat ab 17.15. Falls positiv: Einberufung noch heute veranlassen, über unseren Mann bei P. Ziel: Aufnahme ins nächste Kontingent Afghanistan, habe da Auftrag für ihn. Verstärkt regionales Feldjägerkontingent. Abflug nächsten Freitag. Drittens: Reserveoffizier morgen früh ins Amt einbestellen. Dringlichkeitsstufe: Alpha."
Renstorff wiederholte seinen Auftrag.
„Ende." Von Roddeck knipste sein Telefon aus. Grimmig.
Der Opel nahm die Ausfahrt Ku'damm. Es war 16 Uhr 17.

11

Die Joggergruppe trabte durch den Kölner Stadtwald, Stadtteil Braunsfeld, zwischen Militärring und Maarweg, etwa zwanzig Personen unterschiedlichen Alters, dunkelblaue Trainingshosen, die hellblauen T-Shirts trugen den einheitlichen Aufdruck „MIL", und jeder der Läufer hatte eine eigene Nummer, schwarz eingebrannt auf Vorder- und Rückseite des Hemdes. Vögel zwitscherten ihr morgendliches Begrüßungskonzert, es klang wie Beifall für die Läufer, und aus der Ferne hörte man den Autoverkehr vom Militärring und von der Autobahn. Einer der Läufer hatte mit Abstand die Spitze übernommen. Sein Hemd war weiß und hatte nur den Aufdruck „MIL", ohne Nummer.

Der Läufer schwenkte, nunmehr rückwärts trabend, auf eine Wiese zwischen den geräumigen Parkwegen, rief „dranbleiben!" und blieb dann auf der Wiese stehen. Die Gruppe nahm vor ihm Aufstellung, schwer atmend, einige keuchend, der Rest trottete langsam herbei. Als die letzten sich in Reih' und Glied aufgestellt hatten, kündigte der Läufer mit dem weißen MIL-Hemd an: „Das war zum Warmwerden. Jetzt erstmal schön durchschnaufen, Beine auslockern." Er machte das vor, es sah aus wie ein Tänzchen. „Es folgen sechs basic Exercises. Zunächst gehen wir in die Hocke. Aufstehen, rechtes Bein hoch, Knie an die Brust, Hocke, aufstehen, linkes Bein hoch, soweit vorhanden." Er machte die erste Basisübung vor, die Gruppe versuchte ächzend, im Takt zu bleiben, runter in die Hocke, aufstehen, rechtes Bein hoch, Hocke, aufstehen, linkes Bein hoch. „Wir machen zehn Stück: sieben – sechs – fünf – vier – drei – zwei – eins – zwei – drei – zehn habe ich gesagt! – fünf – sechs – Nr. 13: Knie höher! – acht – neun – Nr. 3: Arsch weiter runter!"

Zwei andere Jogger, ein Mann und eine junge Frau, beobachteten die Gruppe aus einem gegenüber liegenden Waldstück durch Ferngläser. „Er ist nicht dabei. Das muss so ein ganz Großer sein. Oder hast Du ihn gesehen?"
Die Frau hatte den Leiter der Gruppe mit dem weißen Hemd im Visier, setzte ihr Fernglas ab und schüttelte den Kopf. „Können wir jetzt einen gemütlichen Spaziergang zum Einsatzwagen machen, oder müssen wir etwa die ganze Strecke zurück laufen?"
„Die ersten fünfhundert Meter laufen wir." Der Polizist versteckte sein Glas unter der durchgeschwitzten Trainingsjacke, und beide trabten los.

Zur selben Zeit ordnete Erwin Rinzen in seinem Büro Am Heumarkt Unterlagen.
Ein junger Mann im Sportanzug trat durch die offene Tür. „Heute früh nicht beim Lauftraining? Schon wieder Wehrübung, höre ich?"
„Richtig gehört. Freitag geht's los, Kontingent-Aufstockung Afghanistan. Tolle Sache!" Rinzen sortierte weiter kleine und größere Akten und schob seinem Junior-Partner einen Stapel Papiere zu. „Das hier ist für Dich, Routine. Muss gleich zu 'ner Einsatzbesprechung in die Adenauer-Kaserne. Bin heute Nachmittag noch mal kurz da und Morgen nur noch stundenweise. Muss noch einiges vorbereiten, auch privat. Am besten übernimmst Du gleich. Du weißt, wie positiv diese Wehrübungen, insbesondere bei den Feldjägern, sich auf unser Unternehmen auswirken." Er sah auf die Uhr.

Eine gute Stunde später saß er General von Roddeck gegenüber. ‚Imposante Erscheinung', dachte der General, sehr muskulös, sehr kräftig, geschätzte Größe 1,95 m, Bilderbuchathlet, Idealtyp

Feldjäger. Flößte schon Respekt ein, bevor er handgreiflich wurde. „Schön, Rinzen, dass Sie gleich zur Verfügung stehen. Wie machen Sie das mit Ihrem Zivilberuf?“ Er musste das Vertrauen dieses jungen Reservemajors gewinnen.
„Kein Problem, Herr General. Selbständiger Unternehmer. Habe vor anderthalb Jahren nach dem Vorbild von BMF MIL gegründet …“.
„BMF? MIL?“
„British Military Fitness. Hat vor drei Jahren ein ausgedienter englischer Major der SAS gegründet, der nach seiner aktiven Dienstzeit natürlich weiter Sport machen wollte und diese ganzen Fitness-Studios abscheulich fand. British Military Fitness war von Anfang an ein Riesenerfolg, er beschäftigt nur Mitarbeiter, die gedient haben, Dienstgrad mindestens Sergeant, und der Kerl hat einen unglaublichen Zulauf von Sportinteressierten, die sich nicht für teures Geld in verschwitzten Studios an deren Folterwerkzeugen abarbeiten wollen. Vergibt auch Franchisen. Hat auch schon welche in Europa, und so weit ich weiß, auch in Deutschland. Aber da bin ich ihm zuvor gekommen.“
„Mit MIL.“
„Militärisches Institut für Leibesübungen. Läuft hervorragend, habe inzwischen dreizehn Angestellte und freie Mitarbeiter, bereits zehn Franchisenehmer. Werden jede Woche mehr. Die Hauptarbeit macht inzwischen mein Juniorpartner, Oberleutnant der Reserve der Gebirgstruppe, und jede Wehrübung, die wir ableisten dürfen, steigert unsere persönliche Glaubwürdigkeit und das Renommee unseres jungen Unternehmens. Wir –“

„Weitermachen.“ Der General kam zur Sache. „Renstorff hat Ihnen eröffnet, dass wir Sie in Afghanistan brauchen.“
„Er rief mich gestern Nachmittag an, streng vertraulich. Wie lautet mein Auftrag, Herr General?“
Von Roddeck stand auf. „Bleiben Sie sitzen, Rinzen. Operation Mühle geht in die heiße Phase.“
„Operation Mühle?“.
Von Roddeck setzte sich zu seinem Besucher an den Besprechungstisch. „Wir werden unsere Soldaten sofort aus Afghanistan abziehen.“

„Unglaublich“, entfuhr es Rinzen.
„Habe bereits einen Mann vorgeschickt, KSK-Offizier, Oberleutnant Sassen. Wurde von mir persönlich in Calw eingewiesen.“
Der Major hörte gespannt zu. „Und meine Beteiligung?“
„Warten Sie's ab: Sie unternehmen gar nichts. Sie überwachen lediglich die Situation vor Ort. Dazu haben Sie in Ihrem Feldjägerkommando den besten Einblick. Sie melden immer sofort hierher. Ich möchte, dass der Abzug perfekt vorbereitet ist.“
„Das ist alles?“
„Das ist alles; Auftragserweiterung vorbehalten bei Lageänderung. Wünsche viel Soldatenglück.“ Von Roddeck erhob sich.
Rinzen sprang auf.

12

Die Einreise nach Tunesien war so unproblematisch verlaufen, wie es nicht anders zu erwarten gewesen war. Die beiden Schweizer Touristen hatten für zwei Wochen ein Doppelzimmer in einem international beliebten Hotel auf Djerba gebucht und am Nachmittag ihres Eintreffens sogleich eine geführte Sahara-Tour mit einem Toyota, der sie auf einer lineal gezogenen Asphaltpiste gen Süden fuhr.

Am Steuer saß ein ortskundiger Fahrer aus El Kantara, auf dem Beifahrersitz ein libyscher Handelsagent aus Tripolis, mit dem man sich überaus interessant auf Französisch unterhalten konnte. Eine offizieller Grenzübertritt nach Libyen bei Alouet El Gounna hätte für die beiden Schweizer Geschäftsleute zu Problemen geführt, bekräftigte er, womöglich würde man sie wegen der diplomatischen Spannungen zwischen ihren beiden Ländern nicht mal einreisen lassen.

Das dampfende Asphaltband lief in Remada aus, der Toyota schlingerte auf einer komfortablen Sandpiste weiter nach Süden, der Dämmerung entgegen.

Zu dieser Zeit wurde das Doppelzimmer der beiden Touristen in Houmt Souk telefonisch storniert; die Herren hätten entschieden, ihren Wüstencruise auf eine Woche auszudehnen, das wenige Gepäck, das sie zurück gelassen hatten, würde noch am selben Nachmittag gegen Bezahlung einer großzügigen Stornogebühr abgeholt und nachgeführt, und in der zweiten Woche würden sie dann gerne wieder in ihr gebuchtes Appartement auf Djerba zurückkehren.

Ali steuerte den schweren Landcruiser mit großem Geschick durch den immer sandiger werdenden Untergrund auf Gadamès zu, das im Dreiländereck zwischen Tunesien, Algerien und Libyen bereits auf libyschem Boden liegt. Die offene Grenze, erläuterte Abdul in makellosem Französisch, sei nur auf algerischer Seite durch den Militärposten in Deb Deb gesichert, aber der sei mobil und deshalb müsse man den Einbruch der Dunkelheit abwarten.

Zu dieser Zeit wurde das Zimmer der Reisenden auf Djerba geräumt.

Bei Anbruch der Dämmerung machten sie in einem Wadi noch auf tunesischem Territorium Rast und verschlangen ihr Lunchpaket. Die Sonne küsste den endlosen Sand und verschwand in einer atemberaubenden und viel zu kurzen Zeremonie hinter der Kante des Horizonts. Als sie fünfzehn Minuten später die letzten Bierdosen zerknickt hatten, herrschte bereits tiefste Finsternis. Ein die ganze trostlose Welt umspannendes Sternennetz glimmte auf.

Ali ließ den Wagen wieder an, und Abdul meinte: „Alors, Messieurs, jetzt geht es über Gadamès noch gute eineinhalb Stunden nach Osten. Dann erreichen wir mitten im Gelände eine Wegespinne, wo wir drei abgeholt werden." In etwa drei Stunden auf ruhiger Sandpiste würden sie also erlöst sein. Die verschwitzten und erschöpften Geschäftsleute nahmen ermattet aber gestärkt wieder auf den abgewetzten Plastiksitzen im Fond Platz und nickten.

Die Panne hatten sie weit hinter Gadamès, noch westlich von der Hamada el Hamra nach über zwei Stunden Fahrt durch dieses schwarze Nichts, das die Nacht von der Wüstenlandschaft übrig ließ. Der Motor stotterte und erstarb. Ali öffnete die Kühlerhaube, Abdul griff nach seinem Satellitentelefon. Das Mondlicht ließ schemenhaft Dünenkämme und die Silhouetten großer Felsbrocken erkennen. Schleier legten sich über den blassen Mond.

Abdul beugte sich mit Ali über den dampfenden Motorblock. Ali sagte etwas. Dann kam Abdul mit einer Thermoskanne und zwei Decken auf Naef und Anax zu. „Trinken Sie einen Schluck Tee, Messieurs, und entspannen Sie sich. Ali hat das Problem in einer Stunde gelöst. Keilriemen, meint er. Ich habe gerade unsere Freunde angerufen, die sind schon im Ziel, sie warten auf uns. Im Morgengrauen werden Sie Richtung Norden die erste Oase erreichen, sicher mit einem Toyota, der in besserer Verfassung ist." Er lächelte zuversichtlich und gab jedem eine Decke. „Am besten schlafen Sie ein bisschen, am besten dort zwischen den grauen Felsen. Hier ist eine Taschenlampe."

Dort, zwischen den grauen Felsbrocken, wachten Anax und Naef am nächsten Morgen in beißend hellem Sonnenlicht auf, noch leicht betäubt von dem Schlafmittel im Tee. Der Toyota war weg. Nur die Taschenlampe und die leere Teekanne lagen noch zwischen ihnen. Und unter ihnen die sandigen Wolldecken.

13

Das monotone Brummen der zwei Propeller der C 160 TRANSALL war beruhigend und einschläfernd.

Aber Major Rinzen schlief nicht. In dem Airbus Jet, der sie auf dem Lufttransportstützpunkt Termiz in Usbekistan abgesetzt hatte, war er für ein paar Stunden immer wieder in unruhigen Schlaf gefallen. Ab jetzt war es wichtig für ihn, wach zu sein.

Unter den circa fünfzig Soldaten des ersten Aufstockungskontingents, die an den Seitenwänden der C 160 festgeschnallt auf und neben ihren Seesäcken, Rucksäcken, Stahlhelmen und ihrem sonstigen Gerödel vor sich hin dösten, konnte er Oberleutnant Sassen zunächst nicht ausmachen. Im vorderen Teil der Maschine lümmelten fünf Soldaten in schwarzen Uniformen herum, umgeben von Stapeln mit Ausrüstungsgegenständen, alles geheimnisvoll verpackt. Diese Soldaten trugen keine Dienstgradabzeichen, gehörten also dem KSK an. Einer von ihnen musste es sein. Die beiden jungen schieden auf Grund ihres Alters aus. Zwei der älteren ordnete Rinzen als Unteroffiziers-Dienstgrade ein, die immer mal wieder den Worten des fünften Mannes zuhörten, seinen Anweisungen folgten oder ihm zunickten. Der fünfte Mann, etwas jünger als diese beiden, musste es sein: Totalglatze, stechender gerader Blick unter buschigen Augenbrauen, verzog keine Miene. Der musste es sein: Oberleutnant Sassen.

Major Rinzen schloss die Augen und dämmerte vor sich hin. Das schwere Transportflugzeug schaukelte leicht, sein Rumpf vibrierte gleichmäßig. Rinzen hing dösend seinen Gedanken nach. Seine weitere Zukunft – nicht nur seine militärische – hing jetzt allein an diesem General von Roddeck. Wichtig war, dessen Anweisungen nun präzise zu befolgen. Was da wohl auf ihn zukäme in Afghanistan mit dieser ‚Operation Mühle'?

14

Der mächtigste Strippenzieher der Bundesregierung ist der Chef des Bundeskanzleramtes. Neben vielen anderen Vollmachten ist ihm der Bundesnachrichtendienst unterstellt und er ist der Beauftragte der Bundesregierung für alle deutschen Nachrichtendienste. Der ChefBK, Dr. Elmar Gehrke, nahm den Telefonhörer ab. „Der Außenminister, Herr Staatsminister."
„Stellen Sie doch bitte durch."
„Störe ich Sie, Herr Kollege?" Minister Hartmann war hörbar nervös. „Ich befürchte, ich brauche... Ihre Hilfe. Mal wieder."

„Aber ich bitte Sie, Herr Hartmann, dazu bin ich doch da.“ Gehrke liebte Understatement.
„Wir werden verdächtigt, zwei Schweizer Bürgern über unsere Botschaft in Libyen geholfen haben, dort einzureisen, was unmittelbar zwischen Bern und Tripolis derzeit nicht funktioniert hätte, Sie wissen schon, Abbruch der diplomatischen Beziehungen, keine Visa-Erteilungen mehr – .“
„Davon habe ich natürlich gehört und gelesen“, unterbrach Gehrke. „Nur dass Ihr Auswärtiger Dienst hier involviert gewesen sein soll, ist mir neu.“
„Mein diplomatisches Korps hat nichts damit zu tun.“
„Und wer behauptet das Gegenteil?“
„Die Boulevardpresse, diese Schmutzblätter von diesem Boulevard-Zampano Stich.“
„Lese ich nicht. Was ist so schlimm daran, Herr Kollege?“ Das Gespräch fing an, Gehrke zu langweilen. Er blätterte in einer Unterschriftsmappe.
„Die Veröffentlichungen haben schon zu einer parlamentarischen Eilanfrage der Grünen Fraktion geführt. In drei Tagen ...“.
„Na und? Die Grünen stören doch nur den politischen Betrieb, nur deshalb sitzen sie doch im Parlament. Das kann uns, Herr Kollege, doch nicht ernsthaft von unserer politischen Arbeit abhalten.“
Stich. Sebastian Stich. Inhaber zahlreicher Presseverlage, Chefredakteur bei verschiedenen seiner Blätter, die wie Schmierpapier über die Republik verteilt wurden und immer mal wieder im Visier des Verfassungsschutzes standen. Neulich hatte er ein Feature über diesen Kerl gelesen, dienstlich. War der nicht auch Reserveoffizier?

Gehrke hatte dem vor sich hin plappernden Außenminister nicht weiter zugehört. Als der Atem holte, unterbrach er ihn schnell: „Herr Hartmann, können Sie mir Details über diese Libyen-Geschichte schildern? Möglicherweise können wir Ihnen dann weiterhelfen.“
Hartmann atmete schwer. „Na klar, können Sie fast überall nachlesen: Wir sollen diesen Schweizern über unsere deutsche Botschaft in Tripolis bei der Einreise nach Libyen geholfen haben,

was einfach so nicht zutrifft. Die beiden Schweizer wollten in Libyen offenbar Geschäfte machen...“.
„Geschäfte?“ Gehrke war hellwach.
„Offenbar hatten sie gute Kontakte zu den amerikanischen und israelischen Diensten, sagt meine Botschaft in Tripolis. Und diese beiden Herren sind nun auch noch seit Tagen verschwunden, zumindest sind sie in ihrem Feriendomizil auf Djerba nie wieder aufgetaucht.“
„Auch nicht bei der deutschen Botschaft? Tunis, Tripolis?“ Gehrke war jetzt hochkonzentriert.
„Das wüsste ich. Unser Problem ist jetzt ein zusätzliches: Das deutsche Außenministerium und damit die deutsche Regierung wird nicht nur der Umgehung von Visa-Abkommen bezichtigt, sondern soll nun auch noch für das Verschwinden dieser Schweizer Unternehmer verantwortlich gemacht werden und sich an deren Suche beteiligen. Die Grünen ...“.
„Die Grünen haben doch selbst die meisten Erfahrungen im Bruch von Visa-Abkommen – denken Sie an die Ukraine und an die damaligen Legislatur-Perioden, 2000 folgende, als Ihr Vorgänger im Amt unser Land 2005 mit Ukrainerinnen und Ukrainern überschwemmte, denen ein Einreisevisum in die Bundesrepublik Deutschland schon erteilt wurde, wenn sie auch nur in die Nähe der deutschen Botschaft in Kiew gerieten! `Deutschland muss von ... innen durch Zustrom heterogenisiert, quasi verdünnt werden’, soll er damals gesagt haben.“
„Gutes Argument, Herr Kollege, sehr gutes Argument, das lasse ich mir hier aufbereiten.“ Hartmann atmete erleichtert auf. „Sie haben mir schon sehr geholfen, Herr Dr. Gehrke, vielen Dank.“
„Würden Sie mich denn auf dem Laufenden halten, Herr Kollege? Ich denke, dass ich Ihnen auch in der Sache werde noch weiterhelfen können.“
„Aber selbstverständlich. Wir sehen uns spätestens beim Gartenfest in Ihrem Amt.“ Der Außenminister legte auf.

Gehrke rieb sich die Augen. Libyen. Das Problem war seine Machtlosigkeit: Im Inland musste er die Polizeiarbeit diesen Laien vom LKA und BKA überlassen; dem Bundesamt für Verfassungsschutz und den entsprechenden Behörden auf Landesebene waren wegen Unzuständigkeit die Hände ge- und wegen partieller Inkompetenz die Augen verbunden; der BND war mit der nutzlosen Aufarbeitung seiner NS-Geschichte, seinem Umzug nach Berlin, der Trennung der Behörde von Pullach und Berlin und im übrigen mit seinen jetzt in Mode gekommenen Public-Relations-Kampagnen beschäftigt - und er hielt alle Strippen in der Hand, die überall im Nichts endeten. Umgeben von Kollegen, denen er ab und zu hilfreich zur Seite stehen durfte, wenn sie nicht weiter wussten, und über sich die Kanzlerin, die mit der Vorbereitung ihres Kanzlerfestes beschäftigt war. Bei der nächsten Wahl würde Gehrke aus Alters- und familiären Gründen wohl nicht mehr antreten. Er war nicht bis ganz nach oben gekommen. Und jetzt hatte er bald keine Lust mehr.

Libyen. Er musste mit seinem alten Freund Epstein von der CIA reden.

15

Über die Bundeshauptstadt senkte sich abendliche Dämmerung in den sommerlichen Dunst der Plätze, Straßen und Häuser. Auf der Gartenterrasse des „Quasimodo“ in Berlin-Charlottenburg verzehrten die Yuppis Currywurst oder Steaks mit Champagner oder Bier. In Marzahn dösten Hartz-IV-Empfänger zwischen leeren Bierkästen und flimmernden Fernsehgeräten auf abgewetzten Sofas einem neuen ereignislosen Tag entgegen. In Neukölln wurden die ersten Luxuskarossen des Abends abgefackelt, und im Tiergarten huschten schwule Pärchen durchs Gebüsch.

Im Kanzleramt brannte noch Licht. Zur „Großen Sicherheitslage“ des Bundessicherheitsrates tagten die Bundesminister, die ständige Mitglieder dieses Gremiums sind, das bis 1969 Bundesverteidigungsrat hieß, und die Bundeskanzlerin. Der Generalinspekteur war hinzu gebeten worden, ohne Stimmrecht.

Die Bundeskanzlerin hatte ein paar einleitende Worte verloren. Danach fasste der Innenminister – er vermisste den Geheimdienstkoordinator, der kein Mitglied des Bundessicherheitsrates war – die spärlichen kriminalistischen Erkenntnisse über die Vorgänge auf der Kölner Domplatte zusammen. „Wir vermuten konspirative Elemente dahinter."
Der Kanzlerin ging dieser Bürokrat manchmal auf die Nerven. „Wer? Aus welchen Quellen beziehen Sie Ihre mageren Erkenntnisse, Herr Innenminister? Einzelheiten?"
„Unser Präsident des Bundeskriminalamts, Herr Haussen, hat mir entsprechende Unterlagen vorgelegt."
„Welche Unterlagen?"
„Habe ich nicht dabei. Komme gerade aus dem Migrationsausschuss, der gleich im Anschluss an die Islam-Konferenz – ".
„Wo ist Haussen?"
„Gehört dem Bundessicherheitsrat nicht an, Frau Bundeskanzler". Der Kanzleramtsminister zuckte bedauernd die Schultern.
„Dann muss er dazu geladen werden."
„Das sehen weder der Kabinettsbeschluss vom 6.10.1955 noch der Beschluss vom 29.10.1969 vor. Dieses unser Gremium tagt geheim."
„Dann sollte uns unsere Justizministerin diese Informationen vortragen."
Dem Innenminister fiel etwas ein. „Der BKA-Bericht bezieht sich auf dubiose Geheimdienst-Quellen. Der MAD ist eingeschaltet."
„MAD?" erkundigte sich der Außenminister.
„Militärischer Abschirmdienst", erklärte Voncampen.
„Na wenigstens etwas. Beruhigend." Die Kanzlerin dachte nach. „Mit anderen Worten", fasste sie zusammen, „erste Aufklärungsmaßnahmen sind ergriffen, und weitere Aufklärungsergebnisse bitte ich Sie, Herr von Hohenfels und Frau Gruber, von diesen Schlapphüten in Erfahrung zu bringen und hier vorzutragen. Denn von den einzigen Personen, die uns hier jetzt weiterhelfen könnten, ist keine da. Dann vertagen wir uns erstmal. Schluss für heute. Und denken Sie an mein Sommerfest." Sie stand auf.

16

Laura saß im Garten von Schloss Hirschesruh und studierte Akten. Im Schlossteich hinter ihr schnatterten Enten. Vögel zwitscherten, und weiter entfernt im Forst hörte man einen Specht Holz hacken. Mücken summten und versuchten, die beiden Hunde zu ärgern, Laslo und Harras, die sich neben Lauras Stuhl in den Schatten der Pergola gelegt hatten. Was für eine friedliche Welt hier auf Schloss Hirschesruh. Und welch Kontrast zum Inhalt dieser aufwühlenden und zersetzenden Akten und Ordner, mit denen diese idyllische Welt neu geordnet werden sollte.

Laura stand auf und spazierte aus dem Schatten der Obstbäume in die Sonne. Für einen Moment wurde ihr Strahl aus dem Waldstück oberhalb des Schlosses reflektiert, ‚ein Wanderer', dachte Laura und setzte sich wieder an den Gartentisch. Sie nahm einen Schluck Tee und räumte die Aktenberge zurück in die Obstkisten.

Vor nunmehr fast 15 Jahren hatte sie sich in der geographischen Mitte der neuen Republik in diesem Schloss versteckt, eingemietet in eine Etage des Gästehauses nebenan, hatte dort Pläne geschmiedet und über ihr weiteres Leben nachgedacht.
Irgendwann lernte sie diesen jungen erfolgreichen Generalstabs-Offizier kennen, Berndt von Roddeck, und sie begannen ein Verhältnis. Von Roddeck war viel unterwegs und musste ständig umziehen: Auslandsverwendungen in Rom, Washington und Teheran, alles in schneller Folge, und sie begleitete ihn. Als Sohn des ehemaligen Generalinspekteurs wurde er national und international gefördert – außerdem war er gut, sehr gut sogar, militärisch, sportlich, intellektuell. Ein Offizier, der bereits als Oberstleutnant zum künftigen Generalinspekteur ausgeguckt worden war. Sie begleitete ihn, als Frau Laura von Roddeck, womit sie sich gut verstecken konnte, und lernte über ihn eine Menge interessanter Leute im In- und Ausland kennen. Von Roddeck wußte von ihrem Vermögen, er wußte auch, wie sie da dran gekommen war. Damit war sie ihm ausgeliefert – jedenfalls, so lange noch keine Verjährung eingetreten war. Diese Abhängigkeit störte sie jedoch nicht. Denn von Roddeck hatte in seinem Reserveoffiziers-Korps einen

Vermögensberater, der es über die Jahre hinweg vortrefflich verstand, das von ihr unterschlagene Vermögen mit Hilfe von Berndt strategisch so zu verwalten, dass es mehr und mehr wurde.
Und sie hatte Berndt geliebt. Der hing sich im Überschwang seiner überaus erfolgreichen Karriere mit seinen reaktionären politischen Ansichten immer mehr aus dem Fenster, bot Angriffsflächen und geriet in die Kritik nicht nur seiner Vorgesetzten, die vergeblich versuchten, ihn zu mäßigen. Er ließ rechte Parolen der ihm unterstellten Truppenteile durchgehen, ohne sie disziplinarisch zu ahnden, er hielt in konservativen Kreisen Vorträge, zu denen er immer wieder eingeladen wurde, ja, er trat sogar mit entsprechenden Veröffentlichungen auf. Dabei blieb er ein gnadenloser militärischer Führer, seine Untergebenen auf allen Ebenen würden ‚mit so einem Kerl gern in den Krieg ziehen', aber bei seinen Vorgesetzten – und wohl auch in der Politik, im Verteidigungsministerium – geriet er mehr und mehr ins Visier von Andersdenkenden, die nicht lange warten mussten, bis von Roddeck Fehler machte. Wer viel macht, macht auch viel Fehler. Von Roddeck nur einige wenige, aber die reichten, um ihn als Brigadegeneral und Stellvertretenden Kommandeur der Division Spezielle Operationen abrupt auszubremsen. Zu diesem Verband gehörten u.a. zwei Fallschirmjäger-Brigaden, die ständig abwechselnd im Auslandseinsatz waren, und das Kommando Spezialkräfte in Calw, das von Roddeck mit aufgebaut hatte.

Laura dachte für einen Moment an die gemeinsame Zeit mit Berndt von Roddeck im Bayerischen Wald zurück, ihre letzte glückliche Zeit, bevor er ans Heeresamt abgeschoben worden war, zbV – zur besonderen Verwendung –, was bedeutete, dass man dort für ihn überhaupt keine Verwendung hatte, und er jetzt dort in einer Art vorgezogenem Vorruhestand vor sich hin dämmern könnte – wenn er nicht Berndt von Roddeck wäre.
'Und jetzt haben wir keine gemeinsame Zukunft mehr', dachte Laura. Denn Berdt von Roddeck hatte sich in den Kopf gesetzt, Deutschland zu retten: Staatsstreich. Seine Besuche waren immer seltener geworden. Und wenn, dann ging es nur um seinen großen Plan. Und um Geld. Er wußte, dass sie mehr als genug davon

hatte und dass für sie noch so viel übrig blieb, dass sie dieses Schloss hatte erwerben und restaurieren können.

Am Waldrand oberhalb von Schloss Hirschesruh setzte Stabsunteroffizier Kirchbaum sein Fernglas ab und griff zum Handy. „Hallo?"
„Renstorff."
„Hier Sierra-Uniform-Kilo. Objekt Sierra-Hotel-Romeo ohne BV."
„Beobachten Sie weiter."
„Verstanden, Ende." Der Reservist klappte das Handy zu und langte nach der Thermoskanne auf dem Rücksitz.

17

"Wie lange macht unsere Regierung noch (so weiter)?
Kein Gedeih, viel Verderb: Nekrolog auf eine Regierung, die von Anfang an keine war."
Von Roddeck las amüsiert weiter.

"Noch nie in der bundesdeutschen Geschichte gab es eine so schlechte Bundesregierung wie heute. Sie muss jetzt entweder handeln oder Neuwahlen ansteuern.
... Der Regierungszusammenhalt besteht derzeit nur noch in fehlenden Alternativen.
... Diese Regierung des Verderbens wird sich nun mangels Alternativen weiter dahinschleppen, die Kanzlerin wird auf die Ausdauer ihrer untätigen Minister setzen und auf die Hoffnung, dass es hoffnungsloser kaum noch werden kann. Das wird dann wohl reichen, um noch weiter dahin zu wanken bis zum bitteren Ende. Das Land hätte Besseres verdient."

Auf seinen neuen Presseoffizier Stich war Verlass: Pünktlich zog er die befohlene Kampagne hoch. Von Roddeck griff zur nächsten Zeitung und blätterte schnell durch.

"Ausland:
Das Verschwinden der Schweizer Staatsangehörigen Rüdiger N. und Harry A. – wir berichteten in unserer gestrigen Ausgabe – wird immer rätselhafter: ...". Der letzte Absatz lautete: *„Die Verstrickung der deutschen Bundesregierung ist evident: Beobachter auch aus dem Ausland machen darauf aufmerksam, dass die deutsche Regierung ein erhebliches Interesse daran haben könnte, just die beiden Zeugen verschwinden zu lassen, die in den nächsten Tagen im Untersuchungsausschuss des Deutschen Bundestages Verteidigungsministerin Voncampen und ihre Glaubwürdigkeit erheblich, wenn nicht vernichtend, belasten können. Ausländische Kommentatoren – vor allem aus den USA und aus der Schweiz – sehen voraus, dass für die deutsche Regierung hierdurch weitere Erklärungsnot entstehen könnte. Sollte das Außenministerium tatsächlich in diese Affäre verwickelt sein, dann wäre auch Hartmann nach übereinstimmender Meinung von Beobachtern nicht mehr zu halten, und das wäre dann wohl das Ende der Koalition".*

Von Roddeck legte die Zeitungen beiseite und versuchte, von einem seiner verbliebenen neunzehn Mobiltelefone den Wehrübenden Tocker zu erreichen. Der war vierundzwanzig Stunden im Dienst.

18

Im Adlon-Hotel Unter den Linden saßen zwei Herren in Sommerschlussverkaufsanzügen in einer palmenverdeckten Nische in weichen kackfarbenen Fauteuils und nippten an ihren Cappuccini.

„You must be tired." Irgendwie musste Gehrke das Gespräch ja beginnen.
„No problem, habe die ganze Zeit im Flieger geschlafen. I'm fine." Der Amerikaner strahlte von Ohr zu Ohr und haute sich auf die Schenkel. „Schön, wieder in Berlin zu sein, und schön, Dich altes

Haus wiederzutreffen." Er klatschte Gehrke freundschaftlich auf die Schulter.
Der Chef des Kanzleramtes lächelte gequält. „Das letzte, was ich über Dich erfahren hatte, war Deine Beförderung." Gehrke erinnerte sich an eine kleine Notiz, die er gelesen hatte: *‚Des Präsidenten neuer Mann für's Grobe – John Epstein wird Chef-Spion der CIA'.*
„Tja, Dein alter Freund aus dem Kalten Krieg ist jetzt der Chef des Unternehmens. Hättest Du vor fünfundzwanzig Jahren auch nicht gedacht, oder? Ich auch nicht." Es folgte ein weiterer Schlag auf Gehrkes Schulter, etwas heftiger, noch etwas freundschaftlicher.

Gehrke fielen einige Passagen der Notiz wieder ein:
„... einer der erfahrensten Geheimdienstler in den Vereinigten Staaten ... kennt die Welt der verdeckten Arbeit außergewöhnlich gut ... Schwerpunkte seiner Tätigkeiten damals: Afrika und Pakistan ... .
Später als Chef der paramilitärischen ‚Einheit für Sonderaktivitäten' hat Epstein die Ausdehnung von Al-Qaida in den neunziger Jahren mitgemacht ... . Aufenthalt in Islamabad, wo er hunderte Angriffe gegen pakistanische Taliban geführt hat ... . Anerkannte Leistung bei Operationen mit der Drohne ‚Predator' ... . Während Sicherheitsexperten der USA eine beunruhigende Nähe zwischen dem pakistanischen Geheimdienst ISI und den Taliban vermuten, hat der Geheimdienst immer wieder versucht, Verbindungen zu Islamisten zu pflegen, um seinen Einfluss in der Region zu stärken, und Epstein war derjenige, der sich als Stationschef in Pakistan um bessere Beziehungen zur Regierung in Islamabad bemüht hat ...".
„Ich bin stolz auf Dich. Und freue mich auch, Dich wiederzusehen. Auch wenn der Anlass dienstlich ist, zumindest für Dich."

Epsteins Lächeln erstarb. „Für Dich auch. Lass mich kurz berichten. Lang können wir uns hier nicht aufhalten ohne aufzufallen. Und ohne dass meine Dienststelle mich vermisst. Also erstens: Uns gefällt natürlich die Entwicklung im Fall Voncampen. Unsere Leute in Libyen hatten ja auch den Schweizern ein zweites ‚wikil-

eaks‘ versprochen. Allerdings: Hat der Auftraggeber, ein gewisser Tocker, das etwa nicht mit eurem Außenminister abgesprochen?“
Gehrkes Gehirnzellen arbeiteten auf Hochtouren. Tocker? Tocker? Irgendwann war ihm der Name schon mal untergekommen.
„Zweitens: Zu dem Vorfall auf der Domplatte solltet ihr mal bei euren Reservisten nachhaken. Wir haben beobachtet, dass es in letzter Zeit in eurer Bundeswehr zu Unregelmäßigkeiten im Einberufungsverfahren gekommen ist: Normalerweise dauert das zwei bis drei Wochen. Jetzt geht das oft innerhalb von Stunden – ohne die erforderliche Sondergenehmigung durch das Bundesverteidigungsministerium.“

Gehrke war immer wieder verblüfft, wenn er seinen alten Freund traf. ‚Die Amerikaner wissen wirklich alles über uns‘, dachte er. ‚Und sie demonstrieren ihre Überwachungskapazität, damit wir nicht auf dumme Gedanken kommen‘. In diesen Momenten konnte er seine Pensionierung nicht mehr erwarten.
„Hab‘ ich Dir immer gesagt: Reservisten sind gefährlich. Sie nehmen ihre Vaterlandsliebe und ihre Pflichterfüllung wörtlich – nicht so, wie wir beide!“ Epstein lachte und haute Gehrke auf die Schulter.
Gehrke war nicht zum Lachen zumute.
„Die Reservisten haben wir trotz Verherrlichung unserer Veteranen 1977 abgeschafft.“
„Wir sind dabei“, seufzte Gehrke.
„Elmar, my friend, ich muss jetzt gehen. Sorry. Ein Punkt ist mir noch wichtig: Unser Treffen war natürlich rein privat: alte Freunde aus den Zeiten des Eisernen Vorhangs in Berlin, bla, bla, bla, etc., etc. Deshalb treffen wir uns heute Nacht auch noch mal.“
Epstein stand auf und trank den Rest seines Cappuccino im Stehen.
„Wie hieß dieser Schuppen mit den Tabledancers, Ecke Ku’damm irgendwo?“
„‚Archimedes’, Ecke Ku’damm / Fasanenstraße.“ Zuletzt waren sie 1988 da gewesen.
„Bingo. Heute elf p.m. Abgemacht?”
„Abgemacht.”

„Vielleicht weißt Du bis dahin noch ein bißchen mehr.” Epstein zwinkerte seinem alten Freund zu und knallte ihm zum Abschied noch einmal seine rechte Pranke auf die Schulter.

19

Der Anruf aus Tunis ging bei der Zentrale von Omega-Enterprises in München ein und wurde von dort an die persönliche Assistentin von Lothar Tocker durchgestellt. Sie rief sofort ihren Chef auf einem seiner Satellitentelefone an, das im Kölner Heeresamt auf Tockers ungemütlichem Schreibtisch lag. Als es summte, machte Tocker erstmal die sperrigen alten Holzfenster zu.
„Tocker.“
„Ihr Anruf aus Tunis ist hier gerade eingelaufen. ‚Operation finie et accomplie’, hat der Anrufer gesagt. Abdul Alpha hat er sich genannt und dann gleich aufgelegt. War auch ’ne schlechte Verbindung.“
‚Wahrscheinlich hat er mich deshalb nicht auf meinem Cell-Phone angerufen’, dachte Tocker. „Schön, Madeleine, sehr schön. Sagen Sie, was macht eigentlich unsere Lieblingsmandantin – hat sie sich inzwischen mal gemeldet?“
„Welche Ihrer Lieblingsmandantinnen meinen Sie, Herr Tocker?“
„Diese Anonyma, zu der wir erst seit kurzem unmittelbaren Kontakt über die englische Telefonverbindung haben.“
„Die läuft hier unter dem Decknamen Lima Sierra.“
„Ja, richtig.“
„Hat sich seit Ihrer Abwesenheit nicht mehr gemeldet, Herr Tocker.“
„Haben Sie sie mal angerufen?“
„Nicht, seit Sie weg sind. Es lag nichts an. Ihr Depot legt zu.“
„Okay, sobald was zu veranlassen wäre, bitte Meldung an mich, suchen Sie mir schon mal die Geheimnummer raus, ich rufe Lima Sierra dann persönlich an. Bin ohnehin bald wieder zurück in München. Sonst was von Wichtigkeit?“
„Keine besonderen Vorkommnisse, Herr Oberst.“

Tocker meinte, Madeleine schmunzeln zu sehen. „Braves Mädchen".

Er legte auf und schaute auf seine Breitling. Der General würde bei seinen Leibesübungen nicht gestört werden wollen, nicht mal durch gute Nachrichten. Die Schlossherrin ging Tocker nicht aus dem Kopf. Diese große schlanke Frau mit den überdimensionierten Ohrreifen, dieses lange schwarze Haar, gepflegt und wild zugleich, der durchdringende Blick aus diesen dunklen Augen, die trotzdem irgendwie sinnlich waren, mindestens so sinnlich wie die vollen roten Lippen, diese schwarzen Stiefel an den langen schlanken Beinen – und vor allem dieser leicht wiegende Gang, er sah sie jetzt noch durch den Torbogen in den Schlossgarten entschwinden. Und von Roddeck schien sie es so richtig gegeben zu haben, bevor sie Tocker in der Hitze des Schlosshofes Wasser angeboten hatte; wie ein Schuljunge hatte der General in diesem Hof herumgestanden, wie auf einem Schulhof, nachdem er soeben einen verschärften Verweis von seiner Direktorin hatte wegstecken müssen. So hatte er den General noch nie gesehen. Wenn Tocker doch ihr Angebot angenommen hätte, nicht nur, weil er Durst gehabt hatte nach seiner Schlosserkundung, nein, er hätte wenigstens noch zweimal ihren unnachahmlichen Gang miterleben dürfen, einmal in die Küche und einmal mit dem Wasser wieder zurück zu ihm.

Die Auseinandersetzung der beiden war auch wohl der Grund für die schlechte Laune des Generals auf dem Weg nach Berlin gewesen. Tocker machte das Fenster seines Amtskäfigs wieder auf und sog frische Morgenluft ein. Ob der General was mit der Schlossherrin hatte? Hatte nicht so gewirkt, kein Bild von ihr in seinem Dienstzimmer, also eher nicht. Oder gehabt hatte? Danach hatte es auch nicht ausgesehen. Aber, na wenn schon; irgendeine Gelegenheit, diese schöne Frau wieder zu sehen, würde sich finden oder herbeiführen lassen. So Anfang vierzig schätzte er sie, aber so streng wie sie geguckt hatte, könnte sie auch Mitte oder Anfang dreißig sein. Phantastisch.

Tocker rieb sich die Hände und griff nach seinem Diensttelefon. Dann hielt er inne. Weshalb hatte der General ihm nicht gesagt, dass der alte Mann im Gewächshaus sein eigener Vater war, General Burgislav von Roddeck, Jahrgang 1915, Ritterkreuzträger im Zweiten Weltkrieg, Ostfront, Westfront, Afrika, goldene Nahkampfspange, als Oberstleutnant der Wehrmacht zwei Jahre britische Gefangenschaft, Flucht aus England, 1950 als Oberst im Generalstab German-Liasons-Director der Amerikaner, danach Aufbau erst des deutschen Bundesgrenzschutzes BGS, dann der Bundeswehr, als deren späterer Generalinspekteur er nach mehrfachen Verlängerungen seiner regulären Dienstzeit Mitte der siebziger Jahre in Ehren ausgeschieden war. Das Große Bundesverdienstkreuz und den Großen Zapfenstreich hatte er damals bemerkenswerterweise kurz vor seiner Entlassung abgelehnt. Das war seinerzeit durch alle Medien gegangen, daran konnte sich Tocker noch erinnern. Er war damals Oberleutnant gewesen. Das Bild, auf dem er den Alten aus dem Gartenhaus wiedererkannt hatte, und seine Vita waren in „Die Ritterkreuzträger in der Bundeswehr“ und in „Elite im Halbschatten – Generäle und Admiräle der Bundeswehr“ nachzublättern gewesen. Wer so einen Vater hatte, musste sich dessen nun wirklich nicht schämen; als ‚Gärtner beim Mittagsschlaf‘ hatte er ihn verleugnet, und das am frühen Vormittag. Geschmacklos. Unerklärlich. Was hatte von Roddeck junior zu verbergen? Was mochte da vorgefallen sein in der Familie von Roddeck? Rätselhaft und geheimnisvoll, dieser Brigadegeneral. Ob er ihn beim Rotwein mal darauf ansprechen sollte?
Tocker verwarf den Gedanken, bevor er ihn zu Ende gedacht hatte, und griff zum Telefon.

Renstorff nahm ab. „Renstorff, Vorzimmer General von Roddeck.“
„Morgen, Renstorff, hier Tocker.“
„Guten Morgen, Herr Oberst.“
„Ist der General zu sprechen?“
„Macht Sport. Will nicht gestört werden. Was kann ich melden?“
Tocker überlegte. Gute Nachrichten überbrachte er am liebsten persönlich. „Wann kann ich ihn sprechen?“
„Heute Abend im Kasino. Hat den ganzen Tag Termine.“

Andererseits war diese Info wichtig. „Melden Sie ihm, Operation Omega sei erfolgreich abgeschlossen. Hat der General noch Aufträge für mich?“
„Nichts bekannt, Herr Oberst.“
„Schönen Tag noch.“
Tocker war verärgert. Für diesen einen Auftrag und für zwei Dienstreisen hatte der General ihn nun zu einer Wehrübung einberufen lassen? Operation Omega hätte er telefonisch auch von seinem Chefsessel in München aus erledigen können, und jetzt hatte der General nicht mal Zeit für ihn; konnte der keine Aufgaben auf seine Untergebenen delegieren, wenn er den ganzen Tag zuterminiert war? Das freie Unternehmertum war dem Verteidigungsdienst eben doch überlegen. Immerhin war Calw interessant gewesen, und auf der Dienstreise nach Berlin hatte er seine Mandantin Lima Sierra persönlich kennengelernt – besser: gesehen, kennenlernen würde er sie schon noch, und sie ihn.
Die enge Amtsstube ging ihm auf die Nerven, ebenso dieses unsägliche Sperrmüll-Mobiliar. Ach, diesen Oberstleutnant der Reserve Bloch im Kanzleramt könnte er mal anrufen, diesen Rechtsanwalt. Und später würde er sich bei Renstorff ins Kasino abmelden, zu einem zweiten Frühstück.

20

Von Roddeck machte Liegestütze. Bei dreißig hörte er auf. War nicht sein Tag heute. Er griff nach dem Stapel Meldungen und Tageszeitungen, die ihm Renstorff auf seinen Schreibtisch gelegt hatte. Oberst Tocker meldete erfolgreichen Abschluss der Operation Omega und würde ihn heute Abend gerne im Kasino sehen. Major Rinzen meldete Kontaktaufnahme mit Oberleutnant Sassen.
„Renstorff!“
Renstorff riss die Verbindungstür auf. „Herr General?“
„Zwei Infos, eine für Rinzen, eine für Sassen, beide Kundus. Erstens - Rinzen: Zustand Lager Kundus und verfügbare Fahrzeuge melden. Zweitens - Sassen: KSK für Sicherungsauftrag einweisen. Drittens: beides verschlüsselt und sofort.“

Renstorff hatte mitnotiert. „Jawoll, Herr General, verschlüsselt und sofort. - Die Tagesordnung für die Hauptversammlung der Gesellschaft in Hamburg ist zur Abzeichnung fertig, wollen Sie die jetzt?"
„Ich sagte: s o f o r t! Wegtreten."

Er musste handeln. Jetzt.

„Nehmen Sie sich Zeit beim Überlegen, verlieren Sie keine Zeit beim Handeln."

21

Von Roddeck hatte auf seinem Geländelauf durch den Stadtwald eine MIL-Sportgruppe überrundet und dachte an Afghanistan, als er an Tocker vorbei auf den Kasinogarten zusteuerte.
Tocker folgte ihm.

Beide setzten sich an einen Ecktisch und bestellten Wasser.
„Und zwei Cognacs", befahl von Roddeck der Ordonanz, die heute Abend ein zwangloses Polohemdchen trug. „Den werden Sie brauchen, Tocker".
„Ich befürchte, Sie auch, Herr General."
Von Roddeck zog die Augenbrauen hoch. „Ach?"
„Wollte Ihnen heute Abend melden, dass dieses meine letzte Wehrübung sein wird, Herr General."
Von Roddeck zeigte keine Reaktion. Die Cognacs wurden serviert. Der General prostete Tocker zu. „Darauf trinken wir. Sie gehen nämlich für die nächste und letzte Wehrübungs-Woche nach Afghanistan."
Tocker verschluckte sich und hustete.
„Wenn Sie wollen. Und wenn Sie Freude an folgendem Auftrag haben."
Sie leerten die Gläser. Von Roddeck bestellte das gleiche noch mal und eine Flasche von dem australischen Shiraz.

Tocker war neugierig.

„Tocker, zunächst weiß ich den Erfolg Ihrer Mission ‚Omega' zu schätzen. Aber mich beschäftigen den ganzen Tag über schon weitere Probleme und bei der Lösung des derzeit zweitwichtigsten hatte ich an Sie gedacht"
„Das ehrt mich, Herr General."
Von Roddeck prostete seinem Reserveoffizier zu. „Tocker, wir haben folgende Lage: In Afghanistan habe ich bereits zwei unserer Mitglieder eingeschleust. Bald geht es in die heiße Phase dort. Dazu brauche ich Sie."
Tocker nippte an seinem Brandy. Der Wein wurde serviert, und von Roddeck stellte die Ordonanz wegen ihres Polohemdes zur Rede. Tocker hörte nicht so genau hin, weil ihn die Bezeichnung ‚heiße Phase' irritiert hatte.

„Denken Sie an die Worte Max von Schenkendorfs, 1814: *‚Wenn alle untreu werden, so bleiben wir doch treu, dass immer noch auf Erden für Euch ein Fähnlein sei. Gefährten unserer Jugend, ihr Bilder bessrer Zeit, die uns zu Männertugend und Liebestod geweiht.'* ‚Treue um Treue' heißt es auch heute noch bei den Fallschirmjägern. Auch wenn es nicht mehr praktiziert wird." Von Roddeck schenkte Wein nach. „Unterhalten Sie geschäftliche Kontakte nach Pakistan?"
Tocker fühlte sich angenehm überrascht. "Nach Karatschi, Pakistans Finanzmetropole. Gibt es da einen Zusammenhang mit der heißen Phase in Afghanistan, oder wechseln wir gerade das Thema?"
„Tocker, ich erläutere Ihnen jetzt meinen Operationsplan zum notwendigen Abzug unserer Truppen aus Afghanistan. Dazu brauche ich aber das genaue Zeitfenster, das wir benötigen, um unsere Ziele zu erreichen. Das wird schon sehr bald der Fall sein. Vielleicht schon in Wochen."
„Herr General, ich höre."
„Erstens: Sie melden Frau Schwartze - Sie haben sie neulich in ihrem Schloss kennengelernt -, dass Hirschesruh ab sofort unsere Kommandozentrale für Operation ‚Quick Train' ist."
Tocker lief rot an. Das gefiel ihm schon mal. Oder stellte der General ihm jetzt gerade eine Falle, eine Honigfalle vielleicht?

„Zweitens: Sie gehen mit dem nächsten Flieger ins Camp Kundus und leiten dort dienstlich folgende Abläufe: (a) Kontaktaufnahme zu Feldjäger-Major Rinzen und KSK-Oberleutnant Sassen. Beide wurden von mir auf enge Zusammenarbeit angewiesen und werden wahrscheinlich bis zu Ihrem Eintreffen ein Feldbett teilen, einer ruht, der andere sichert. (b) Dann schlagen Sie auf und führen den Einsatz, Tocker. Mit Hilfe des KSK-Offiziers leiten Sie zusammen mit Rinzen einen fingierten Einsatz im Grenzgebiet Afghanistan-Pakistan, aus der Luft. Sie werden über pakistanischem Gebiet abgesetzt, bei Nacht und Nebel, soweit vorhanden."
„Melde, Herr General: habe keine Sprungerfahrung."
„Dann lernen Sie das. Vielleicht wird Ihnen ja sogar danach das pakistanische Springerabzeichen in Bronze verliehen."
Tocker lächelte sparsam.

Der General nahm einen Schluck Wein. „(c) Ihre pakistanischen Verbindungsleute, Ihre Geschäftspartner aus Karatschi, sammeln Sie an der Drop Zone ein, kleiden Sie in Zivil um und bringen Sie zu einem pakistanischen General. Ort und Name werden noch gemeldet; (d) Von dem KSK-Offizier erhalten Sie einen Crash-Kurs, Refresher für Reservisten. Machen Sie sich nicht in die Hose, das können Sie kurz vor dem Absprung immer noch. Außerdem haben die da in Pakistan zurzeit jede Menge Hochwasser. Wassersprünge sind relativ ungefährlich."
„Jawohl, Herr General, ungefährlich."
„(e) Sie melden Sich hier in Köln zurück und beenden Ihre letzte Wehrübung."

Das gefiel Tocker schon besser, besser als (b) allemal.
„Details erfahren Sie morgen Früh von Renstorff. Noch Fragen?"
„Keine, Herr General"
„Die Operation heißt ‚Mühle'. Viel Soldatenglück!"

22

Von Roddeck goss sich Kaffee ein und nahm die Zeitung zur Hand. Was er auf der Titelseite las, ließ ihn den Kaffee noch mehr genießen:

„Bundesregierung steckt hinter Verschwinden der Schweizer Zeugen aus Untersuchungsausschuss Voncampen.
BILDKURIER hat nun das geschafft, was den deutschen Behörden nicht gelungen ist, und was von den tunesischen Behörden ohnehin nicht zu erwarten war: Abdul A., libyscher Touristenführer mit Wohnsitz Tunis (siehe Foto) räumt auf Befragen unserer Reporterin ein, beide Schweizer Zeugen, N. und A., gekannt, betreut und zeitweilig begleitet zu haben, die Zeugen, die sich auf einem organisiertem Wüstentrip nahe der tunesisch-libyschen Grenze bereits am ersten Reisetag aus der Reisegruppe entfernt hätten. Dies sei auf Anordnung einer deutschen Stelle passiert, die er, Abdul A., nicht kenne; er gehe aber von einem nachrichtendienstlichen Hintergrund aus, weil die Einzelumstände der Kontaktaufnahme und des Verschwindens der beiden Schweizer ihm schon damals eigenartig vorgekommen seien.
BILDKURIER vermutet, dass unsere Bundesregierung hinter der Entführung steckt, und dass sich die deutschen Ermittlungsbehörden allein deshalb so schwer tun, in Tunesien zu ermitteln. Immerhin platzte nach dem Verschwinden der beiden Zeugen der Untersuchungsausschuss, der sich mit dem mutmaßlichen Landesverrat unserer Verteidigungsministerin befassen sollte, und mit dem Wahrheitsgehalt der Äußerungen, die Ministerin Voncampen in diesem Zusammenhang mehrfach abgegeben hat. Interessant ist auch: Abdul A. weiß, dass A. und N. Kontakte mit anderen unbekannten Besuchern hatten, er hat sie schließlich eine Zeitlang beobachten können...“.

23

Der Flughafen Kundus liegt knapp acht Kilometer süd-südostwärts der Stadt Kundus, und an seiner nördlichen Begrenzung befindet sich das Bundeswehrlager Kundus. Oberst Tocker war das erste Mal in Afghanistan. Ein schwül-warmer Morgenwind fegte aus südostwärtiger Richtung vom Hindukusch hinunter durch die Ebene, durch die die Straße Richtung Kundus und der gleichnamige Fluss verliefen. Die Luft war trocken und staubig.

Die letzten Tage und Nächte in Deutschland hatte Tocker mehr zu tun gehabt als in den Wehrübungs-Wochen zuvor. Die Folge war gewesen, dass er fast den ganzen Flug über geschlafen hatte, trotz aller Unbequemlichkeiten. Erfreut sah er, dass ein Fahrer ihn am Ankunftsgebäude erwartete. Der Lagerkommandant hatte ihn geschickt.

Die kurze Fahrt im Wolf vom Hochplateau, auf dem der Flugplatz liegt, hinunter zum Feldlager legten sie schweigend zurück. Er hatte noch nie ein so stark befestigtes Lager gesehen, außer in Filmen. Vor den Sicherheitskontrollen vertraten sich einige verwegene Gestalten in Phantasie-Uniformen mit der US-Flagge auf dem linken Oberarm zwischen zwei Humvees die Beine.

Der Gefreite brachte Tocker sofort zum Lagerkommandanten.
„Wir haben Sie erwartet, Herr Oberst." Der füllige Oberstleutnant bot Tocker einen Platz im hinteren Teil des Wachcontainers an und schenkte heißen schwarzenTee aus einem Kochgeschirr in zwei Blechnäpfe. „Den werden Sie jetzt brauchen. Guten Flug gehabt? Das Einsatzführungskommando hatte Sie für diesen Flug angekündigt."
„Ja, danke, wunderbar. Konnte gut schlafen. Vielen Dank für's Abholen."
„Sie sind wegen eines außerplanmäßigen Einsatzes hier, wurde uns gemeldet." Der Oberstleutnant sah irgendwie übernächtigt aus, schien aber gleichwohl neugierig.
„So ist das. Wo finde ich diesen Feldjäger-Major der Reserve Rinzen und den Oberleutnant Sassen vom KSK?" Tocker setzte den

Blechnapf von der Feldflasche zum Trinken an, aber das Metall war noch zu heiß.

Der Oberstleutnant rückte zutraulich näher und vergewisserte sich, dass die Verbindungstür zum Wachlokal geschlossen war. „Beide bei Nacht und Nebel verschwunden, vorletzte Nacht, ohne offizielle Abmeldung. Sind wir aber vom KSK auch nicht anders gewohnt."

Tocker verbrannte sich die Lippen.
„Habe aber bislang keine Meldung erstattet. Denn auch die zwei sollen einen Spezialauftrag haben, was ich so gehört habe." Der Oberstleutnant fummelte einen Zettel aus der Brusttasche seiner Felduniform.
„Was sollen diese Söldner da draußen mit ihren Humvees?"
„Sollen uns bewachen. Sind ehemalige Soldaten von Y-Services, wie sie sich jetzt nennen."
„Dieses staatlich finanzierte Verbrechersyndikat aus North Dakota etwa? Da lässt sich Uncle Sam ja richtig was einfallen. Und die sichern unser Camp hier?"
„Zum Fürchten sehen sie aus, diese Burschen; und dreist sind sie auch noch ...".
„Gehobenes Wachpersonal", meinte Tocker. „Teils schon älter, weil alle ausgemustert. Gefährlich allenfalls aufgrund ihrer hohen kriminellen Energie." ‚Aber nicht mehr lange', dachte er und fragte: „Wo finde ich die beiden Kameraden?"

Der Oberstleutnant schob Tocker den handbeschriebenen Zettel zu. Er enthielt 22 Ziffern. „Hoffe, Sie können damit was anfangen."
„Von wem haben Sie das?"
„Lag gestern früh in meinem Eingangskörbchen."
„Wer hat Kenntnis davon?"
„Außer uns beiden niemand. Der Zettel lag in einem verschlossenen Umschlag. ‚An Lagerkommandanten persönlich und vertraulich – VSnfD."
„Von?" Tocker wendete den Zettel hin und her.
„Der Wachhabende behauptet, niemanden gesehen zu haben."
„Haben Sie den Umschlag noch?"

„Müsste ich nachgucken."
„Ausführung!"

Der Lagerkommandant stutzte, verschwand aber dann in einer größeren Papiertonne unter seinem Metallschreibtisch und wühlte darin herum.

Tocker genoss den starken Tee, der inzwischen Zimmertemperatur angenommen hatte. Er zog seinen Blackberry aus der seitlichen Hosentasche und gab einige Zahlen ein.
„Aaah, jetzt fällt es mir wieder ein. Ja, natürlich." Der Lagerkommandant tauchte mit rotem Kopf wieder hinter seinem Schreibtisch auf. „Haben wir abgeheftet. Im Ordner ‚BV': politisch inkorrekte Aktivitäten mit rechtsradikalem Inhalt."
Tocker kam mit seinen Zahleneingaben durcheinander und blickte auf. Der Kommandant erhob sich prustend und zog aus einem Metallregal hinter sich einen Ordner heraus, der mit ‚BV' beschriftet war. „Hier ist es."
Tocker nahm ein DIN A-5-Blatt entgegen, das früher einmal als Umschlag zusammengefaltet gewesen war. Auf der einen Seite stand "An Lagerkommandanten, persönlich und vertraulich - VSnfD, für Oberst Tocker, Einsatzführungskommando", auf der anderen war ein älterer, schlecht leserlicher Zeitungsartikel abgedruckt, der sich mit der Schutzstaffel der NSDAP, deren Sturmabteilung und weiteren geschichtlichen Momentaufnahmen aus dem Dritten Reich befasste. Die Überschrift lautete: „Nationale Eliten". Einige der Buchstaben waren unterstrichen. Wenn man sie mischte, ergab sich „Sassen".
„Hab' ich mir's doch gedacht", murmelte Tocker und gab wieder Zahlen in die Tastatur seines Blackberry ein. „Wer hat diesen historischen Text zur Kenntnis nehmen können?"
„Sie sind nach mir der zweite, Herr Oberst. Der Text war auf der Innenseite des Umschlags. War mir aufgefallen, weil – ".
„Vergessen Sie Ihr BV." Tocker hielt den Umschlag in die Flamme des Esbit-Kochers, auf dem das Kochgeschirr mit dem Tee stand.

Sein Blackberry hatte Verbindung. „Hier Lima. Wo sind Sie?"

Tocker tippte ein paar Ziffern in sein Blackberry ein und schob ihn wieder zusammen. „Kann ich Ihren Fahrer, diesen Gefreiten, und den Wolf haben? Dazu ein paar Ausrüstungsgegenstände, PDW 4,6, P 8, DF, Taschenlampe, zwei GV 30 Spreng-Splitter, großes Sturmgepäck, alles, was man als Tourist in Afghanistan so braucht, Kartenmaterial bis Kabul, Kompass."
„Selbstverständlich, Herr Oberst, wird sofort vorbereitet." Der Lagerkommandant stand auf und beobachtete, wie die Esbit-Flamme die kohligen Papierreste auffraß. „Brauchen Sie Begleitschutz?"
„Ich hasse Gruppenreisen."
„Wie lange werden Sie Kfz mit Kraftfahrer, die Waffen und die Ausrüstungsgegenstände voraussichtlich brauchen?"
„Bis zum Ende des Auftrags." Die Waffen würde er irgendwo im Hochwasser des Indus versenken müssen. Wenn alles gut ging.

Bis zum Abend ging alles gut. Sie fuhren unbehelligt an den grimmig dreinschauenden Söldnern von Y-Services vorbei, die den Wolf am liebsten einer Fahrzeugkontrolle unterzogen hätten. Tocker befahl dem Fahrer, die Hauptstraße nach Süden, Richtung Kabul, zu nehmen. Rechts von der löcherigen Asphaltpiste floss unter hellblauem Himmel in wechselnden Entfernungen der Kundus an ihnen vorbei. Sie passierten Haji Amanolla und die Stelle, an der am 04.09.2009 die Tanklaster auf deutschen Befehl von US-Streitkräften bombardiert worden waren. Tocker hielt mit dem DF nach deutschen Stellungen Ausschau, Höhe 431, Höhe 432. Sämtliche Räume und Stellungen der Bundeswehr waren auf seiner Karte eingezeichnet, und je weiter südlich sie kamen, desto weniger wurden es. Die Piste führte überwiegend durch karge Stein- und Sandwüste, hin und wieder unterbrochen durch grüngraue Kusselsäume, die sich an kleine Hänge schmiegten, seltener durch beige-graue Felder, auf denen die Bauern ihre Getreideernte einbrachten. Bauern oder Taliban oder beides. Von Minute zu Minute wurde es spürbar heißer. Das Hindukusch-Gebirge vor ihnen wuchs und wuchs.

Am frühen Nachmittag überquerten sie die Provinzgrenze nach Baghlan und mussten nun in der Region Ost sein, die den Amerikanern unterstand. Von US-Truppenteilen war ebensowenig zu sehen wie in der Region Nord von der Bundeswehr. Sie fuhren durch Feindesland. Und keine legitimierte Regierung hatte sie hierher eingeladen.

An den aufsteigenden Hängen des Hindukusch kamen ihnen US-Militärfahrzeuge entgegen, ein schwer gesicherter Konvoi, darunter ein Tanklastzug. Während der Fahrer auftankte, telefonierte Tocker mit seinem Blackberry und studierte die Karte. Sie waren irgendwo hinter Daka, und der Fluss, der sie rechtsseitig begleitete, war der Pol e Khomri. Hinter Dowshi bogen sie auf der A 76 nach Osten Richtung Khenjan ab.

Der schlapp motorisierte Wolf quälte sich die Schotterwege des nördlichen Hindukusch hinauf. Am späten Nachmittag – die Hitze nahm ein wenig ab – gelangten sie nördlich Kabul in die Nähe ihres Treffpunkts. Sie mussten jetzt kurz vor Verlassen der Region Ost sein; die Region um Kabul unterstand jeweils dem Kommando der Führungsnation der alliierten Einsatztruppen, derzeit Frankreich, soweit Tocker wusste. Die Serpentinen wurden steiler.

Hinter einer Felsnase, in einer engen Rechtskurve, die nach unten führte, sprang ein Taliban vor ihren Wagen, breitbeinig, mit den Armen fuchtelnd. Der Fahrer stieg reflexartig in die Bremse, Tocker hatte seine P 8 im Anschlag. Der Taliban zeigte keinerlei Bewaffnung. Tocker wartete auf eine johlende Horde Wilder, auf Schüsse, auf Detonationen. Nichts geschah. Der Talib lief auf sie zu und riss seinen Turban ab. Ein europäisches Gesicht. „Oberleutnant Sassen, KSK ...“.
„Ich weiß schon, habe Ihren Umschlag gelesen. Kommen Sie, Sassen, sitzen Sie auf.“
Oberleutnant Sassen sprang mit einem Satz in den Wolf.
Der Fahrer wischte sich mit der Feldmütze den Schweiß von der Stirn. Tocker steckte seine Pistole zurück. Er drehte sich um und zeigte auf sein Namensschild.
„Tocker, Oberst Tocker. Wohin weiter?“

„Geradeaus, nach dreihundert Metern links runter."

Sie bogen steil in ein Seitental ab. Es dämmerte. Hier im Schatten der Kämme und Gipfel war es deutlich kühler und dunkler. Den CH-53 G konnten sie am Ende der Ebene nur noch in seinen Umrissen erkennen, wie ein unwirklich großes Insekt hatte er sich auf eine Grasmatte gesetzt, die Rotorblätter hingen träge über ihm wie Flügel in Ruhestellung. Der Wolf hielt an, und sie saßen ab.
„War nicht einfach, den hier zu landen, oder?"
„Kein Problem für unsere amerikanischen Freunde."
„Amerikanische Freunde?" Tocker erschrak.
„TF 373, meine Freunde. Stationiert in unserem deutschen Feldlager, Camp Marmal, in Massar-i-Scharif, schon seit 2009. Führen heute Nacht eine Spezialoperation durch und nehmen uns ein bisschen mit. ‚We'll give you a ride', hat der Kommandeur gemeint." Sassen schälte sich aus dem dunkelblauen Burnus, unter dem er seine schwarze Kombi trug.
„Wo ist Major Rinzen?"
„Wartet auf uns."
„Lagebesprechung und Befehlsausgabe wo?"
„Kommen Sie mit."

Tocker befahl seinem Fahrer Pause und stapfte hinter Sassen einen schmalen Pfad hinauf, der von amerikanischen GIs gesichert wurde. Allmählich wurde er müde. Am Ende des breiter werdenden Weges erkannte er die Umrisse eines mittelgroßen Zeltes, vor dem neben einigen rauchenden US-Soldaten ein deutscher Major in Tropenuniform stand.

Tocker stellte sich vor und die drei hockten sich abseits des Zeltes in das trockene Gras. „Meine Herren, gemäß Befehl unseres Generals bin ich verantwortlich für den Einsatz heute Nacht."
Sassen verdrehte die Augen.
„Wobei ich die Einsatzleitung bis zu unserem Eintreffen in Pakistan Oberleutnant Sassen übertrage, das ist sein Metier."
Sassen guckte wieder geradeaus und fletzte sich der Länge nach auf den Grasboden. „Welche Vorgaben haben wir?"

Tocker entfaltete seine Karte und schaltete die Taschenlampe ein. „Unsere pakistanischen Freunde warten an diesem Geländepunkt auf uns.“ Mit einem Grashalm deutete er auf eine markierte Stelle zwischen der afghanisch-pakistanischen Grenze und Peschawar. „0230 local time.“
Sassen setzte sich auf und musterte die Karte. „Die Amis haben da noch besseres Kartenmaterial. Ich übertrage die Drop Zone in ’ne US-Karte, rede mit dem Piloten, und wir legen die Abflugzeit fest. Das dürfte gegen spätestens 0100 sein.“ Er kaute auf ein paar Grashalmen herum.
Tocker nickte und wandte sich Rinzen zu, der der Befehlsausgabe schweigend folgte. „Wenn alles gut geht, dann nehmen uns meine pakistanischen Freunde über Peschawar und Rawilpindi in Zivil mit nach Lahore oder Karatschi. Details können wir später oder auf dem Flug besprechen.“

Sassen zerbiss das Grasbüschel wie Salatblätter und sprang auf. „War’s das?“
„Wenn keine Fragen sind, würde ich mich jetzt gerne ein, zwei Stunden auf’s Ohr legen.“ Tocker schaute Rinzen an, Rinzen schaute Sassen an. „Wann findet die Sprungausbildung statt?“ Es war Rinzens einziger Beitrag.
„Sobald Herr Oberst geruht haben.“ Sassen schluckte das zerkaute Gras runter und winkte Tocker, ihm zu folgen.

Stunden später hockten sie im Flieger, Tocker rechts, Rinzen links, Arme verschränkt auf dem Sturmgepäck, das sie ihnen mit den PDWs auf den Leib geschnallt hatten, mit dem Rücken an der vibrierenden Bordwand, gepolstert durch die T-10-Fallschirme, Beine nach vorne ausgestreckt, Ohrenschützer über dem Kopf. Die Blicke verloren sich im funzelig-dunklen Bauch der CH-53 G. Sassen hockte zwischen der Pilotenkanzel und ihnen weiter vorn und schaute abwechselnd auf einen Bordomputer und auf seine Uhr. Zwischen den Zähnen hatte er eine kleine Taschenlampe, mit der er hin und wieder auf eine Karte auf seinen Knien leuchtete. Er hatte ihnen erklärt, dass sie einen Reserveschirm nicht brauchen würden, wegen der geringen Absetzhöhe. Weder Tocker noch Rinzen hatten das sonderlich ermutigend gefunden. Tocker taten die Kniee vom Sprungtraining weh, das sie vor wenigen Stunden noch absolviert hatten.

Rinzen war mulmig, nicht nur wegen des bevorstehenden Sprungs. Er lag apathisch an der Bordwand, Tocker gegenüber, ohne Blickkontakt. Reden ging bei dem Lärm, den der Hubschrauber machte, ohnehin nicht, schon gar nicht mit den Ohrenschützern.
Er musste sich auf seine Kameraden verlassen, auf den General, auf diesen Sassen, der bedingungslos zuverlässig erschien, und auf diesen Oberst, dem man sich durchaus anvertrauen konnte. Kameraden eben. Und das in einem Transporthubschrauber der US-Army. Er beruhigte sich selbst: Als T 2 und Inhaber von MIL Deutschland würde er diesen lächerlichen Automatensprung körperlich schon irgendwie meistern; das hatten schon andere vor ihm geschafft.

Ein grelles Tuten riss sie aus ihren Gedanken. Eine Lampe am Heck flackerte rot auf. Sassen sprang zwischen die beiden Passagiere und riss sich den Lärmschutz vom Kopf, beide Daumen nach oben, sie sollten aufstehen. „Helme auf!" schrie er sie an. Ohrenschützer ab, betäubender Lärm, Springerhelme auf, klack, rasteten die Verschlüsse ein, man hörte es nicht, aber sie spürten es am Hals. Zu Tockers Entsetzen senkte sich die Heckklappe des CH–53 G langsam, quälend langsam und quälend endgültig. Gleichzeitig ging das Tuten in ein nerviges Stakkato über, tuuut – tuuut – tuuut. In den kurzen Abständen dazwischen wummerten die Rotoren, tuuut – wumm – wumm – wumm – tuuut – wumm – wumm – wumm - tuuut.

Sassen rückte Tockers Helm zurecht, fummelte an seiner Reissleine herum, legte sie ihm sorgfältig über die rechte Schulter und führte ihn nach hinten, auf dieses schwarze gähnende Loch zu, dass immer größer wurde, in dem immer mehr Sterne autauchten, und dazu dieses ständige Tuuut – wumm – wumm – wumm – tuuut – wumm – wumm – wumm - tuuut

‚Wenigstens gutes Wetter', tröstete sich Tocker und versuchte, seine Kniee unter Kontrolle zu halten. Er musste als erster springen; Rinzen war schwerer und würde ihn überholen, hatte Sassen gemeint. Das unerträgliche Tuten dieser Heulboje erstarb. Das rote Licht erlosch, aber es sprang hellgrün sofort wieder an, mit Unterbrechungen, blink – blink – blink – blink.

Kalter Nachtwind wehte ihm um die Füße. Nur noch das Wumm – wumm – wumm der Rotoren, das Tocker schon nicht mehr wahrnahm. Er stand an der Absetzkante, vor sich das Nichts, neben sich der einzige Mensch auf dieser Welt, auf den er sich nun verlassen musste. Einen Kameraden. Der Kamerad hielt den linken Daumen hoch und klatschte ihm mit der Rechten kräftig auf den Rücken. Tocker trat ins Nichts und schloss mit seinem Leben ab.

24

Der Montagvormittag war für den ChefBK, Dr. Gehrke, stressig, weil nichts passierte. John Epstein rief nicht zurück; Gehrke hoffte, dass er den Abend im „Archimedes“ überlebt hatte. Limmer vom Verfassungsschutz hatte ihn damit vertröstet, dass die Ermittlungen gegen den Boulevard-Zaren Stich zwar begonnen hätten, sich aber naturgemäß länger hinziehen würden – Einschleusen von V-Männern in die Redaktionen, Installation von Abhöranlagen, etc. – , was ebenso verständlich wie ärgerlich war.
Wer beim Personalstammamt und im Heeresamt hinter der merkwürdigen Einberufungs-Praxis steckte, werde noch ermittelt. Bekannt sei bisher nur, dass alle fraglichen Reserveoffiziere sich zu den Wehrübungen jeweils freiwillig gemeldet hätten. Gehrke fand inzwischen nicht nur die Einberufungen dieser Herren Reserveoffiziere merkwürdig; merkwürdig fand er auch, dass die Informationen aus Köln so spärlich waren. Wer mauerte da? Ihm fiel der Behördenwitz mit dem Wettrennen zwischen dem Rennpferd und der Schnecke ein, bei dem das völlig erschöpfte Pferd als zweites die Ziellinie erreichte, weil es den Dienstweg genommen hatte.

Am kläglichsten waren die sparsamen Nachrichten des Gehrke unmittelbar unterstellten BND; das musste an dessen unfähigem Präsidenten, diesem Köhler, liegen, den Gehrke immer schon für inkompetent und kontraproduktiv gehalten hatte. Ob der Abteilungsleiter sich nicht an Gehrkes Weisungen gehalten hatte, nur ihm, Gehrke, zu berichten? Dienstrechtlich würde der noch nicht mal was falsch machen, wenn er seinen Chef, diesen Köhler, eingeschaltet hätte; im Gegenteil: Dann hätte Gehrke ein Problem, er, der sich auch am Wochenende über all diese Probleme den Kopf zerbrach, während andere offenbar in ihrer viel zu üppigen Freizeit vorübergehend aus dem Dienst ausgeschieden schienen.

Umgehende Informationen im Zusammenhang mit der Visa-Affäre BRD-Schweiz-Libyen waren Gehrke aus zwei Gründen besonders wichtig: Erstens hatte die Kantonspolizei Tessin laut Rüdiger, den er vertrauensvoll Rudi nannte, bestätigt, dass hinter dem Auftrag, die zwei Schweizer touristisch durch die Sahara nach Libyen zu begleiten, in der Tat eine deutsche Quelle gestanden hatte; das hatte Gehrke aber vorher schon in Stichs BUNDESKURIER gelesen, die Kantonspolizei und die schweizerischen Dienste wahrscheinlich auch. Und zweitens hatte Außenminister Hartmann in der Parlamentarischen Fragestunde im Kreuzfeuer dieser grünen Politintriganten zum Thema Visa-Beschaffung für die Schweizer ein derart klägliches Laienspiel geboten, dass danach die gesamte Republik ohnehin von der Berechtigung sämtlicher gegen ihn gerichteten Vorwürfe ausging; jedenfalls wiesen das die aktuellen Meinungsumfragen aus, die zwar womöglich wie immer gefälscht waren, aber wer wusste das schon? Und wer könnte es nachweisen? Es war zum Verzweifeln.

Gehrke beendete das rastlose Durchlaufen seines Dienstzimmers und ließ sich in seinen Schreibtischsessel fallen. Was, wenn der Außenminister für die Regierung nicht länger tragbar wäre? Ob er da bei den Grünen mal nachfassen sollte? Immerhin waren Intrigen sein Geschäft. Er schüttelte den Kopf: nicht mit den Grünen. Ob die Kanzlerin oder sonst jemand in parteiverantwortlicher Position wohl an ihn, Dr. Gehrke, denken würde? An ihn, den mit Abstand erfahrensten Diplomaten im Umkreis der Regierung, den mit den allerbesten Netzwerken im Ausland, den mit dem schärfsten analytischen Verstand, dem belastbarsten Gedächtnis, den einzigen im Umfeld der Regierung, der ein abgeschlossenes Studium mit zwei Staatsexamina nachweisen konnte - sah man von Frau Gruber ab, die ihre Richterqualifikation der Größe ihres Hinterns nach zu urteilen ausschließlich im Sitzen und auf entfernteren Bildungswegen erlangt hatte, und sah man von anderen Politikern ab, deren akademische Horizonte sich auf das übliche Rhetorik-Studium beschränkten. Aber wahrscheinlich würde niemand ihn, Dr. Gehrke, als Bundesaußenminister in Betracht ziehen, wahrscheinlich w e g e n dieser seiner Qualifikationen, die einem erfolgreichen politischen Werdegang wohl schon immer im Wege gestanden hatten; und dann sein fortgeschrittenes Alter - die jüngste Ministerin war gerade mal mit 23 ½ Jahren in ihr Amt gehievt worden, er erinnerte sich nicht mal, in welches Resort.

Das Telefon riss ihn aus seinen Grübeleien. „John Epstein möchte Sie sprechen." Na, endlich.
„Stellen Sie schon durch!"
John hatte den Barbesuch in Wilmersdorf offenbar überlebt und war blendender Laune.
„Good morning, dear friend. Wieso weiß euer Auswärtiges Amt eigentlich nichts über das Verschwinden dieser beiden Schweizer?"
‚Das frage ich mich auch', dachte Gehrke. „John, Du darfst nicht alles glauben, was Du aus den Medien erfährst, vor allem nicht aus unseren."
„Medien? Dass ich nicht lache. Nachrichten, professionell recherchierte Nachrichten unseres CIA, dessen oberster Chef ich bin!"
‚Auch zu deren Quellen gehören unsere Medien', dachte Gehrke und sagte: „Aber deshalb hast Du nicht angerufen, oder?"
„Nein, ich habe gehört, ihr habt ein Einsatzkommando nach Pakistan geschickt."
„Pakistan?"
„Und zwar mit unserer Hilfe."
„Wie das?"
„Irgend so eine Task Force steckt da mit drin. Wir sind schon länger in Pakistan, wir sind, wie Du weißt, immer die ersten überall,

weltweit – jedenfalls vor euch, ‚first in – last out'. Ich habe unsere pakistanischen Freunde schon informiert. Du weißt, wen ich meine."

Gehrke erinnerte sich. ‚*Während Sicherheitsexperten der USA eine beunruhigende Nähe zwischen dem pakistanischen Geheimdienst ISI und den Taliban vermuten, hat der Geheimdienst immer wieder versucht, Verbindungen zu Islamisten zu pflegen, um seinen Einfluss in der Region zu stärken, und Epstein war derjenige, der sich als Stationschef in Pakistan um bessere Beziehungen zur Regierung in Islamabad bemüht hat.*'
„Hab' vielen Dank, John. Hältst Du mich auf dem Laufenden?"
„Sure. Macht ja sonst keiner." Johns Lachen dröhnte aus der Ohrmuschel. „So long, chap."

25

Sie sollten irgendwo zwischen Peshawar und Mingaora landen, nicht allzu weit hinter der afghanisch-pakistanischen Grenze, nicht allzu weit entfernt von der Verbindungsstraße zwischen Takht-i-Bhai und Bat Khela, am besten in der Ebene südostwärts Sakhakot, die auch von den schweren Überschwemmungen des Indus nur mäßig betroffen war. Schwer betroffene Distrikte waren zu gefährlich für eine Landung – Wassersprung hatten sie nicht geübt – , und von Hochwasser verschonte Gebiete hatten den Nachteil, dass sich dort pakistanisches Militär aufhalten konnte, dem sie nicht begegnen wollten. Fragen, Erklärungen, Berichte, Meldungen waren nicht das, was Tocker und Rinzen bei ihrer Mission „Mühle" brauchen konnten.

Sie schlugen auf leicht morastigem Grund auf, Tocker in einer größeren Pfütze, Rinzen in einem untiefen Wasserloch, was die Aufprallgeschwindigkeit angenehm dämpfte. Tocker rollte zwei-, dreimal zur Seite und kam schließlich neben der Pfütze irgendwo auf dem Rücken zu liegen; ein leichter Windzug zerrte an seinem Schirm. Er löste schnell das Kappentrennschloss, der Schirm fiel

rauschend in sich zusammen. Rinzen stapfte fluchend aus dem Wasserloch, triefnass, stolperte und klatschte der Länge nach auf feucht-sandigen Grund. Er löste das Kappentrennschloss und sammelte den Schirm ein. Er beschwerte ihn mit dem Stein, über den er gestolpert war, und versenkte den Schirm in dem Wasserloch. Dann lauschte er.
Über sich sternenklarer Himmel, sehr gute Sicht. Ein leichter Windhauch, sonst Stille. Rinzen setzte sein Nachtsichtgerät auf und schaute sich um. Da hinten ein weißer Punkt, der sich bewegte, etwa achtzig Meter von ihm. Das sah aus, als wenn Tocker seinen Schirm packte. Gut so. Rinzen nahm die Nachtsichtbrille ab und stapfte auf den Punkt zu; beim Näherkommen erkannte er einen Schatten, der mit einem Gegenstand auf den Boden hieb: Tocker beim Vergraben seines T 10. Alles gut. „MÜH-“

„-LE“. Tocker drehte sich nicht einmal um. Die Parole konnte nur Rinzen kennen. Rinzen half ihm, den Schirm zu verscharren. Tocker schaute auf das Leuchtzifferblatt seiner Breitling: 02.35. Punktlandung. Immer noch Stille. Mondlicht fiel fahl auf die beiden Fallschirmspringer. Tocker zog eine Karte aus seiner Beintasche. Rinzen leuchtete mit seiner Stablampe auf ein zwischen Sakhakot und Rustam eingezeichnetes Kreuz. Wenn sie an dem Punkt aufgeschlagen waren – und keiner der beiden zweifelte daran – , dann mussten sie jetzt circa sieben Kilometer in westlicher Richtung marschieren und einen Fluss erreichen, der sich an der Stelle teilte; dann wären sie zwei Kilometer zu weit gegangen. Vorher sollten sie ihre Verbindungsleute nach fünf Kilometern treffen, falls nicht, später an der Flussgabel. Das war ein markanter Punkt für den Notfall, unverfehlbar.

Tocker zückte seinen Kompass, nordete die Karte ein und machte eine Armbewegung nach Westen. Rinzen nickte. Sie marschierten los, auf die Kerbe eines Einschnitts in dem flacher werdenden Gelände zu. Der Sternenhimmel über ihnen war immer noch wolkenlos, immer noch herrschte Stille, als wenn sie auf einem anderen Planeten gelandet wären. Ab und zu hauchte der laue Wind ihnen Zuversicht ein.

So stapften sie dahin, behutsam auf Bodenunebenheiten, Furchen, Geröll, Spalten achtend, aber mit strammen Schritt, das Sturmgepäck auf dem Rücken festgezurrt, die P 8 am Koppel, die PDW 4,6 mm in Vorhalte. Hin und wieder machten sie Halt, lauschten in die Stille, kontrollierten die Richtung, verglichen Gelände mit Karte, hielten Ausschau mit ihren Nachtsichtgeräten. Alles war gut. Rinzen zählte die zurückgelegte Entfernung, Schrittlänge achtzig cm, sie mussten etwa vier oder 4,2 km zurückgelegt haben.

Vor ihnen lag eine leicht abschüssige Senke. Sie nahmen die Richtung zwischen zwei Geröll- oder Sandhaufen hindurch, hinter denen sich die Sicht vorübergehend verlor, zumindest im Dunkeln. Eine Wolke schob sich vor den Mond, die beiden stolperten noch ein paar Schritte weiter.

Es geschah, nach Rinzens Zählung, bei Kilometer 4,6. Hinter den großen Schatten der Geländeerhebungen, zwischen denen sie hindurch wollten, tauchten plötzlich weitere, kleine Schatten auf, einer rechts, einer links, quicklebendig, zwei vor ihnen, zwei hinter ihnen. Sie waren umstellt.

„Mühle," rief Tocker, aber als Antwort traf ihn nur der grelle Schein zweier Taschenlampen. Undenkbar, die PDW in Anschlag zu bringen. Jemand rief „Arms up", und beide legten brav die Hände über ihre Springerhelme. Die zwei Schatten hinter ihnen nahmen ihnen vorsichtig die Waffen ab. Eine Stimme von vorne befahl „let's go". Tocker hatte das beruhigende Gefühl, unter Soldaten zu sein.

Zwei gingen voran, Taschenlampen ausgeschaltet, die beiden anderen schlurften hinter ihnen durch den Sand, die Waffen sicher auf sie gerichtet - Rinzen konnte es irgendwie spüren. Was sollte das? Eine pakistanische Militärpatrouille? Taliban etwa? Nichts war zu erkennen, so lange diese Wolke nicht wegzog.

Hinter einem seichten Hügel tauchte rechts ein Kasten auf. Rinzen hatte seine Schrittzählung eingestellt. In dem Kasten glomm fahle

Beleuchtung. Auf diesen Kasten wurden sie zugeführt. Ein Haus? Ein Militärposten? Ein Wachlokal? Tocker blinzelte. Je technisierter und zivilisierter dieser immerhin beleuchtete Kasten war, desto weniger mussten sie Talibs oder andere unkultivierte Menschen befürchten. Sie klommen den Hügel empor, die Wolke zog weiter, wie ein Vorhang sich öffnet, und der Mond schien wieder wie ein Bühnenscheinwerfer. In seinem Licht erkannte Tocker vor sich zwei zusammen geschobene Turntainer MFD, das Produkt eines deutschen Herstellers, das mit Tockers Verbindungen an das pakistanische Militär geliefert worden war. Er atmete tief durch. Aber weshalb Militär? Was veranstalteten die hier, geschätzt unweit der Stelle, an der er sich mit seinem Geschäftsfreund Talat Gyl verabredet hatte?

Sie hielten vor dem linken Container-Lkw und durften ihre Arme runternehmen. Einer der Soldaten sprang die drei Metallstufen hoch, riss die Tür auf und machte Meldung. Jetzt war seine Uniform zu erkennen: pakistanische Armee, Sergeant, Fallschirmjäger. Die beiden anderen schoben Tocker und Rinzen auf Wink des Soldaten das Treppchen hoch, dann wurde die Tür hinter ihnen zugeknallt. Es roch nach Pfefferminztee.

Talat Gyl saß in der Ecke des Containers an einem Metalltisch, den er sich mit drei anderen Herren – alle in Felduniform – teilte. Er setzte ein Glas mit dampfendem Tee ab und stand auf. „Welcome, my friend. Darf ich Ihnen General Masood vorstellen? This is Mr. Tocker, my good old friend from Germany."
„Mühle" sagte Tocker und schüttelte Hände. Hinter ihm atmete Rinzen erleichtert aus. Der General befahl ihnen, sich zu ihnen zu setzen, und goss Tee ein. Von der Parole „Mühle" hatte in diesem Kreis offenbar noch niemand gehört – einer der Offiziere sprach Tocker mit „Mr. Miller" an – , aber das war jetzt egal, sie waren unter Freunden, und es gab vorzüglichen Pfefferminztee, der ihre erschöpften Körper belebte. Rauchwaren wurden gereicht. Tocker hatte nach den ersten aufmunternden Schlucken trotzdem das Gefühl, dass hier irgendwas nicht stimmte.

Rinzen wartete auf ein bisschen Smalltalk – ‚ich hoffe, Sie hatten einen guten Flug' oder ‚eine angenehme Anreise' – aber der Geschäftsfreund von Oberst Tocker kam schnell zur Sache. „We have a problem. Sorry". Er zeigte auf General Masood. „A small problem. Sorry."

Tocker erkundigte sich höflich, ob das mit den gelieferten Turntainern zu tun hätte, die er vermittelt habe. „Die sehen doch ganz gut aus. Und funktionieren ja wohl auch."
General Masood lächelte freundlich–schmierig, und Gyl sagte: „Das Problem ist der ISI."
Rinzen warf Tocker einen fragenden Blick zu.
„Inter-Services Intelligence, militärischer Nachrichtendienst der pakistanischen Streitkräfte", erklärte Tocker, „einer der best ausgestatteten der islamischen Welt; gibt es seit 1948, hat britisch-australische Wurzeln. Seitdem autarker Staat im Staat, niemandem gegenüber verantwortlich außer ihrem Direktor, einem Drei-Sterne-General."
Tocker entschuldigte sich höflich für die Unterbrechung.
Der General nickte wohlwollend.
Tocker ergänzte: „Und absolut bestechlich!" ‚Korrupt' hätten die Pakistani verstehen können, und das hätte die Stimmung nicht wesentlich verbessert.
Gyl räusperte sich; er wollte ein kleines Problem loswerden, es schien ihm peinlich. „Der ISI hat – fragen Sie mich bitte nicht, Mr. Tocker, woher – von unserem kleinen Deal erfahren."
„Dafür gibt es ihn ja, den ISI, dass der so was weiß." Tocker süffelte an seinem Pfefferminztee und versuchte, den Eindruck zu machen, er halte das ganze für eine unterhaltsame Übungseinlage.
„Das Problem ist nun – es ist mir sehr unangenehm – , dass der ISI das nicht will."
„Warum denn nicht?"
Gyl zuckte mit den Schultern. Er sah mit unstetem Blick in die Runde; an dem General neben Tocker blieben seine Augen kurz hängen, bevor er sie auf seine im Neonlicht glänzenden Schuhspitzen senkte.

Tocker fasste nach. „Ich meine, was kann der pakistanische Dienst dagegen haben, dass die deutschen Soldaten aus ihrem Afghanistan-Einsatz nach Deutschland zurückkehren?“
Gyl zuckte mit den Schultern.
‚Hoffentlich kann der mehr als Schulternzucken', dachte Rinzen.
„Ist hier denn jemand am Tisch, der diese Frage beantworten kann?“ wollte Tocker wissen.

Gyl schaute zu General Masood auf, der teilnahmslos mit seinem Teeglas spielte. Auch Tocker und Rinzen richteten ihre Blicke auf ihn. Der General ließ sich ein Streichholz für seine Zigarre bringen bevor er feist zurück lächelte. „Das Problem, meine Herren, ist nicht, weshalb der ISI das nicht will, sondern d a s s er es nicht will. Immerhin sitzen wir hier auf pakistanischem Boden.“
„In einem deutschen Container-Fahrzeug am Ende einer erfolgreichen Mission meiner deutschen Offiziers-Kameraden, einer Mission, die eine gemeinsame Mission unserer Länder ist, der ISAF-Mission der NATO gegen die Taliban, die nicht nur Afghanistan, sondern zunehmend auch Ihr Land destabilisieren, indem sie es zunehmend als ihr Rückzugsgebiet nutzen. Wir sitzen doch in einem Boot!“

General Masood leckte umständlich das Mundstück seiner Zigarre ab. Er warf Gyl einen verständnislosen Blick zu. Hatte Tocker irgendetwas Unanständiges gesagt? Gyl nahm ängstlich den Blick von seinen lackierten Schuhspitzen. „Ganz so einfach ist die Sache leider nicht, mein lieber Mr. Tocker“.
„Indead not“, brummte der General. „Unser Hauptverbündeter, die Vereinigten Staaten von Amerika, werden Ihre Operation nicht gutheißen.“

„Mit anderen Worten“, resümierte Tocker, „der ISI will die Amerikaner zufrieden stellen.“
„Dafür werden sie bezahlt“, grunzte Masood.
„Herr General, die Amerikaner waren es, die uns hier über Ihrem Gebiet abgesetzt haben. Falls Ihr Land, Herr General, mit dem Abzug unserer Truppen ein Problem haben sollte, können wir doch bestimmt eine für Sie gewinnbringende Lösung finden. Was

halten Sie davon, wenn mein Geschäftsfreund Talat Gyl vermittelt, ich meine, ich habe für ihn auch einiges vermittelt, und jetzt – “.

Der General warf seinen Kopf herrisch nach rechts, soweit sein fetter Hals das zuließ. Gyl sprang auf. Er deutete nach links auf den zweiten Container. Tocker und Rinzen folgten ihm.

Der Nachbar-Container war genauso eingerichtet wie der erste, aber die Besprechungsecke mit dem Metalltisch war kleiner; ein Drittel des Containers war durch eine Metallwand abgetrennt, wahrscheinlich eine Wohnkabine oder eine Nasszelle oder beides. Sie nahmen an dem kleinen Tisch Platz.
Gyl schüttelte bedauernd den Kopf. „Meine Herren, Sie müssen folgendes wissen: So können wir das Gespräch nicht weiter führen.“ Er seufzte, und Tocker hatte den Eindruck, dass Gyl das alles schrecklich leid tat.
„Wie lösen wir das Problem, Mr. Gyl?“
„Am besten mit überzeugenden Argumenten“, sagte der Pakistani und rieb den rechten Zeigefinger an den rechten Daumen.
„Here we go.“ Tocker hatte es gehofft. „How much?“
„Sie müssen folgendes verstehen, meine Herren, bitte: Der ISI teilt nicht die offizielle Politik der Regierung von Pakistan. Der ISI hat als wesentliche Aufgabe für sich akzeptiert, dass alles gut für Pakistan ist, was Afghanistan schadet: Je instabiler Afghanistan ist, desto vorteilhafter für Pakistan. Müssen hierzu die westlichen Invasoren Afghanistans unterstützt werden, bitte sehr, dann soll es so sein. Destabilisieren die Taliban das Nachbarland besser, werden die Taliban unterstützt. So zum Beispiel lässt es sich erklären, dass die Pakistani in Südwaziristan, einer Rebellenhochburg in den pakistanischen Stammesgebieten, den Taliban regelmäßig Unterschlupf gewähren. Schon zur Zeit der Besetzung Afghanistans durch die Sowjetunion hat unser Land auf Anweisung und mit dem Geld Washingtons die religiösen Krieger ausgerüstet und mit Waffen ausgestattet, die die Afghanen in die Lage versetzt haben, die Sowjets vom Hindukusch zu vertreiben. Und nun wirft uns der afghanische Geheimdienst National Directorat of Security NDS ständig vor, die aufständigen Taliban zu unterstützen: So sollen wir an dem Angriff der Talibs auf eine Militärparade in Kabul

beteiligt gewesen sein und an einem Selbstmordanschlag vor der indischen Botschaft in Kabul, und verantwortlich sein sollen wir für ein versuchtes Attentat auf Hamid Karsai im April 2008, und so weiter, und so weiter; Mitte 2008 sollen wir nach Angaben des NDS sogar dreitausend Terroristen nach Afghanistan eingeschleust haben – alles absurd, auch die jüngst erschienene Studie der London School of Economics, der zufolge wir die Taliban mit Geld, Munition und Ausrüstung ausgestattet haben sollen.“ Gyl holte tief Luft.

„Interessant.“ Rinzen nahm sich vor, sich vor seiner nächsten Auslandsreise besser auf Land und Leute vorzubereiten.
„Und von wieviel sprechen wir hier?“
Gyl zögerte. „1.000 Dollar pro Person; es war bei meinem Vorgespräch mit dem General von einer Million die Rede.“
„Zahlbar wie?“
Gyl schien erleichtert. „Das müsste ausgehandelt werden.“

26

Elmar Gehrke schob auf seinem Schreibtisch Korrespondenzpapier hin und her. Nachdem er erfahren hatte, dass der Bundesinnenminister, dieser graue Bürokrat, wie ihn die Kanzlerin immer nannte, die strikte Trennung von Polizei und Geheimdiensten aufweichen und ein Programm auflegen wollte, das zu einer Intensivierung der Zusammenarbeit zwischen Polizei und Geheimdiensten führen würde, war er beruhigt. Wenn diese neu strukturierte Behörde polizeiliche u n d geheimdienstliche Aufgaben wahrzunehmen hätte – nach dem Vorbild des FBI der Vereinigten Staaten – , dann könnte das möglicherweise vor seiner Pensionierung noch dazu führen, dass er der oberste Chef aller deutschen Sicherheitsbehörden würde.

Obenauf lag sein eigenes Korrespondenzpapier:

„Chef des Bundeskanzleramts
Dr. iur. utr. Elmar J. Gehrke
Staatsminister“

Er zog seinen Bogen nach unten. Das nächste Blatt trug den Aufdruck:

„Der Bundesminister des Auswärtigen
Hans-Peter Hartmann“

Gehrke setzte „Bundesrepublik Deutschland“ über die erste Zeile. Es hatte ja auch schon Minister gegeben, in der früheren Regierung, die „Deutschland“ aus den ministeriellem Briefbögen hatten entfernen lassen - die Bunten natürlich; nur ich-gespaltene Vaterlandsverneiner konnten auf die Idee kommen, die Republik zu verleugnen, als deren Minister sie von ihr lebten. In die Zeilen darunter schrieb er:

„Dr. iur. utr. E. J. Gehrke
Der Bundesminister des Auswärtigen
Am Werderschen Markt“

Das gefiel ihm schon besser. Er schob auch das zweite Blatt nach oben. Darunter lag das Korrespondenzpapier der Bundeskanzlerin.

„Bundesrepublik Deutschland
...“

Gehrke ging seinen Poststapel durch. Eine vertrauliche Mitteilung kam von seinem Freund John Epstein:

„3 targets in Pakistan gefasst. Unterstehen Kontrolle ISI. Was hab' ich versprochen? Gruß John“

P.S.: Heute 2300 aaO? Hab' da noch eine Flasche stehn. Und eine Ukrainerin liegen.“

Die nächste vertrauliche Nachricht – VSnfD – kam vom MAD:

„Die Spur über P ua zurückverfolgt bis Heeresamt. Die Einberufungsbescheide Major Rinzen, Oberst Tocker, Major Stich, Oberstleutnant Bloch ua wurden von dort angefordert. Quelle noch unklar: Presseabteilung oder 2 ZbV-Stellen, entweder Generalleutnant Becker, derzeit mit Transformations-Plänen beschäftigt, oder Brigadegeneral von Roddeck – derzeit, soweit ersichtlich - ohne dienstlichen Aufgabenbereich, Vitae anbei. Berichte weiter.
gez. Menssen, Oberst iG

Anlagen

Gehrke nahm sich als erstes den militärischen Werdegang von General von Roddeck vor. Das musste der Sohn oder der Neffe des ehemaligen Generalinspekteurs Burgislav von Roddeck sein.

„Eintritt in die Bundeswehr: 1980
Beförderung zum Leutnant: 1982“

Gehrke blätterte weiter.

„1. BV: Setzt als wachhabender Kasernenoffizier Schuss aus seiner Dienstwaffe P 1 in die Decke der Standort-Kantine, um tumultartige Zustände niederzuschlagen. 1. Disziplinarverfahren, eingestellt.“

Gehrke überflog die nächsten Zeilen, die sich mit umfangreichen Ehrungen und Auszeichnungen beschäftigten. Beim nächsten besonderen Vorkommnis hielt er inne.

„2. BV: Soldat soll sich im Offizier-Betreuungsheim – früher: Kasino – im Kameradenkreis nach seiner Anhörung zu rechtsnationalen Umtrieben in der Fallschirmtruppe, Luftlande- und Lufttransportschule, Altenstadt, Lehrgruppenkommandeur, durch Bundeswehr-Untersuchungsausschuss in höchstem Maße despektierlich über Politiker, insbesondere die Roten und die Bunten, geäußert haben: Es sollen Sätze gefallen sein wie ‚Ich werde mich doch von

diesen Narren nicht an den Eiern ziehen lassen'. Randale, bei der Bilder von Bundeskanzler und Bundesverteidigungsminister im Betreuungsheim – früher: Kasino – von den Wänden ‚geschossen' wurden, zuerst mit Champagnerkorken, dann mit Champagnerflaschen, zuletzt mit Eiern... . Zunächst belastende Zeugenaussagen dem Soldaten unterstellter Kameraden waren später nicht tragfähig ... . Verfahren eingestellt ... ."

Gehrke schmunzelte.

„... 3. BV 1990, 1991: Bestellung des Soldaten zum Kommandobeauftragten der Bundeswehr; verantwortlich zunächst für Sicherstellung, Sichtung, Sammlung und Aufbewahrung sowie Katalogisierung sämtlicher NVA-Waffenvorräte der Mitgliedstaaten des Warschauer Paktes sowie Zuführung ausgewählter feindlicher Waffensysteme in Bw-Kommandostäbe für bw-eigene Aus- und Weiterbildung; dabei rätselhaftes Verschwinden einiger Systeme, insbesondere von Handfeuerwaffen, konnte nie aufgeklärt werden. Einzig verbleibender Belastungszeuge Oberfeldwebel F. durch Mörserunfall im Herbstmanöver 1992 MÜNSINGEN ‚Scharfer Tiger' umgekommen."

Gehrke schmunzelte nicht mehr. Er blätterte weiter: internationale Auszeichnungen für die Weitergabe der Erfahrungen mit der NVA-Übernahme an NATO-Staaten, militärische Ehrungen, die überwiegend mit dem Fallschirmsport zusammenhingen, kurzzeitig zwischendurch Inspizient für Reservistenangelegenheiten, Anerkennungen für von Roddecks Verdienste um den Aufbau der Kommandotruppe, die später KSK hieß, dann:

„2008: Mitglied des Präsidiums der Gesellschaft des Deutschen Heeres e.V. Soldat wird als Stellvertretender Divionskommandeur Division Spezielle Operationen (DSO) auffällig bei öffentlichen Veranstaltungen und mit einschlägigen Veröffentlichungen in Militärzeitschriften, aber auch in Wochenblättern und anderen Periodika, in denen er sich betont kritisch mit der politischen Führung, insbesondere der Führung der Bw, auseinandersetzt, Schwer-

punktthemen Afghanistan, Notwendigkeit der Wiedereinführung eines deutschen Generalstabs."

Da, der nächste Abschnitt brachte für Gehrke den entscheidenden Hinweis.
„2015: Befehlsverweigerung gegenüber seinem Vorgesetzten. Einleitung eines Disziplinarverfahrens wegen Verstoßes gegen die Pflicht zum treuen Dienen nach § 7 SG und Aussetzung des Beförderungsverfahrens zum Generalmajor, Versetzung ins Heeresamt, zbV, derzeit ohne besonderen Aufgabenbereich."

Gehrke schob die ausgedruckten Seiten der Vita übereinander. Brigadegeneral Berndt von Roddeck. Das konnte er sein. Das musste er sein. Der Mann, nach dem er suchte. Gehrke rieb sich die Hände. Bei dem würde er ansetzen. Er sprang auf, da trat seine Vorzimmerdame ein.
„Ein Einschreiben, Herr Minister. Soll ich Ihnen sofort persönlich aushändigen."
„Und was steht in diesem Einschreiben, Frau Savatzki?"
„Das ist persönlich und vertraulich, Herr Minister."
„Nun machen Sie schon."
Frau Savatzki fummelte an dem gelben Umschlag herum. Gehrke schob alle Poststücke auf die Seite, die er gelesen hatte. Nur die Korrespondenzbögen lagen noch verlockend vor ihm.

Frau Savatzki wechselte ihre Gesichtsfarbe. „Herr Minister, gegen Sie ist ein Strafverfahren eingeleitet worden. Von der Staatsanwaltschaft Berlin wegen dringenden Verdachts der – wie heißt das hier? – mittelbaren Anstiftung zur Verletzung von Berufsgeheimnissen zu Lasten von Chefredakteur Stich in mehreren Fällen, hier, schauen Sie selbst."

Gehrke riss seiner Vorzimmerdame den Papierhaufen aus der Hand und fiel wieder auf seinen Sitz zurück. Der Rollsessel prallte gegen die Fußleiste hinter seinem Schreibtisch. Das musste der Präsident des Bundesnachrichtendienstes gewesen sein, dieser Köhler. Im Beisein von Köhlers Abteilungsleiter hatte er seine Pläne offenbart, Limmer vom Verfassungsschutz auf das Stich-

Imperium anzusetzen, und diese loyale Ratte hatte ihrem Vorgesetzten dienstlich darüber Bericht erstattet, dienstrechtlich völlig korrekt.

„Und die Bundeskanzlerin will Sie sprechen. Vor der Kleinen Lage noch, die ist um 11.00 Uhr, in einer halben Stunde, Herr Minister."
Gehrke starrte unbeweglich auf die Papiere vor sich. „Bis dahin will ich ungestört sein, bitte."
„Gerne, Herr Minister." Frau Savatzki schloss die Verbindungstür hinter sich.

Gehrke fixierte immer noch die Papiere, die unverändert auf dem Schreibtisch auf ihn warteten: rechts der gelbfarbene Umschlag, in dessen Inhalt er selbst noch keinen Blick geworfen hatte, links die Korrespondenzbögen, mit denen er gespielt hatte - seine eigenen, die des Außenministers, die der Bundeskanzlerin. Zuerst zerriss er langsam sein eigenes Briefpapier, in ganz kleine Streifen. Dann legte er die anderen Bögen übereinander und zerknüllte sie. Er ließ alles in den Papierkorb fallen. Den gelben Umschlag samt Inhalt fegte er mit einer einzigen heftigen Handbewegung hinterher. Nur die ausgedruckten Bögen mit dem militärischen Werdegang von Brigadegeneral von Roddeck blieben auf seinem Tisch liegen.

27

„Im Namen der
Bundesrepublik Deutschland
ernenne ich
den Hauptfeldwebel
Helmut Renstorff
zum
Stabsfeldwebel
Der Bundesminister der Verteidigung
– Voncampen –

Die Beförderung wurde heute dienstlich bekannt gegeben.
Berndt von Roddeck
Brigadegeneral“

General von Roddeck übergab die Urkunde seinem frisch beförderten Stabsfeldwebel. „Gratuliere, Stabsfeldwebel Renstorff. Wünsche im neuen Dienstgrad viel Soldatenglück!“
„Danke, Herr General.“
„Soldat bedankt sich nicht.“ Von Roddeck zog seinem Untergebenen die Schlaufen mit dem neuen Dienstgrad auf die Schulterklappen. Die umstehenden Soldaten klatschten, Generalmajor Becker, Major Stich, zwei Feldjäger, einer männlich, einer weiblich, Stabsdienstsoldaten der benachbarten Abteilungen. Obergefreiter Nolte schenkte Champagner ein, den General von Roddeck spendiert hatte. „Prost!“

Von Roddeck nahm Stich auf die Seite. „Hervorragende Kampagne, Stich. Voller Erfolg, diese Operation. Habe Sie bereits zum Oberstleutnant vorgeschlagen. In Ihrer letzten Wehrübungswoche werden noch Berichterstattungen über das Chaos im politischen Berlin folgen und vereinzelte Meldungen über lokale Unruhen, Hamburg, Frankfurt, Köln; in ein, zwei Tagen geht es los. Dabei wie in Köln Niederschlagung von Randale durch unbekannte Eingreiftruppen, so ab dem dritten Tag. Der neue Stabsfeldwebel hat Einzelheiten in seinem PC. Sind Ihre Blätter vorbereitet?“
„Immer, Herr General.“

Von Roddeck lief seine 5.000 Meter wie auf Flügeln. Sämtliche Operationen waren erfolgreich abgeschlossen, die Kanzlerin war durch die Flüchtlingskrise, die Unfähigkeit ihrer Regierung, die nur aus Ja-Sagern bestand, und die Libyen-Affäre politisch am Ende, ein Nachfolger war nicht in Sicht, insbesondere nicht Verteidigungsministerin Voncampen, der immer noch der Vorwurf des Landesverrats anhing – beides Folgen der gelungenen Operationen seiner Reservestabsoffiziere. Und bevor die noch unfähigere Opposition vielleicht durch Neuwahlen die Regierungsgeschäfte in Monaten übernehmen könnte, wäre das Land im Chaos zunächst kleinerer, im Laufe der Zeit an Zahl und Umfang zunehmender regionaler Konflikte steuerungs- und handlungsunfähig. Dahin musste es früher oder später kommen. Das hatte außer der Kanzlerin und ihren Claqueuren jeder gesehen. So hatte auch ein unfreundlicher Kommentar des „Quotidién" orakelt, aus dem feixenden Nachbarland Frankreich, dessen heimliche Freude am politischen Niedergang Deutschlands in den letzten Wochen nicht mehr zu übersehen gewesen war. Der „Parisien" hatte getitelt *„Jetzt schafft Deutschland sich tatsächlich ab"*, unter Bezugnahme auf ein sozio-kritisches Werk, das in der Bundesrepublik vor einiger Zeit die öffentliche Aufmerksamkeit erregt hatte. Von Roddeck hatte es gerne gelesen. Jetzt musste nur noch die „Operation Mühle" in Pakistan gelingen. Noch immer keine Meldung von Tocker.

28:50 Minuten. Mit den Flügeln des Erfolgs ließ sich eben besser laufen.
„Renstorff! Stabsfeld Renstorff!"
„Herr General?"
„Meldung von Tocker?"
„Negativ, Herr General."
Von Roddeck haute mit der flachen Hand auf den Schreibtisch.
„Noch 'was, Renstorff!"
„Herr General?"
„Ihre neuen Dienstgradabzeichen stehen Ihnen gut."
Stabsfeldwebel Renstorff wollte sich bedanken, unterließ es aber.
„Gestatten Sie eine persönliche Bemerkung, Herr General?"
Von Roddeck nickte.

„Wäre an der Zeit auch für Ihre Beförderung, Herr General. Wenn ich diesen Generalmajor Becker da heute früh mit seinen zwei Sternen neben Ihnen so sehe ... “.
„Generalmajor Becker hat deutlich mehr Dienstjahre auf seinem gebeugten Rücken und sicher nicht so bewegte wie ich, Renstorff. Auch hat er sicher nie ein Disziplinarverfahren gehabt. Bei mir läuft noch eins, wie Sie wissen. Im Übrigen wurde er nicht hierher strafversetzt wie ich.“
„Jawoll, Herr General!“

Von Roddeck blickte auf den dunkelbraunen Bilderrahmen, der zwischen zwei Bücherregalen hing und in den 12 Regeln eingebettet waren wie Gebote in einen Schrein:
„1. Seien Sie ein Vorbild für Pflichterfüllung und ein Beispiel für Leistungswillen.
2. Machen Sie sich nicht beliebt, sondern geachtet.
3. Gehorchen Sie selbst, damit Sie Gehorsam finden.
4. Seien Sie selbstbewusst, nicht selbstherrlich.
5. Seien Sie ein Bessermacher, kein Besserwisser.
6. Führen Sie mit Verstand für Ihre Aufgabe und mit Herz für Ihre Soldaten.
7. Vertrauen Sie Ihren Soldaten, damit sie Ihnen vertrauen.
8. Suchen Sie den Grund für Fehler zuerst bei sich selbst, dann erst bei Ihren Soldaten.
9. Nehmen Sie sich Zeit beim Überlegen, verlieren Sie keine Zeit beim Handeln.
10. Denken, befehlen und handeln Sie nach vorn zu Ihren Soldaten, denn ohne sie können Sie Ihren Auftrag nicht erfüllen.
11. Geben und fordern Sie rücksichtslos Leistung, wenn nötig, nehmen und gönnen Sie rücksichtsvoll Ruhe, wenn möglich.
12. Seien Sie im Alltag so mutig, wie Sie es im Gefecht sein wollen.

Burgislav von Roddeck
General und Generalinspekteur“

Die Bücherregale waren zugestellt mit Hunderten von internationalen Titeln, sämtlich akkurat in Reihe neben- und übereinanderstehend, Buchrücken jeweils haarfein auf Kante mit den versiegelten hellen Holzbrettern, Literatur in vielen Sprachen, wenig Unterhaltendes, vorwiegend Sachbücher, viel Militärisches, aber auch Politik. Meterlange Abhandlungen über den Ersten Weltkrieg, noch mehr Meter über den Zweiten Weltkrieg, Literatur über die Geschichte des Widerstands in Deutschland und Europa zwischen 1933 und 1945 und sämtliche Werke von von Clausewitz.

Es klopfte an der Tür. Stabsfeldwebel Renstorff meldete Tocker.
„Soll reinkommen“, befahl der General.
Nach der militärischen Begrüßung fragte von Roddeck: „Meldung Afghanistan?“
„Operation Mühle abgeschlossen.“
„Wird auch Zeit. Der Afghanistan-Einsatz war sowohl politisch wie auch militärisch von vornherein unsinnig“, schnaubte von Roddeck. „Und wenn Sie mich fragen, waren alle NATO-Einsätze unsinnig – und verletzten dabei unseren Verfassungsauftrag.“
„Artikel 87a des Grundgesetzes“, wußte Tocker. „Deutschlands Streitkräfte sollen nur im Fall der Katastrophen-Hilfe und im Verteidigungsfall eingesetzt werden, ebenso zur Unterstützung der Polizei und des Bundesgrenzschutzes.“
„Und dieser Münchner Anwalt ist der einzige Bundestagsabgeordnete, der dies immer wieder kritisiert. Er hat doch recht, wenn er sagt, die Bundeswehr sei vom Verteidigungs-Auftrag völlig weggekommen hin zu einer Einsatzarmee. Er hat den Afghanistan-Einsatz als Verfassungsbruch gebrandmarkt. Ein Verteidigungsfall – und nur den genehmige das Grundgesetz – liege nur dann vor, wenn ein Angriff mit Waffengewalt auf das Bundesgebiet stattfinde, hat er gesagt.“
„In Afghanistan lag der Verteidigungsfall gemäß Artikel 115a GG sicher nicht vor.“ Tocker wollte das Gespräch auf seinen Einsatz bringen.
Aber der General war noch nicht fertig. „Auch die NATO hat sich von einer Verteidigungs-Allianz in ein Einsatzbündnis verwandelt. Spätestens mit dem neuen Strategischen Konzept vom 24. April 1999, verabschiedet in Washington D.C., hat die NATO einen fundamentalen Bedeutungswandel vollzogen. Ab diesem Zeitpunkt führte die NATO sogenannte Krisenreaktionseinsätze durch,

die – so wörtlich – ‚der Befriedung eines Staates fernab des euro-atlantischen Raums dienen‘. Dadurch wurde der regionale Bezugsrahmen der NATO ins Unendliche ausgedehnt. Und die USA steckt dank der NATO weltweit ihre Claims ab: ‚Das gehört uns! Da habt ihr Europäer, Russen und Chinesen nichts zu suchen‘. Und wir helfen ihnen auch noch dabei. Die Kontrolle über die Öl-Ressourcen im Mittleren Osten funktioniert nur, wenn die Staaten dort zerteilt und entvölkert werden. Wir helfen dabei und bekommen als Dank die aus diesen Staaten fliehenden Menschen.“
„Dann müssten wir raus aus der NATO, Herr General.“
„Das müssen wir langfristig auch, Tocker, wenn wir nicht für fremde Interessen in den Krieg ziehen wollen. Aber das ist Zukunftsmusik. Erst braucht Deutschland wieder die Wehrpflicht sowie Heimatschutzbataillone in einer zweiteiligen Bundeswehrstruktur. Meine Kontakte in den USA haben mir versichert, dass das weder Pentagon noch Langley stören würde.“

„Was wäre der Vorteil dieser zweiteiligen Bundeswehr?“
„Wenn wir die militärischen Erfahrungen des Ukraine-Krieges heranziehen, wird dieses Konzept verständlich, Tocker: In der Ostukraine hat die Armee 65 Prozent ihres Materials im Kampf gegen wenige Separatisten verloren. Dies zeigt, wie schwierig es ist, gegen entschlossene Kämpfer im bedeckten Gelände anzukämpfen.
Deutschland ist am Boden zu schwach, um das gesamte Staatsgebiet zu sichern und eingedrungene Kämpfer zu vertreiben. Daher bräuchte es eine zwölfmonatige Wehrpflicht für Heimatschutz-Divisionen, die neben der bisherigen Bundeswehr-Struktur entstehen. Diese Divisionen müssten mit Panzerabwehrraketen, Fliegerabwehrraketen und Mörsern ausgerüstet werden, die alle PKW-verlastbar sein müssen. Bei entsprechend hohen Stückzahlen sind diese Waffen für wenige tausend Euro pro Stück herzustellen. An fünf bis zehn Millionen Mann, die mit ein paar 100.000 Rohren ausgerüstet sind, wird im bedeckten Gelände jeder Aggressor scheitern. Deutschland wäre auf sehr kostengünstige Weise uneinnehmbar.“
„Und Deutschland bräuchte keine teuren High-Tech-Waffen für den internationalen Einsatz als Washingtons Hilfstruppe.“ Man

merkte, dass Tocker aus der Wirtschaft kam. „Allerdings: Dank der NATO sind wir im Kalten Krieg nicht vom Warschauer Pakt überrollt worden, Herr General. Dank der gegenseitigen Beistandsverpflichtungen mussten wir nie in DDR-Verhältnissen leben."

„Aber in denen leben wir doch, Tocker! Haben Sie denn nicht gemerkt, dass die DDR seit der Wiedervereinigung ihre mentale Westgrenze bis an den Rhein vorgeschoben hat, demnächst bis an den Atlantik? Haben Sie den ‚Schwarzen Silvester' 2015/2016 vergessen? Erinnern Sie sich, wie damals nach diesen Übergriffen und Vergewaltigungen durch Migranten überall in Deutschland ein hoher Polizeioffizier aus Frankfurt erstmalig gestand: ‚Bei Straftaten von Tatverdächtigen, die eine ausländische Nationalität haben und in einer Erstaufnahmeeinrichtung gemeldet sind, legen wir den Fall auf dem Schreibtisch sofort zur Seite. Es gibt die strikte Anweisung der Behördenleitung, Vergehen, die von Flüchtlingen begangen werden, nicht zu melden'.
Wie damals in der DDR überlässt der politische Wasserkopf dieser Republik beim Verschweigen des wahren Ausmaßes der Flüchtlingskriminalität nichts dem Zufall und hat klare Zensurregeln angeordnet. Schließlich sind die politischen Beamten und die Quasi-Beamten in den öffentlich-rechtlichen Propaganda-Anstalten nur zu diesem Zweck von der Superkoalition – der ja in Wirklichkeit auch die Grünen angehören – auf ihre hoch bezahlten Posten gehievt worden. Und die Großpartei, die zum Schein noch in Schwarz und Rot aufgespalten ist, ist doch die neue KED, die Kapitalistische Einheitspartei Deutschlands. Kennen Sie einen Politiker, der seine Reden nicht nach den Opportunitäten seiner Parteikarriere ausrichtet? Die halten Fensterreden, die gar nicht an die Wähler gerichtet sind sondern an die Parteioffiziere, deren Aufgabe es ist, die Ja-Sager für die Funktionsstellen zu selektieren, damit das Regieren einfacher ist."

Von Roddeck nahm einen kräftigen Schluck aus seinem Wasserglas, bevor er fortfuhr: „Zurück zum Thema Afghanistan und andere Auslandseinsätze: Der Politik hätte ein Blick in Raschids ‚Sturz ins Chaos – Afghanistan, Pakistan und die Rückkehr der Taliban', da drüben steht er – geholfen und ihr deutlich machen müssen,

dass es zunächst falsch war, die Bundeswehr vor Ort nur sich selbst schützen zu lassen und sich zu verhalten, als könnte der Krieg ohne Kampf gewonnen werden. RoE – wenn ich das schon höre! Und das alles gilt mutatis mutandis für mehr oder weniger sämtliche Bundeswehreinsätze, sei es in Bosnien/Herzegowina, im Kosovo, im Sudan, im Libanon, vor den Küsten Somalias, in Mali, in Syrien und in Libyen."
„RoE?"
„Rules of Engagement, die immer wieder dazu führen, dass deutsche Soldaten von deutschen Staatsanwälten verfolgt werden, als Mörder, mindestens als Totschläger. Das ist Politik. Und wozu führt das? Es führt dazu, dass sofortiger Abzug der internationalen Truppen mehr Menschenleben kosten als retten würde; und dass weiteres Verbleiben in den Krisengebieten – die derzeitigen politisch-militärischen Verhältnisse vorausgesetzt – weitere Opfer an Menschenleben kosten wird, dass der IS-Haufen sich ausweitet und uns noch gefährlicher wird als er es ohnehin schon ist, und dass der Westen an Reputation weltweit immer mehr verliert, zu Gunsten von Drittländern, die sich entschieden haben, zu Hause zu bleiben und dort ihre Wirtschaft in Ordnung zu halten. Mit anderen Worten: Unsere derzeitige Politik bringt uns immer wieder in Situationen, in denen uns keine Alternativen verbleiben – deshalb wird so oft von ‚alternativlosen Lösungen' geredet –, und diese Ausweglosigkeit ruft dann jedes Mal Politiker auf den Plan, die die Situation noch verschlimmern. Besser wäre die Bundesrepublik Deutschland mit dem bedient, was der französische Revolutionär Gabriel de Mirabeau einmal über das alte Preußen gesagt hat: Preußen sei kein Staat, der eine Armee hat, sondern eine Armee, die einen Staat hat. – Da oben steht er."

Von Roddeck deutete punktgenau in die Richtung einer Ecke seiner Regalwand. Und dann ganz abrupt: „Operation ‚Mühle' abgeschlossen? Wo sind Major Rinzen und Oberleutnant Sassen?"
„Auch Rinzen und Sassen sind wieder auf deutschem Boden."
„Weshalb erhielt ich gestern keine Meldung?"
„Weil die Operation Mühle gestern noch nicht abgeschlossen war, Herr General. Wir sind überraschenderweise in die Hände des ISI gefallen, der einen Hinweis von irgendwelchen amerikanischen

Dienststellen erhalten hat. Den Pakistani müssen wir wohl eine Million Dollar in Cash übergeben, damit unsere Truppen über ihr Land ausgeflogen werden können."
„Da will sich irgendeiner bereichern und seine private Schatulle etwas aufbesern. Geben wir's ihnen. Wir haben doch noch genug Geld in der Kasse, oder, Tocker?"
„Haben wir. Ist trotzdem nicht ungefährlich."
„Sie meinen wegen der pakistanischen Fluglinie PIA – please, inform Allah."
„Nein, wegen der engen Kontakte des ISI mit der CIA."
„Bis zum Tag X streiten wir alles ab." Von Roddeck nickte zufrieden. „Gut, Tocker, sehr gut. Die Kosten trägt die Gesellschaft."

Tocker winkte ab, widersprach aber nicht. „Dafür hätte ich gerne drei Tage Sonderurlaub; nämlich die letzten drei Tage meiner letzten Wehrübung." Er sah sich schon beim gemeinsamen Abendessen mit der Schlossherrin auf Schloss Hirschesruh.
„Die Antragsformulare bei Stabsfeldwebel Renstorff gibt es frühestens in einer Woche." Von Roddeck wartete auf eine Reaktion. Es kam aber keine. „Ich brauche Sie nämlich hier die nächsten drei Tage. Die Entwicklung der Lage in Berlin ist natürlich an Ihnen vorbeigegangen. Sie werden hier als meine rechte Hand und Operationsführer gebraucht. Wir kommen ab heute in die heiße Phase, Phase Alpha, die Sie einleiten sollen."

Von Roddeck stand auf und entfaltete auf seinem Besprechungstisch eine politische Karte der Bundesrepublik Deutschland. „Hier, Tocker, schauen Sie sich das mal an. Den Vorentwurf kennen Sie ja schon. Das hier ist die aktuelle Lagekarte." Von Roddeck ergriff einen bereitliegenden Zeigestock und wies seinen Untergebenen in die Lage ein.

Zwei Stunden später hatte Tocker noch zwei Anliegen.
Von Roddeck schaute auf die Uhr. „Gut, Tocker, ruhen Sie sich zwei Stunden aus. Einsatzbereitschaft Zentrale unter Ihrer Leitung ab 1200 Zulu. – Was noch?"
„Etwas Persönliches. Möglicherweise sogar Privates."
„Raus damit!"

„Es geht um die Schlossherrin von Schloss Hirschesruh. Hätten Sie was dagegen, Herr General, wenn ich die Dame zum Ende meiner Wehrübung zum Abendessen einlade? Das wollte ich Sie der guten Ordnung halber fragen, bevor ich – “.
„Frau Schwartze ist verfügbar.“ Von Roddeck erinnerte sich ungern an seine letzte Begegnung mit ihr im Schlosshof; Tocker hatte da auch rumgestanden. Das war nun vorbei. Sollte Tocker sich doch um sie kümmern, wenn er sich an ihr die Zähne ausbeißen wollte; dann bliebe sie zumindest in die Gesellschaft eingebettet und unter Kontrolle. „Ihre Idee ist vorteilhaft. Melden Sie ihr bei dieser Gelegenheit ruhig, dass Sie ihr Vermögensverwalter sind. Und haben Sie ein Auge auf sie: Ich will, dass es ihr gut geht, aber ich will auch, dass sie auf unserer Linie bleibt. Betrachten Sie meine positive Antwort als dauerhaften Observierungsbefehl. Unser Treueversprechen, Kamerad Tocker, bleibt davon natürlich unberührt. Ich habe noch Großes vor mit Ihnen, wenn wir die nächsten Tage erstmal hinter uns gebracht haben.“
„Keine Frage, Herr General. Treue um Treue.“
„Treue um Treue. Sonst noch 'was?“

Tocker trat ab, Renstorff trat ein. Er zog die Verbindungstür zu. „Herr General, Sie müssen morgen nach Berlin, Termin bei der Verteidigungsministerin, 1400.“
Von Roddeck nahm eine Mail entgegen, die ‚iA Voncampen, BMVg, gez. Dr. Wiemer, Ministerialdirigent‘ signiert war.
„Buchen Sie mich auf einen der Flieger morgen so, dass ich vor dem Termin mit der Ministerin mindestens eine halbe Stunde Zeit für Oberstleutnant Bloch im Kanzleramt habe. Nolte soll sich so in Marsch setzen, dass er mich morgen am Flieger in Berlin abholen und rechtzeitig zu Bloch fahren kann. Ich will auf dem Rückweg über Kassel.“
„Jawoll, Herr General. Steht da in Berlin etwa eine Beförderung an?“
„Nicht anzunehmen, Renstorff. War auch nicht immer so brav wie Sie“.
Renstorff sah auf seine Uhr. „Major Stich wartet draußen. Ist für 0900 befohlen.“
„Soll reinkommen.“

Von Roddeck wies Major Stich einen Platz in der Sitzecke zu und schaltete die Frühnachrichten ein.
Nach ein paar Minuten über gescheiterte Restrukurierungsversuche der noch amtierenden Regierung und einer nicht ernstzunehmenden Rücktrittsdrohung der Kanzlerin wurde aus Berlin, Köln, Hamburg, Bremen und Frankfurt von lokalen Unruhen des gestrigen Abends berichtet, die sich in Frankfurt und Berlin bis in die frühen Morgenstunden hingezogen hätten. In Berlin-Neukölln würden sie bis zur Stunde noch andauern. Die Landespolizeibehörden in Hessen und Berlin hätten von anderen Bundesländern Unterstützung angefordert. Eine Beruhigung der Lage sei im Moment nicht abzusehen, unter anderem, weil die Unruheheerde nicht auszumachen seien. In Berlin würden militante Migrantengruppen verdächtigt – sicher zu Unrecht, wie der Sprecher eifrig versicherte – , in Hamburg wütete offenbar die Antifa und in Frankfurt, Bremen, Stuttgart und Köln gäbe es die üblichen Straßenschlachten; nur deren Ausmaß gestern Nacht sei ungewöhnlich gewesen, insgesamt 23 Tote, 124 Verletzte, davon 41 Polizisten, 3 schwer.
„Das Ausland schaut mit zunehmender Sorge auf die Entwicklung in unserem Land. Es folgen einige Stimmen französischer, englischer, österreichischer und schweizer Kommentatoren: Die Berner Nachrichten befürchten, dass unser föderalistisch strukturierter Staat auf Bundesebene schon gar nicht mehr regiert wird. Angeblich führen die Amerikaner mit den Engländern und Franzosen schon hinter dem Rücken der deutschen Regierung vertrauliche Gespräche über die Folgen dieser Entwicklung für die NATO und deren gegenwärtige Einsätze, Gespräche, in die die übrigen NATO-Partner, insbesondere Kanada, bald einbezogen werden sollen. Diese Initiative geht von der US-amerikanischen Regierung aus...“.

Von Roddeck sah zu Stich hinüber. „Was lesen wir heute in Ihrem Blätterwald, Kamerad Stich?“
Der Major packte einen Stapel Zeitungen auf den Besprechungstisch.
Von Roddeck überflog die Titel. „Wann erscheinen die nächsten Ausgaben?“

„Zwei heute Mittag, der Rest heute Abend, 18 Uhr. Die Redaktionen arbeiten auf Hochtouren."
„Weitermachen."

Wenn von Roddeck morgen nach Berlin fliegen musste, außerplanmäßig – was immer ihn da erwartete, womöglich eine neue Verwendung –, dann musste noch heute alles veranlasst werden.

Punkt 1200 traf er Tocker im Lagezentrum, das in einem der großen Kellerräume unterhalb ihrer Dienstzimmer hinter einer Stahltür eingerichtet worden war.
Tocker rieb sich den Schlaf aus den Augen.
Im Hintergrund des kalten Raumes, der durch gleissende Neonröhren in taghelles Licht getaucht war, warteten sechs Soldaten, ein Oberstleutnant im Generalstab, ein Hauptmann, zwei Feldwebel, zwei Gefreite, alle in Hab-Acht-Stellung.

Von Roddeck warf die Lagekarte der Bundesrepublik Deutschland, an der er heute Früh den Oberst eingewiesen hatte, per Beamer an die Wand und zeigte mit dem Laserpointer nacheinander auf Berlin, Hamburg, Bremen, Frankfurt, Köln. „Einsatzkräfte vor Ort in Alarmbereitschaft versetzen – in dieser Reihenfolge: Berlin, Hamburg, Bremen, Frankfurt, Köln – , Einsatzbereitschaft bis 1800 Zulu herstellen lassen, verdeckt, Funkbereitschaft der jeweiligen Kommandeure jeweils ab 1800 Zulu, Eröffnung des Funkverkehrs durch Sie, Tocker, als Leitender um 1800 Zulu zur Erstattung der Meldungen, Einsatzbereitschaft durch Kommandeure, Zugriffe auf Ihr Kommando nach meinem Befehl. Ihr Stellvertreter: Oberstleutnant im Generalstab Krawatz."
Der Generalstabsoffizier nahm Haltung an.

„Personalunterstützung, Koordinaten und Einzelheiten hat Stabsfeldwebel Renstorff griffbereit, erreichbar über dieses Telefon. Bin ab 1800 Zulu in meiner Offizierswohnung, erreichbar über dieses Telefon. Bis dahin in meinem Dienstzimmer oben, erreichbar über dieses Telefon." Er klatschte mit einem Metallstab hintereinander auf ein grünes, ein blaues und ein gelbes Telefon. „Bei außer-

planmäßigen BVs dieses Telefon." Von Roddeck hieb auf ein rotes Telefon. „Noch Fragen?"
„Keine, Herr General."

28

Der Anruf von Oberst Tocker aus dem Heeresamt erreichte Studiendirektor Jürgen Wobke kurz nach der Mittagspause gegen 13.30 Uhr. Er hatte sich gerade eben die Stundenpläne für das neue Schuljahr vorlegen lassen und wartete auf seinen Nachmittagskaffee. Sein Vorzimmer war im Moment unbesetzt.
„Jawohl, Herr Oberst, Einsatzbereitschaft bis heute 1800 Zulu. Funkbereitschaft ab 1800 Zulu, Operationsgebiet Sülz und Lindenthal gemäß Operationsbefehl ‚Delta'. Eröffnung des Funkverkehrs durch Sie ab 1800 Zulu. Einsickern in Konfliktherde, weiträumig. Befehl für Zugriff ausschließlich durch Sie." Wobke war aufgesprungen.

Er setzte sich wieder, als seine Sekretärin mit Kaffee, Zucker und Milch hereintrat. „Wie Sie meinen, Frau Urschitzky, ja, ja." Wobke legte den Hörer zurück. „Danke. Wenn Sie mich jetzt bitte alleine lassen würden, Frau Kanitzke, vielen Dank."

Frau Kanitzke zog die gepolsterte Tür zum Sekretariat zu. Weshalb ihr Direktor wohl so aufgeregt gewesen war? Und dann so gelassen getan hatte, als sie das Zimmer betrat? Und dann diese überstramme Haltung, stehend am Telefon - so hatte er sich sonst nur verhalten, wenn er zu Wehrübungen einberufen worden war. Aber das war schon lange her. Als Oberstleutnant oder so hatte man ihn ja zu seinem Bedauern vor Jahren schon entlassen, ausgemustert oder ausgeplant, oder wie das beim Militär hieß oder damals jedenfalls geheißen hatte. So kannte sie ihn inzwischen gar nicht mehr. Vielleicht hatte sich ja auch nur irgendeine Mutter darüber beschwert, dass ihr Kind nicht versetzt worden war. Frau Urschitzky? Nie gehört. Na ja, egal, seine Sache.

Wobke entnahm seiner Aktentasche eine Liste mit Telefonnummern und griff zu seinem Mobiltelefon. Als ersten rief er den Chef der 2. Kompanie an, Hauptmann der Reserve Sperr.

Rechtsanwalt Sperr war in einer Besprechung, als sein Handy brummte. Er entschuldigte sich bei seinem Mandanten und verließ den Besprechungsraum.
"Jetzt können wir reden. Sperr hier, Chef 2., Herr Oberstleutnant?"
„Grüß Sie, Herr Sperr. Entschuldigen Sie die Störung, habe aber soeben unseren Einsatzbefehl für ‚Operation Delta' bekommen. Sie erinnern sich doch?"
„Und wie! ‚Operation Delta'? Jetzt geht's los, oder? Wurde ja auch Zeit. Herr Oberstleutnant, ich erwarte Ihre Befehle." Inzwischen hatte Sperr sein Arbeitszimmer erreicht, er machte kurze Notizen. „Jawohl, Herr Oberstleutnant, verstanden: Raum Universität Lindenthal, von Zülpicher Wall bis Universitätsstraße, ab 1730 Zulu Einsatzbereitschaft, Meldung an Sie 1740, Handybereitschaft ab 1700 Zulu, Zugriff nur auf Ihren Befehl. Ziel erkannt, Herr Oberstleutnant."

Sperr beendete seine Besprechung, schloss die Tür zum Arbeitszimmer und wählte hintereinander vier Telefonnummern. Die letzte war die von Leutnant der Reserve Träger, Zugführer I. Zug.

Träger lag auf seinem Sofa und dachte über den Titel seiner Magisterarbeit nach. „Ja, ja, hier Träger, was iss denn?"
„ZULU -"
„-KAFFER". Träger sprang auf. Das war das kompanieinterne Kennwort. „Hier Leutnant Träger."
„Träger, folgende Lage." Sein Kompaniechef wies ihn ein. „Ihr Zug spielt dabei die entscheidende Rolle, Träger, weil Sie doch die Uni kennen wie kein Zweiter. Sie sichern mir sämtliche Haupt- und Nebeneingänge, Reserve ist der III. Zug, Oberfeldwebel Karl, Telefonnummer ... ."
„Hab' ich."
„Meldung Operationsbereitschaft bei mir bis 1700 Zulu."
„Wird gemacht – ich meine: Jawohl, Herr Hauptmann."

Träger legte auf. Aus seiner Magisterarbeit würde zumindest heute Nachmittag nichts mehr werden. Er musste seine vier Gruppenführer alarmieren, alle vier Unteroffiziere, einer arbeitslos, den würde er am ehesten erreichen, also als letzten anrufen; einer arbeitete auf dem Bau, der würde am Feierabend Zeit haben, der dritte war bei einer Versicherung beschäftigt, als Freiberufler, der müsste auch abkömmlich sein; der vierte, wusste er, war im Ausland, Urlaub machen, sein Stellvertreter war ein Obergefreiter UA, den er neulich abends noch im Päffgen beim Bier getroffen hatte. Den alarmierte er als ersten.

29

Den Nachmittag hatte von Roddeck mit bürokratischer Routine, die unaufschiebbar und nicht zu delegieren war, mit Kontrollen, Dienstaufsicht und kleineren Nachjustierungen seiner seit Monaten ausgearbeiteten und fein gefeilten Operationspläne zugebracht. Drei Schriftstücke hatten ihn dennoch beunruhigt und gleichzeitig in seinen Entschlüssen bestätigt.

Das erste war der Bericht eines Reserveoffiziers, der über gute Kontakte in den Militärischen Abschirmdienst MAD, den Geheimdienst der Bundeswehr, verfügte.
Der Militärische Abschirmdienst (MAD) warnt schon seit mehr als sechs Monaten vor immer mehr radikalen Muslimen in den deutschen Streitkräften. Wolfgang Gram, der Chef des Bundeswehr-Geheimdienstes, sagte schon im März 2015: »Wir sehen das Risiko, dass die Bundeswehr als Ausbildungscamp für gewaltbereite Islamisten missbraucht werden kann«. Auf der Seite der Terrormiliz Islamischer Staat (IS) kämpfen demnach schon jetzt Muslime, die ihr Kriegshandwerk bei der Bundeswehr gelernt haben.

Doch die Lage ist noch weitaus bedrohlicher. Denn viele Asylbewerber wurden auch in Kasernen einquartiert und leben dort gemeinsam mit den Soldaten. 80 Prozent der Asylbewerber sind männlich, unter 30 Jahre alt – und kampferfahren aus den nahöst-

lichen Kriegsgebieten. Sie wurden offenbar systematisch an Bundeswehrstandorten in der Nähe von Waffen untergebracht. Jede Sekunde kann die Lage in den Kasernen explodieren.

Dazu würde es nicht kommen. Von Roddeck griff sich das zweite Schriftstück – ein weiterer Bericht eines Mitglieds seiner DGNS.

Der Ablauf ist immer gleich: Die Gemeinden und Landratsämter kommen mit der Migranten-Flut schon lange nicht mehr zurecht. Sie rufen um Hilfe. Die Innenminister der Länder leiten das Hilfsersuchen an den Bundesinnenminister weiter und der reicht ihn ans Verteidigungsministerium durch. Ministerin Voncampen wendet sich an den Inspekteur des Heeres und dieser – wegen der hauptsächlich betroffenen österreichischen Grenze – an das Landeskommando Süd (Bayern), München, Dachauerstraße 128. Der frühere Dienstsitz des Landeskommandos, die Bayern-Kaserne, ist inzwischen Flüchtlingslager.
Das Landeskommando Süd befiehlt der Panzerbrigade 12 in Cham, Personal und Material für Flüchtlingshilfe in den Raum Passau abzustellen. Obwohl sich die Brigade mitten in der Verlegung nach Freyung befindet und zudem ein Bataillon Panzergrenadiere in Afghanistan gebunden hat *(Hervorhebung durch den Berichterstatter). Der Brigadekommandeur stellt einen wehrübenden Oberst dR sofort – mit den Worten: „Wir haben einen Auftrag. Den erfüllen wir gern“ – als „Verbindungs-Offizier Flüchtlingshilfe“ in das Landeskommando nach München ab, das ihn im Raum Passau vor Ort – Feldkirchen bei Straubing – einsetzt, wo er die uniformierten Kameraden unter Leitung des dortigen Landrats einsetzt als Küchenhilfen, in Aufnahme- und Registrierungsstellen sowie beim Aufbau von Unterkünften.*
Anmerkung 1: Können die sog. „Flüchtlinge“ das nicht selbst?
Anmerkung 2: Während sich die wehrtüchtigen syrischen Flüchtlinge also dort in Bw-Schlafsäcken räkeln und weibliches deutsches Reinigungspersonal sexuell belästigen, sind deutsche Soldaten in Syrien im Einsatz („Grüßt mir die Heimat!“).

Mit einem grimmigen Lächeln nahm von Roddeck das dritte Schriftstück zur Hand – den Leserbrief eines Stabsunteroffiziers an ein bekanntes Polit-Magazin. Sein Lächeln erstarb.

Sehr geehrte Damen und Herren,

ich wende mich an Sie, da Sie die Möglichkeiten haben, mit diesen Informationen und meinen Gedanken andere Wege in Betracht zu ziehen und vorbeugend reagieren zu können, um das Volk zu warnen und aufzuklären.
Zunächst zu meiner Person: Ich bin seit ca. 5 Jahren Angehöriger der Deutschen Bundeswehr und Soldat auf Zeit. Ich habe geschworen, dem deutschen Volk mit bestem Wissen und Gewissen zu dienen und es im Fall einer Bedrohung sowie Störung der Ordnung mit meinem Leben zu schützen und tapfer zu verteidigen!
Im Grundgesetz im Artikel 20 Abs. 4 heißt es: Gegen jeden, der es unternimmt, die Ordnung der Bundesrepublik Deutschland zu beseitigen, haben alle Deutschen das Recht zum Widerstand, wenn andere Abhilfe nicht möglich ist.
Wir haben uns den Feind (gemeint ist der IS, nicht die friedlichen unter den Asylsuchenden) wie ein trojanisches Pferd in unsere Festung gelassen, die es einzunehmen gilt. Ich kann ja wohl nicht der Einzige sein, der sieht, dass da was in Anmarsch ist. Oder etwa doch?
Die Deutschen werden sich das nicht länger gefallen lassen und ich auch nicht. Was hier abläuft, kann man nur als Landesverrat betrachten und als Auslieferung des Deutschen Volkes an den Terrorismus.
Ich wende mich an Sie, da ich mir als Soldat nicht mehr zu helfen weiß. Wir sollen in den kommenden sechs Monaten in Flüchtlingslagern in Hamburg, Bremen, Holstein, Niedersachen und einen Teil von Mecklenburg- Vorpommern für Hausmeistertätigkeiten, Verpflegung usw. zur Verfügung stehen und diese Lager betreiben.
Ich will etwas verändern, auf dass Deutschland endlich wieder souverän wird und nach Artikel 146 im GG endlich eine eigene Verfassung beschließt!
Hochachtungsvoll

Stabsunteroffizier (Name bleibt vorerst unbekannt)

Von Roddeck brauchte Luft.
Nach seinem Geländelauf ließ er sich im Kasino ein Steak bringen. Beim Essen sah er sich die Nachrichten an. Aber außer dem langsamen Auseinanderbrechen der Republik, dem kontinuierlichen Abkoppeln der Verbündeten, dem unaufhaltsamen Auseinanderdriften der Bundesländer, den zahlreichen Toten in Afghanistan und den wieder entfachten Unruhen und neu entflammten Straßenschlachten in den zunehmenden Problembezirken der Republik gab es eigentlich nicht viel Neues.

30

Dr. Gehrke war den ganzen Tag über von einem unsinnigen Termin zum nächsten gestürzt, von einer überflüssigen Besprechung in die folgende Konferenz gerannt, unterbrochen von höchst vertraulichen Vier-Augen-Gesprächen mit Politikern, von denen man nicht wusste, ob sie morgen noch bedeutsam oder schon arbeitslos sein oder sich übermorgen in den Straßen der Republik dem revoltierenden Mob anschließen würden. Die Hektik hatte einen einzigen Vorteil: Gehrke konnte keine Gedanken mehr an das gegen ihn laufende Strafverfahren verschwenden; die ganze Nacht über hatte er sich schon schlaflos grübelnd darüber gegrämt. Der heutige Stress war symptomatisch für den gesamten Politikbetrieb: viel Hektik, keine Erkenntnisse, keine Lösungen, keine Ergebnisse, für jeden Ziegelstein wurde ein 10-Tonnen-Kran bemüht, der die einzelnen Ziegelsteine immer wieder fallen ließ und damit mehr und mehr Schaden anrichtete.

Und immer, wenn er ein paar Sekunden Zeit hatte, kam Gehrke der Gedanke: Er könnte Außenminister, er könnte sogar Bundeskanzler dieser Republik werden, wenn es ihm noch gelänge, diesen Brigadegeneral von Roddeck zur Strecke zu bringen, den Staatsstreich zu vereiteln, den der womöglich plante, sämtliche Unruhen und Katastrophen und diplomatischen Verwicklungen

könnte er auf ihm abladen und selbst wie ein Phönix aus der Asche seines Ermittlungsverfahrens aufsteigen, wenn er diese Konspiration, diesen Verrat am Vaterland im Ansatz erstickte.
Das jedenfalls hatte er sich letzte Nacht in den wenigen Stunden Schlaf erträumt.

Teil 2

Ausführung

1

Von Roddeck ließ sich im Innenhof des Bendlerblocks in der Stauffenbergstraße 13-14 absetzen. Bis 1955 hatte sie noch Bendlerstraße geheißen. Nolte befahl er, den Opel im umzäunten militärischen Sicherheitsbereich des Ministeriums, Haus Nr. 18, zu parken. Es war halb zwei.

„Hier im ehemaligen Oberkommando des Heeres organisierten Deutsche den Versuch, am 20. Juli 1944 die nationalsozialistische Unrechtsherrschaft zu stürzen. Dafür opferten sie ihr Leben."

Von Roddeck ging an der Inschrift am Zugang des Ehrenhofes vorbei und hielt vor dem Ehrenmahl an, das die Bronzefigur eines jungen Mannes mit gebundenen Händen darstellt.

„Ihr trugt die Schande nicht
Ihr wehrtet Euch
Ihr gabt das große
Ewig Wache
Zeichen der Umkehr
Opfernd Euer heißes Leben
Für Freiheit
Recht und Ehre"

Von Roddeck spazierte zu der Tafel mit den Namen der am 20. Juli 1944 an dieser Stelle erschossenen Offiziere und nahm sein Barett ab. Hier hatte Oberst Claus Graf Schenk von Stauffenberg dem Erschießungskommando seine letzten Worte entgegengeschleudert:

„Es lebe das geheime Deutschland!"

Sein „Plan Walküre" war gescheitert. Kurz vor dem Tag des gescheiterten Attentats auf Adolf Hitler hatte von Stauffenberg noch geäußert:

„Es ist Zeit, dass jetzt etwas getan wird. Derjenige allerdings, der etwas zu tun wagt, muss sich bewusst sein, dass er wohl als Verräter in die deutsche Geschichte eingehen wird. Unterlässt er jedoch die Tat, dann wäre er ein Verräter vor seinem eigenen Gewissen."

Es konnte kein Zufall sein, dass die Verteidigungsministerin von Roddeck hierher befohlen hatte und nicht etwa an den Alexanderplatz 25 oder auf die Hardthöhe in Bonn. Das war kein Zufall - das war Schicksal.

General von Roddeck verließ die Gedenkstätte und lief hinüber zum Ministerium. Nolte stand wartend im Sicherheitsbereich neben dem Opel und händigte ihm eine schwarze Aktentasche aus.

Vor dem Haupteingang trat von Roddeck ein Zivilist in den Weg. „Brigadegeneral von Roddeck?"
Von Roddeck deutete auf sein Namensschild. „Habe einen Termin mit der Ministerin. In sieben Minuten."
„Ich weiß. Gestatten: Dr. Wiemer, Ministerialdirigent. Ich darf Sie hinauf begleiten?"
„Sie dürfen." Von Roddeck schritt kräftig voran, Dr. Wiemer wieselte hinter und neben ihm her, Banalitäten blubberten wie Sprechblasen aus seinem Mund - ob der Flug angenehm gewesen sei, der starke kalte Ostwind, es werde ja jetzt Herbst... .

Sie erreichten einen Vorraum in der ersten Etage, hinter dem das Vorzimmer zum Ministerbüro lag. Von Roddeck sah auf seine Omega. „Kamerad, jetzt halten Sie mal die Luft an und melden mich. Es ist 13 Uhr 58."
Wiemer sprang durch eine schwere Doppeltür ins Vorzimmer davon.

Eine gute Stunde später winkte er den General herein. „Die Ministerin kann Sie jetzt empfangen."
Von Roddeck erhob sich. „Wiemer, sollten Sie mal Bedarf an jemandem haben, der Ihren Laden hier auf Pünktlichkeit trimmt, rufen Sie mich einfach an. Sie wissen ja, wo ich zu erreichen bin."

Er durchquerte das Vorzimmer mit dem lauten Klack-klack-klack seiner lederbesohlten schwarzen Dienstschuhe, an zwei Sekretärinnen vorbei, die nach kurzem Aufblicken scheu wieder in ihren Papierbergen versanken, und baute sich in der offenen Doppeltür zum Ministerzimmer auf. Grundstellung, militärischer Gruß. „Brigadegeneral von Roddeck meldet sich wie befohlen."

Die Damen und Herren, die sich um den Schreibtisch der Ministerin drängten, sahen auf. Zwei der Damen verschwanden hinter von Roddeck im Vorzimmer, drei der Herren wandten sich von der Ministerin ab, einer schob der Ministerin noch schnell einen Umschlag zu und sah dann zu von Roddeck herüber.

Jetzt schauten ihn alle an. Die Ministerin umklammerte den Umschlag und erhob sich. „Grüße Sie, Herr von Roddeck. Bitte treten Sie doch näher."
Voncampen war von kleinem Wuchs; sie wurde durch das Aufstehen hinter ihrem Schreibtisch kaum größer.
Von Roddeck machte drei Schritte auf die Verteidigungsministerin zu – klack, klack, klack – und nahm Grundstellung ein.
Die Ministerin umkurvte den Schreibtisch und schob sich mit gequältem Lächeln auf ihren Besucher zu. Die umstehenden Herren zogen es vor, durch die breite Fensterfront Richtung Tierpark zu schauen. Nur Staatssekretär Jaeger beobachtete, dass die Ministerin sich wie ein Hühnerdieb an ihren General heranschlich.
„Es tut mir leid, Herr von Roddeck...". Voncampens hohe Stimme blieb weg, als sie von Roddeck den Umschlag hinhielt.

Der Inhalt des Kuverts übermittelte sich durch die Umstände seiner Übergabe.
„Sie sind entlassen, Herr General –, äh, Herr von Roddeck, von jetzt ab: Herr von Roddeck, ich bedauere." Voncampen wies auf die Sitzecke hinter von Roddeck. „Kommen Sie, ich würde Ihnen gerne die Begründung, äh, da drüben – Herr Jaeger!"
Der Staatssekretär eilte herbei.
„Staatssekretär Jaeger und ich, wir werden – , ach, nehmen Sie doch bitte einen Moment Platz, Herr von Roddeck. Wie geht es Ihrem Herrn Vater?"

„Begründung der Entlassung gemäß Soldatengesetz bei meinem Dienstgrad nicht erforderlich“, schnarrte der Ex-General.
Alle Anwesenden richteten ihre Augen wieder auf ihn. Der Verschluss seiner Aktentasche mit der darin verschwundenen Entlassungsurkunde rastete hörbar ein. „Melde mich ab, Frau Minister.“ Kehrtwendung, dann hämmerten seine Schritte über das Parkett aus dem Raum.
„Kein Kaffee, Herr General?“ rief Jaeger. Aber da hatte von Roddeck schon das Vorzimmer durchquert. Der Staatssekretär hastete hinter dem General her, immer wieder rückwärts nach seiner Ministerin schauend.

An der Doppeltür zum Vorraum hielt Jaeger abrupt an.
Von Roddeck stand schon da. Wenige Schritte vor ihnen hatten sich drei Herren aufgebaut, ein anderer wanderte auf die Front der hohen Fenster zu, als wenn ihn das alles nichts anginge. Von Roddeck erkannte den Chef des Kanzleramts, Dr. Gehrke. Das verhieß nichts Gutes.

Der mittlere der drei Männer hielt ein Schriftstück in den Händen. Er machte einen Schritt auf von Roddeck zu. „Berndt von Roddeck?“
Von Roddeck nickte und zeigte auf das schwarze Namensschild, das er heute letztmalig an seiner Uniform trug.
„Oberstaatsanwalt von Bülow. Ich habe hier einen Haftbefehl des Amtsgerichts Tiergarten gegen Sie und muss Sie festnehmen.“

Von Roddeck verharrte starr wie eine in Stein gemeißelte Statue. Seine wachen Augen musterten die Staatsgewalt vor ihm; sein Blick wanderte zur Fensterfront, an der der ChefBK sich inzwischen zu ihm umgedreht hatte.
Der Staatsanwalt zeigte von Roddeck den Haftbefehl und hielt ihm seinen Dienstausweis hin. „Wegen Verstoßes gegen Paragraphen 83 und 89 des Strafgesetzbuches, Vorbereitung eines hochverräterischen Unternehmens in Tateinheit mit der verfassungsfeindlichen Einwirkung auf Bundeswehr und öffentliche Sicherheitsorgane. Morgen werden Sie dem Haftrichter vorgeführt.“

Einer der Männer neben ihm zitierte Belehrungen, der andere trat neben von Roddeck.
„Meine Herr'n" rief von Roddeck laut, „dann tun Sie Ihre Pflicht."

Gehrke hatte der Festnahme von der Fensterfront aus zugeschaut. ‚Neun Silben', dachte er, ‚genau neun Silben, und die hat er genau so intoniert wie von Stauffenberg seinen letzten Satz: *Es lebe das geheime Deutschland.*'

2

Obergefreiter Nolte vertrat sich die Füße. Seit die Herbstsonne hinter den Bäumen des Tiergartens verschwunden war, wurde es deutlich kühler. In dem abgezäunten Areal vor dem Gebäude des Ministeriums umrundete er immer wieder seinen Dienst-Opel, zwischendurch setzte er sich auch mal rein und hörte Nachrichten oder spielte mit seinem iPhone. Lange warten war er als Dienstfahrer der Bundeswehr gewohnt, als Fahrer des Generals allerdings nur, wenn der General mit noch höheren Dienstgraden zusammen saß; zu denen gehörte ja wohl offensichtlich auch die Verteidigungsministerin.

Da trat dieser Typ aus dem Haupteingang, der vor einer Stunde dort seinen General erwartet hatte. Ein Zivilist. Er ging triumphierend auf Nolte zu. „Sie sind der Fahrer von General von Roddeck, Herrn von Roddeck?"
Nolte nahm Grundstellung ein. „Jawohl, von General von Roddeck."
„Mein Name ist Wiemer, Dr. Wiemer. Ich bin Ministerialdirigent im Bundesministerium der Verteidigung, Herr Gefreiter."
„Obergefreiter Nolte, Kraftfahrer General von Roddeck, Heeresamt."
„Herr Nolte, Sie können fahren. Nach Köln. Dienstschluss."
Obergefreiter Nolte stutzte. „Das geht nicht, Herr ... Dirigent – oder was Sie sind."

Dr. Wiemer schmunzelte. „Weshalb geht das nicht? Panne? Brauchen Sie Hilfe? Oder eine Übernachtungsmöglichkeit? Überschreitung der Dienstzeit? Dienst zu unglaublichen Zeiten, wie das in der Armee so heißt?"
Nolte überlegte. „Das geht nicht, weil der General mir befohlen hat, hier auf ihn zu warten, genau hier."
„Herr Obergefreiter, Ihr Herr von Roddeck ist kein General mehr. Seine Befehle gelten nicht mehr. Sind aufgehoben. Sie müssen jetzt –."
„Das soll er mir selbst sagen. Befehlen." Nolte nahm Haltung an. „Sein letzter Befehl gilt."

‚Schwieriger Fall', dachte Wiemer. „Schau'n Sie, Herr Nolte, die Geschichte mit Ihrem verehrten Brigadegeneral von Roddeck ist vorbei. Sie müssen jetzt zu Ihrer Dienststelle zurückfahren, oder ich besorge Ihnen eine Unterkunft für die Nacht, aber Sie müssen jetzt hier wegfahren. Das Ministerium schließt auch jetzt, 15 Uhr 15."
Noltes flache Stirn legte sich in Falten. „Ihr Problem. Ich bleibe hier, bis mein General mir weitere Befehle erteilt." Er zog die Fahrertür auf.
Vier Herren traten aus dem Haupteingang, drei Zivilisten, in ihrer Mitte General von Roddeck.
„Da kommt er ja", rief Nolte und knallte die Tür wieder zu. Er lief auf die Gruppe zu.
„Wir haben hier ein Problem mit seinem Fahrer", rief Dr. Wiemer.
„Wird sofort gelöst." Von Roddeck schritt auf den Obergefreiten zu.
Die beiden Häscher neben dem Staatsanwalt griffen in ihre Gürtelhalfter, aber Oberstaatsanwalt von Bülow winkte ab.
Das Tor zur Stauffenbergstraße schloss sich automatisch. Es war Viertel nach drei.

Von Roddeck tuschelte Nolte etwas zu, drehte sich um und trat zu Oberstaatsanwalt von Bülow zurück. „Problem gelöst, meine Herren. Von mir aus können wir gehen."

Nolte grüßte, machte eine Kehrtwendung und eilte zu seinem Opel zurück.
„Na also, geht doch.“ Dr. Wiemer war erleichtert. ‚Erstaunlich, wie ein dressierter Hund, gehorcht nur seinem Herrchen.‘ Er lächelte Nolte freundlich zu.
Nolte zog die Fahrertür auf. „Hau ab, Du Arsch!“ Er startete den Opel und fuhr durch das Gatter, das sich auf ein Zeichen von Oberstaatsanwalt von Bülow gerade wieder öffnete.

3

Die Tageszeitungen berichteten, wie erfolgreich letzte Nacht zahllose Unruheherde in der Republik erstickt worden waren, ebenso effektiv wie unerklärlich schnell. Für die unvermittelte Niederschlagung der Demonstrationen auf der Kölner Domplatte hatte man immer noch keine Erklärung, nur Mutmaßungen, die allesamt falsch waren: Aktivitäten nationaler Selbsthilfegruppen oder -truppen, Spezialeinheiten der Polizei, die im Auslandseinsatz im Kosovo oder in Afghanistan erfolgreich tätig gewesen waren – keine Ausuferung von Phantasie wurde ausgelassen. Ein Kommentar meinte:

„In Dresden zeigte sich in den frühen Nachmittagsstunden bei improvisierten Befragungen und Spontaninterviews, dass unsere Bevölkerung genau das seit langem erwartet hat, was hier und anderswo in der Republik gestern Nacht geschehen ist: die Zerschlagung und Vernichtung rücksichtsloser Elemente, die die Zersetzung oder Zerstörung unseres Gemeinwesens, unseres Staates, zum Ziel hatten. Schnell und mit polizeilichen – man könnte fast hoffen: militärischen – weit und eindeutig überlegenen Kräften: Der Staat schlägt überzeugend zurück – allerdings mit einer erschreckend hohen und wohl nicht mehr vertretbaren Anzahl von Verletzten und Toten ...“.
Der Kommentator nannte zwischen 5.000 und 15.000 Teilnehmer, je nachdem, wer geschätzt hatte, die Veranstalter oder die Sicherheitsbehörden, die ihrerseits erschütternd hohe Opferzahlen

zu beklagen hatten, von Polizisten und anderen Ordnungshelfern; Verletzte: gefühlte 800 bis 1.000, viele durch Erstickungsanfälle, hervorgerufen durch Gase, die noch nicht identifiziert werden konnten; Tote: derzeit 121, in Panikattacken zertrampelt, also insoweit nur unwesentlich mehr als bei Love Parades üblich, aber auch erstickt, im Nahkampf erstochen, Opfer von gezielten Schüssen, versengt von Handflammpatronen oder in flackerndem Feuer, zerfetzt von Handgranaten, die man bisher nur von militärischen Einsätzen in Häuser- und Grabenkämpfen kannte.

„Woher diese Nahkampfwaffen stammen, ist bislang ungeklärt. Hat die Bundeswehr ihre Depots geöffnet, die Bundeswehr, die im Innern überhaupt nicht eingesetzt werden darf?“

In diesem Zusammenhang hatte eine seriöse Wochenzeitschrift in ihrer heutigen Ausgabe gemutmaßt:

„Angesichts der Brutalität der Niederschlagungen der örtlichen Konflikte – und das bemerkenswerterweise bundesweit – beklagen wir zwar die bisher unermessliche Zahl der Opfer – aber, so makaber es in den Ohren von deren Angehörigen klingen mag: Auf dieser Eskalationsstufe wird es keine Gegenwehr mehr geben, Konflikte werden nicht mehr gewaltsam angefacht werden, derartige Demonstrationen werden in naher Zukunft nicht mehr zu erwarten sein. Der Staat hat gezeigt, wie stark er sein kann – allerdings mit der Folge, dass sich in den folgenden Tagen kein Bürger mehr auf die Straße wagen wird...“.

4

Kanzleramtsminister Gehrke hatte eine angenehme Nachtruhe vor sich, die erste seit vielen Nächten, nach einem langen Arbeitstag, der erst jetzt in den späten Abendstunden zu Ende ging. Vor einer Stunde hatte er Frau Savatzki nach Hause geschickt. Alles war zum Allerfeinsten gelaufen, geplant und vorbereitet. In einer Stunde würde er sich völlig entspannt zu Hause im Grunewald zu Bett legen. Er machte eine Flasche Mineralwasser auf und überlegte ein weiteres Mal, ob er auch wirklich alles bedacht hatte. Morgen Vormittag würde er in Gegenwart von Oberstaatsanwalt von Bülow diesen von Roddeck vernehmen, in den Räumen der Berliner Generalstaatsanwaltschaft. Der Generalstaatsanwalt würde an dieser Vernehmung persönlich teilnehmen, zumindest zeitweise, bevor von Roddeck dann dem Haftrichter vorgeführt werden würde. Die Abmachung war die, dass die Festnahme von Roddecks auch als Verdienst des Generalstaatsanwalts verkauft werden sollte, der politische Ambitionen hatte, die sich mit Gehrkes Vorstellungen deckten. Als Gegenleistung würde der Generalstaatsanwalt dafür sorgen, die Flamme des Ermittlungsverfahrens gegen Gehrke klein zu halten und schließlich zu ersticken. Eine wunderbare Lösung, für alle Beteiligten.

Auf der offiziellen politischen Ebene würde Gehrke noch diese Woche zum Minister des Auswärtigen vorgeschlagen und ernannt werden, was ihm bei seinen Erfahrungen im diplomatischen Dienst auf den Leib geschrieben war. Damit wäre er Vizekanzler. Endlich.

Geschickt hatte er es in den letzten Tagen verstanden, die Affäre um die verschwundenen Schweizer Zeugen zu steuern. Zwar waberte immer noch der Verdacht durch die Medien, dass deutsche Nachrichtendienste oder geheimnisvolle Spezial-Einsatzkräfte die beiden aus dem Verkehr gezogen haben könnten. Die Mutmaßungen verdichteten sich seit einigen Tagen auf Köhler, den Präsidenten des BND. Damit war er, Gehrke, der eigentlich sein Chef war, aus der Schußlinie. Und das Ermittlungsverfahren, das Köhler gegen ihn eingefädelt hatte, würde im Sande verlaufen. Wunderbar. Und sein chronischer Widersacher Köhler wäre politisch mausetot. Gehrke nahm zufrieden einen großen Schluck Wasser.

Anschließend würden sich genug Gründe finden lassen, die Kanzlerin zu Fall zu bringen, stolpern konnte sie schon ohne sein Zutun. Stolpersteine gab es genug: allen voran die Flüchtlingskrise, die Unruhen in den Städten, aber auch die Unstimmigkeiten mit dem Nachbarland Schweiz, das die beiden Staatsbürger Naef und Anax als Opfer deutscher Geheimdienstdiplomatie betrachtete, geopfert, um die deutsche Verteidigungsministerin zu retten. Es war eine Frage von Tagen oder Wochen, dann würde für ihn die Tür zur Kanzlerschaft der Bundesrepublik Deutschland aufspringen. Er musste nur noch ein wenig daran rütteln.

Und all dies war möglich geworden durch die Festnahme von von Roddeck heute Nachmittag, die sein, Gehrkes, alleiniger Verdienst war.

‚Kanzleramtsminister Dr. Gehrke verhindert in letzter Minute Staatsstreich. Unser neuer Außenminister? Unser neuer Vizekanzler!'

Diese Schlagzeile sah er übermorgen oder spätestens nächste Woche schon auf den Titelseiten der Republik. Und die Verhinderung dieses Staatsstreichs war das Gebot der Stunde, schaute man sich draußen auf den Straßen die Tumulte an, hörte man Nachrichten, Sondermeldungen, oder schaltete man zu irgendeiner Stunde des Tages den Fernseher ein.
Alles war perfekt. Morgen Vormittag würde es losgehen. Gehrke löschte das Licht in seinem Dienstzimmer. Wahrscheinlich würde er diese Nacht doch wieder nicht schlafen. Vor Aufregung und aus Vorfreude.

5

Gehrkes Finger trommelten auf die Schreibtischplatte, seine rechte Hand umklammerte den Telefonhörer. Wann hatte Frau Savatzki endlich die Verbindung zum Landeskriminalamt zustande gebracht?

„Das LKA, Herr Minister"
Endlich.

„LKA Berlin, Abteilung 5, Polizeilicher Staatsschutz, Kriminalkommissar Metik Ödögan."
„Hier spricht Staatsminister Dr. Gehrke, Bundeskanzleramt."
„Hallo, ja, das sagte Ihr Vorzimmer schon. Was kann ich für Sie tun, Herr Gehrke?"
Gehrke runzelte die Stirn. „Sie haben einen Häftling, den ehemaligen Brigadegeneral von Roddeck, den – "
„Ach so."
„ – den wir in ein, spätestens zwei Stunden zur Vernehmung abholen werden. Ich möchte, dass Sie das entsprechend vorbereiten, Herr, äh, Ödimir."
„Ödögan."
„Entschuldigung, geht das in Ordnung? So etwa in anderthalb Stunden?"
„Das haben wir noch nie gehabt, dass ein Geheimdienst-Minister einen General hier abholt."
„Dann wird es das erste Mal sein." Gehrkes linke Hand trommelte wieder.
„Sind Sie denn da überhaupt zuständig?"
„Ich werde in Begleitung von Oberstaatsanwalt von Bülow erscheinen, der alle Papiere dabei hat."
„Ach so. Na, dann."
„Geht das bei Ihnen dann klar, Herr Ödögan?"
„Und weshalb vernimmt dieser Staatsanwalt diesen Häftling nicht hier? Wir haben hier Vernehmungsräume. So ist das eigentlich üblich."
Gehrkes rechte Hand wurde feucht. „Weil, Herr Ödögan, der Ex-General dem Generalstaatsanwalt vorgeführt werden soll."
Ödögan kicherte. „Der General dem General, ja, so was kenne ich eigentlich nur aus dem Heimatland meiner Eltern. Sie haben in Adana ..."

Gehrke hörte nicht weiter zu und sah auf die Uhr. „Wir wären dann so gegen 10 Uhr 30 bei Ihnen am Tempelhofer Damm."
„Moment mal. Wie heißt der?"
„Generalstaatsanwalt –"
„Nein, der General. Der andere General."
„Brigadegeneral a. D. von Roddeck, Berndt von Roddeck."

„Sekunde mal eben.“ Der Telefonhörer von Herrn Ödögan polterte irgendwohin.

Gehrke überlegte, ob er auflegen sollte und einfach hinfahren. Den Einsatzwagen mit dem Gefangenentransporter hatte er aber erst in einer Stunde bestellt, und auf den Straßen tobte der Mob; ohne Begleitschutz wäre die Fahrt zum Tempelhofer Damm ein riskantes Unternehmen.

„Da bin ich wieder. Sie ahnen nicht, was hier los ist. Alle paar Minuten werden verletzte Kollegen hier reingeschleppt, Demonstranten suchen hier bei uns Schutz, so was habe ich noch nicht mal zu Hause in der Türkei erlebt.“
Vor dem LKA detonierte irgendetwas, Gehrke hielt den Hörer weiter weg, am Tempelhofer Damm 12 schienen Fensterscheiben zu bersten. „Sind Sie noch dran, Herr Ödögan?“
„Ja, ja, hören Sie das denn nicht?“
Gehrke hörte aus dem Telefonhörer die Sirenen von Ambulanzwagen.
„Das sieht hier aus wie im Bürgerkrieg, Herr Gehrke.“
‚D a s i s t Bürgerkrieg‘ dachte Gehrke, ‚das wäre fast einer geworden.‘
„Mich erinnert das an unsere Militärputsche zu Hause, da war dann plötzlich immer Ruhe im Karton, auch wenn ich so sehe, was da in den letzten Tagen so an Waffen und Sprengmitteln zum Einsatz gekommen ist...“.
„Herr Ödögan – “
„Wenn das Bundeswehr-Einheiten sind, diese Gegendemonstranten, dann hätten die uns schon vor Jahren beistehen sollen; wir sind doch bei unserer erbärmlichen Ausstattung und Ausrüstung schon seit Jahren, seit ich hier bin eigentlich, ständig überfordert und gar nicht mehr in der Lage, die öffentliche Ordnung aufrechtzuerhalten, also jedenfalls nicht hier bei uns in Berlin... .“
„Herr Ödögan!“ Gehrke hob seine Stimme an.
„... und wenn das hier so weitergeht, habe ich mir schon überlegt, ob meine Familie und ich – wir haben drei kleine Kinder – nicht doch besser zurück nach Adana ...“

‚Mach' das. Bestätige mir aber vorher noch, dass ich gleich diesen von Roddeck bei Euch abholen kann', dachte Gehrke. „Herr Ö d ö g a n !"
„Oh, ja, Entschuldigung. Jetzt ist es ruhig draußen. – Wie heißt der noch mal?"
Gehrke atmete tief durch. „Von Roddeck, Berndt von Roddeck."
„Rode, Rohde, Rodeg, Rodegg, Roddegg ... Wie schreibt der sich?"
„Roddeck."
„Gibt's nicht."
„Berndt von Roddeck. Das kann nicht sein. Gucken Sie doch mal unter ‚v' nach. Von Roddeck."
Im Hörer raschelte es, Ödögan schien in Papieren zu blättern.

„Ja, ist noch nicht im Computer, aber gestern hier eingeliefert worden; deshalb habe ich ihn hier auch noch nicht gefunden. Berndt von Roddeck sitzt hier im ersten Stock, Zelle 14, V-o-n-r-o-d-d-e-c-k, meinen Sie den?"
„Genau den." Gehrke seufzte.
„Doch, der ist doch schon im Computer."
„Na schön, dann also bis 10 Uhr 30."

„Dieser ganze Papierkram hier." Ödögan raschelte wieder mit irgendwelchen Blättern. „Warum denn dieser ganze Aktenkram, wenn er schon im PC ist?" murmelte Ödögan mehr so für sich.
Gehrke wechselte den Telefonhörer in die andere Hand und atmete schwer.

„Ah, deshalb: Hier ist ein längerer Aktenvermerk, und der ist eben noch nicht eingegeben worden."
„ H e r r Ö d ö g a n, sehen wir uns um 10 Uhr 30? Ich muss diesen Gefangenen bei Ihnen abholen! Ihre Aktenvermerke interessieren mich nicht. Machen Sie meinetwegen eine Kopie für die Staatsanwaltschaft, aber bestätigen Sie jetzt endlich diesen Abholtermin, verdammt noch mal!"
„Nu' blasen Se sich mal nich' so uff", blaffte Ödögan. „Ihre Geheimdienste werden doch eher aufgelöst als unsere Polizeidienst-

stellen. Und ich als Kriminalkommissar mit Migrationshintergrund bin sowieso am längsten von euch allen hier."
„Bislang soll nur der MAD aufgelöst werden", seufzte Gehrke. Wieder ein bisschen weniger Kompetenz für ihn, aber das konnte ihm bald egal sein. „Was steht denn nun in dieser verdammten Aktennotiz, wenn Sie meinen, dass ich die unbedingt kennen muss?"

„Moment, lese ich gerade."
„Bitte." Gehrkes Hand verstärkte den Trommelwirbel auf die Schreibtischplatte.

Nach einer Weile war Ödögan wieder da. „Also, der ist verschubt worden. Er sitzt nicht mehr bei uns."
„Wie bitte?" Gehrke schnellte vor.
„Aus dem Vermerk ergibt sich, dass der vor einer Stunde abgeholt worden ist."
„Abgeholt?" Gehrke fasste es nicht. War der Staatsanwalt ihm zuvor gekommen? „Von wem? Wohin? Wir reden über Brigadegeneral a. D. Berndt von Roddeck."
„Genau von dem. Aber eines nach dem anderen."
„Also: Wo ist er jetzt inhaftiert?"
„Bei der Bundeswehr."
„ W o ?"
„Keine Ahnung. Abgeholt vor einer Stunde von einem Feldjägerkommando, also Bundeswehr."

Gehrke wurde blass. „Wie konnte das passieren? Sind Sie sicher, dass der nicht zur Generalstaatsanwaltschaft in die Elßholzstraße abgeholt worden ist?"
„Hier steht, auf Grund von Nr. 50 RiStBV an die Bundeswehr."
„RiStBV?"
„Richtlinien für das Strafverfahren und das Bußgeldverfahren", erklärte Ödögan.
„Und Nr. 50 besagt was?"
„Steht hier auch: ‚Untersuchungshaft bei Soldaten der Bundeswehr:

Kann den Erfordernissen der Untersuchungshaft während des Vollzuges von Freiheitsstrafe, Strafarrest, Jugendarrest oder Disziplinararrest durch Behörden der Bundeswehr nicht Rechnung getragen werden, so prüft der Staatsanwalt, ob der Soldat im dortigen Vollzug verbleiben kann oder ob die Vollstreckung zu unterbrechen oder die Übernahme des Soldaten in den allgemeinen Vollzug erforderlich ist.' Daraus folgt – so steht das hier – dass das Substratsprinzip gilt, wonach ..."
„Subsidiaritätsprinzip", korrigierte Gehrke.
„ ... wonach für Soldaten zunächst die Bundeswehr zuständig ist, dann erst die Polizei als Hilfsbeamtin der Staatsanwaltschaft, nämlich, wenn ..."
„Aber dieser von Roddeck ist doch bei seiner Festnahme kein Soldat mehr gewesen!"
„Und woher sollten wir das wissen?"

Gehrke mochte es nicht glauben. Wer hatte das veranlasst? In welcher Arrestzelle welcher Bundeswehr-Liegenschaft würde er von Roddeck jetzt finden, rechtzeitig vor dem Termin mit dem Generalstaatsanwalt in der Elßholzstraße 30 in Schöneberg? Frau Savatzki musste sofort sämtliche Berliner Dienststellen der Bundeswehr abtelefonieren.

„Eine Frage noch, Herr Ödögan: Wer hat ihn denn abgeholt? Welche Feldjäger-Einheit?" Das würde die Suche sehr erleichtern.

Erneutes Rascheln von Papier. „Sie müssen entschuldigen, aber ich war ja heute Morgen nicht hier, ich war draußen."
„Bitte", stöhnte Gehrke.
„Aha, da haben wir das Abholkommando, mit Unterschrift. Drei Mann." Ödögan kicherte. „Um genau zu sein: zwei Mann und eine Frau, Unteroffizierin oder wie das heißt. Und zwei Männer, ein Feldwebel und ein Major."
„Welche Einheit? Welches Feldjäger-Kommando?" Gehrke winkte Frau Savatzki herbei, die im Türrahmen mit irgendwelchen Neuigkeiten wartete.
„Einheit? Kommando? Steht hier nicht."

Gehrke schob Frau Savatzki einen Zettel zu und machte es eilig.
„Und wer hat unterschrieben?"
„Unleserlich. Unter dem Namen steht ‚Major'."
„Und das ist alles?"
„Halt, da steht doch noch was, Entschuldigung: ‚Major dR'; heißt das, der ist Doktor?"
„Sie Idiot, das heißt ‚der Reserve'", japste Gehrke.

6

Der stellvertretende Generalinspekteur hetzte die Treppe des Verteidigungsministeriums hinauf, mehrere der breiten Steinstufen auf einmal nehmend, stürmte die wülstige Ballustrade mit den hoch aufragenden Doppelsäulen entlang und krachte durch das Vorzimmer der Ministerin, vorbei an aufgeschreckten Sekretärinnen, polternd in den Arbeitsraum der Ministerin.

Voncampen sah von ihrem Schreibtisch auf; Staatssekretär Jaeger, der seitlich neben ihr über eine Akte gebeugt war, hob den Blick, und der Generalinspekteur warf seinen Kopf herum. „Was fällt Ihnen denn ein - ?"
„Wichtige Meldung, höchste Priorität, Herr General, Entschuldigung, Frau Minister, guten Morgen, Herr Staatssekretär". Der Stellvertreter wedelte ein DIN-A-4-Blatt durch die Luft und nahm Grundstellung ein.
„Also, was ist hier los?"
„Es sind, Frau Minister, eine Unmenge von Einberufungsbescheiden ausgelaufen, an ...". Der Stellvertreter warf einen Blick auf das Blatt, „... genau 133.400, an alle möglichen Reservisten aller möglichen Dienstgrade und zwar – ".
„Das kann überhaupt nicht sein", bellte der Generalinspekteur, „das wüssten wir doch!" ‚133.400? Das ist exakt ein Zehntel des Sollumfangs, den die Bundeswehr 1990 am Ende des Kalten Krieges gehabt hat', schoss es ihm durch den Kopf. Zufall?
„ – und zwar an die Reservisten der ehemaligen Heimatschutz-Regimenter Baden, Bayern, Westfalen, ...".

„Das klingt nach den alten Alarmierungsplänen zur Zeit des Kalten Krieges, als wir noch diese Wintex-Übungen veranstalteten." Der Generalinspekteur versuchte ein entspanntes Lächeln.
„Alle Wehrbereichskommandos und sämtliche derzeitigen Landeskommandos, allen voran das WBK IV Süddeutschland und das Landeskommando Bayern – ", fuhr sein Stellvertreter unbeirrt fort.
Da unterbrach ihn die Kieksstimme der Ministerin, an ihren Generalinspekteur gewandt: „Können Sie das bestätigen, Herr General?"

Die Gesichtsfarbe des Vier-Sterne-Generals hatte inzwischen die Farbe seiner roten Kragenspiegel angenommen. „Dabei kann es sich ganz offensichtlich nur um einen Computerfehler handeln, Frau Minister."
„Aber es kommt noch schlimmer!" Wieder der Stellvertreter. „Diese Reservisten sind in atypische Verwendungen einberufen worden, Polizeidienststellen, Landratsämter, Wasserwerke, Feuerwehrleitstellen, Rundfunkhäuser, als Bürgermeister, in Regierungsstellen auf Bezirks- und Landesebene. Sogar in Berlin – ". Er nahm wieder sein DIN-A-4-Blatt zur Hand.
„Das klingt nach den wesentlichen Schaltzentralen unserer Republik, nach unseren eigenen Alarmierungsplänen", seufzte Staatssekretär Jaeger.
Voncampen war blass geworden. „Kann man das denn nicht rückgängig machen?" Die Frage richtete sich an den Generalinspekteur, aber die Antwort kam vom Stellvertreter: „Mehr als 95 Prozent der Einberufenen haben bereits heute früh um 06.00 ihre Dienstposten eingenommen."

7

„Und was machen wir jetzt?" Die Kanzlerin sah erst zu Gehrke hinüber, dann zur Verteidigungsministerin, die neben ihr Platz genommen hatte, ihren Blick auf den Boden gerichtet. Sie saßen im Arbeitszimmer der Kanzlerin. Draußen hatte sich der erste

Frost über Berlin gelegt, aber die Atmosphäre hier drinnen war deutlich kälter, trotz der Raumheizung.

„Nun ja." Gehrke trug einen staatsmännisch wirkenden Pfeffer-und-Salz-Zweireiher mit schwarzer Krawatte, passend zum Anlass ihrer internen Lagebesprechung. „Dieser von Roddeck ist uns aus dem sicheren Gewahrsam entwischt und macht nun seine Truppen mobil."

Die Kanzlerin hatte ihren vorwurfsvollen Blick noch immer nicht von Frau Voncampen abgewandt. „Die eigentlich Ihre Truppen wären."

„Unsere Truppen, Frau Bundeskanzlerin."

„Ach, es geht ja schon gar nicht mehr alleine um Truppen. Während der gesamten Flüchtlingskrise habe ich ja nun wirklich immer engen Kontakt zu den Landratsämtern, den Bürgermeistern und den zahllosen freiwilligen Helfern gehalten. Alles hat eine Zeitlang funktioniert. Alle wollten das schaffen. Aber jetzt geht gar nichts mehr: Landräte und Bürgermeister verweigern in großer Zahl die Aufnahme – keine Registrierung mehr, keine Unterbringungskapazitäten; die freiwilligen Helfer werden aufgewiegelt und gehen unverrichteter Dinge wieder nach Hause, als ob Streik wäre."

„Das sind diese Reservisten", zischte Voncampen.

„Womit wir wieder bei Ihrer Bundeswehr und diesem von Roddeck wären."

„Nun ja, das hilft ja jetzt alles nichts." Gehrke räusperte sich. Er als Mann sollte jetzt das Zepter in die Hand nehmen, es der Kanzlerin entwinden, die es selbst nicht mehr hatte.

„An diesem Scheusal von Roddeck, diesem Aufrührer, kommen wir doch jetzt gar nicht mehr vorbei." Die Kanzlerin spielte mit der Halskette, die sie sich über ihren dunkelblauen Blazer gelegt hatte. „Oder glauben Sie, dass Sie Ihre Truppen wieder einfangen können? Mit einem Gesamtbefehl an alle oder so?"

Die Verteidigungsministerin schüttelte ihren Kopf. Der war immer noch zu Boden gerichtet.

„Möglicherweise können wir ja wenigstens diesen wild gewordenen General wieder einfangen“, schlug Gehrke vor. Es musste ja irgendwie weiter gehen. „Wenn wir das schaffen, haben wir die Bundeswehr und ihre Reservisten wieder auf unserem Kurs.“ Das würde die Kanzlerin ablehnen und ihn, Gehrke, in dieser ausweglosen Situation bitten, ihr die Führung des Landes abzunehmen. Und Gehrke würde dann diesen von Roddeck erneut festsetzen lassen; das hatte er ja schon mal geschafft.

Die Kanzlerin dachte nach. Gehrke rückte in seinem Sessel vor. Er schaute auf ihre herab hängenden Mundwinkel, aber die wandten sich wieder ihrer Nachbarin zu. „Trauen Sie sich das zu, Frau Voncampen?“
Frau Voncampen schüttelte wie immer den Kopf, sah aber jetzt auf. „Ich kenne den doch gar nicht.“
Jetzt sahen alle drei zu Boden.

„Dann lassen Sie mich das doch machen.“ Gehrke rückte noch ein bisschen vor, fast wäre er aus dem Sessel gerutscht. „Ich habe ihn schließlich nicht nur dekouvriert, sondern auch festnehmen lassen.“
„Das war ich.“ Frau Voncampen.
„Sie? Sie haben ihn wieder laufen lassen.“ Gehrke lachte.

Die Kanzlerin winkte ab. „Herr Gehrke, könnten Sie diesen von Roddeck tatsächlich mal hier ins Amt oder sonstwohin locken, sagen wir unter dem Vorwand einer Besprechung oder Aussprache? Und sei es, um ihn dann erneut festzunehmen? Was halten Sie davon?“ Die Kanzlerin schaute entschlossen in die Runde.

Gehrke zögerte. Dann behielte er zumindest die Kontrolle über diese historischen Stunden, in denen er die Kanzlernachfolge später immer noch antreten könnte. Er nickte.

Die Kanzlerin klatschte in die Hände. „Dann machen wir das so. Arrangieren Sie, verehrter Herr Dr. Gehrke, eine Besprechung mit diesem Ekel, Vorwand egal, und schaffen Sie ihn her. Baldigst.

Wir haben keine Zeit zu verlieren. Ich kümmere mich um alles Weitere." Sie erhob sich.

Es war kurz vor Mitternacht.

8

Brigadegeneral von Roddeck trat an das Fenster der Parlamentarischen Gesellschaft und schaute auf die Rückseite des Bundestags gegenüber. Auf dem Parkplatz dazwischen hatten zwei Luftlande-Panzer Wiesel Stellung bezogen. In der Sitzecke des Besprechungsraumes standen zwei von Rinzens Feldjägern, Hab-Acht-Stellung, Blick geradeaus gerichtet, Dienstpistole am weißen Lederkoppel. Die Kanzlerin und dieser Dr. Gehrke sollten jeden Moment eintreten. Sie mussten im Vorraum noch durch die von Rinzens Soldaten errichtete Sicherheitsschleuse. Rinzens Feldjägereinheit hatte auch unten den Eingangsbereich des Gebäudes vorhin gesäubert.

Von Roddeck schmunzelte. Er dachte an die zurück liegenden Minuten, an den Moment, als er pünktlich um Viertel vor zehn das Gebäude der Parlamentarischen Gesellschaft betreten hatte. Betreten wollte. Bereitschaftspolizisten hatten den pompösen Eingang gesäumt, und vier von denen waren plötzlich auf ihn zugesprungen, in welcher Absicht – Personenkontrolle, Durchsuchung, Festnahme, Attentat – blieb offen. Die beiden Feldjäger, die von Roddeck begleitet hatten, waren sofort dazwischen gegangen: Einer hatte zwei von den angeblichen Polizisten heftig gegen das Portal geworfen, der zweite hatte die anderen beiden mit seiner P1 in Schach gehalten. Alle Uniformierten, die nicht zu Rinzens Einheit gehörten, waren daraufhin festgenommen worden. Soeben fuhren sie auf der Ladefläche eines nato-olivgrünen Unimogs zwischen den beiden Wieseln hindurch auf die Ebertstraße, Richtung Brandenburger Tor. Es war kurz nach zehn.

Von Roddeck ging auf die Sitzecke zu, zwischen seine beiden Leibwächter. Zwei weitere Feldjäger führten die Kanzlerin und diesen Gehrke rein. Von Roddeck grüßte und nahm Platz. Seine Gesprächspartner saßen ihm gegenüber. Ein Feldjäger servierte Kaffee und Wasser.

Die Kanzlerin ergriff das Wort: „Herr von Roddeck, wir müssen wieder Ordnung in unsere Republik bringen!"
Von Roddeck nickte. „Deshalb bin ich hier."
„Aber bitte nicht so, wie Sie das meinen, Herr von Roddeck." Gehrke. „Unsere Bundeskanzlerin ist gewählt, vom Volke gewählt. Sie putschen."
„Falsch. Ich mache von unsrem Widerstandsrecht Gebrauch. Ihnen als Juristen muss ich Artikel 20 Absatz 4 unseres Grundgesetzes ja wohl nicht vorlesen. Und Sie, Frau Bundeskanzlerin, wurden von Abgeordneten Ihrer Fraktion gewählt, nur mittelbar vom Volk. Und Sie betreiben derzeit eine Politik, die mehrheitlich von diesem Volk nicht mehr getragen wird. Unter anderem, weil sie rechtswidrig und unvernünftig ist und den Interessen unseres Volkes zuwider läuft. Das Volk interessiert Sie überhaupt nicht mehr."

Einer der Feldjäger reichte von Roddeck einen Aktenkoffer, aus dem der General einen Wust von Papieren auf den Tisch warf. Er ordnete die Kanten. „Sie kennen die Stellungnahme unserer ehemaligen Verfassungsrichter. Falls nicht: lesen! Fazit: Durch Ihren ‚Führerbefehl' zur Grenzöffnung brechen Sie unsere Verfassung. Ein Staat definiert sich durch Staatsvolk, Staatsmacht und Staatsgebiet. Letzteres braucht Grenzen. Durch deren de-facto-Abschaffung haben Sie die Ihnen eingeräumte Staatsmacht überschritten und missbraucht, weil Sie durch Ihre einsamen Entscheidungen die Legislative übergangen haben. Und damit haben Sie letztlich das Staatsvolk, zu dessen Wohl Sie Ihren Amtseid geleistet haben, verraten. Vom Bruch völkerrechtlicher Vereinbarungen wie den Dublin-Verträgen und dem Schengen Abkommen ganz zu schweigen."
„Nun hören Sie aber mal auf", schnaubte die Kanzlerin.

Von Roddeck nahm einen Schluck Wasser, griff nach einem der Papierstapel. „Ich zitiere aus einem der Gutachten: ‚Der Bund ist aus verfassungsrechtlichen Gründen ... verpflichtet, wirksame Kontrollen der Bundesgrenzen wieder aufzunehmen, wenn das gemeinsame europäische Grenzsicherungs- und Einwanderungssystem vorübergehend oder dauerhaft gestört ist ....' Und Sie zwingen Tausende von Polizisten zur Strafvereitelung im Amt: Paragraph 15 des Aufenthaltsgesetzes verpflichtet die zuständigen Behörden, Ausländer, die unerlaubt einreisen wollen, an der Grenze zurückzuweisen, ja, die Einreise zu verweigern, wenn sie aus sicheren Drittstaaten einreisen, Paragraph 18 Asylgesetz. Ich gehe davon aus, dass diese Rechtslage Ihnen bekannt ist."
Die Kanzlerin schüttelte ihren Bubikopf, eher trotzig als bestätigend.

Gehrke musste vorsichtig lavieren. Solange die Kanzlerin im Amt war, musste er sich ihr gegenüber loyal verhalten, zumindest äußerlich. Andererseits wollte er sich dem General gegenüber nicht nur als geeigneten Mediator präsentieren, sondern auch als die bessere Alternative.
„Herr von Roddeck, Sie sind kein Politiker, erst recht kein gewählter. Sie verstehen deshalb nicht, dass Politik als Antwort auf die Frage, wie leben wir miteinander? immer nur unvollständig sein kann und deshalb ein ständiges Scheitern bedeutet mit der Folge ...".
„Meine Politik ist nicht gescheitert. Aus humanitären Gründen konnte und kann ich gar nicht anders handeln als die Bedürftigen und Schutzsuchenden in unser prosperierendes Land zu lassen, das seinerseits demographische Probleme hat."
„Ja, warum wohl?"
„Das Grundgesetz, Artikel 16, Artikel 1, verlangen die Lösung, die ich als Ausnahmelösung diesem unserem Land verordnet habe. Dazu war und bin ich als Inhaberin der Richtlinienkompetenz nicht nur berechtigt, sondern auch verpflichtet."
„Das sehen diese beiden Verfassungsrechtler anders." Von Roddeck klopfte auf den Papierstapel vor ihm.
„Ach, diese pensionierten Juristen! Bundesverfassungsgericht, vierter Senat." Die Kanzlerin kicherte.

„Nicht nur die. Auch Migrationswissenschaftler widersprechen Ihrer Politik. Migrationswissenschaftler sind Fachleute, die sich nicht von ihren Emotionen treiben lassen, sondern die ihren Verstand einsetzen. Wie zum Beispiel Sir Paul Collier, Wirtschaftsprofessor in Oxford, ehemaliger Leiter der Forschungsabteilung der Weltbank und wohl der renommierteste Migrationsforscher Europas.“ Von Roddeck zog eine weitere Abhandlung aus seinem Papierstapel, Kante auf Kante. „Sie, Frau Bundeskanzlerin, sagt Sir Collier, seien schuld and der Flüchtlingskrise in Europa. Deutschland grenzt an keines der Krisen- oder Kriegsländer. Die Millionen von so genannten Flüchtlingen haben sich aus sicheren Drittstaaten auf den Weg gemacht. Deutschland hat keinen einzigen Syrer vor dem Tod gerettet. Im Gegenteil: Collier ist der Meinung, Deutschland habe trotz bester Absichten eher Tote auf dem Gewissen – viele der Menschen hätten Ihre fatalen Worte, Frau Kanzlerin, als Einladung verstanden und sich danach überhaupt erst auf den gefährlichen Weg gemacht, ihre Ersparnisse geopfert und ihr Leben dubiosen Schleppern anvertraut. Zudem haben diese Menschen ihre Heimat und die dort Verbliebenen sich selbst überlassen.“

„Papperlapapp.“ Die Kanzlerin schob die Abhandlung von Collier mit spitzen Fingern von sich. „Wissenschaftliche Lehrmeinung. Nicht aussagekräftig. Kann ich aber von unserem wissenschaftlichen Dienst mal lesen und prüfen lassen.“

„Ferner müsste es Sie nachdenklich machen, dass die Bürger Ihnen nicht mehr folgen. Wo sind denn die Landräte, die Bürgermeister, die Hilfswilligen, die Sie bislang für Ihren Landesverrat benutzt haben? Wo -.“
„Die haben doch Sie und Ihre Reservisten gegen mich aufgestachelt!“
„Wo bleibt die Vernunft in Ihrer Politik, wenn Sie Tausende vorwiegend junger Männer etwa in unseren militärischen Sicherheitsbereichen einquartieren, in Kasernen und auf Standortübungsplätzen, gleich neben Waffenkammern und Munitionsdepots – allein letztes Jahr 25.000 sogenannte Asylbewerber, die wir nicht mehr ausreichend bewachen können, weil unsere Soldaten an den

Landesgrenzen und dahinter sogenannte Flüchtlinge in Empfang zu nehmen, aufzunehmen, unterzubringen und zu füttern haben? Flüchtlinge, die diesen Status seit Betreten des EU-Territoriums gar nicht mehr innehaben." Von Roddeck fixierte die Kanzlerin.

„So kommen wir wohl nicht weiter", befürchtete Gehrke.
„Von dieser sicherheitsgefährdenden Unterbringung in den Kasernen hat mir Frau Voncampen nie berichtet." Die Kanzlerin warf Gehrke einen vorwurfsvollen Blick zu. Der zuckte mit den Schultern.

„Dann hole ich das jetzt nach. Immendingen, Südbaden: Dort ist in der Oberfeldwebel-Schreiber-Kaserne das Artilleriebataillon 295 untergebracht. In vielen kleinen Bunkern lagern dort Munition für Maschinenpistolen, Maschinen- und Sturmgewehre. Und eben dort entsteht zwischen den Mun-Depots eine Aufnahmestelle für 600 Asylbewerber. Nur ein mannshoher Bauzaun trennt die Mun-Bunker von den Asylsuchenden. Und 6oo Soldaten müssen ihre Stuben mit Asylbewerbern teilen."
Die Kanzlerin schluckte.
„Zweitens: Der Fliegerhorst Erding, zweitgrößter Luftwaffen-Stützpunkt Deutschlands, wird mit 5.000 Flüchtlingen belegt. Obwohl er nach wie vor militärisch genutzt wird und sich nicht einmal in Grenznähe befindet." Von Roddeck packte weitere Papiere auf den Tisch zwischen ihnen. „Dieser Bericht listet weitere 49 Kasernen und Truppenübungsplätze auf, in denen Asylbewerber untergebracht sind. Er kommt zu dem Schluss, ich zitiere: ‚Kriegserfahrene männliche Asylbewerber aus den nahöstlichen Kampfgebieten werden offenbar systematisch an Bundeswehrstandorten in der Nähe von Waffen untergebracht. Jede Sekunde kann die Lage in den Kasernen explodieren.' ‚Mitnutzung' heißt dieses Ihr Unterbringungskonzept."

„Dann sollte ich wohl mal mit Frau Voncampen reden. Was meinen Sie, Herr Dr. Gehrke?"

„So kommen wir nicht weiter. Vielleicht sollte uns Herr von Roddeck mal eröffnen, was eigentlich sein Petitum ist."

Der General schien auf diese Frage gewartet zu haben. „Das kann ich Ihnen sagen: Änderung unserer Politik." Unserer. „Am überzeugendsten durch den sofortigen Rücktritt der gesamten Regierung und die Ausschreibung von Neuwahlen. Sie, Frau Bundeskanzlerin, haben doch in diesem Zusammenhang selbst erkannt, dass dieses hier nicht mehr Ihr Land ist - suchen Sie sich doch einfach ein anderes. Bis zu den Neuwahlen vorübergehender Einsatz einer Militärregierung."

Die Kanzlerin ruckte vor, Gehrke erbleichte. „Sie machen wohl Witze. Militärregierung. Dass ich nicht lache. Vorübergehende Militärregierungen waren noch nie vorübergehend. Die Geschichte zeigt ...".
„Sollten Sie mit meinen Vorschlägen, hinter denen im Übrigen die DGNS steht, nicht einverstanden sein, wovon auszugehen war, machen wir folgendes." Von Roddeck fingerte sorgfältig durch seinen Papierstapel. „Hier liegt der Entwurf einer Anzeige gegen Sie, Frau Bundeskanzlerin, wegen Verletzung Ihres Amtseides. Den haben Sie zum Wohle des deutschen Volkes geleistet, nicht zum Wohle anderer Völker. Schon gleich gar nicht solcher, die es aus religiöser Pflicht auf unsere Unterwanderung und Abschaffung anlegen."

„Dafür ist mir vom Ausland viel Lob ausgesprochen worden: Die ‚Times' hat mich im letzten Dezember zur Politikerin des Jahres 2015 gekürt. Die US-Amerikanerin Ruth Krüger, Überlebende des Holocaust, hat mir bei ihrer bemerkenswerten Rede im Bundestag neulich bescheinigt, es sei meine deutsche Politik gewesen, die sie veranlasst habe, von ‚Verwunderung zur Bewunderung' der Deutschen überzugehen ...".

„Das US-amerikanische Ausland war es auch, das angesichts Ihrer Migrationspolitik die nahe liegende Frage aufgeworfen hat, ob Sie ‚mentally insane' seien – ein Verdacht, der angesichts Ihres Starrsinns und Ihrer nachhaltigen Realitätsverweigerung nicht von der Hand zu weisen ist. Wann haben Sie sich eigentlich zuletzt auf Ihren Geisteszustand untersuchen lassen? Vor wenigen Jahren waren Sie noch der Auffassung, Multikulti habe sich bei uns nicht bewährt. Frau Bundeskanzlerin - die Welt lacht über uns, und Sie merken es nicht einmal."

Die Kanzlerin rang nach Luft. „Das ist ja ungeheuerlich, dass ich mir so was anhören muss. Wie lange eigentlich noch? Herr Gehrke, nun tun Sie doch mal was!"
Gehrke zögerte. Seine Stunde könnte gekommen sein. Tun musste er jetzt etwas. Zumindest etwas sagen.
„Wir können auch kalt putschen." Von Roddeck, ungerührt. „Auf Ihre Regierung hört ohnehin niemand mehr."
Gehrke ergriff das Wort. „Konfrontation ist ja nun nicht der Sinn unseres Treffens. Sie, Frau Bundeskanzlerin, müssen und dürfen weiter regieren, keine Frage. Herr von Roddeck verfügt allerdings inzwischen über Teile der Macht. Der Exekutive. Was halten Sie davon, wenn wir seinen Rat und seine Möglichkeiten in unsere Regierung einbinden? Wir könnten doch zusammen arbeiten, indem wir unsere gemeinsamen Möglichkeiten bündeln."
„Militärrat unterstützt und berät Bundesregierung", murmelte von Roddeck.
„Ja, so was in der Art." Fragend sah Gehrke die Kanzlerin an.
Die starrte lustlos vor sich hin.
„Und wie, konkret, stellen Sie sich diese Zusammenarbeit vor?" Von Roddeck.

Gehrke räusperte sich. Dachte nach. Jetzt war er dran, endlich. „Nun, mit Ihrem Einverständnis, Frau Bundeskanzlerin, könnte ich mir vorstellen, Brigadegeneral von Roddeck zu unserer nächsten Kabinettssitzung einzuladen, als Militärrat, in beratender Funktion, sozusagen neben der Verteidigungsministerin, zunächst probeweise ...".
„Wann ist die nächste Kabinettssitzung?" wollte von Roddeck wissen.
„In drei Tagen. – Frau Bundeskanzlerin?"
„Meinetwegen. Probeweise."
„So machen wir das." Von Roddeck schob seine Papierstapel zusammen. Die beiden Feldjäger neben ihm nahmen Grundstellung ein.

9

Über Deutschland lag der Herbst, mit Regenschauern, Gewitterböen und nasser Kälte. In den Städten hatte steifer Wind die Blätter von den Bäumen gerissen, jetzt schüttelte er an den Ästen und Stämmen und fegte Kastanien und Bucheckern vor sich her. Ein strenger Winter kündigte sich an.

Auch politisch. Menschen hetzten frierend und hilfesuchend umher, nach Schutz suchend vor der klimatischen Wucht des Jahresumschwungs und vor den politischen Veränderungen, die vor Wochen über die Republik hereingebrochen waren. Zu den Ausländerämtern, Konsulaten und Botschaften drängten sich Ausreisewillige. Auf den Schulhöfen paradierten Kinder und Jugendliche in Schuluniformen, die Kinder begeistert, die Jugendlichen murrend. Auf den Straßen der Republik und an ihren Grenzen patrollierten Schutz- und Grenzpolizisten, Bundes- und Länderpolizeien, häufig begleitet von Soldaten in Uniformen der Bundeswehr oder Zivilisten in langen, wetterfesten Mänteln, an deren Kragenaufschlag sich beim Hochklappen ein schwarz-rot-gold gefasstes ‚R' zeigte. Die schengen-durchlässigen Grenzen Deutschlands und Europas verzeichneten erheblich mehr Aus- als Einreisen, und das wurde nicht nur auf die schweren Herbststürme zurückgeführt.

Die deutschen Medien reagierten zaghaft, verhielten sich geduckt und zögerlich, abwartend, was sich da wie und wohin entwickeln würde. Medien des Auslands waren mutiger. *„Will die Bundesrepublik Deutschland wirklich eine Militärregierung? Hat sie vielleicht schon eine?"* fragte ein Schweizer Kommentator. *„Was geht in unserer Nachbarrepublik vor?"* ängstigte sich ein Wiener Journalist. Und der France Soir wusste: *„Deutschland auf dem Weg in die Militärdiktatur."*

Brigadegeneral Berndt von Roddeck legte die Zeitungen ab, sorgsam gefaltet und parallel zum Rand seines Schreibtisches. Er zupfte die Bügelfalten seines Kampfanzugs gerade, zog die Schnürbänder seiner gewienerten Springerstiefel auf gleiche Länge und lehnte sich zurück. Dieser Republik hatte er einen Stoß versetzt, diesem Land, das er immer als sein Vaterland begriffen hatte. Wie ein trudelnder, vor Jahren - seit den 68ern, wenn man es irgendwo festmachen wollte, möglicherweise auch durch die Wiedervereinigung - aus der Bahn geratener Himmelskörper durch einen kräftigen, gezielten und gesteuerten Ausstoß eigener Energien wieder in seine Bahn zurückbefördert werden konnte, so hatte er in den letzten Wochen diesem seinem Land einen Stoß versetzt, mit Hilfe der ihm gehorchenden zivilen und militärischen Kräfte. Das war gelungen, vor allem dank der tatkräftigen Unterstützung seiner Reserveoffiziere, die so effizient auch deshalb gewesen waren, weil sie in ihrer soziologischen Gruppe den zivilen und den militärischen Part so ideal miteinander verzahnten. Nur: Würde er dieses Land wieder in seine alte Umlaufbahn zurückkatapultieren können, in eine geordnete Umlaufbahn, aus der sie durch externe Faktoren wie ungesteuerte Immigration, Islamismus und allgemeinen Werteverfall hinausgeworfen worden war? Oder würde er die Ideallinie der Umlaufbahn verfehlen und die Republik schlingernd im All der Geschichte verschwinden? Da lag noch jede Menge Arbeit vor ihm, und er wusste heute noch nicht so genau, wie er die bewältigen sollte.

Von Roddeck wandte den Blick auf die ehernen 12 Gebote seines Vaters, des ehemaligen Generalinspekteurs der Bundeswehr, die hinter seinem Schreibtisch aufgehängt waren. Sie sollten um ein dreizehntes erweitert werden: *13. Verlieren Sie auch bei unklaren Gefechtslagen nie Ihr Ziel aus den Augen.* So oder so ähnlich, das gefiel ihm. Ob das auch seinem Vater gefallen würde?

Der General schob den Zeitungsstapel Oberstleutnant der Reserve Stich zu, der ihm gegenüber saß und auf Befehle wartete.

„Stich, biegen Sie das gerade, wir erwecken soeben den völlig falschen Eindruck. Falsch im Sinne von unrichtig. Falsch auch im strategischen Sinne. Ändern Sie unseren Auftritt im Internet, Tendenz: schmuseweich, und stellen Sie die Fakten richtig. Engagieren Sie eine PR-Agentur und arbeiten Sie mit Ihren Presseerzeugnissen eng verzahnt mit unserer Gesellschaft zusammen. Sie trägt auch die Kosten. Auswahl bleibt Ihnen überlassen."

Oberstleutnant der Reserve Stich machte sich Notizen. In der Deutschen Gesellschaft für Nationale Sicherheit, dessen Mitglied er seit ihrer Gründung war, hatte er viele einflußreiche Kontakte.
„Tendenz unserer Berichterstattung, Herr General?"
„Freundlich und zutreffend, vor allem zutreffend. Zum Wohle unseres Volkes. Des deutschen Volkes. Wecken Sie schlummernde Nationalgefühle, vorsichtig: Vergessen Sie dabei nicht, dass die uns in den letzten 70 Jahren abtrainiert worden sind."
„Europäische Perspektiven?"
„Offen halten. Für die zweite Welle unserer Aufklärung. Kein Europa ohne Deutschland. Deshalb zunächst Fokus auf Deutschland."

Der Chefredakteur mehrerer Boulevardblätter und Mehrheitseigner der Verlags-Aktiengesellschaften, die sie herausgaben, beendete seine Notizen und erhob sich. „Ich bereite dann die Pressekonferenz vor, Herr General."
„Nein." Auch der General stand auf. „Sie begleiten mich zunächst zu unserer ersten gemeinsamen Kabinettssitzung." Von Roddeck zog sein bordeaux-rotes Barett auf. „Geht in 55 Minuten los. Pressekonferenz erst anschließend."

Draußen vor den Gebäuden der Julius-Leber-Kaserne in Berlin-Wedding heulte der Wind auf.

10

Die Kabinettsitzung fand im Kanzleramt statt. Von seinem Platz an dem großen ovalen Kabinettstisch konnte General von Roddeck, wenn er sich etwas nach rechts und hinten verrenkte, die beiden Schützenpanzer Puma sehen, die auf dem begrünten Vorplatz Stellung bezogen hatten, Front zur Glasfassade des Amtspalastes. Er nahm sich vor, die Schützenpanzer nach der ersten Sitzung des Militärrates wenden zu lassen, ihre Rohre auf die Spree einrichten zu lassen. Es sei denn, die Sitzung, die gleich beginnen musste, würde einen unerfreulichen Verlauf nehmen. Rechts und links von ihm hatten Offiziere seines Stabes Platz genommen. Von Roddeck nickte ihnen aufmunternd zu. Unmittelbar neben ihm saßen Oberst der Reserve Lothar Tocker und Kamerad Krawatz, der vor wenigen Tagen zum Oberst im Generalstab befördert worden war. Den rechten Flügel machte General Becker stark, der von zwei Generalstäblern flankiert wurde. Ihm schräg gegenüber hatte Admiral Kühnert Platz genommen. An der offenen Flügeltür bezogen zwei Feldjäger Aufstellung. Von Roddeck schob die wenigen Papiere, die er zur Kabinettsitzung mitgebracht hatte, Kante auf Kante zusammen; an diesem übergroßen Oval konnte man seine Unterlagen nicht mal parallel zur Tischkante ausrichten. Misslich. Es war drei Minuten vor neun.

Kurz nach neun zog das Kabinett ein: voran die Kanzlerin; neben ihr ihre schmucke Persönliche Referentin; danach Justizministerin Gruber, Noch-Verteidigungsministerin Voncampen mit ihrem Staatssekretär Jaeger, der Innen-Staatssekretär für den jüngst entlassenen Innenminister von Hohenfels, die übrigen Ressort-Minister; der Chef des Bundespräsidialamts, der Chef des Presse- und Informationsamtes der Bundesregierung, an dessen Fersen sich Oberstleutnant der Reserve Stich gehängt hatte, und ein blässlicher Schriftführer. Mit den Regierungsmitgliedern zogen zehn weitere Feldjäger ein, die sich in gleichmäßigen Abständen hinter der Bestuhlung aufstellten; jeder von ihnen hatte zwei Regierungsmitglieder vor sich sitzen, eines rechts, eines links.

Na, zumindest einigermaßen pünktlich, stellte von Roddeck fest und musterte die Kanzlerin, die in der Mitte des langen Ovals Platz nahm.
„Meine Damen und Herren", begann sie und musterte die ungewohnten Teilnehmer an der Fensterseite des Kabinettstisches. Sie räusperte sich. „Nur ungern begrüße ich hier die Herrschaften, die uniformiert erschienen sind...".
„Ihre Anwesenheit, meine Herren Uniformträger", unterbrach die Justizministerin, „verstößt gegen die Geschäftsordnung der Bundesregierung vom 11.05.1951; § 23 Nr. 1 sieht lediglich vor...".
Auf einen Wink der Kanzlerin hielt Frau Gruber inne, der weitere Inhalt der Geschäftsordnung blieb unausgesprochen.

Von Roddeck hatte den Eindruck, dass diese Unterbrechung abgesprochen war.
„- den sogenannten Militärrat“, fuhr die Kanzlerin fort; ihre geringschätzig heruntergezogenen Mundwinkel wandten sich Becker und von Roddeck zu.
„Mit der Regierungschefin ist abgesprochen, dass unser Militärrat dieser Regierung beratend zur Seite steht“, erklärte Becker auf ein Zeichen von Roddecks.
„Solange es diese Regierung gibt“, ergänzte von Roddeck. „Ich denke deshalb, es wäre zielführend, wenn Sie uns hier nicht mit Formalien die Zeit stehlen, sondern Ihre heutige Tagesordnung abarbeiten. Wir hören zu.“
Gruber murmelte Unverständliches aus der Deckung Ihrer Unterschriftsmappe. Die Kanzlerin schaute verunsichert in die ungewohnte Runde und raschelte mit ihrem Papierstapel. „Wir müssten zunächst zwei Ministerien neu besetzen, das Innen- und das Außenressort.“
„Unser Vorschlag, Frau Bundeskanzler: Polizeidirektor Wagner aus Wiesbaden, Oberst der Reserve, neuer Innenminister.“ Von Roddeck.
Zeitgleich schoss ein fülliger Oberst aus seinem Sessel und nahm Grundstellung ein. „Ich bedanke mich für Ihr Vertrauen, Frau Bundeskanzler“, bellte Wagner und fiel auf seinen Platz zurück.

Die Justizministerin wollte protestieren, wahrscheinlich wieder wegen Formalien, ließ es aber, als von Roddeck sie ansah. Die Kanzlerin fuhr fort. „Bliebe das Außenressort.“
Schweigen.
„Was macht eigentlich dieser Gehrke?“ raunte von Roddeck seinem Nachbarn zu, „Der frühere Chef des Bundeskanzleramts.“
„Sitzt ein“, flüsterte Tocker.
Die Runde schwieg immer noch, die Augen der Politiker hingen erwartungsvoll an der Kanzlerin.
„Warum nicht Dr. Gehrke, bringt eine langjährige Erfahrung im diplomatischen Dienst mit“, schlug von Roddeck vor. „Nach unseren Erkenntnissen war der immer mal wieder als möglicher Außenminister im Gespräch, schon zu Zeiten Ihres Vorgängers.“

Die Kanzlerin zuckte. Sie erinnerte sich an unzählige Male, die sie wegen ihrer diplomatischen Unerfahrenheit und mangelnden Eignung Gehrke um seinen Rat gebeten hatte. Klar, dass der sich damals Hoffnungen auf das Außenministerium gemacht hatte. Aber war es nicht Dr. Gehrke gewesen, der erst neulich von Roddecks Verschwörung aufgedeckt und seine Verhaftung veranlasst hatte? Und nun schlug dieser Verschwörer seinen damaligen Häscher für die Position des Außenministers vor? Unerklärlich. Rätselhaft. Und wo war dieser Gehrke überhaupt? Sie hatte ihn in den Turbulenzen der letzten Wochen im Berliner Regierungsviertel nicht mehr gesehen.

Immer noch Schweigen in der Kabinettsrunde.
„Wo sitzt der ein? Und warum?" wollte von Roddeck von Tocker wissen.
„Bei uns. Im Keller."
Von Roddeck erhob seine Stimme. „Herr Dr. Gehrke ist derzeit in unserem Gewahrsam. Wir fragen ihn, ob er zur Verfügung steht. Meldung erfolgt in der nächsten Kabinettsrunde oder auf dem kurzen Dienstweg. Bis dahin können Sie, verehrte Frau Bundeskanzler, das Außengeschäft kommissarisch mit-führen."
„Empfiehlt sich auch aus anderen Gründen" warf Oberst i.G. Krawatz ein: „Ihre Außenpolitik ist zunehmend europäische Innenpolitik. Und derzeit will das Ausland von uns ohnehin nichts wissen, außer schlechten Nachrichten."

Verteidigungsministerin Voncampen meldete sich zu Wort: „Umso wichtiger wird es sein, dass ein genuiner Außenminister amtiert." Als unselbstständiges Anhängsel des Außenministeriums schien die Verteidigungschefin sich allein gelassen zu fühlen. „Und dass Sie diese Runde sobald wie möglich wieder verlassen, meine Herren Uniformierte."
„Diesen Zeitpunkt bestimmen nicht Sie." Von Roddeck zeigte mit einem langen Bleistift quer über das große Eichenoval auf den ungeordneten Papierhaufen, der vor der Kanzlerin lag. „Frau Bundeskanzler, Sie wollten mit der Tagesordnung beginnen."

Auf der Tagesordnung standen zur Beratung und Beschlussfassung als erstens und zweitens Gesetzesentwürfe aus den Ministerialbürokratien der Ressorts Familie sowie Arbeit und Soziales.

- Ganztägige Pflichtunterbringung von Kleinstkindern in den KiTas
- Erhöhung der Hartz-IV-Sätze um 70 Cent.

Die Mitglieder des Militärrats hörten sich verwundert die Beschlussfassungen an, die die Bundeskanzlerin demnächst dem Parlament zuleiten lassen würde.
„TOP drei: Als nächstes wollen wir unser UNIFIL-Mandat um ein weiteres Jahr verlängern", meinte die Kanzlerin. „Der Gesetzentwurf liegt Ihnen vor. Beratungen mit der Frau Verteidigungsminister haben stattgefunden, auch mit dem Außenministerium; deren Stellungnahmen sind Ihnen bekannt."
Die Familienministerin nestelte Strickzeug aus ihrer Aktentasche.
Von Roddeck nahm Papiere entgegen, die Krawatz ihm zuschob, und räusperte sich.
„Wird gleichwohl eine mündliche Erörterung gewünscht?" Die Kanzlerin sah in die Runde und vermied einen Blick auf die rechte Seite des Kabinettsovals.

„Allerdings!" General von Roddeck erhob sich. „Wir haben zwar nun geduldig Ihre sozialistischen Bemühungen um möglichst geburtsnahe Trennung von Müttern und Kindern und deren baldigst mögliche Einordnung in das von Ihnen verwaltete Staatswesen verfolgt, um staatsfinanzierte und drittbestimmte Betreuung Ihrer Bürger vom Kreißsaal im städtischen Krankenhaus bis zum gemeindlichen Friedhof. Wir haben Sie auch Ihre Hartz-IV-Erhöhung durchwinken lassen, weil es Hartz IV ohnehin nicht mehr lange geben wird – wir verfolgen da andere Pläne, Sie hören dazu noch von uns. Aber zum Thema UNIFIL wird, Frau Bundeskanzler, eine mündliche Erörterung nicht gewünscht, sondern befohlen; um das Ergebnis vorwegzunehmen: Eine Verlängerung dieses Mandats findet nicht statt. Begründung durch Admiral Kühnert."
Der Admiral sprang auf, Mitte 50, schwarz-blaue Uniform, die Ärmel gelb geziert von vier wuchtigen Admiralsstreifen, weißes

Hemd, das braungebrannte Gesicht von Seewind und Salzwasser ziseliert. Die Kanzlerin hatte ihn im Fernsehen schon mal gesehen. „Kühnert, habe bis vor drei Wochen die MTF 448 des UNIFIL-Einsatzes vor Ort geführt und weiß deshalb, wovon ich rede.“
„Wahrscheinlich als einziger im Raum“, murmelte von Roddeck.

Die Familienministerin klapperte mit ihren Stricknadeln, vor sich in der Mitte des Kabinettstisches ein grünes Wollknäuel, das langsam hin und her rollte. „MTF?“ erkundigte sie sich bei ihrer Nachbarin, die gerade die Gesetzesvorlage zu Hartz IV mit einem Gummiband bündelte. Die Ministerin für Arbeit und Soziales tat so, als habe sie die Frage überhört. „UNIFIL?“
„Keine Ahnung, Libanon-Einsatz, glaube ich“, erwiderte die Familienministerin und setzte ihre Strickarbeit an dem grünen Pullover fort, der für das fünfte ihrer acht Kinder gedacht war.

Admiral Kühnert bestrafte die beiden Damen mit einem Seitenblick aus seinen meerwasser-blauen Augen. „Seit 2006 kreuzt die deutsche Marine aufgrund der Kabinettsbeschlüsse Ihrer Vorgänger-Regierungen mit drei Schiffen und 230 Soldaten vor der libanesischen Küste, um Waffentransporte an die Hisbollah zu stoppen. Bis heute hat dieser Einsatz den EP 14 mit über 60 Millionen Euro jährlich belastet; die Jahre 2015 und 2016 schlugen mit 46 und 147 Millionen Euro zu Buche.“
„EP 14?“ fragte die Sozialministerin halblaut.
„Einzelplan 14, Verteidigungshaushalt“. Voncampens Fistelstimme, quer über den Tisch. „Und Einzelplan 60.“
„Und bis heute wurde keine einzige Waffe gefunden.“

Auf diesen Satz schien die Verteidigungsministerin gewartet zu haben. „Das ist der beste Beweis dafür, wie erfolgreich die Mission ist“, kreischte sie.
„Ist sie nicht.“ Admiral Kühnerts sonore Stimme. „Waffen werden ungehindert über die herkömmlichen Schmuggelrouten entlang der syrisch-libanesischen Grenze in den Libanon verbracht, eine Landesgrenze von über 250 Kilometern Länge, die weder von Syrien noch insbesondere vom Libanon aus bewacht wird; über hunderte ungesicherter Eselspfade durch das unwegsame Berg-

land über den Antilibanon und den Dschebel esch Scheich gelangen trotz oder gerade wegen der UNIFIL-Mission bis heute illegale Waffentransporte für die Hisbollah-Milizen vom Iran aus in den Libanon. Damit ist UNIFIL überflüssig."
„Und wird deshalb eingestellt", ergänzte von Roddeck.

„Meine Herren!" Die Bundeskanzlerin. „Ihr Ansinnen in Ehren, aber das ist völlig unmöglich. Bedenken Sie doch unsere internationalen Verpflichtungen gegenüber den Vereinten Nationen." Sie wühlte in ihren Unterlagen. „Die UN-Resolutionen 1701 und 1773 von 2006, die auf der Grundlage der früheren Resolutionen 425 und 426 vom 19.03.1978 verabschiedet wurden,..."
„...binden die Bundesrepublik Deutschland nicht", unterbrach von Roddeck. „Deren Bevölkerung im Übrigen in dieser Frage mit 48 zu 48 unentschieden ist. 2006, zu Beginn des Einsatzes, waren noch 64 Prozent dagegen und nur 32 Prozent für den UNIFIL-Einsatz. Unsere Bevölkerung darf unentschlossen, sie darf auch manipulierbar sein. Aber sie muss und will geführt werden. Wäre Ihre Aufgabe gewesen, Frau Bundeskanzler."
„Aber bedenken Sie doch unsere historischen Verpflichtungen Israel gegenüber. Die schiitischen Hisbollah bedrohen und gefährden mit diesen Waffen doch den Staat, dem gerade wir Deutschen gegenüber..."
„Historische Sentimentalitäten." Wieder von Roddeck. „Israel hat eine der best ausgerüsteten, trainierten und erfahrenen Streitkräfte der Welt. Kann sich selbst helfen. Wie gut, sehen Sie daran, dass israelische Kampfhubschrauber immer wieder in den libanesischen Luftraum vor der Küste und im Süden des Libanon eindringen und hierdurch die UNIFIL-Mission untergraben. Könnte Israel sich tatsächlich nicht selbst helfen, sollte Israel unseren UNIFIL-Beitrag bezahlen. Oder der Libanon, wenn er seine Grenzen schon nicht selbst sichern kann. Jedenfalls nicht der deutsche Steuerzahler."

Geraune rund um das eicherne Oval des Kabinettstisches, davor stehend die sprachlose Kanzlerin. Die Ministerinnen von Justiz, Familie und Arbeit und Soziales wechselten irritiert Blicke, die fragend auf Voncampen verweilten, bevor sie erwartungsvoll an der Kanzlerin hängen blieben. Die schwieg.

„Meine Damen, mein Herren“, fasste von Roddeck zusammen. „Weitere Erörterungen wären so überflüssig wie der gesamte UNIFIL-Einsatz. Admiral Kühnert hat das Wort.“

Kühnert nahm wieder Grundstellung ein. „Frau Bundeskanzler, ich habe heute Morgen Befehl gegeben, die deutschen Marineanteile von der libanesischen Küste abzuziehen. Der Flottenverband mit 300 Soldaten befindet sich auf dem Seeweg Richtung Griechenland. Ich habe befohlen, auf See Verbindung aufzunehmen zu unseren griechischen Bündnispartnern und der Einsatzzentrale von Frontex mit dem Ziel...“.

Voncampen sprang auf, hochrotes Gesicht, ihr Stimmchen überschlug sich, ein Wasserglas fiel um. „Das können Sie doch nicht einfach so machen, immerhin bin ich der IBUK und Ihr alleiniger Befehlshaber. Ich werde...“.

„E-Book?“ erkundigte sich die Familienministerin beim Staatsminister im Auswärtigen Amt, der für den Außenminister erschienen war.

„IBUK - Inhaber der Befehls- und Kommandogewalt“, tuschelte der zurück, den Blick unverwandt auf die ausgerastete Verteidigungsministerin gerichtet.

Die beiden Feldjäger rechts und links von ihr drückten Ministerin Voncampen behutsam zurück in ihren Sessel; einer richtete liebevoll das Wasserglas vor ihr wieder auf.

„Wie einige von Ihnen wissen mögen, fordert die europäische Grenzschutzagentur Frontex schon seit geraumer Zeit militärische Unterstützung von Seiten Deutschlands. Dazu sind unsere Marinekräfte bestens geeignet. Ab 0.00 Uhr heute Nacht sind die deutschen Marineeinheiten vor den Küsten Griechenlands angewiesen, auftauchende Flüchtlingsboote an den Haken zu nehmen und wieder in ihr Ursprungsland zurückzuschleppen. Verstärkt wird der Verband durch Spezialkräfte der Marine – Kampfschwimmer, Spezialtaucher, Boarding-Soldaten und Marine-Infanteristen, die durch den ebenfalls in diesen Minuten beendeten ATALANTA Einsatz gegen die Piraterie vor der Küste Somalias frei werden. – Fragen dazu?“ Admiral Kühnert setzte sich. Er war Fragen nicht gewohnt.

Die Verteidigungsministerin war in sich zusammengesunken und liess sich von ihrem Staatssekretär ein Glas Wasser reichen. Das Wollknäuel der Familienministerin rollte langsam auf die Bundeskanzlerin zu. Der zwischen ihr und der Familienministerin stehende Feldjäger stoppte es und rollte die grüne Wolle zur Ministerin zurück. Die Kanzlerin brach das Schweigen. „ATALANTA ist ein voller Erfolg. Durch den Einsatz der Marine konnten die Piraten vor der Küste Somalias gestoppt werden. Da können Sie doch unseren Verbündeten jetzt nicht in den Rücken fallen, meine Herren!“
„Sie haben es selbst gesagt, Frau Bundeskanzler. Die Piraten sind vertrieben. Den Rest können unsere Verbündeten auch alleine erledigen. Unsere Schiffe werden in den Gewässern um Griechenland viel dringender gebraucht.“

In das sprachlose Entsetzen am Tisch sagte von Roddeck: „Die nächste Kabinettssitzung am Fünfzehnten findet in der Julius-Leber-Kaserne statt, 06.30 Uhr. Pünktlich und ohne Strickzeug. Sitzungsort ist an der Wache ausgeschildert.“

11

In der Julius-Leber-Kaserne hatte General von Roddeck sein vorläufiges Hauptquartier eingerichtet, Block 20, mittig in der großen Kasernenanlage, die direkt südöstlich des immer noch offiziellen Hauptstadtflughafens Tegel gelegen war. Die benachbarten Blocks waren den Abteilungen seines Stabes zugewiesen. Sein Dienstzimmer lag ebenerdig im hinteren Teil des Blocks 20 und war – im Gegensatz zu seinem Salon im Kölner Heeresamt – sparsam mit dem gängigen 08/15-Standard-Sperrmüll der Bundeswehr-Liegenhaften ausgestattet, mit dem die Armee ihre uniformierten Staatsdiener verwöhnte.

Von Roddeck schob die oliv-grüne Plastik-Unterlage hin und her, bis sie mit allen Seiten parallel im Rechteck des furnierten Schreibtisches vor ihm lag. Er ordnete ein paar Bleistifte, als zwei Posten Dr. Gehrke vorführten. Der ehemalige Staatsminister im Bundeskanzleramt sah mitgenommen aus: unrasiert, das Kopfhaar zerzaust, knitterige Pepita-Anzughose über ungepflegten braunen Halbschuhen, schmuddelig-dunkelblaues Oberhemd ohne Krawatte, das Jacket lieblos über der rechten Schulter. Ein Bild des Jammers.

Von Roddeck winkte die beiden Feldjäger hinaus und bat Gehrke, ihm gegenüber Platz zu nehmen. Eine Besprechungsecke wie im Herresamt war in dieser Notunterkunft nicht vorhergesehen.
„Guten Morgen, Dr. Gehrke. Schön, Sie wiederzusehen."
Ihre letzte Begegnung hatte im Verteidigungsministerium in der Stauffenberg-Straße stattgefunden, als der Minister der Verhaftung von Roddecks zugesehen hatte. Das war erst drei Wochen her.
Gehrke knurrte und presste die Lippen zusammen.
„Ich wollte Ihnen im Auftrag der Bundesregierung das Amt des Außenministers der Bundesrepublik Deutschland anbieten."

Gehrke blickte auf, verharrte regungslos. Aber nur für einen Moment. „Sie haben doch überhaupt keine Legitimation dazu, Sie Anarchist, Sie Putschist, Sie -." Er rang nach Luft. „Sie dürften doch noch nicht mal mehr diese Uniform tragen. Sie sind entlassen und verhaftet. Und ich war dabei."
„Tempora mutantur et nos in illis. Sie waren nicht nur dabei, Sie waren es ja wohl auch, Dr. Gehrke, der – wie Sie formulieren würden – unseren Putsch aufgedeckt hat. Zumindest meine führende Rolle dabei. Und Sie haben gegen Ende Ihrer Dienstzeit augenzwinkernd mit dem Amt des Außenministers, ja sogar des Bundeskanzlers geliebäugelt. Wir haben in Ihrem Schreibtisch im Kanzleramt entsprechende Unterlagen gefunden. Entwürfe von Korrespondenzpapier."

Gehrke sah zum Fenster hinaus.
„Beides qualifiziert Sie für die Übernahme dieses vakanten Amtes. Dazu kommen Ihre bemerkenswerten Erfahrungen im Auswärtigen Dienst. Ihre Verbindungen zu den Geheimdiensten dieser Welt, die Sie als Geheimdienstkoordinator unseres früheren Bundeskanzlers doch sicher noch haben."
Gehrke dachte an seinen Freund John, John Epstein, der Chef des CIA geworden war. Ob der ihm aus seiner misslichen Lage würde helfen können, ihm und der Bundesrepublik?
„Jedenfalls habe ich Sie der Kanzlerin heute Vormittag empfohlen."

Gehrke schluckte. Beinahe wäre es ihm am Ende seiner Amtszeit gelungen, einen Staatsstreich zu verhindern, beinahe hätte er im ancien régime diese unfähige Kanzlerin ablösen können – und nun bot dieser uniformierte Putschist ihm nach gelungenem Staatsstreich das Amt seiner Träume. Und das, nachdem er, Dr. Gehrke, es gewesen war, der die Verschwörung aufgedeckt, seine Entlassung aus der Bundeswehr und seine Verhaftung initiiert hatte. Das konnte doch alles nicht wahr sein. Gehrke rieb sich die Augen. „Das kommt überhaupt nicht in Frage."
„Ach?"
„Sie haben nicht die Legitimation, mir dieses ehrwürdige Amt anzubieten. Sie sind, Herr von Roddeck, eine politische Eintagsfliege, die ...".
„Ich habe überhaupt kein politisches Amt und lediglich Auftrag der Kanzlerin, Ihnen dieses Amt anzubieten."
„Sie haben doch inzwischen hier eine Militärdiktatur in der Bundesrepublik errichtet, und Sie werden...".
„Wieder falsch", unterbrach von Roddeck. „Ich habe überhaupt keine politischen Funktionen, vor allem bin ich kein Diktator, auch kein Militärdiktator. Ich bin nur Vorsitzender des Militärrates, der unsere derzeitige Bundesregierung berät. Was die auch dringend nötig hat. Das wissen Sie selbst besser als ich. Sie haben deren Unvermögen schließlich jahrelang als Chef des Bundeskanzleramts aus unmittelbarer Nähe beobachten können."

Gehrke schaute sein Gegenüber nachdenklich an.
„Also – wollen Sie jetzt oder nicht?"
Gehrke hüstelte. „Was ist die Alternative?"
„Solange dieses Ermittlungsverfahren gegen Sie läuft, verehrter Herr Dr. Gerke, wegen Widerstand gegen die Staatsgewalt: zurück in den Keller."
Gehrke atmete tief durch. „Ihre Prinz-Albrecht-Straße", murmelte er.
„Wieder falsch: Mauerstraße. Ist aber egal. Hopp oder Topp?"
„Ich hätte da Bedingungen zu stellen und Auflagen zu machen."
„Vergessen Sie's."
„Darf ich Fragen stellen?"
„Jederzeit."
„Wie lange werden Sie als, hmmm, Militärrat, die derzeitige Regierung unter dieser Kanzlerin überleben lassen?" Gehrke versuchte einen verächtlichen Gesichtsausdruck.
„Bis wir eine bessere gefunden haben." Von Roddeck lehnte sich in seinen unbequemen Bürostuhl zurück. „Das ist einerseits einfach: Schwierig wäre es, eine schlechtere zu finden. Andererseits ist es schwierig: Welche Politiker welcher Partei könnten unser Vaterland vor weiterem Verfall bewahren? Davor retten, im Abgrund der Geschichte zu verschwinden? Auch bei diesen Fragen, denke ich, könnten Sie mir helfen, uns helfen, mit Ihren politischen Erfahrungen."
„Sagten Sie nicht, dass Sie als Vorsitzender des Militärrats es sind, der die Regierung berät? Und Sie wollen nun Rat von einem potenziellen Regierungsmitglied? Also, was jetzt?"

Von Roddeck erhob sich „Wollen Sie etwas trinken, Herr Dr. Gehrke?"
„Was zu essen wäre gut."
„Ich habe nach Getränken gefragt. Ich betreibe hier keine Imbissbude."
„Eine heiße Kraftbrühe. Mit Einlage. Von mir aus ohne Löffel, zum Trinken."
Von Roddeck ging an sein Telefon und gab Befehle.
„Herr Dr. Gehrke, Sie verkennen den Ernst der Situation, sogar Ihrer eigenen. Erst recht den Ernst der Situation, in der sich unse-

re Republik befindet." Von Roddeck wanderte hinter seinem Schreibtischersatz auf und ab. „Die Aufgabe unseres Militärrats besteht ausschließlich darin, dem entgleisten Zug wieder in die Schienen zu verhelfen."

„Wer hat Ihnen denn diese Aufgabe erteilt?"

„Unsere Gesellschaft, die DGNS."

Gehrke brummte. Er erinnerte sich an Recherchen irgendeines seiner Dienste über eine Deutsche Gesellschaft für Nationale Sicherheit und daran, dass einschlägige Ermittlungen nach einem halben Jahr ergebnislos wieder eingestellt worden waren. Die negative Meldung war ihm damals vom Amt für Militärkunde – jener ominösen Abteilung des Bundesnachrichtendienstes, die immerhin 25 bis 30 Prozent der BND-Mitarbeiter ausmacht und deren Mitglieder allesamt Soldaten sind, besoldet aus dem Verteidigungsetat – oder vom Militärischen Abschirmdienst, dem quasi innerbetrieblichen Geheimdienst der Bundeswehr, überbracht worden. Er wusste nur nicht mehr, von wem, womöglich von einem Reserveoffizier.

Einer der Feldjäger stellte eine lauwarme Brühe aus dem Getränkeautomaten vor Gehrke ab.

„Sobald wir eine taugliche Regierung installiert haben, ziehen wir uns zurück, wenn wir den zuverlässigen Eindruck gewonnen haben: Die können es. Den Eindruck hatten wir in der Vergangenheit nicht. Sie könnten den Eindruck erwecken. Geben Sie unserem Vaterland eine Chance. Helfen Sie mit, es zu retten. – Guten Appetit."

Gehrke schlürfte die Brühe. Das tat gut, nach gefühlten zwei Tagen ohne richtige Nahrung in diesem Verlies. Und es kräftigte seine Gedanken: Zweifellos konnte er in diesem obskurem Amt, das ihm da eben von unzuständiger Stelle offeriert worden war, mehr ausrichten als in einem nasskalten Keller auf einer schmierigen Matratze. Ob für sein Vaterland oder mehr für sich selbst, würde sich zeigen. Auf jeden Fall gegen diesen General und seinen Militärrat.

12

Am Abend dieses Tages sprang Oberst Lothar Tocker die Stufen zum Offizierskasino der Julius-Leber-Kaserne hinauf. Über dem Haupteingang prangten neu angebrachte goldglänzende Buchstaben: *Kasino*. Unter dem schnell nachwachsenden Efeubewuchs hätte man noch den Schmutzschatten der früheren Beschriftung *Betreuungsheim für Offiziere* erkennen können, wenn das Tageslicht nicht schon in Dämmerung übergangen wäre.

Tocker schnappte sich einen Stapel Tageszeitungen und liess sich im Lesezimmer in einen ledernen Sessel fallen. Die Ordonnanzen trugen keine zivilen Polohemdchen mehr, sondern Uniform: Blauzeug, kurzes Hemd, Halbschuhe. Tocker bestellte einen Martini ohne Eis und überflog die Überschriften:
Deutschland vor verheißungsvollem Wandel.
Das war der BUNDESKURIER von diesem Oberstleutnant Stich.
Regierung unter Kuratel des Militärrats, wusste eine Frankfurter Zeitung.
Republik vor dem Aufbruch? Diese Frage stellte Stichs Boulevardblatt ILLU-BLITZ.

Er wandte sich den internationalen Titeln zu.
„Militärrat regiert Deutschland – demnächst auch die EU?“ wollte Le Parisienne wissen.
Was ist los mit den Germanen? fragte die SUN.
Abendland vor Rettung oder Untergang? Svenska Dagbladet.

Fragen über Fragen. Die ausländischen Artikel waren deutlich kritischer als die deutschen.
Tocker schüttelte den Kopf. Er trank seinen Martini aus und betrat den Fernsehraum. In den Abendnachrichten wurde von der Verlegung der Libanon- und der Somalia-Einsatzflotten Richtung Ägäis berichtet, einer heutigen Spontanentscheidung des Kabinetts, die laut einem Kurzkommentar längst überfällig war, weil sie der Bundesregierung mehr Spielraum in der Bewältigung der Flüchtlingskrise verspräche. Die UNO hüllte sich bislang in diplomatisches

Schweigen, was von einigen ausländischen Kommentatoren auch als *diplomatische Schockstarre* interpretiert wurde.

Im Speisesaal entdeckte Tocker General von Roddeck und Oberstleutnant Stich beim gemeinsamen Abendessen.
Der General winkte ihn heran. „Was sagen die Nachrichten?"
„Könnten unfreundlicher sein."
„Ist Afghanistan schon drin?"
Tocker berichtete von dem Ärger über die selbstständige Entscheidung der militärischen Oberkommandos, die gemeinsamen Partnering-Einsätze der Bündnistruppen mit dem Militär und der Polizei in Afghanistan einzuschränken oder gar auszusetzen.
„Die Politik verlangt von unseren Soldaten jetzt also offensichtlich auch Selbstmord-Kommandos", meinte Stich.
„Jetzt reicht's", brummte von Roddeck. „Tocker, Sie haben ja durch Operation ‚Mühle' bereits alles in die Wege geleitet. Ab Morgen legen wir los."
Stich hob die Augenbrauen.
Von Roddeck legte sein Besteck zusammen. „Darf ich die Herren auf einen Cognac ins Kaminzimmer einladen?"
‚Ungewohnt ziviler Ton', dachte Tocker. Lag das an der gewonnenen Macht oder schon an der aufkommenden Ohnmacht?

Die drei setzten sich in eine dämmerige Ecke neben dem Kamin, in dem Holzscheite prasselten. Von Roddeck bestellte eine Flasche Pierre Ferrand, Sélection des Anges, und Tocker zündete sich eine Zigarette an.

„Was haben Sie denn noch alles vor mit uns, Herr General? Bevor eine Regierung ohne den Militärrat weitermachen kann? Wenn ich fragen darf. Ich habe ja auch irgendwann mal wieder mein Unternehmen weiterzuführen." Omega Enterprises International OEI, Unternehmensberatung, Finanzberatung und Vermögensverwaltung, München. Das Unternehmen, das die DGNS reich gemacht hatte.
Von Roddeck musterte Tocker über den Rand seines Cognacschwenkers. Ein Gesichtsausdruck, den auch Stich von ihm so nicht gewohnt war. „Ich habe anderes mit Ihnen vor, Tocker. Ich

will Sie zum Finanz- und Wirtschaftsminister unserer Republik machen. – Prost, meine Herren!“
Der große Schluck des schweren Weinbrands machte schon beim Abgang die Zunge leicht.
Tocker setzte sein Glas vorsichtig ab. „Das ist jetzt nicht Ihr Ernst, Herr General, oder?“
„Alles ist mein Ernst. Alles, was wir hier machen.“
Stich schmunzelte. „Was machen wir denn sonst noch so? Ich meine, wohin gehen Ihre weiteren Pläne, Herr General? Als Ihr Medien- und Propaganda-Offizier sollte ich das schon wissen.“ Auch Stich spührte die Wirkung des Alkohols, setzte aber vorsichtshalber wieder ein ernstes Gesicht auf.

Von Roddeck schenkte Cognac nach. „Zwei Dinge: Erstens, wir haben knapp 200 Generäle in der Bundeswehr. Die sehen sich als Funktionselite in Sicherheitsfragen – eine zweifellos richtige Einschätzung. Sie sollten sich darüber hinaus aber am öffentlichen Diskurs beteiligen. Das tun sie heute nicht. Sie führen ihre von der Politik befohlenen Aufträge ohne jede Kritik durch und maulen, wenn es hoch kommt, im privaten Kreis oder im Kasino. Mit solchen Ja-Sagern lässt sich keine schlagkräftige Armee führen. Das bringt mich zu Zweitens: Wir müssen, um unsere Personalbasis zu verbreitern, zunächst zurück zur Wehrpflicht. Ohne Wehrpflicht keine Reservisten. Nicht vergessen dürfen wir, dass die DGNS nicht eine Bewegung der Bundeswehr, nicht eine Eruption des vielgescholtenen Staates im Staate ist, sondern eine Bewegung des Volkes, des Souveräns, und zwar seiner selektierten Eliten.“

Sie prosteten sich zu.
„Ich spreche vom deutschen Reserveoffizier-Korps, dem Sie beide, meine Herren, angehören. Gestatten Sie eine historische Parallele: Das Hauptquartier des Ersatzheeres der deutschen Wehrmacht gilt nach Kershaw historisch als das Epizentrum der Pläne für den Staatsstreich vom 20. Juli 1944; nach dessen Scheitern war das Ersatzheer der Augiasstall, den Hitler mit Hilfe von Himmler ausmisten liess – ein Schicksal, dass uns aufgrund unserer sorgfältigen Planung erspart bleiben wird. Und, ein weiteres Beispiel aus unserer Geschichte, die ja immer wieder mit zunächst

angeordneter und später eigendynamisch zunehmender Vergesslichkeit zugeschüttet wird: Im Zweiten Weltkrieg haben die deutschen Reserveoffiziere die Hauptlast des Kampfes tragen müssen und getragen. Heute müssen unsere Reserveoffiziere die Hauptlast der politischen Stabilisierung unseres Vaterlandes tragen. Dazu sind Sie auserkoren, auch Sie beide."

Stich und Tocker lauschten.

„Parallel dazu müssen wir die derzeitige Laien-Regierung beraten und unterstützen, um wenigstens deren gröbste Fehler zu verhindern. Und dazu müssen wir ihre Mitglieder eines nach dem anderen austauschen, ersetzen durch Fachleute. Am Ende schwebt mir ein Expertenkabinett vor, in dem jedes Mitglied sein Ressort fachlich beherrscht, einschlägige Berufserfahrung vorweisen kann und berufliche Erfolge. Die Justizministerin sollte mal in der Rechtspflege tätig gewesen sein und nicht nur auf Betriebsratsversammlung des Deutschen Patentamts; die Familienministerin sollte mehr können als Pullover stricken für ihren zahlreichen Nachwuchs, um den sie sich wegen ihres Amtes als Mutter überhaupt nicht mehr kümmern kann; der Finanz- und Wirtschaftsminister sollte mehr als ein abgebrochenes Rhetorik-Studium vorzuweisen haben, der Außenminister mehr als eine parteipolitische Karriere, und der Verteidigungsminister müsste zumindest mal drei Monate in einer Kaserne in einer 12-Mann-Stube untergebracht gewesen sein, bevor er unsere Kameraden politisch verantwortungslos in militärisch unsinnige Einsätze in irgendwelche Teil dieser Welt schickt."

„Und ich soll nun diesen Rhetorik-Studenten ablösen?"

„Tocker, Sie führen außerordentlich erfolgreich ein international tätiges Unternehmen, das Sie selbst aus dem Nichts vor drei Jahrzenten aufgestellt haben. Sie verfügen über weltweite geschäftliche Kontakte und – vor allem: Sie können aus jedem Fliegenschiss auf diesem Erdball Gold und Geld machen. Davon habe ich mich ja persönlich überzeugen können bei Ihrer Betreuung der Finanzen und des Vermögens der DGNS und ihrer Sub-Gesellschaften."

Tocker dachte an die schöne Schloßherrin, an Laura Schwartze.

„In der Annahme, dass Sie in Ihrem Unternehmen für Delegation und Vertretung gesorgt haben, gehe ich davon aus, dass Sie Ihre

Kenntnisse und Erfahrungen fortan nicht allein Ihren Kunden und Anlegern sondern dem deutschen Volk und seiner Wirtschaft zur Verfügung stellen können."
Er redet schon wie ein Politiker, dachte Tocker. Noch vor Wochen hätte der General ihm seine neue Verwendung einfach befohlen.
„Überredet – vorübergehend", sagte er.
Von Roddeck hob sein Glas, die beiden Reserveoffiziere auch.
„Gratuliere zu Ihrer Entscheidung, Tocker. Werde Sie am Fünfzehnten vorschlagen."

Die Herren leerten ihre Schwenker. Von Roddeck schenkte nach. „Auch mit Ihrer Einschränkung ‚vorübergehend' besteht Einverständnis, Kamerad. Alles im Leben ist vorübergehend, insbesondere das Abenteuer, in das wir uns hier hinein begeben haben. Und unsere Planung geht ohnehin von einem Stufenprogramm aus: Als letztes möchte ich ein oder zwei politische Parteien damit beauftragen, das politische Geschäft voll-verantwortlich zu übernehmen."
„Politische Parteien, die das Volk bei Neuwahlen wählt?" erkundigte sich Stich.
„Parteien und Parteivertreter, die wir vorsortiert haben. Das Volk kann es nicht. Das hat es ja gezeigt: Schauen Sie sich doch diese Figuren an, die wir heute Vormittag erlebt haben. Jedes Volk hat die Politiker, die es verdient, aber dieser Prozess muss optimiert werden. Daran arbeiten wir. – Zum Wohl!"

Stich setzte benebelt sein Glas ab. „Herr General, ich als Medienoffizier repräsentiere ja nur die Vierte Gewalt, und unsere Bemühungen setzen ja derzeit bei der Exekutive an, soweit ich das überschaue. Aber das wesentliche Element in unserer Strategie müsste doch die Legislative sein, unser Bundestag, unsere Länder- und Gemeindeparlamente – wo und wie setzen wir denn da an?" Der Alkohol beflügelte Neugier und Mut.
Der General winkte ab. „Nicht von Belang. Unsere Abgeordneten, egal, auf welcher Ebene, sollten allein ihren Gewissen unterworfen sein und nicht an irgendwelche Aufträge und/oder Weisungen gebunden, Artikel 38 Grundgesetz. Leider fühlen sie sich nicht gebunden an die Anweisungen ihrer Wähler, sondern ausschließ-

lich an die An- und Überweisungen der Fünften Gewalt in diesem Staat."
„Fünfte Gewalt?"
„Lobbyismus – unsere Parlamentarier arbeiten auf unser aller Kosten für Gewerkschaften, Unternehmens- und weitere Verbände, NGOs und andere Organisationen. Von denen sie unmittelbar ein weiteres Mal bezahlt werden dafür, dass sie Lobbyisten erfolgreich auf sich als Entscheidungsträger in der Politik einwirken und bestimmen lassen. Was die da in ihren Hinterzimmern und Abstimmungszelten so aushecken, wird relevant erst in der Zweiten Gewalt – der Exekutive, die es umsetzt. Deshalb greifen wir dort zuerst an. Die Parlamente durchsickern wir später. Entsprechende Operationspläne der DGNS liegen bereits vor."
Von Roddeck brach abrupt ab. „Meine Herren, wir haben Aufträge zu erfüllen. Und für Sie, Stich, habe ich auch einen."
Der General winkte eine Ordonnanz heran und orderte eine weitere Flasche aus der Sélection des Anges. Das Kaminzimmer leerte sich. Sie waren unter sich.

Von Roddeck war das recht. Er hätte jetzt auch auf Oberst Tocker verzichten können, den künftigen Finanz- und Wirtschaftsminister der Bundesrepublik Deutschland, wollte aber die gemütliche Runde nicht stören. Außerdem müsste Tocker einspringen, wenn Stich sich gleich weigern sollte.
„Stich, ist Ihnen die Dame aufgefallen, die die Kanzlerin heute Morgen begleitet hat?"
„Sie meinen ihre Persönliche Referentin?"
Von Roddeck nickte.
„Natürlich, das war ja der einzige Lichtblick in dieser Muppet Show heute Früh."
„Frau Norah Besser. Sieht man vom Militärrat ab, ist sie die zweitwichtigste politische Gestalt in unserem Land. Die Kanzlerin trifft keine Entscheidungen, ohne dass Frau Besser davon zumindest wüsste; meist gestaltet sie die Entscheidungen der Kanzlerin mit."
„Das haben wir sogar mal in einem Feature veröffentlicht. Ja, ich erinnere mich."

„Dann haben Deine Blätter ja sogar mal was Zutreffendes berichtet“, feixte Tocker; auch er spürte den Alkohol. Den designierten Finanz- und Wirtschaftsminister hätte er doch besser auf seine Stube schicken sollen, Finanzberichte prüfen, dachte von Roddeck.

„Und mein Auftrag, Herr General?“ Stich, erwartungsvoll.

„Sie fangen eine Liaison mit ihr an. Sie ist bisexuell und derzeit solo, schon seit über einem Jahr. Nur mit ihrer Arbeit als Referentin der Kanzlerin verheiratet. Sehnt sich nach männlicher Abwechslung. Als Mitglied des Militärrats, als Medien- und Propaganda-Offizier der Bundesregierung sozusagen, haben Sie, Kamerad Stich, dienstlich mindestens 24 Stunden am Tag mit Frau Besser zu tun, wenn Sie das entsprechend einrichten. Trauen Sie sich das zu, Stich?“

Stich hob die Augenbrauen und nickte. „Jawohl, Herr General. Weitere Aufträge?“

„Als unser Medien- und Propaganda-Offizier sollten Sie den Bundespressechef und seinen Stellvertreter ins zweite und dritte Glied stellen. Die werden ab sofort nur noch das vortragen, was von Ihnen entworfen oder gebilligt worden ist.“

13

Frau Besser hatte die Sitzecke im 140-Quadratmeter-Arbeitssaal der Kanzlerin liebevoll eingedeckt, Kuchenteller, Kaffeetassen, in der Mitte die selbstgemachte Torte der Ministerin für Arbeit und Soziales. Die Familienministerin legte ihr grünes Wollknäuel auf dem Kuchenteller ab und fingerte Stricknadeln aus ihrer Handtasche. Verteidigungsministerin Voncampen spielte gedankenvoll mit einer Rechtsverordnung, die sie von einer Hand in die andere schob. Auf dem squashhallengroßen Schreibtisch der Kanzlerin verdeckten unerledigte Aktenvorgänge den Blick auf den schwarzen Globus, hinter dem die Kanzlerin und Frau Besser, ihre Persönliche Referentin, miteinander tuschelten.

Die beiden traten an der halbenmeterhohen Schachfigur vorbei an den Kaffeetisch; Frau Besser schenkte die Tassen randvoll.
„Meine Damen, ich habe Sie zu dieser kleinen Runde gebeten, weil ich ... ", begann die Kanzlerin.
„Ich habe mich selbst eingeladen." Voncampen wedelte mit dem Verordnungsblatt.
„Tja, damit sollten wir wohl anfangen." Die Kanzlerin setzte die Tasse an ihre zugespitzten Lippen, verschüttete ein paar Tropfen auf ihr rostbraunes Kostüm und warf Norah Besser einen vorwurfsvollen Blick zu.
Voncampen räusperte sich. „Ich habe der Kanzlerin berichten müssen, dass meine Truppen damit begonnen haben, sich aus Afghanistan zurückzuziehen."
„Ach, wie schön – endlich." Die Arbeits- und Sozialministerin. „Wie ist mein Kuchen gelungen?"
Die Familienministerin klemmte ihr Wollknäuel zwischen Teller und Untertasse. „Oh, ich probier' gleich mal. Sieht gut aus."
Die Kanzlerin, kauend: „Meine Damen, ich darf doch bitten. Es geht hier um unsere Verteidigungs- und Sicherheitspolitik, zunächst. Die Verteidigungsministerin ist noch nicht fertig." Sie winkte ihr mit der Gabel zu.
Voncampen nickte. „Für die, die es nicht wissen: Nicht ich als einzig zuständiger IBUK habe diesen Aufbruch veranlasst, sondern diese Militär-Marionetten, die Sie gestern Morgen erlebt haben."
Die Arbeits- und Sozialministerin sah enttäuscht von ihren Kuchenteller auf.
„Und das konnten die so einfach?" Die Familienministerin klapperte mit ihren Stricknadeln.
„Natürlich nicht." Die Kanzlerin. „Sondern mit Hilfe einer obskuren Rechtsverordnung, zu der ich Frau Gruber noch hergebeten habe, die gleich kommen muss."

Voncampen knallte die Verordnung auf den Tisch. „Nach Artikel 80 Grundgesetz. Diese Verordnung erging ohne jedwede Ermächtigung und ohne mein Zutun. Ein unglaublicher Vorgang, einmalig und ohne Vorbild in unserer Republik."

Norah Besser warf einen Blick auf den Titel der Verordnung: *Notverordnung Nr. 28 BMVg Abzug Bw-Einheiten aus Einsatz ‚Resolute Support' Afghanistan, Vorbefehl* .... „Und was unternehmen Sie dagegen?"
Voncampen zog die peinlichen Papiere wieder an sich. „Ich musste feststellen, dass meine Befehle nicht mehr befolgt werden. Mit Rücksicht auf unsere internationalen Verpflichtungen innerhalb der NATO habe ich natürlich sofort versucht, hier korrigierend einzugreifen." Das stimmte nicht: Voncampen hatte bislang nur herumgefragt, wer die Abzugsvorbereitungen veranlasst hätte.
„Und?" Die Kanzlerin.
„Leider ohne Erfolg. Bislang."
„Und wer hat den Abzug veranlasst?"
„Ja, wer wohl?"
„Dieser von Roddeck?"
„Nein, Generalmajor Becker, ebenfalls Mitglied des Militärrates, war gestern in der Kabinettssitzung dabei. Aber wahrscheinlich auf Veranlassung dieses von Roddeck, obwohl der einen Dienstgrad unter Becker steht."
„Ach? Wie das?"
Voncampen zuckte die Achseln. „Ich schau' doch in deren obskure Organisation nicht rein. Von Roddeck gilt als der Urheber dieses Staatsstreichs – anders kann man es ja wohl nicht nennen."
„Das sind doch alles Ihnen unterstellte Einheiten." Die Kanzlerin nahm sich noch ein Stück Torte. „Da müssten Sie doch Einblick drin haben."
„Und jetzt sind unsere Soldaten da also alle weg?" Die Familienministerin legte ihre Stricknadeln ab.
„Natürlich nicht", stöhnte Voncampen. „Das dauert doch Monate. Fast eintausend Mann und dann das ganze Gerät, die Einrichtungen, die Ausrüstungsgegenstände, die fehlenden Transportkapazitäten. Ich möchte mal wissen, wie die das alles da rausschaffen wollen."
„Wieso? Sie sind ja auch reingekommen."
„Die Bundeswehr hat keine ausreichenden eigenen Transportkapazitäten", seufzte Voncampen. „Das ist das Problem."
„Und warum nicht? Wo sind die?"
„EP 14."

„Einzelplan 14“, erläuterte die Sozialministerin, die seit der letzten Kabinettssitzung dazugelernt hatte. „Verteidigungshaushalt. Keine ausreichenden Mittel, vermute ich.“
Voncampen nickte.
„Die zur Verfügung stehenden Haushaltsmittel sind ja auch wohl im sozialen Bereich besser untergebracht.“
Zustimmendes Nicken der Familienministerin.

Die Büroleiterin führte Frau Gruber herein, die sich für ihre Verspätung entschuldigte. „Ich musste die Rechtslage noch prüfen lassen. Diese Rechtverordnung ist unwirksam. Auch als Notverordnung. Ihr fehlte die Ermächtigungsgrundlage. Hitler hat sich wenigstens mit seinem Ermächtigungsgesetz vom 24.03.1933 die Mühe gemacht, so eine Ermächtigungsgrundlage zu schaffen: ‚Die von der Reichsregierung beschlossenen Reichsgesetze können von der Reichsverfassung abweichen…‘.“
„Dadurch wurde es aber auch nicht besser“, stöhnte die Sozialministerin.
„Diese Rechtsverordnung hier wurde – vorläufig – vom Militärrat erlassen, und der ist laut Artikel 80 I Grundgesetz dazu nicht befugt.“
„Schade“, seufzte die Arbeitsministerin. „Das hätten wir unseren Wählern schön verkaufen können – das mit dem Abzug der Truppen, meine ich.“

Die Kanzlerin stocherte gedankenversunken in ihrem Kuchen.
„Frau Kollegin Voncampen, Sie müssen sehen, dass Sie als iBock –“.
‚IBUK, das sollte sie jetzt eigentlich wissen‘, dachte Voncampen, denn im Ernstfall ging die Befehls- und Kommandogewalt auf die Kanzlerin über.
„- dass Sie als Befehlshaber Ihre Truppen wieder in den Griff kriegen. Aber ich will Ihnen da gar nicht groß reinreden. Wir haben nämlich noch ganz andere Probleme zu lösen. Diese Probleme waren Anlass, Sie heute als meine – wenn ich so sagen darf – engsten Vertrauten zu dieser kleinen Kaffeerunde zu bitten.“ Sie zwinkerte Norah Besser zu. „Wir sollten überlegen, wie wir diesen Militärrat wieder loswerden, der uns ohne jede Legitimation in

unsere politischen Kabinettsentscheidungen reinredet. Und ich denke, wir haben nur dann eine Chance, wenn wir auf deren eigene Mittel zurückgreifen, nämlich auf illegale."
„Wie meinen Sie das?" Die Justizministerin setzte ihre Kaffeetasse ab.
„Legal werden wir die nicht los."
„Polizei, SEKs, Staatanwaltschaft, Nachrichtendienste, GSG 9, Bundesverfassungsgericht – unser Rechtsstaat hat doch alle Möglichkeiten, sich gegen Staatsreiche, Unruhen, illegale Machtübernahmen zur Wehr zu setzen", wusste Frau Gruber.
Die Kanzlerin schüttelte den Kopf. „Alle Institutionen, die Sie beispielhaft genannt haben, sind von Reserveoffizieren durchsetzt, die uns Politikern schon lange nicht mehr zuhören, und Sie alle sind unter diesem General von Roddeck organisiert und ihm offensichtlich hörig."
„Aber doch nicht das Bundesverfassungsgericht?"
„Darüber haben wir keine Erkenntnisse. Aber das entscheidet ja erst in frühestens drei Jahren. Scheidet aus."
„Und wie wollen Sie gegen diese Bande vorgehen?"
Die Kanzlerin kicherte. „Ich will wissen, was die vorhaben. Im Einzelnen. Ausspionieren will ich sie. Vor allem diesen General von Roddeck."
„MAD?" fragte Voncampen. Dessen Aufgabe war es doch, die Bundeswehr gegen Extremisten und vor Spionage und Sabotage durch Terroristen und andere Staaten zu schützen. Das wäre vielleicht ein Lichtblick in dieser hoffnungslosen Situation.
Die Kanzlerin schüttelte den Kopf. „Wir wissen nicht, wer vom Militärischen Abschottdienst auf unserer Seite ist, wer auf deren."
„Militärischer Abschirmdienst", korrigierte Voncampen.
Die Kanzlerin bestrafte sie mit einem Seitenblick.
„Nein, wir hatten daran gedacht, zunächst auf die Schnelle eine informelle Agentin auf die Herren anzusetzen. Wir dürfen nicht vergessen: Das sind alles Männer, die überwiegend mit ihren subversiven Tätigkeiten verheiratet und an einer Stelle womöglich noch angreifbar sind."
„Eine Undercover-Agentin?"
„Mata Hari? Nein, wie aufregend. Gute Idee, gefällt mir."
„Und wer soll das machen?"

Die Kanzlerin schaute Norah Besser an. Mit ihr hatte sie diesen Plan schon beim Mittagessen besprochen. Norah Besser war stolz, dass ihre Chefin diese Idee nun quasi offiziell machte. Endlich mal was Prickelndes und nicht mehr immer dieses endlose Akten-hinter-der-Kanzlerin-Hertragen. Und heute Nachmittag hatte ein Reserve-Oberstleutnant sie schon auf ihrem Mobiltelefon angerufen und ein Treffen zu zweit vorgeschlagen. Dieser niedliche Lockenkopf, der ständig im Presseamt herumwieselte. Keine Ahnung, woher der ihre Handynummer hatte. In der Hektik des Tages hatte sie ihrer Chefin erst mal nichts davon erzählt; die hatte zurzeit genug andere Sorgen. Frau Besser fixierte eine lange blonde Haarsträhne hinter ihrem linken Ohr und lächelte anmutig in die Runde.
„Und wann soll das losgehen?"
„So bald wie möglich."

Nur die Justizministerin war noch skeptisch. „Also wenn schon illegal, meine ich, dann gleich richtig."
„Wie meinen Sie das, Frau Kollegin?"
„Ich denke da gerade an die thailändische Lösung."

14

Sie verabredeten sich noch für den Abend desselben Tages bei Lutter & Wegner; nicht am Gendarmenmarkt, das war bei weitem zu exponiert, sondern in der dunklen und kleinen Dependance in der Schlüterstraße. An öffentlicher Wahrnehmung ihres Rendezvous war keine Seite interessiert.

Das Restaurant war heute Abend nur mäßig besucht. Drei Tische weiter nibbelte ein älterer Grauhaariger an einem Bier, während er mit seinem Laptop spielte.
Stich hatte schon zwei Bier getrunken, war alle Details der Akte, die der General ihm über Norah Besser gegeben hatte, gedanklich nochmal durchgegangen – Geburtsjahr 1982, Eltern, beruflicher Werdegang, Auslandsaufenthalte, sexuelle Vorlieben. Er hatte die

Berliner Speisekarte mehrfach auswendig gelernt, auch rückwärts. Da erschien endlich Frau Besser, um Viertel vor elf, mithin eine Dreiviertelstunde verspätet. Sie trug ein dunkelblaues Herbstkostüm, knielang der Rock, die Ärmel der Jacke mit verspielten Rüschchen verziert. Die Persönliche Referentin der Kanzlerin wirkte abgehetzt. „'Tschuldigung."
Stich legte die Speisekarte ab und erhob sich. Er trug Zivil, hatte aber hinter dem Revers seines dunkelgrauen Zweireihers das ‚R' angebracht, auf das sie alle so stolz waren. „Kein Problem. Hoffentlich hat die Küche noch auf. Nun entspannen Sie doch erst mal. Einen Aperitif?"
Er orderte zwei Apérol. „Schön, dass Sie es überhaupt einrichten konnten, so spontan."
„War auch wirklich nicht einfach, bei dem Stress, den die Chefin derzeit hat. Deshalb auch meine ungezogene Verspätung."
„Stress? Ich dachte, Sie wären Beamtin." Er prostete ihr zu. Die Getränke wurden serviert.
„Sie haben Humor. Ihr Militärs seid es doch, die den Hauptstress machen, den wir im Moment haben. – Nun stellen Sie sich mal vor, wir werden hier gemeinsam gesehen!" Sie setzte ihr Glas ab und betupfte sich die vollen Lippen mit der Stoffserviette, auf der rote Farbtupfer zurückblieben.
„Werden wir nicht; und wenn doch: Dienstbesprechung, Vorbereitung des morgigen Tages im Kanzler- oder im Presseamt. Möchten Sie nicht was essen? Ich denke, ich nehme die Kalbsleber mit Püree und Apfelringen. Vorspeise vorweg? Suppe? Eine ganz ausgezeichnete Karte haben die hier. Hausmannskost."

Frau Besser setzte ihre Brille auf und studierte den Speiseplan. Stich musterte sie. Das streng zurückgekämmte blonde Haar und diese Kassenbrille. Ihre eigenartige Mischung aus Selbstsicherheit und Unbeholfenheit gefiel ihm. Immer wieder strich sie ihre Haarsträhne hinter das linke Ohr zurück. Stich schloss die Augen und stellte sich für einen Moment vor, was geschähe, wenn Frau Besser ihre spießige Brille absetzen, ihr Haar öffnen und ihn mit ihren roten Lippen anlächeln würde.

Frau Besser entschied sich auch für Kalbsleber. Stich machte die Augen wieder auf und bestellte. Sie plauderten über das schlechte Herbstwetter. Alles sprach dafür, dass es ein belangloser Abend werden würde.

Zum Dessert gab es Doppelkorn. Nach dem zweiten fragte sie: „Wie lange soll das denn nun noch so weitergehen, Herr Stich. Oder soll ich Major sagen?"
„Oberstleutnant. Aber sagen Sie doch einfach Marc zu mir. Marc Stich. Weitergehen? Wie, was? Mit unserem Dessert, mit dem Wetter, ...".
„Mit Ihrem Militärrat".
„Ach, Norah – darf ich Norah zu Ihnen sagen? – Sie sind zu dienstlich. Ich dachte, wir treffen uns hier privat, nur so zu unserer Unterhaltung. Ein bisschen Entspannung, ein bisschen Kennenlernen und so." Marc Stich berührte flüchtig die Rüschen ihres Ärmels.
Sie ließ es geschehen, vielleicht hatte sie es auch nicht bemerkt. „Diese Frage interessiert mich auch privat, ehrlich gesagt. Schließlich hängt da ja auch meine Stelle von ab."
‚Mein Gott, dieses Deutsch', dachte Stich, ‚die würde bei uns im Verlag nicht mal eine Praktikantinnen-Stelle kriegen'. „Ehrlich gesagt, Norah: Wir wissen es selbst nicht. Hängt vom Verlauf der Dinge ab, der nächsten Tage und Wochen, vielleicht Monate. Weshalb haben Sie Angst um Ihre Position? Trauen Sie der Kanzlerin nicht zu, dass es zu einer gedeihlichen Zusammenarbeit zwischen Regierung und Militärrat kommt?"
Norah Besser überlegte und schwieg.
„Trauen Sie es sich bei Ihren Qualitäten – immerhin sind Sie Persönliche Referentin der Kanzlerin – nicht zu, diese Stelle auch bei einem anderen Kanzler zu besetzen?" Solche Fragen musste er stellen, damit sie ihn unterschätzte. Taktik. Täuschen.
‚Erstaunlich einfältig, dieser charmante Lockenkopf', dachte Norah und antwortete: „Eine solche Vertrauensstellung ist immer von persönlichen Beziehungen abhängig."
‚Es scheint zu funktionieren', dachte Stich.
‚Ist er wirklich so naiv, wie er sich stellt, oder tapse ich hier soeben in eine raffiniert aufgestellte Falle?' fragte sich Norah. „Aber es

geht mir natürlich auch um das Schicksal der Republik, der ich diene."

„Genau darüber wollte ich mit Ihnen eigentlich nicht sprechen", sagte Marc und bestellte noch zwei Bier und zwei Korn.

„Ach, hören Sie, Marc oder Major, oder wie immer Sie angesprochen werden wollen." Sie fasste nach seiner rechten Hand. „Unsere Arbeitsplätze sind doch der gemeinsame Anknüpfungspunkt. Ohne die hätten wir uns nie kennengelernt. Gemeinsames, geteiltes Wissen. Oder soll ich Ihnen von der Scheidung meiner Eltern erzählen?"

‚Bitte nicht', dachte er - Rosenkrieg von 1995 bis ins jetzige Jahrtausend, Norah hatte entsetzlich darunter gelitten; Details kannte er aus ihrer Personalakte. Er lächelte. „Also: Politik. Jetzt mal unter uns – der Militärrat macht keine Politik und will es auch nicht, vor allem nicht unser Vorsitzender, General von Roddeck. Verabscheut Politiker. Genau deshalb hat er eingegriffen, haben wir eingegriffen: Wir konnten deren Fehlleistungen einfach nicht mehr mitansehen, geschweige denn ertragen."

„Nehmen an den Kabinettsitzungen teil, reden unserer Regierungschefin rein, powern die Verteidigungsministerin aus, exekutieren einsame sicherheitspolitische Entschlüsse – von wem eigentlich? – und machen keine Politik!" Norah stürzte den Korn runter. „Ihr habt sie doch nicht mehr alle, oder?"

„In der Sicherheits- und Verteidigungspolitik kennen wir uns nunmal besser aus als euer Stricknadel-Geschwader."

„Aber ihr wollt ja wohl auch in unsere Sozialpolitik und ich weiß nicht, in welche Bereiche sonst noch, reinregieren. Ausländerpolitik: Tausende von Ausländern verlassen in diesen Tagen Deutschland..."

„...aber nicht auf unsere Veranlassung."

„Aus welchen Gründen auch immer – sie werden schon wissen warum. Dabei schaut ihr ja nicht mal in euren ureigensten Bereich, Herr Oberstmajor, über den Rand des Schützengrabens hinaus. Diese UNIFIL- und ATALANTA-Nummer wird diplomatische Auswirkungen haben, die fast so gewaltig sein werden wie der von irgendwem befohlene Abzug unserer Truppen aus Afghanistan im Bereich der NATO, wer immer ihn befohlen hat – Auswirkungen,

die ihr inkompetenten Krieger doch gar nicht überschät-, abschätzen könnt." Norah hickste.
„Also gut, Norah. Dann erklären Sie mir doch mal - aus Ihrer oder der Sicht der Kanzlerin -, hier so unter uns: Weshalb sollte die Bundeswehr in Afghanistan verbleiben? Um nach einer verrückten Idee unserer amerikanischen Freunde dort Milizen aufzurüsten und auszubilden, die nur darauf warten, zu den Taliban überlaufen zu können? Um im Rahmen des Partnering das Leben unserer Soldaten durch afghanische Killer-Kameraden aufs Spiel zu setzen? Einem geheimen US-Militärbericht zufolge fallen jährlich über 100 Soldaten bei Vorfällen dieser Art. Weshalb? Nur ganz Naive oder politisch Gekaufte wollen das noch für vereinzelte Zufälle halten. Und weshalb belauerten deutsche Marineeinheiten völlig aussichts- und ergebnislos die Seewege im ostwärtigen Mittelmeer, während...?"
„Weißt du was, Marc? Diese Fragen höre ich den ganzen Tag über. Morgen früh geht es schon wieder los, in ein paar Stunden." Norah sah auf ihre Uhr. „Jetzt würde ich gerne...".
„Du hast angefangen. Du wolltest es wissen."
„Ja, ja, und ich könnte jetzt mit der Standard-Antwort unseres früheren Verteidigungsministers reagieren, unsere Freiheit würde eben jetzt am Hindukusch...".
„Willst du aber nicht?"
„Ist natürlich albern und historisch widerlegt. Der Minister war auch nicht von unserer Partei."
„Gehörte aber zu eurer Regierung."
„Man muss Kompromisse schließen in der Politik."
„Auch deshalb verabscheuen wir Politik. Lösungen sind entweder objektiv richtig oder falsch."
„Und was wollt ihr wirklich?"
„Die objektiv richtigen Lösungen. Und einen gemütlichen Abend zu zweit verbringen." Er hob sein Bierglas, sie auch.
„Dann frag mich ´was Leichteres."
„Wie geht´s zu Hause?"
Als sie anderthalb Stunden später auf der stürmischen Schlüterstraße standen, hakte sie sich bei ihm ein.
Drinnen im Restaurant packte der grauhaarige ältere Herr seinen Laptop zusammen und bezahlte sein Bier.

15

Am folgenden Morgen schob die Büroleiterin der Kanzlerin einen Stapel Akten auf das Sideboard neben den übervollen Arbeitstisch; der Silberrahmen mit Katharina der Großen fiel um. „Hier, gucken Sie sich das mal an." Sie reichte der Kanzlerin einen zusammengehefteten Vorgang, der die Überschrift trug: *„Notverordnung Nr. 35 Bundesministerium für Arbeit und Soziales: 1. Ersatz der Sozialleistungen für Asylbewerber durch Arbeitsdienste und Ausbildungszentren (Arbeits- und Ausbildungslager); 2. Einführung eines sozialen Pflichtjahres."*

„Danke. Von wem kommt das?"

„Vom Militärrat natürlich. Wieder so eine Notverordnung."

„Wo ist Frau Besser?" Es war Viertel nach neun.

„Das hab' ich mich auch schon gefragt. Ist noch nicht an ihrem Platz."

„Kennt man gar nicht von ihr. Soll dann bitte gleich zu mir kommen."

Die Kanzlerin griff nach der neuen Notverordnung des Militärrats, die mal wieder an ihr vorbeigegangen war; sicher auch an den Ressortministern. Sie würde sie gleich der Justizministerin zuleiten lassen; die musste sofort irgendetwas dagegen unternehmen.

Sie überflog die ersten Seiten: Unter der Überschrift *‚Workfare'* (*‚from welfare to work'*) wurde ein politisch-historischer Hintergrund aus der Zeit der US-Administration unter Bill Clinton dargestellt, in der der Bezug von Sozialhilfe begrenzt und beschränkt wurde, während gleichzeitig die Anreize erhöht worden waren, eine Arbeit aufzunehmen. *‚Make work pay'* lautete die Strategie, die auf der Auffassung einiger amerikanischer Soziologen beruhte. Es folgten auf den Seiten zwei und drei Sätze wie

‚- *Ungerecht kann es nicht sein, wenn alle erwerbsfähigen Empfänger von Transferleistungen zu Gegenleistungen verpflichtet werden. Das gilt unabhängig von der Produktivität dieser Gegenleistung.*

- *Wichtig ist allein, dass die Gegenleistung ausnahmslos angefordert wird.*

- Gegenleistungen müssen dem regulären Arbeitsmarkt auch hinsichtlich Arbeitsbereitschaft, Disziplin und Pünktlichkeit weitestgehend nahekommen.
- Kommt jemand seinen Pflichten nicht oder nur unzureichend nach, etwa unzuverlässig oder unpünktlich, dann muss die Transferleistung gekürzt oder gegebenenfalls sogar gestrichen werden.
- Hierbei müssen schnell konsequente und sehr strenge Maßstäbe angelegt werden.'
Die Kanzlerin schüttelte sich, las aber weiter: *‚Schätzungen für Deutschland gehen davon aus, dass ein konsequentes Workfare-Konzept am regulären Arbeitsmarkt bis zu 1,9 Mio. Arbeitsplätze schaffen würde, und dass dauerhaft für nicht marktfähige, aber erwerbsfähige Empfänger von Grundsicherung 500.000 Arbeitsgelegenheiten bereitgestellt werden müssten'*. Und das unter der Überschrift *‚Soziale Verantwortung'* eines Herrn Hilmar Schneider.

Die Kanzlerin las weiter. Es kam noch schlimmer, nämlich für diejenigen, denen diese Wohltaten des Militärrats nicht gefielen: *‚Wer gar nicht oder unregelmäßig erscheint, wer nicht pünktlich ist, wer zumutbare Leistungen nicht erbringt, der fällt aus dem Transferbezug heraus'*, wurde Sarrazin zitiert. Der Kanzlerin lief es kalt über den Rücken.

Ihre Vorzimmertür sprang auf. Die Persönliche Referentin.
„Frau Besser, guten Morgen, schauen Sie sich das doch bitte gleich mal an. Unerhört. Dazu hätte ich gerne die Meinung von Frau Gruber gewusst. In den nächsten Tagen."
Norah Besser griff nach den Unterlagen, die die Kanzlerin ihr hinhielt. ‚Sie sieht etwas mitgenommen aus', dachte die Kanzlerin, ‚übernächtigt'. Ihr blondes Haar trug sie heute offen, was sie noch nie getan hatte. Wahrscheinlich hatte der kräftige Herbstwind es zerzaust. Sie war kräftig geschminkt, auch ungewöhnlich. Ihre Augen wirkten müde, sprühten aber vor Energie. „Gerne, Frau Bundeskanzler, sofort." Norah Besser stakste auf hohen braunen Stöckelschuhen aus dem Raum.
Schuhe mit so hohen Absätzen hatte sie noch nie im Amt getragen. Kopfschüttelnd sah die Kanzlerin ihr nach.

16

Vor den Sozialämtern der Republik drängten sich Menschentrauben. Die Ämter hatten provisorische Sammelstellen eingerichtet, wie das in der Notverordnung Nr. 35 der Regierung in ihrer neuen Zusammensetzung vorgesehen war. Der Inhalt war über Nacht durch Internet, Fernsehen und auch durch Lautsprecherwagen bekannt gegeben worden, die bis zu nachtschlafender Stunde durch jeden noch so abgelegenen Sprengel Deutschlands gekurvt waren.

Ab nächsten Ersten gab es keine finanziellen Bezüge für Asylbewerber mehr. Sie erhielten weiterhin Unterkunft – die sie selbst sauber halten mussten – und Verpflegung, aber die Arbeitsfähigen unter ihnen – und das waren die meisten, weil es sich bei den Migranten überwiegend um junge Männer handelte – mussten sich bei den Sammelstellen melden, die Arbeit gegen Geld organisierten.

Es war sechs Uhr früh und kalt. Die Menschen waren unausgeschlafen und froren. Sie folgten den Anweisungen von Männern, die Zahlen, Namen und Adressen aus Lautsprechern riefen. Um halb sieben bestiegen die Ersten die MTWs, und die Mannschaftstransportwagen der Bundeswehr brausten in die Dunkelheit davon.

Gegen sieben Uhr war die Sammelstelle in Osnabrück leer. Drei übrig gebliebene MTWs setzten sich auf dem Domplatz an der Ecke Krahnstraße in verschiedene Richtungen in Bewegung. Einer von ihnen erreichte kurz vor halb acht das Armenholz, wo er am Kalkhügel in der Burenstraße seinen ersten Halt einlegte. Die beiden Beifahrer begannen, Anwohner aus ihren Häusern zu klingeln.

Der Fußgänger, der auf der gegenüberliegenden Straßenseite auf dem Weg zu seiner Bushaltestelle an der Quellenburg war, hielt an und beobachtete, wie zwei Männer Bewohnern des Hauses gegenüber dabei behilflich waren, auf die Ladeflächen der Trans-

portwagen zu klettern. Kalter Nieselregen setzte ein. Der Fußgänger zog seine Schiebermütze tiefer in die Stirn. „Was geht denn da ab?“ fragte er den Passanten, der mit seinem Schäferhund vorbeikam.
Der Angesprochene schlug den Kragen seines Burberry-Mantels hoch und lüftete den Hut. Er hielt den Hund kurz an und schaute auf den Abtransport auf der gegenüberliegenden Seite der Burenstraße. „Oh, ich nehme mal an, das ist dieses neue Arbeitsprogramm unserer Militärregierung.“ Der Schäferhund knurrte. „Harras, gib‘ Ruh‘.“
„Arbeitsprogramm?“
„Haben Sie das nicht mitbekommen? Jeder Asylbewerber hat diesen Monat das letzte Mal Geld bekommen. Die müssen ab sofort alle arbeiten. Arbeitsdienst nennen die das. Mal wieder.“
„Und die werden alle einzeln abgeholt?“
„Nur die, die sich heute früh nicht bei ihren Ämtern gemeldet haben. Wer da nicht erschienen ist, gilt als arbeitsunfähig oder -willig. Die kommen wohl zunächst in Ausbildungslager oder -zentren, wie die das mal wieder nennen. Da sollen die das Arbeiten wohl erst mal lernen.“ Der Mann im Burberry kicherte.
Dem Mann mit der Schiebermütze wurde mulmig. „Wenn ich hier noch lange rumstehe, werde ich noch meinen Bus verpassen.“ Er sah auf die Armbanduhr.

Über dem Schinkelberg im Osten erschien ein schmaler grauer Streifen Dämmerlicht. Der Regen wurde stärker.
„Jetzt schauen Sie sich das mal an!“
Zwischen den MTWs kam es zu Gerangel. Zwei oder drei halbbekleidete Personen weigerten sich offenbar, auf die Ladefläche des vorderen MTWs aufzusteigen. Sie schrien etwas in irgendeiner Fremdsprache, Arabisch oder Türkisch. Der Fahrer des zweiten Wagens sprang aus dem Führerhaus und griff in das Handgemenge ein.

„Mein Gott, diese Menschen werden doch erniedrigt.“ Die Schiebermütze schaute zur Seite.
„Es gibt zwei Wege, Menschen zu erniedrigen“, erwiderte der Burberry-Mantel. „Von ihnen etwas verlangen, was sie nicht leisten

können. Oder gar nichts von ihnen zu verlangen. Der erste ist die Integration, der zweite ist die Alimentation. Die da drüben praktizieren jetzt einen dritten Weg."

Harras' Bellen wurde lauter, er drängte stürmisch vor. „Ich geh' da wohl mal rüber." Der Mann im Burberry klappte das rechte Revers seines Mantels hoch und zeigte eine schwarz-rot-goldene Plakette mit einem großen ‚R' in der Mitte. „Eben mal nach dem Rechten sehen." Er tippte an seinen Hutrand und stolperte hinter Harras her, der zu einem Sprung über die Straße ansetzte.

Der Mann mit der Schiebermütze eilte davon. Er musste sich sputen, um pünktlich zur Arbeit zu kommen. Hinter ihm wurden die Motoren der MTWs angelassen.

17

Der Präsident des Deutschen Bundestages, Honorarprofessor Dr. h.c. Jürgen Hohner, hatte die Vorsitzenden der im Bundestag vertretenen Parteien und deren Fraktionschefs – mit Ausnahme der umstrittenen AID – zu einem Mittagessen in die erste Etage der Parlamentarischen Gesellschaft gegenüber dem Reichstagsgebäude gebeten.

„Meine Damen und Herren!" Er tupfte sich Reste von einer klaren Ochsenschwanzsuppe vom Oberlippenbart. „Gestatten Sie mir, vor dem Hauptgang gleich zur Sache zu kommen."
Das Geklimper der Silberlöffel erstarb, Gespräche verstummten, sechs Augenpaare wandten sich dem dritten Mann im Staate zu.
„Wir leben in Zeiten eines Umsturzes, der – ich will mal so sagen – uns alle kalt erwischt hat. Offensichtlich – und das haben wir uns wohl alle selbst zuzuschreiben – haben wir die Republik zu lange schlafen lassen, haben wir Anzeichen von Unruhen nicht rechtzeitig zur Kenntnis genommen, haben wir beängstigende Entwicklungen, die sich andeuteten, nicht ernst genug genommen."
„Das sind doch alles Versäumnisse der jetzigen Regierung",

schimpfte die Vorsitzende der Linken mit erhobener Stimme und erhobenem Suppenlöffel.
„Frau Zielke, bitte!"
„Recht hat sie", bestätigte der Vorsitzende der Grünen.
„Wie dem auch sei, meine Damen und Herren: Wir haben uns hier nicht getroffen, um die Regierung zu kritisieren; dazu geben die Parlamentsdebatten ausreichend Gelegenheit. Ich habe Sie her gebeten, um aus parlamentarischer Sicht mit Ihnen gemeinsam nach Möglichkeiten und Auswegen aus der derzeitigen Situation zu suchen. Lassen Sie mich dazu etwas ausholen."

Gernot Zacharias, der Vorsitzende der Sozialdemokraten, sah genervt auf das Zifferblatt seiner Swatch. Er war in einer knappen Stunde zu einem weiteren Mittagessen irgendeiner Gewerkschaft eingeladen und wusste nicht mal, von welcher.

„Ich will mich gleichwohl kurz fassen." Auch Hohner blickte auf seine Uhr. In zehn Minuten würde der Hauptgang serviert. „Unser Problem als Parlamentarier ist unsere derzeitige Entmachtung. Da steht aus einer Nische dieser unserer Republik eine Kraft auf, von der wir das nie für möglich gehalten hätten, nämlich von unserer Bundeswehr, die nie Staat im Staate werden wollte und auch nie war –".
„Nicht von der Bundeswehr, von ihren Reservisten, die unsere Republik auf allen wichtigen Verwaltungsebenen wie Metastasen befallen haben", stellte Hans Kaspar klar, seit Jahrzehnten freigestellter Oberstudienrat und Stellvertretender Vorsitzender der Konservativen, die die Kanzlerin und den Parlamentspräsidenten stellte. Der ehemalige Oberstudienrat zupfte nervös seine dunkelblau-rot gestreifte Krawatte zurecht.

„Also aus der rechten Mitte unserer Gesellschaft." Wieder Frau Zielke.
„- unter Führung eines aktiven Generals jedenfalls, der nun Mitglied oder Berater oder was auch immer, aber jedenfalls Teil dieser unserer Regierung ist, die seit einer Woche mit Notverordnungen regiert, und das unter Umgehung unseres Parlaments. Damit ist der Souverän, das Volk, das uns gewählt hat, ebenso ausge-

schaltet, wie wir Parlamentarier dadurch machtlos geworden sind."

Der Vorsitzende der Grünen, Tobias Kollmann, rupfte sich sein struppiges schulterlanges Fell. „Unfassbar", murmelte er, „aber irgendwie auch faszinierend." Wie schnell man die Demokratie wirkungslos machen konnte. Nur schade, dass seiner Partei das bisher noch nicht gelungen war.
Kaspar, der stellvertretende Vorsitzende der Konservativen, rückte seine Krawatte zurecht. „Das ist aber doch vorwiegend ein Problem der Exekutive. Die muss sich doch der Machtübernahme erwehren. Was sollen wir als gesetzgebende Gewalt da tun, wenn Notverordnungen an uns vorbeirauschen, obgleich die mit diesem Militärrat zusammen arbeitende Regierungspartei die Parlamentsmehrheit hat?"

Hohner war es gewohnt, die unangenehmsten Einwürfe und Fragen von seinen Parteifreunden zu hören. „Eben das wollte ich heute mit Ihnen besprechen. Wie können wir unsere Demokratie retten? Die von uns beschlossenen Gesetze laufen ins Leere, werden nicht mehr angewandt, nicht mal mehr beachtet. Als ob Notverordnungen vorrangiges Recht darstellen würden."
„Ich stimme da ausnahmsweise Herrn Kaspar zu." Frau Zielke von der Linken. „Diese militärische Rabauken-Clique hat bei der Regierung angesetzt, und die muss sie auch wieder loswerden. Und wenn sie das nicht kann, müssen Neuwahlen her. Da sollten wir ansetzen." ‚Bei Neuwahlen sind wir von der Linken ja dann mal dran', dachte sie. Anmerken wollte sie noch, dass ihrer aller Abgeordnetenbezüge beim Fortbestand der derzeitigen politischen Situation doch unbehindert weiterflössen, da meldete sich Windmer zu Wort, Vorsitzender der Liberalen.

„Dem Vernehmen nach werden wir Parteivorsitzenden demnächst vom Militärrat zu Gesprächen eingeladen."
„Vorstellungs- oder Bewerbungsgesprächen?" höhnte Frau Zielke von den Linken. „Woher wollen Sie das wissen?"
„Steht hier." Windmer wedelte mit der heutigen Ausgabe des BUNDESKURIERS.

„Was mir zeigt, dass der Militärrat zu demokratischen Verhältnissen zurückkehren will, zumindest was unsere Parteiendemokratie angeht. Das könnte – eventuell mit einhergehenden Neuwahlen – doch zu befriedigenden Ergebnissen führen“, mutmaßte der Vorsitzende der Grünen.
„Neuwahlen kommen für uns nicht in Frage“, bestimmte Windmer. Seine Liberalen koalierten mal wieder mit den Konservativen in der Regierung, der Windmer als Minister ohne Geschäftsbereich angehörte. Bei Neuwahlen würden die Liberalen voraussichtlich aus der deutschen Parteienlandschaft verschwinden.
„Sie glauben doch nicht im Ernst, dass Sie oder die Kanzlerin das noch entscheiden können?“ feixte Frau Zielke von der Linken; ihre Partei dämmerte seit Jahren in der Opposition vor sich hin.
„Neuwahlen wären eine Möglichkeit“, sinnierte Hohner. In drei Minuten würde der Hauptgang serviert, Wachteln auf Erdnussbutter an Kürbiskern-Extrakten.
„Dann müsste die Kanzlerin die Vertrauensfrage stellen. Das wird sie nicht tun. Stattdessen verfolgt sie einen eigenen Plan zur Beseitigung dieses Militärrats, mindestens seines Vorsitzenden.“ Kaspar kniff wissend die Augen zusammen; ihn als Stellvertretenden Vorsitzenden der Regierungspartei hatte die Kanzlerin schon mal ein bisschen eingeweiht.
„Wie soll das gehen?“ Windmer von den Liberalen.
„Das ist streng vertraulich. Ich würde es vorziehen, wenn das einem Vier-Augen-Gespräch zwischen der Kanzlerin und dem Herrn Präsidenten vorbehalten bleiben könnte.“
„Immerhin bin ich Minister dieser Regierung“, erinnerte Windmer.
„Wir wollen keine Heimlichkeiten, wir bestehen auf totaler Transparenz. Wir wollen, dass dieser Plan von jedem Bürger im Internet eingesehen und kommentiert werden kann“, verlangte Kollmann von den Grünen.
‚Womöglich unter dem Suchwort thailändische Lösung‘, dachte Kaspar und verdrehte die Augen.

Die vier Türen sprangen gleichzeitig auf. Der Hauptgang wurde serviert.

18

Im Arbeitszimmer der Kanzlerin brannte noch Licht. Kokoschkas Adenauer-Portrait schaute ihr beim Verschieben und Ordnen der Aktenberge zu. Es war kurz nach 22 Uhr, als die Kanzlerin ihre Persönliche Referentin noch einmal zu einem Vier-Augen-Gespräch bat.

„Frau Ministerin Gruber hat in unserer kleinen Kaffeerunde neulich – Sie erinnern sich, Norah – zwei interessante Anregungen unterbreitet: einmal unsere Sicherheitskräfte einzuschalten, dann ihre sogenannte thailändische Lösung."
Norah Besser erinnerte sich.
„Vor der thailändischen Lösung würde ich nun doch gerne den offiziellen Weg versuchen, nämlich den über unsere Dienste."
„Hatten Sie denn nicht befürchtet, die wären von der Gegenseite, also insbesondere von diesen Reservisten, alle durchsetzt oder könnten es zumindest sein?"
„So war das, Norah, aber ich könnte eine Lücke entdeckt haben."
„Ach?"
„Schauen Sie: Der offizielle Weg wäre, den Bundesinnenminister anzuweisen, das Bundesamt für Verfassungsschutz einzuschalten. Das Ministerium ist Aufsichtsbehörde dieses Amtes."
„Und beide scheiden aus."
„Richtig: Im Verteidigungsministerium gibt es mehr Gefolgschaft für von Roddeck als Loyalität gegenüber Ministerin Voncampen, die ja nun wirklich auch keine gute Figur macht, wenn ich das unter uns beiden mal so sagen darf."
„Der Militärische Abschirmdienst schirmt also allenfalls diesen von Roddeck ab."
„Und unser neuer ‚Innenminister', dieser Oberst Wagner – naja, der ist uns ja von dieser Bande aufoktroyiert worden."
Norah nickte.
„Aber: Der Leiter dieses Bundesamtes für Verfassungsschutz, Max Limmer, der könnte uns helfen." Die Kanzlerin lächelte verschmitzt.
„Wenn wir an diesem obskuren Möchtegern-Innenminister vorbei unmittelbar auf ihn zugehen."

„Genau."
„Und weshalb vermuten Sie, könnte das klappen?"
„Limmer und Köhler sind alte Gegner von Dr. Gehrke, noch aus den Zeiten, als Gehrke Geheimdienstkoordinator unter meinem Amtsvorgänger war."
„Wer ist Köhler?"
„Erwin Köhler, Präsident des BND, untersteht dem Kanzleramt als Aufsichtsbehörde, damals also unmittelbar Gehrke. Die beiden konnten noch nie miteinander. Der eine wusste es besser als der andere, und umgekehrt auch, und Gehrke hat Limmer und Köhler wohl immer wieder gern zu verstehen gegeben, dass sein Amt die dem Verfassungsschutz vorgesetzte Dienststelle war."
„Limmers Verfassungsschutz untersteht doch gar nicht dem Kanzleramt, Köhler also damals auch nicht Gehrke."
„Stimmt nicht ganz, Norah. Der Kanzleramtsminister ist ja auch der Beauftragte der Bundesregierung in Sachen Nachrichtendienste. Das heißt Limmer und Köhler müssen sich immer gegen Gehrkes Dienstaufsicht wehren, und zweitens: Köhler und Limmer sind alte Freunde aus gemeinsamen Schlapphut-Zeiten. Daher wußte auch der BND-Chef, also Köhler, dass sein Freund Limmer auf eine geheimdienstliche Operation gegen diesen Stich angesetzt war. Auftraggeber: Gehrke. Köhler war dann derjenige, der Gehrke durch eine Strafanzeige unschädlich machen wollte – das war noch vor diesem Militärputsch."
„Wie das?"
„Die Staatsanwaltschaft Berlin hatte auf Veranlassung von Köhler gegen Gehrke wegen mittelbarer Anstiftung zur Verletzung von Berufsgeheimnissen, Ausforschung der Presse durch illegale Abwehrmaßnahmen oder so ermittelt." Die Kanzlerin dachte nach. „Weiß gar nicht, was aus diesem Verfahren geworden ist."
Ob Marc Stich von dieser damaligen Operation etwas mitbekommen hatte? Norah Besser würde ihn gelegentlich fragen.
„Und weshalb sollte Limmer uns unmittelbar zur Verfügung stehen wollen? Unter Umgehung seines neuen ‚Ministers'?"
„Limmer wird sich mit mir als Kanzlerin gut stellen wollen, wenn Dr. Gehrke das Außenressort übernimmt. Dann haben er und sein Spezi Köhler sozusagen über mich ein Druckmittel gegen Gehrke in der Hand. Glaubt er. Insbesondere wenn Gehrke auf die Idee

kommen sollte, gegen Köhler oder Limmer wegen dieser Anzeige oder wegen dieser nachrichtendienstlichen Operation von damals etwas zu unternehmen. Wie finden Sie das?"
Norah nickte. „Gute Idee. Wird Gehrke Außenminister?"
„Von Roddeck ließ mich wissen, dass Gehrke das Amt annehmen würde. Eine große Unterstützung für unser Land in diesen schwierigen Zeiten. Die einzige Personalie, in der ich der Anregung dieser Militärbande gerne folge." ‚Wenn nur sichergestellt werden könnte, dass der mich nicht von meinem Kanzler-Thron stößt', dachte sie.
„Und haben Sie schon Kontakt zu diesem Limmer aufgenommen?"
„Hab´ ich, Norah. Über Köhler; der war ganz begeistert. Ich wollte das zunächst mit ihm selbst besprechen. Jetzt, wo Sie meine Gedanken kennen, Norah, können wir gemeinsam handeln. Den weiteren Kontakt mit Herrn Limmer sollten Sie halten, Norah. Ab sofort. Wenn ich Sie darum bitten darf. Diskret. Diskretion ist hierbei die wichtigste Voraussetzung. Bislang wissen nur wir vier von diesem Plan, Limmer, Köhler, Sie und ich."
Norah nickte stolz.
„Dann machen wir für heute Feierabend." Die Kanzlerin legte einen ihrer Papierstöße zur Seite. „Was macht eigentlich Ihre Mata-Hari-Aktion gegen diese Militärgang?"

Norah Besser drehte sich zurück. „Läuft gut, bin gleich wieder mit diesem Stich verabredet, diesem Tintensöldner. Zum Abendessen." Sie sah auf ihre Armbanduhr. „In einer halben Stunde, wenn´s Ihnen recht ist."
Die Kanzlerin nickte. „Und? Schon Ergebnisse?"
„Es läuft derzeit noch alles darauf hinaus, dass dieser gescheiterte General, dieser von Roddeck, der Urheber dieses ganzen Schlamassels ist. Von Roddeck weg, Schlamassel zu Ende." Das war nicht die ganze Wahrheit. Aber sie hatte mit Marc Stich vereinbart, es so darzustellen. Sie wollten erfahren, wie die thailändische Lösung aussehen würde.
„Das spräche ja dann doch wieder für die thailändische Lösung", murmelte die Kanzlerin. Dann, etwas lauter: „Wir versuchen trotzdem zunächst den Weg über den Verfassungsschutz, den legalen

Weg, Norah. Der Limmer und seine Leute sollten doch mit diesem wild gewordenen General fertig werden, oder?“

Norah nickte eifrig. Sie freute sich auf ihr Rendezvous.

19

Als die Saaldiener am nächsten Morgen den Plenarsaal des Deutschen Bundestags öffneten, lag auf jedem der 620 Plätze der Parlamentarier ein Papier, dessen Text von einem stilisierten Spiegelrahmen umfasst war.

Einige der ersten gegen neun Uhr erschienenen Abgeordneten überflogen den Text, manche lasen ihn dann doch ausführlicher, andere studierten ihn mit ernster werdenden Mienen, einige wenige stopften ihn achtlos in ihre Metallkoffer. Man begann, über den Text zu tuscheln, erst in den Fraktionen, dann, als klar war, dass jedes Mitglied des Parlaments denselben Text vor sich liegen hatte, fraktionsübergreifend. Großes Rätselraten, wer das subversive Papier verfasst und verteilt haben mochte. Gerüchte schwirrten, Ahnungen, Vermutungen, Befüchtungen; Entsetzen machte sich breit.

Innerhalb des Spiegelrahmens stand zu lesen:

Jeden Morgen begibt sich der Herr Volksvertreter in das Hohe Haus, und wenn schon nicht ganz hinein, so doch wenigstens bis in den Vorraum, in dem die Anwesenheitslisten aufliegen. Im angreifenden Dienste für das Volk trägt er dort seinen Namen ein und nimmt als wohlverdienten Lohn eine kleine Entschädigung für diese fortgesetzten zermürbenden Anstrengungen entgegen.

Nach vier Jahren oder in sonstigen kritischen Wochen, wenn die Auflösung der parlamentarischen Körperschaften wieder näher und näher zu rücken beginnt, beschleicht die Herren plötzlich ein unbezähmbarer Drang. So wie der Engerling nichts anderes kann, als sich zum Maikäfer zu verwandeln, so verlassen diese parlamentarischen Raupen das große gemeinsame Puppenhaus und flattern flügelbegabt hinaus zum lieben Volk. Sie reden wieder zu ihren Wählern, erzählen von der eigenen enormen Arbeit und der böswilligen Verstocktheit der anderen, bekommen aber von der unverständigen Masse statt dankbaren Beifalls manches Mal rohe, ja gehässige Ausdrücke an den Kopf geworfen. Wenn sich diese Undankbarkeit des Volkes bis zu einem gewissen Grade steigert, kann nur ein einziges Mittel helfen: der Glanz der Partei muss wieder aufgebügelt werden, das Programm ist verbesserungsbedürftig, die Kommission tritt erneut ins Leben, und der Schwindel beginnt von vorne. Bei der granitenen Dummheit unserer Menschheit wundere man sich nicht über den Erfolg. Geleitet durch seine Presse und geblendet vom neuen verlockenden Programm kehrt das „bürgerliche" wie das „proletarische" Stimmvieh wieder in den gemeinsamen Stall zurück und wählt seine alten Betrüger.

Damit verwandelt sich der Volksmann und Kandidat der schaffenden Stände wieder in die parlamentarische Raupe und frisst sich am Gezweig des staatlichen Lebens weiter dick und fett, um sich nach vier Jahren wieder in den schillernden Schmetterling zu verwandeln.

Die Saaldiener wurden gemeinsam und einzeln verhört, die Sicherheitsdienste vernommen, alles ergebnislos. Parlamentspräsident Hohner war so ahnungslos wie alle anderen und übergab das Papier mit spitzen Fingern dem Leiter des Wissenschaftlichen Dienstes des Bundestages.

In der Nacht fand der schließlich die Quelle: Adolf Hitler, Mein Kampf, 469.-473. Auflage München 1939, Seiten 411 und 412.

20

Für die Kabinettssitzung in der Julius-Leber-Kaserne war der Speisesaal des Offizierskasinos vorgesehen. In der Mitte des sportplatzgroßen Raumes waren Tische zu einem an einer Seite offenen Rechteck zusammengestellt worden. Für jeden der Teilnehmer lagen an seinem mit Tischkarten nach Funktionen gekennzeichneten Platz Schreibutensilien, obenauf die Tagesordnung. Tee, Wasser, Kaffee standen bereit. Die Schreibunterlagen waren parallel zu den Tischrändern ausgerichtet, die Wasserflaschen auf Linie, die Bleistifte sämtlich in derselben Länge, 11,5 Zentimeter. Schwere Vorhänge hingen dunkel über den hohen Terrassenfenstern und verhießen nichts Gutes.

Die Bundeskanzlerin nahm auf dem ihr zugewiesenen Stuhl Platz. 6 Uhr 30. Brigadegeneral von Roddeck sprang auf. „Frau Bundeskanzler – Ihre Veranstaltung: Sie haben das Wort!“

Die Kanzlerin räusperte sich. Sie musste sich erst mal an diese ungewohnte Umgebung gewöhnen. Überall standen Feldjäger herum, die von einem groß gewachsenen Offizier mit vielen Sternen auf seinen Schulterklappen ihre Befehle erhielten. Junge uniformierte Ordonnanzen huschten eilfertig hin und her. Ein Blick nach links zu ihrer Persönlichen Referentin, ein Blick nach rechts, wo der Militärrat die kurze Seite des Rechtecks besetzt hatte.

„Frau Bundeskanzler, wenn Sie im Moment nicht weiter wissen, werden wir mit Personalfragen beginnen. Der Militärrat regt folgendes Revirement Ihres Kabinetts an: Über die Personalie Dr. Elmar Gehrke hatten wir ja in der letzten Kabinettsitzung schon Einigkeit erzielt.“
Gehrke saß neben der Kanzlerin und nickte müde. Er sah heute schon deutlich besser aus, dachte von Roddeck, schon fast so, wie man sich einen Außenminister der Bundesrepublik Deutschland vorstellte.
„Werden wir eigentlich vereidigt, oder machen Sie das auch gleich mit Ihrem Militärrat?“ Gehrke versuchte ein hämisches Lächeln.
„Zusammen mit den übrigen neuen Ministern nächste Woche

durch den Bundespräsidenten, Herr Dr. Gehrke. So legt unsere Verfassung das fest. Damit sind wir bei den nächsten Umbesetzungen. Vorbemerkung hierzu: Leiten lassen haben wir uns beim Ergebnis unserer internen Beratungen davon, dass wir einen Quantensprung an Qualitätsverbesserung benötigen werden, auf allen Ebenen. Auf den nachgeordneten Verwaltungsebenen ist ein Anfang bereits dadurch gemacht, dass sie von Reserveoffizieren unseres Landes durchsetzt sind, alle vom Fach und alle staatstreu. Keine Politiker, sondern Technokraten. Diesen Sprung vollziehen wir jetzt in der Regierung. Bedauerlicherweise mussten uns andere Regierungen dies erst vormachen: Italiens Ministerpräsident im Palazzo Chigi gehört keiner Partei an, er wurde von keinem Volk gewählt, und er hat ausnahmslos parteilose Experten in sein Kabinett berufen. Der griechische Ministerpräsident…".
Die Kanzlerin hatte ihre Sprache wiedergefunden. „Mein Gott, Herr von Roddeck, dass ausgerechnet Sie diese beiden Negativbeispiele bemühen müssen! Wie weit sind wir gekommen, dass unser Land sich diese Staatsgebilde zum Vorbild nehmen muss?"
„Immerhin war Griechenland bis 1974 auch Militärdiktatur", höhnte Gehrke.
„Dass unser Land soweit gekommen ist, Frau Bundeskanzler, hat es Ihnen zu verdanken. Schauen Sie sich doch mal um: Die Grenzen sind offen. Die öffentliche Ordnung ist nicht mehr gewährleistet. Auf den Straßen und Plätzen der Republik tobt der Bürgerkrieg. Die Bürger – Ihre eigenen Wähler – haben Angst. Sie haben aus einem funktionierenden Staat einen ‚failed state' gemacht – in einer Liga mit den Ländern, aus denen die meisten unserer Migranten kommen.
Der Ursprung dieser Zerstörung unseres Vaterlandes liegt darin, dass bisher Laiendarsteller, Clowns und Dilettanten – alle vom Volk über Parteien gewählt – die Politik bestimmt haben. Wir sitzen hier und heute zusammen, um diesen Absturz unserer Republik wieder rückgängig zu machen. Die Stunde der Amateure – italienisch: dilettanti – ist vorbei. Bis heute waren Dilettanten die Helden unserer leistungsmüde gewordenen Gesellschaft. Das gilt leider auch für die vergangene Politik, in der uns Ihr Herumstochern beispielsweise in der Flüchtlings- und in der Finanzkrise als alternativlose Lösung verkauft worden ist, Illusionen und Experi-

mente als Realitäten – toleriert von einem Volk, das keine Lust hat, sich von Zweifeln an seinen Gallionsfiguren die gute Laune verderben zu lassen. Lesen Sie mal Rietzschel, ‚Die Stunde der Dilettanten. Wie wir uns verschaukeln lassen'. Oder Steingart, ‚Das Ende der Normalität', damit auch bei Ihnen das Koordinatenkreuz wieder richtig justiert ist. Wir lassen uns nicht mehr verschaukeln. Die Stunde der Dilettanten ist vorbei." Düster verklangen die Worte hinter den schweren Vorhängen.

Es war Gehrke, der die eingetretene Stille brach: „Sie hängen dem alten Traum nach, Herr von Roddeck, das Zusammenleben der Menschen ließe sich nach wissenschaftlichen Erkenntnissen und objektiven Modellen lernen und gestalten. Dabei sind Sie weder Wissenschaftler noch sollten Sie als General träumen. Schon Aristoteles wusste, dass die Urteile der zusammengefassten Bürger besser, jedenfalls nicht schlechter sein können als die Urteile von Experten. Perfekt müssen nur Diktatoren sein. Demokraten dürfen auch Fehler machen."
„Aristoteles hat das nicht g e w u s s t, er hat in seiner Summierungsthese nur die H o f f n u n g zum Ausdruck gebracht, dass dem so sei. Mit dieser bloßen Hoffnung widersprach er übrigens seinem Lehrer Platon, der es besser w u s s t e: Dem war die These zuwider, in einer Demokratie könne jeder alles, einfach nur wegen dieser Staatsform. Auch Sokrates fand es übrigens absonderlich, dass in der Volksvertretung der Direktdemokratie Athens jeder aufstehen und seinen ungebetenen Rat erteilen durfte – und wir haben nicht mal eine Direktdemokratie, unsere Politiker werden ja sogar noch durch die Parteien negativ selektiert: Wer sich am geschmeidigsten anpasst oder wer am öffentlichkeits- und medienwirksamsten krakelt, gelangt in die Negativauslese der gewählten Volksvertreter."

„Sie sind es doch, Herr von Roddeck, der seine ungebetenen Ratschläge erteilt. Wir sind gewählt", fauchte Gehrke.
„Man muss kein General sein, Herr General, um über Krieg und Frieden entscheiden zu können", meinte Voncampen.

„Aber besser ist es. Wenn Sie erkranken, gehen Sie ja auch nicht zu einem Laien, sondern zu einem Arzt. Im Afghanistan-Krieg haben Sie doch bis vor ein paar Jahren nicht einmal gewusst, dass Sie unsere Soldaten in einen Krieg geschickt haben. Sie haben unsere Soldaten doch unter dem Vorwand dort verbluten lassen, Schulbesuche für Mädchen zu organisieren und die unterdrückten afghanischen Frauen zu befreien – nur um die Zustimmung Ihrer weiblichen Partei- und Koalitionsmitglieder zu erhalten." Von Roddeck warf der Familienministerin einen panzerbrechenden Blick zu.
„Sind wir hier auf einem politischen oder auf einem philosophischen Seminar?" erkundigte sich Oberst im Generalstab Krawatz.

„Wir sind damit bei der nächsten personellen Neubesetzung", fuhr von Roddeck fort: „Frau Voncampen, dies ist hier heute Ihr letzter Auftritt als sogenannte Verteidigungsministerin. Ist mit Ihrer Kanzlerin so abgesprochen, auf dem kurzen Dienstweg. Ihr Nachfolger ist Generalmajor Becker."
Becker sprang auf.
Voncampen erblasste. Die Szene in der Stauffenbergstraße vor wenigen Wochen tauchte wieder vor ihr auf: Entlassung dieses Generals, der wenige Momente später wegen verfassungsfeindlichen Hochverrats von der Staatsanwaltschaft festgenommen worden war. Und der sie jetzt aus diesem Kabinett warf. Angeblich nach Absprache mit der Kanzlerin.

Von Roddecks Stimme dröhnte an ihr Ohr. „Begründung erfolgt durch Generalmajor Becker."
Voncampen hatte von Roddeck damals ohne Begründung entlassen.

„Begründung", bellte Becker: „Seit 1990, also seit über zwei Jahrzehnten strukturieren die Verteidigungsminister die Bundeswehr um. Keine Struktur hat seither die Frist überdauert, in der sie hatte eingenommen werden sollen, nicht einmal ihren Planungszeitraum. Wenn man die bisherigen Strukturen der Bundeswehr und ihre Rüstungsplanungen vor dem Hintergrund von Einsätzen wie Somalia, Bosnien, Kosovo, Afghanistan bis heute sieht, wird klar:

1. Sämtliche Versuche, die jeweiligen Einsätze zu optimieren, sind fehlgeschlagen, auch weil sie immer zu spät kamen.
2. Die politischen Anforderungen an die Truppe verliefen umgekehrt proportional zum Wehretat.
3. Unablässiges Experimentieren, Überforderung mit Aufgaben und Anforderungen, vor allem aber die politischen Unklarheiten über die Vorstellungen deutscher Interessen haben zu einem Verlust von militärischen Fähigkeiten geführt, die nur noch schwerlich zurückerworben werden können. Nichts wurde oder wird dadurch besser, egal, ob dieses stümperhafte Herum-Dilettieren früher Heeresstrukturreform, später Transition und heute Neuausrichtung der Bundeswehr genannt wird. Jedenfalls nicht unter der jetzigen Leitung des Ministeriums, sondern allenfalls durch uns. Die von uns projektierte Einführung eines sozialen Pflichtjahres inklusive Aussetzung der Aussetzung der Wehrpflicht wird dazugehören. Würden Sie, Frau Minister, heute nicht nur von der Bundeskanzlerin entlassen, sondern auch von der Staatsanwaltschaft verhaftet, dann wegen Wehrkraftzersetzung."

Voncampen rappelte sich aus ihrem Stuhl hoch. So würde sie sich nicht aus dem Amt jagen lassen. Ihr Gesicht legte Farbe an. „Frau Bundeskanzler, Herr von Roddeck, Herr Becker. Also alles, was mir da vorgeworfen wird, das ist doch lächerlich, das ist doch den Verteidigungsministern der Regierungen der letzten 20 Jahre vorzuwerfen. Ich habe doch lediglich…".
„Frau Voncampen, Ihre mitverantwortlichen sechs Amtsvorgänger sind heute früh um 0530 Uhr festgenommen worden. Wegen Wehrkraftzersetzung. – Abführen!" Becker setzte sich wieder.
Zwei Feldjäger griffen Voncampen und zogen sie aus dem Speisesaal, dem heutigen Kabinettssaal.

„Nächste Personalie. Nächste Festnahme." Von Roddeck gab Oberstleutnant der Reserve Rinzen einen Wink. Der frisch beförderte Feldjäger-Offizier leitete das Feldjägerkommando während dieser Kabinettssitzung.
Rinzen baute sich zwei Meter groß innerhalb des offenen Rechtecks vor dem Finanz- und Wirtschaftsminister auf, dessen Anwesenheit trotz seiner beachtlichen Fülle bis eben nicht wahrge-

nommen worden war, weder heute noch während seiner Amtszeit. „Herr Minister. Ich nehme Sie fest wegen fortgesetzter Beihilfe zur Insolvenzverschleppung Griechenlands. Juristische Details folgen durch die Staatsanwaltschaft. - Abführen!"
Der Zugriff der beiden Feldjäger erfolgte zeitgleich. Der Superminister sah seiner Festnahme wortlos zu und ließ sich aus dem Raum schleifen.

Justizministerin Gruber warf ihren panischen Blick auf die Kanzlerin und sprang auf, mit einer Behendigkeit, die sie sich wegen ihrer beachtlichen Leibesfülle selbst nicht zugetraut hätte. „Frau Bundeskanzler, Herr von Roddeck, meine Herren, meine Damen und Herren – so geht das nicht! Wo sind wir denn?" Ein Feldjäger stellte den hinter ihr umgestürzten Stuhl wieder auf. „Die Kollegen genießen Immunität, entlassen werden können sie nur -, und ihre Festnahmen können überhaupt nicht, und wenn, dann durch die Staatsanwaltschaft mit richterlichem...".
„Auch diese Maßnahme ist mit der Frau Bundeskanzler so abgesprochen", meinte von Roddeck.
Frau Gruber rang nach Luft. Der Feldjäger schob ihr die Stuhlkante behutsam in die Gegend, in der er ihre Kniekehlen vermutete. Frau Gruber setzte sich.

„Neuer Finanz- und Wirtschaftsminister ist Oberst der Reserve Tocker, Gründer und Inhaber von Omega Enterprises International, München, ein überaus erfolgreiches Unternehmen in der Finanzbranche. Das könnte den Wissenschaftlichen Beirat im Bundeswirtschaftsministerium fortan ebenso überflüssig machen wie den Sachverständigenrat zur Begutachtung der gesamtwirtschaftlichen Entwicklung SVR, dessen personelle Besetzung Sie und Ihre Vorgänger-Regierungen seit 1963 jeweils so gestalten, dass Ihre Wiederwahl aufgrund günstiger Wirtschaftsprognosen immer wieder gesichert war."
Kurzer Blick zur Kanzlerin, die in ihre Unterlagen vertieft schien. „Tocker, Sie haben das Wort."

Oberst Tocker nippte an seinem Wasserglas. Er stellte sich in kargen Worten vor und nahm die ihm übertragenen Ämter an.

„Unser vordringliches Problem sind die Staatsfinanzen. Die Bundesrepublik Deutschland ist mit über zwei Billionen Euro verschuldet. Zwei Billionen Euro sind zwei Millionen Millionen. Das sind über achtzig Prozent des Brutto-Inlands-Produkts BIP, also des gesamtwirtschaftlichen Jahresaufkommens. Das ist eine Schuldenlast, die in Generationen nicht abgebaut werden kann, in 100 Jahren nicht, selbst dann nicht, wenn keine neuen Kredite in Anspruch genommen würden. Diese Schuldenlast nimmt aber im Gegenteil zu, pro Sekunde um 1.335 Euro; das heißt, wenn ich hier fünf Minuten rede, um weitere 400.500 Euro. Sie und die Wirtschaft haben unsere Problemlösungen und unsere Kosten in eine naiv-vertrauensvoll erwartete Zukunft ausgelagert. Sie handeln politisch mit ungedeckten Futures wie die Banken."
„Banken sind gefährlicher als stehende Armeen, Thomas Jefferson", warf von Roddeck ein. „Sie sollten alle mal den Kirchhof lesen: ‚Deutschland im Schuldensog – der Weg zurück vom Bürgen zum Bürger'. Bis zur nächsten Kabinettssitzung."

„Kein Wirtschaftsunternehmen würde bei dieser Verschuldung länger als 12 Monate überleben, kein verantwortlicher Unternehmer würde so handeln, unabhängig davon, dass er bei Überschuldung oder Zahlungsunfähigkeit innerhalb von drei Wochen verpflichtet wäre, Insolvenz anzumelden. Sie können allein deshalb so unverantwortlich handeln, weil Sie nicht Ihr eigenes Geld ausgeben, sondern das anderer Leute, nämlich der Bürger, mit deren jährlichem Steueraufkommen von mehr als 300 Milliarden Euro Sie aber nicht auskommen, weil Sie nicht wirtschaften können. Auch deshalb übernehme ich gerne das Wirtschaftsministerium." Tocker schloss mit einem großen Schluck Wasser.

Von Roddeck ergriff das Wort. „Die Demokratie in ihrer derzeitigen Gestalt hat ein strukturelles Problem: Wie lange können wir sie uns noch leisten? Unser Schuldensystem beruht ja darauf, dass Sie sich als demokratische Politiker immer wieder von Bürgern wählen lassen, die der Ansicht sind, Ihre finanzielle Wohltaten fielen vom Himmel. Ohne Wohltaten keine Wählerstimmen; je mehr Wohltaten, desto scheinbar erfolgreicher die Politik. Aber diese Wohltaten müssen fremdfinanziert werden. Verschuldung ist

demnach der Demokratie inhärent; das wissen sogar Sozialdemokraten, jedenfalls ihr ehemaliger Kanzler. Ohne diese Wohltaten wäre dies Ihre letzte Legislaturperiode.",Das wird sie ohnehin sein', dachte er. „Da hat es die chinesische Regierung einfacher: Sie reglementiert, was wirtschaftlich vertretbar und sinnvoll ist, und nur das wird exekutiert. Mehr erhält der Chinese nicht an sozialen Wohltaten. Daher die Rolle Chinas als aufsteigende und demnächst führende Wirtschafts- und wohl später auch Weltmacht. Und das mit Hilfe einer kommunistischen Partei! Funktionieren kann das nur ohne Demokratie. Deshalb meine Frage: Wie lange können wir uns Demokratie noch leisten?"
Niemand wollte diese Frage beantworten.

Wolfgang Windmer, Minister ohne Geschäftsbereich, wagte wenigstens einen Einwurf: „Winston Churchill hat gesagt, die Demokratie sei zwar die schlechteste alle Staatformen, aber eben abgesehen von allen anderen."
Von Roddeck antwortete, wie aus der Pistole geschossen. „Erstens ist das Zitat nicht korrekt wiedergegeben. Zweitens: Churchill war derjenige, der durch seinen Bomber-Harris gegen Ende des Krieges ohne jegliche militärische Notwendigkeit noch unser Vaterland in Schutt und Asche gelegt hat. Den sollten Sie besser nicht zitieren. Kriegsverbrecher - würde heute vom Tribunal in Den Haag verurteilt. Nicht zitierfähig. Hingegen Friedrich Nietzsche: Demokratie ist die Verfallsform des Staates, ‚Unschuld des Werdens' 2,1201. Oder nehmen Sie etwas Modernes: Bei Andreas Lehmann lesen wir, ‚Die Demokratie ist eine besondere Form des Sado-Masochismus. Aber seit der sexuellen Revolution scheint das ja kein Problem mehr zu sein'."
„Sehr witzig. Und was treibt Sie nun in diesen aussichtslosen Kampf, die Demokratie hier bei uns abzuschaffen?" feixte Gehrke.
„Die durch unsere Politiker verantworteten und verursachten desolaten Zustände im Lande. Nehmen Sie die '68er Generation als Zäsur oder die Rede unseres damaligen Bundespräsidenten vom 8. Mai 1985, in der er betont hat, nach unserer ‚Befreiung' würden alle Deutschen kollektiv für die Vergangenheit haften, und mit der er uns spätestens damals diese massenpsychologische Ich-Schwäche aufoktroyiert hat, durch die uns alles an Eigenschaften

fehlt, die ein Volk und ein Staat zum Überleben brauchen: Selbstsicherheit, Disziplin, Wachsamkeit, Realitätssinn. Und wohin führt uns dieser kurze Ausflug in die Demokratie, den wir nach 1945 unternehmen: in Europa in die Brüsseler Kleptokratie, innerhalb Deutschlands in die Ochlokratie."

Gehrke wurde giftig. „Prahlen Sie doch nicht so herum mit Ihrer Halb-Bildung, Herr von Roddeck!"
Von Roddeck beachtete ihn nicht. „Mit Ochlokratie beschrieben die griechischen Philosophen die Herrschaft des Pöbels, in die Demokratien auf Dauer münden. Gucken Sie sich doch selbst an: Sie wurden von den Parteien in den politischen Apparat geschickt, in den sie immer wieder zurückkehren, weil die Kandidaten von den Parteien bestimmt und den Wählern von oben vorgesetzt werden; das gilt sowohl für unsere Parlamente als auch für die EU-Wahlen, bei denen nur Kandidaten auf geschlossenen Listen zur Wahl stehen, die nach ihrem sklavischen Gehorsam gegenüber der Parteilinie ausgewählt werden."

„Herr von Roddeck, Sie machen sich das zu einfach, und Sie haben auch keine besseren Konzepte, oder Sie verschweigen sie. Nach unserem Grundgesetz, Artikel 21 Absatz I Satz 1, sind es die Parteien, die bei der Willensbildung des Volkes mitwirken...".
Von Roddeck ließ ihn gar nicht ausreden: „Ich bin bei weitem nicht der Einzige, der einen Umbau oder zumindest eine Reparatur unseres sogenannten Rechtsstaates befürwortet: Ihre Juristen-Kollegen, ebenfalls Staatsrechtler, fordern eine Abschaffung der dominanten Rolle der Parteien in unserem Grundgesetz."
Gehrke verdrehte die Augen. Er hatte die Belehrungen satt. „80 Millionen Menschen in unserem Lande haben unterschiedliche Vorstellungen davon, wie sie miteinander leben möchten. Sie sind doch nicht im Ernst der Meinung, dass eine Diktatur die bessere Staatsform wäre."
„Diktatur ist der schnelle Tod der Freiheit, Demokratie der langsame. Ihre Freiheit wird doch gerade überall da abgeschafft, wo Sie es bislang überhaupt nicht merken - durch den schleichenden Sozialismus, durch das schon von Trotzki formulierte Gebot der ‚permanenten Revolution'".

„Derzeit eigentlich nur widerrechtlich durch Sie, Herr von Roddeck. Solche Rechtsbrüche passieren, wenn irgendeiner von den 80 Millionen sich nicht mehr an das Regelwerk unserer Normen gebunden fühlt und das Feld des Rechts verlässt. Sie sind das schlechteste Beispiel für Ihre eigenen Thesen. Sie widerlegen sich selbst."

General von Roddeck wußte jetzt, wo sein Gegner saß. „Schluß mit dieser fruchtlosen Debatte! Herr Minister Tocker, Sie haben das Wort."
Tocker erläuterte die Vorteile des sozialen Pflichtjahres für die Allgemeinheit und für jeden einzelnen jungen Bürger, der zwischen Wehrdienst, Alten- und Pflegedienst, Entwicklungshilfe, Technischem Hilfswerk, Feuerwehr und anderen gemeinnützigen Diensten würde entscheiden können. „Solange unserer Bundeswehr genügend Kräfte zur Verfügung stehen, Soldaten, männlich."

Der Entwicklungs-Minister und die Ministerin für Arbeit und Soziales tauschten zufriedene Blicke aus. ‚Das wird ja wohl keine Einschnitte in meinem Etat zur Folge haben', dachte die Arbeits- und Sozialministerin: 40 Prozent des Bundeshaushalts, über 125 Milliarden Euro bei Gesamtausgaben von 312 Millarden.

„Diese Entscheidung wird uns echt Wählerstimmen kosten", befürchtete die Justizministerin. „Pflichtdienste mag der Wähler nicht."
„Ihre Sorge ist unbegründet, Frau Gruber." Von Roddeck. „Das Wahlalter bleibt bei vernünftigen 18 Jahren. Mit diesem Alter wird der Pflichtdienst beginnen, der jedem jungen Menschen in seiner altersbedingten Orientierungslosigkeit einen Kompass an die Hand geben wird. Gleichzeitig erziehen wir sie zu verantwortungsvollen Mitgliedern unserer Gesellschaft; wir integrieren sie statt der Immigranten. Dafür werden sie dann ihr Leben lang dankbar sein, bis in ihr Alter, in dem ihnen erschwingliche deutsche Pflegekräfte zur Verfügung stehen."
„Sie bekommen doch als Militärregierung die Staatsschulden nicht in den Griff. Das haben Militärregierungen noch nie geschafft. Sie werden doch als erstes wahrscheinlich den Verteidigungsetat

erhöhen“, murmelte die Kanzlerin.
„In der Tat ist in der EU-Krise Griechenlands Militärhaushalt noch verdoppelt worden“, wusste Gehrke.
„Irrtum: Von 6 Milliarden in 2009 reduziert auf 4,1 Milliarden Euro in 2012“, korrigierte von Roddeck. „Unser Verteidigungsetat in der Bundesrepublik Deutschland beläuft sich gerade mal auf magere 1,3 Prozent unseres Bruttoinlandprodukts und cirka 10 Prozent des Bundeshaushalts.“

„Frau Bundeskanzler, es ist Ihre Regierung, nicht unsere. Wir helfen Ihnen nur.“ Tocker lächelte der Kanzlerin zu. „Wir werden erhebliche Einsparungen im Einzeletat Arbeit und Soziales voranbringen, vor allem durch die Abschaffung Ihrer Transfersysteme und der Einführung unseres Workfare-Programms.“
Die Sozialministerin zuckte.
„Ferner durch die Einführung des sozialen Pflichtjahres inklusive Wehrpflicht. Durch die Beendigung von Transferleistungen in mittelbeminderte Länder, egal über welche Rettungsschirme und über welche supranationalen Institutionen, zumindest solange, wie wir die nicht beherrschen. Und allem voran durch die baldige Einführung eines radikal vereinfachten Steuersystems mit einer Verkürzung von 200 Steuergesetzen auf ein Steuergesetzbuch, von 33.000 Steuernormen auf knapp 150, von 30 Bundessteuern auf vier, und von sieben aktuellen Einkunftsarten auf nur noch eine – ein Programm, das in Ihren Schubladen liegt und auf Verwirklichung wartet, ein Programm, dass ich in meiner Rolle als Finanz- und Wirtschaftsminister als erstes in Angriff nehmen werde. Auch wenn es Tausende von Steuerbeamten und Steuerprüfer und Steuerberater arbeitslos machen wird.“
„Die stehen dann entweder für Grundlagenforschung oder für den Straßen- oder Deichbau zur Verfügung, oder wir marschieren mit ihnen in Griechenland ein, um dort Steuererhebung und -eintreibung auf Vordermann zu bringen“, ergänzte von Roddeck. „Die 170 Seiten lange Liste griechischer Steuersünder sollte doch in ein, zwei Monaten von einem deutschen Steuer-Regiment unter Leitung eines deutschen europäischen Staatskommissars analog Artikel 37 unseres Grundgesetzes abzuarbeiten sein.“

„Mein Gott, das hatten wir doch alles schon mal“, entfuhr es der Kanzlerin.
„In der Tat“, wusste von Roddeck: „Otto der Erste, 1815-1867 Sohn König Ludwigs des Ersten von Bayern, war von 1833-1862 König von Griechenland, eingesetzt von den Schutzmächten England, Russland und Frankreich. Unter seiner Herrschaft erfolgte ebenfalls eine Invasion von Beamten, auch Steuerbeamten, von Offizieren und Soldaten. Vorbildlich.“
„Scheiterte aber“, brummte Gehrke, „1843.“
„So lange werden wir nicht brauchen, um die Griechen einzunorden.“
„Ich hatte eigentlich an den Einmarsch der deutschen Wehrmacht in Griechenland gedacht“, fügte die Kanzlerin kleinlaut an.
„6.4.1941, 100 Jahre später. Sie sehen, es gibt historische Beispiele. Aber egal. Kommen wir auf unsere Lage hier und jetzt zurück: Vorgesehen ist zunächst, dass die Regierung sämtliche unserer Notverordnungen durch nachträgliche Ermächtigungen legalisiert und unsere künftigen gleich mit. Das müsste das Justizministerium mit Artikel 80 des Grundgesetzes und dem Gesetz über Ermächtigungen zum Erlass von Rechtsverordnungen vom 03.07.1961 in Einklang bringen können, Frau Gruber. - Noch Fragen?“

Windmer lagen jetzt welche auf der Zunge, vor allem eine, aber er hielt sich zurück.
Von Roddeck erhob sich. „Wenn das nicht der Fall ist, sehen wir uns nächsten Montag im Schloss Bellevue bei der Entlassung der alten und der Ernennung unserer neuen Minister. Letzte Amtshandlung unseres Bundespräsidenten. Schönen Tag noch, meine Damen und Herren.“

Vom Portal des Kasinos aus schauten von Roddeck und Krawatz dem Militärbus hinterher, der die Regierungsmitglieder zurück nach Berlin-Mitte fahren würde. Auch so eine Sparidee von Tocker, der hinzutrat und sich eine Zigarette anzündete. „Herr General, haben Sie die Ministerwechsel tatsächlich vorher mit der Kanzlerin abgesprochen?“
Von Roddeck nickte.

„Und die war einverstanden?"
„Deal: Wir lassen die Kanzlerin dafür noch ein bisschen Kanzlerin sein."
„Und weshalb ist das nächsten Montag die letzte Amtshandlung unseres Bundespräsidenten?" wollte Krawatz wissen.
„Wird abgeschafft. Der Präsident."
„Spart weitere 30 Millionen jährlich", freute sich Tocker.
„Und das Amt?"
„Wird von der Bundeskanzlerin mitübernommen."
„Wie 1934", murmelte Krawatz.
„Gesetz über das Staatsoberhaupt von 30.01.1934. Nein, in unserem Fall war es Teil des Kuhhandels mit der Kanzlerin", erläuterte von Roddeck. „Ich hasse Politik. Immer mehr. ‚Politik ist die Welt der hässlichen und mittelmäßigen Leute', hat Yair Lapid, der Politikverächter, festgestellt."
„Wer ist dieser Lapid?"
„Ein israelischer Journalist und Politiker, Vorsitzender der Jesch-Atid-Partei."
„Dann muss er es wissen."

Sie gingen zurück ins Kasino, zu einem zweiten Frühstück.

21

Bananenrepublik Deutschland?

Innerhalb von Wochen hat es unsere Regierung, die im Parlament die absolute Mehrheit besitzt, unter unserer Kanzlerin geschafft, aus jahrelanger Untätigkeit explosionsartige Aktionen ins Werk zu setzen:
Beendigung der Libanon-, Somalia- und Afghanistan-Einsätze; Einführung von Arbeitsdienst und sogar -lagern für Asylsuchende Zug-um-Zug gegen Streichung der Hartz-IV-Leistungen;
Einführung eines sozialen Pflichtjahres für unsere Jugend inklusive der Wiedereinführung der Wehrpflicht.

Der deutsche Michel reibt sich die Augen: Das kann doch wohl alles nicht wahr sein! Öffnet er sie wieder, schreckt er auf:
Auf Spiegelblättern, die von Unbekannten im Parlament ausgelegt wurden, werden den Abgeordneten ihre eigenen Unzulänglichkeiten im Originalton von Adolf Hitler vorgehalten.
Gleichzeitig werden der unfähigen Regierung der Kanzlerin drei Minister aufgezwungen, die offenbar das Land auf Kurs und Linie bringen sollen, darunter ein Oberst der Reserve als Bundesinnenminister.
Und diese Regierung will nun im Nachhinein rechtswidrige Verordnungen legalisieren, mit denen diesem verfassungswidrigen Eingriff in unser Gemeinwesen eine juristische Grundlage untergeschoben werden soll.
Und zu guter Letzt soll nun auch noch unser Staatsoberhaupt geopfert werden.

Max Limmer, Präsident des Bundesamtes für Verfassungsschutz, legte den *Express* weg und griff nach der nächsten Zeitung.

Durch die Bundesrepublik Deutschland geht der Ruck, der vor vielen Jahren und vor vielen Bundespräsidenten gefordert worden ist: Endlich tut sich was, mit einer Vehemenz, die den alten Regierungsparteien – und dann auch noch unter dieser Kanzlerin – niemand zugetraut hätte.
Die zunächst durch Notverordnungen geschaffenen neuen Regelungen führen zu erheblichen Einsparungen in dem Etat von Arbeit und Soziales.
Im Verteidigungshaushalt spart allein der Abzug aus Afghanistan jährlich 1,3 Milliarden Euro.
Die Einführung des Workfare-Programms entlastet nicht nur den Steuerzahler, sondern gibt auch dem Leben der ehemaligen Sozialleistungsempfänger wieder einen Sinn.

Limmer las nicht mehr weiter. Das war dieser *BUNDESKURIER* von diesem Marc Stich, diesem Medienmogul und Schmiersöldner, der als Medien- und Propaganda-Offizier Mitglied dieses absurden Militärrats war. Unerträglich. Über Stich gab es umfangreiche Aktenvorgänge in der Abteilung I seines Amtes, die sich unter anderem mit Observation befasste. Gehrke, der nun auf einmal Außenminister war, hatte diesen Stich seinerzeit ausspähen lassen – nur hätte er dabei nicht Köhler und ihn, Limmer, umgehen dürfen. Was wohl aus diesem Ermittlungsverfahren gegen Gehrke geworden war? Würde jetzt wohl einschlafen. Aber er hatte ja nun über den Spezialauftrag der Kanzlerin wieder Möglichkeiten, Gehrke zu schaden. Könnte er den Militärrat zu Fall bringen, würden mit Sicherheit alle Minister, die durch ihn an ihre Regierungsämter gelangt waren, demissioniert, unehrenhaft. Das war sein Ziel. Und das der Kanzlerin.

Limmer schob den Zeitungsstapel weg und schaute in den trüben Kölner Himmel über Chorweiler. Wie sollte er der Kanzlerin helfen? Der Militärrat musste nicht unter Beobachtung gestellt - er musste entfernt werden. Gut, ein Anfang war gemacht, aber dessen Ergebnisse blieben abzuwarten. Weitere subversive Aktionen waren in seiner Abteilung II – Rechtsextremismus und Terrorismus – in Arbeit. Ein polizeilicher Zugriff war erforderlich, und genau der war ihm verwehrt: Die Erfahrungen mit der GeStaPo während der Nazizeit hatten die westlichen aliierten Militärgouverneure veranlasst, in den sogenannten „Polizeibrief" vom 14.April 1949, ein Jahr vor Gründung seines Amtes, die Forderung aufzunehmen: „Die Stelle soll keine Polizeibefugnisse haben." Das galt nach Artikel 87 des Grundgesetzes und dem „Gesetz über die Zusammenarbeit des Bundes und der Länder in Angelegenheiten des Verfassungsschutzes und über das Bundesamt für Verfassungsschutz" immer noch, dieses strikte Trennungsgebot zwischen Geheimdiensten und Polizei, eine Trennung, die ihn heute zur Untätigkeit verurteilte. Sein Amt durfte nur beobachten und melden, wie ein einfacher Infanteriesoldat im Gelände. Und ein bisschen subversiv tätig sein, vielleicht.
Limmer kratzte seinen grauen Schnauzbart. Von den subversiven Tätigkeiten wollte er die Kanzlerin besser nicht informieren, vielleicht erst, wenn sie zum Erfolg führten. Ein schlechtes Gewissen hatte er deshalb nicht. Erstens ging es vornehmlich um Geheimhaltung, schon wegen seines neuen Vorgesetzten, dieses Obristen, den man ihm als Innenminister vor die Nase gesetzt hatte, als Aufsichtsbehörde. Lächerliche Konstruktion. Als ob er eine Auf-

sicht benötigen würde. Und das auch noch von einem Mitglied dieses Militärrats. Ach, was hatte er unter diesem von Hohenfels, als der noch Innenminister war, für ein unbeschwertes Leben gehabt! Von Hohenfels hatte ihm immer freie Hand gelassen. Zweitens gefiel es Limmer nicht, den Kontakt zur Kanzlerin über diese Verbindungs-Tussi, diese Frau Besser, halten zu müssen. Zudem die offensichtlich ein Sicherheitsrisiko darstellte. Erst vor wenigen Tagen hatte sie zusammen mit dieser Zielperson Stich in einem Restaurant in Charlottenburg noch einen vergnüglichen Abend verbracht, in offenbar traulicher Atmosphäre; das war dem letzten Bericht der Akte Stich zu entnehmen gewesen, die sogar ein komplett mitgeschnittenes Gesprächsprotokoll enthielt. Nein, alles berichten würde er der Kanzlerin nicht, vor allem nichts über Untergrund-Aktivitäten seines Amtes. Aber dass ihre Persönliche Referentin offenbar Kontakte zu diesem Militärrat unterhielt, das sollte sie schon erfahren. Und zwar unmittelbar von ihm, dem Chef des Bundesamtes für Verfassungsschutz, persönlich.

22

Die Kommandogruppe der Autonomen Berliner Antifaschisten ABA, die sich nach inzwischen fast bundesweiter Ausdehnung Autonome Antifaschisten der Bundesrepublik Deutschland – mal mit, mal ohne den Zusatz ‚Berliner' – ABAB nannten, hatte für die Besprechung im Schanzenviertel in Hamburg Quartier gemacht. Die Kommandogruppe war der kleine harte Kern. Vier von ihren fünf Mitgliedern waren von Anfang an dabei gewesen, also seit gut 20 Jahren, zunächst als Anarcho-Quatsch-Klub, dann als Gründungsmitglieder der ABA, danach als Agitatoren in der Öffentlichkeit tätig, später in den Untergrund abgetaucht, nach vielen Hausdurchsuchungen, nach etlichen nicht vollstreckbar gebliebenen Haftbefehlen und nach noch mehr Straftaten. Die Gesichter der Viererbande hingen als Jugendfotos auf bundesweit verteilten Steckbriefen aus, auf denen auch ihre „mutmasslichen" Straftaten nachzulesen waren.

Keine der vier war wiederzuerkennen. Sie waren älter geworden; die beiden Männer trugen lange Bärte, die sie sich in afghanischen und pakistanischen Ausbildungscamps der Taliban hatten wachsen lassen, die beiden Frauen hatten jahrelang alle Möglichkeiten sämtlicher weiblicher Maskeraden immer wieder wechselnd genutzt und schienen hierbei zeitweilig sogar jünger geworden zu sein. Und alle hatten ihre Identitäten mehrfach gewechselt, mal mit Hilfe ihrer palästinensischen Freunde, zuletzt mit Unterstützung des iranischen Nachrichtendienstes VEVAK. Das hatte ihnen den jahrelangen ungehinderten Bezug von Hartz IV und anderen Transferleistungen ermöglicht, die aber jetzt eingestellt würden, ebenso wie die öffentliche Unterstützung für Einzelprojekte wie Infoläden, Kulturtreffs, Konzerte, „Briefkästen", Demos und Gegendemos vor allem gegen Neonazis, gegen Gentrifizierungen in Berlin und gegen die dekadente Pelz- und Paillettenszene der Hansestadt. Inzwischen nahmen ihnen Untergruppen wie die „Rote Hilfe" und die lokalen Antifas diese tägliche Routinearbeit ab, sodass die Kommandogruppe sich auf das Wesentliche konzentrieren konnte, Führungsaufgaben und besondere Vorhaben.

Um ein solches ging es heute im Keller des ehemaligen Flora-Theaters im Hamburger Schanzenviertel, das die ABAB seit 1989 besetzt hielt und seither als zunächst Jugend-, später als „Kulturzentrum" betrieb, selbstverständlich öffentlich gefördert.

„Wir sind uns also darüber einig, dass dieses Militärmonster verschwinden muss, je eher, desto besser. Es gilt wieder das Motto der RAF von 1977: ‚Der General muss weg'. Das entspricht der Beschlusslage unserer Bewegung seit letzten Sonntag." Simon hüstelte. Die Luft im Keller war feucht. Er war der Älteste der fünf Anwesenden. „Davon abgesehen würde ich das Ding wahrscheinlich alleine durchziehen, wenn die Beschlusslage anders wäre. Ihr ja wohl auch. Dieses Arschloch, das unsere Republik usurpiert hat, das Ausschnitte aus ‚Mein Kampf' im Bundestag verteilt, das in unserer Linksrepublik ein rechts-totalitäres Regime errichten will, und das dafür verantwortlich ist, dass wir und unsere Genossen alle unsere Hartz IV-Bezüge nicht mehr kriegen, das dafür gesorgt hat, dass einige von uns in Arbeitslagern verbringen müssen, aus denen die ABAB sie befreien wird – dieser reaktionäre Nazi-Arsch muss weg, da sind wir uns nun endlich einig. Nun zu den Details: Die Außenkontakte macht das Milchgesicht."

Das Milchgesicht war der fünfte im Bunde, Stefan. Er war flachsblond, hatte lebhafte hellblaue Augen und war der jüngste von ihnen. Kein Steckbrief-Gesicht. Stefan nickte und sah wieder das Foto an, das von der Kellerdecke hing. Es zeigte General von Roddeck auf einer vergrößerten und deshalb etwas verschwommenen Aufnahme eines älteren Exemplars der Zeitschrift „Der Deutsche Fallschirmjäger".

Simon schob ein Buch zur Seite, eine Literatur-Anleitung zum Bau von Brand- und Sprengsätzen. Er stellte sich zwischen den vergrößerten Ausschnitten eines Stadtplans von Berlin auf, die in unregelmäßigen Abständen nebeneinander an der feuchten Kellerwand hingen. „Das Objekt verschanzt sich üblicherweise in Berlin in der Julius-Leber-Kaserne, in die wahrscheinlich nicht mal unsere Kollegen von der Berliner Polizei reinkommen. Das Objekt übernachtet auch in dieser Kaserne, treibt dort Sport und hat wenig Außenkontakte. Vor allem wenig regelmäßige. Einzige Ausnahme: hin und wieder mit einem Militär-Mercedes ins Kanzleramt, seit neuestem auch nach Schloss Bellevue, das er für seine repräsentativen Aufgaben okkupiert hat." Simon zeigte auf ein Areal neben der Stadtautobahn in Wedding, auf Berlin-Mitte und auf den Schlosspark von Bellevue. „In diesem Dreieck verkehrt er in unregelmäßigen Abständen, was die Sache organisatorisch schwierig macht, und zwar ohne Personenschutz, was die Sache leicht macht."
„Soldat mit Personenschutz, das wäre ja noch schöner." Stefan lachte. „Fährt er allein?"
„Er hat einen Fahrer, einen Hauptgefreiten."
„Na denn!" Gisela klatschte in die Hände. „Und wann geht es los?"
„Moment." Simon wandte sich einem anderen Kartenausschnitt zu, der die Grünflächen zwischen den Volkspark Rehberg und dem Plötzensee in stärkerer Vergrößerung zeigte. „Diese Stelle scheint für das Attentat am geeignetsten." Sein Finger blieb an

einer Straßenkreuzung westlich des Natur-und Grünflächenamts in Wedding hängen. „Zwar haben wir da nur eine kurze Vorwarnzeit; aber die Ecke ist wenig belebt und wir gefährden niemanden und haben gute Fluchtwege. Dort kommt er die Woche mindestens dreimal vorbei, am wahrscheinlichsten dienstags, donnerstags und freitags; freitags immer so zwischen Mittag und 14 Uhr. Am nächsten Freitag schlagen wir zu."

„Wo sind die Waffen?" wollte Gerda wissen.
„In unserem Autonomen Zentrum in Berlin. Zwei AK 47, zwei Ceska, 7,65 mm, vier Handgranaten GV 30 aus Bundeswehr-Beständen, eine Spreng-Brand-Falle eigener Machart. Alles angeschafft aus Fördermitteln der Freien und Hansestadt Hamburg." Simon grinste. „Den genauen Ablauf erklärt euch jetzt Michael."

Michael lehnte ein Stück Pappe an die schimmelige Wand, auf dem aufgeklebte Fotos einen unscheinbaren roten Fiat, 2 schwarze BMW-Motorräder und einen Kinderwagen zeigten. Er erläuterte den geplanten Ablauf des nächsten Freitag, irgendwann zwischen 12 und 14 Uhr in Berlin-Wedding. Es gab Zwischenrufe von Gisela, Zwischenfragen von Gerda, Ermahnungen von Simon.

Stefan, das Milchgesicht, blätterte in einer Akte, die mit „Schleyer, die Zweite" überschrieben war. Zuletzt wollte Gerda noch wissen, ob sie den Kinderwagen schieben dürfte.

23

Nicht mal für Max Limmer, den Präsidenten des Bundesamtes für Verfassungsschutz, war es einfach, die Bundeskanzlerin persönlich ans Telefon zu bekommen. Erst musste er die Büroleiterin austricksen, dann die Persönliche Referentin belügen; schließlich bekam er einen Telefontermin, bei dem er zunächst wieder die Büroleiterin abschütteln, sich dann an Frau Besser, diesem Sicherheitsrisiko, vorbeimogeln musste, ehe er endlich die Kanzlerin am Ohr hatte.

„Herr Limmer, ja, natürlich, Ihr Spezialeinsatz, darf ich Sie zu Frau Besser zurückverbinden?"
Limmer schluckte. „Frau Bundeskanzler, ich muss Sie unmittelbar von Folgendem in Kenntnis setzen; auf Ihre Persönliche Referentin komme ich dann gleich noch mal. Und eine gute Nachricht habe ich auch noch für Sie."
„Ja, bitte, gerne."
„Zunächst muss ich Ihnen mitteilen, dass mein Amt natürlich gar nichts für Sie tun kann."
„Ach was?"
Limmer wiegelte ab. „Aber ich habe auch gute Nachrichten für Sie, Frau Bundeskanzler, später." Er erläuterte der Kanzlerin das limitierte Aufgabenspektrum seines Amtes – Verwaltung, Datenschutz, Technik, Rechts- und Linksextremismus ...
„Na ja, Rechtsextremismus - wieso denn nicht?"
...sowie den historischen Rahmen, beginnend mit dem Polizeibrief von 1949 über die Anordnung der westlichen alliierten Militärgouverneure ... .
„Ach, hören Sie mir bloß auf mit dem Militär!"
...bis hin zu der Rechtstatsache, dass sein Amt zwar observieren, abwehren und schützen dürfe, aber keinerlei Polizeigewalt habe. „Unter Beobachtung stehen diese Brüder hier ja ohnehin schon. Aber unternehmen kann ich nichts gegen sie. Pläne des damaligen Innenministers von Hohenfels, diese Befugnisse zusammenzulegen, so nach dem Vorbild des FBI, sind ja letztes Jahr gesetzgeberisch gescheitert."
„Genau das ist ja auch mein Problem."
„Da müssten Sie Sich, Frau Bundeskanzler, wenn ich mir die Empfehlung erlauben darf, an den MAD oder an die Polizei wenden, die Bundespolizei, das Bundeskriminalamt BKA, die 16 Landeskriminalämter möglicherweise...".

„Ach, hören Sie doch auf, Herr Limmer, die haben wir hier im Amt doch schon alle durchdekliniert. Soll ich die Kaserne hier mit Mannschaftswagen der Bereitschaftspolizei umstellen lassen? Nein, so geht das nicht. Im Übrigen wissen wir auch gar nicht so genau, auf wessen Seite die stehen."
„Wegen der Reserveoffiziere?"

„Eben. Und weshalb konnten Sie das nicht meiner Persönlichen Referentin mitteilen?"
Limmer schluckte. „Frau Bundeskanzler, wir befürchten, diese Frau Besser stellt ein Sicherheitsrisiko dar." Jetzt war es raus. „Deshalb wollte ich Sie auch unbedingt persönlich sprechen."
„Wie kommen Sie denn darauf?"

Limmer berichtete nicht ohne Stolz, dass Marc Stich seit langer Zeit unter Beobachtung seiner Abteilungen I und II stünde. „Diese Zielperson hat sich vor wenigen Tagen – offensichtlich privat – hier in Berlin zu später Stunde mit Ihrer Frau Besser getroffen."
Die Kanzlerin lachte. „Das war ihr Auftrag. Mein Auftrag."
„Ach so. Wollen Sie die Gesprächsaufzeichnungen lesen?"
‚Donnerwetter', dachte die Kanzlerin; ‚können zwar nur beobachten, aber das machen sie offenbar gründlich'. „Gerne, bei Gelegenheit, mit dem Kurier an meine Büroleiterin persönlich und vertraulich. Hatten Sie nicht noch eine gute Nachricht für mich?"

Limmer kraulte seinen Schnurrbart. Jetzt würde er punkten können. „Wir haben in Erfahrung gebracht, Frau Bundeskanzler, dass schon in den nächsten Tagen ein Attentat auf diesen General von Roddeck verübt werden soll."
Die Kanzlerin ruckte vor. „Wie bitte?" Dieses Verfassungsschutz-Amt war offenbar doch weit effektiver, als sie gedacht hatte. „Woher wollen Sie das wissen? Und wer…?" Sie stockte.
Limmer genoss die Pause. „Frau Bundeskanzler, das ist keine Information für den Dienstweg. Auch Oberst Wagner, mein neuer Chef, ist noch nicht lange genug im Amt, um an derartige Informationen heranzukommen."
„Na, bloß nicht!"
„Ich wäre Ihnen deshalb dankbar, wenn diese Information unter uns bleiben könnte."
Die Kanzlerin dachte an die thailändische Lösung ihrer Justizministerin. „Natürlich. Wie sicher ist das denn? Ich meine…".
„Die Quelle ist zuverlässig. Einer unserer V-Leute."
„Und wann?"
„Schon bald."
„Fantastisch. Und wer macht´s?"

Limmer schwieg.
„Aber nicht Ihr Amt? Ich meine, Sie sagten doch vorhin, derartige Befugnisse -, polizeiähnliche Zugriffsmöglichkeiten hätten Sie nicht."
Limmer schwieg.
„Ich verstehe. Vielen Dank, Herr Limmer. Dann hoffen wir mal, dass das funktioniert. Werde ich ja dann wohl aus den Nachrichten erfahren." Die Kanzlerin kicherte. Warum sollte sie sich wegen dieses Generals die Hände schmutzig machen? „Gefällt mir, Ihre Nachricht, Herr Limmer. Vielen Dank für die Info. Bleibt unter uns. Und vergessen Sie das Gesprächsprotokoll Stich – Besser nicht."
Die Kanzlerin legte auf und wandte sich ihren Aktenhaufen zu.

24

Brigadegeneral Berndt von Roddeck studierte Parteiprogramme. Morgen Früh würde er Muskelkater vom Kopfschütteln haben. Vor Beginn der Lektüre hatte er sich mit einem Artikel aus der *Neuen Zürcher Zeitung* motiviert, den Stabsfeldwebel Renstorff ihm heute früh rot angestrichen auf die Mappe mit den Parteiprogrammen gelegt hatte, ordentlich Kante auf Kante, wie sich das gehörte und wie er es gerne hatte.

Die deutschen Parteien haben in Europa ziemlich beispiellose Macht. Sie führen ein Eigenleben, dem sich ihr Spitzenpersonal – selbst die Bundeskanzlerin – unterordnen muss; sie werden üppig mit Steuergeldern alimentiert; sie wählen nicht nur die Amtsträger in der Politik aus, sondern auch in Landesbanken, Konzernen mit Staatsbeteiligung, gesellschaftlichen Großorganisationen, selbst in den verschämt ‚öffentlich-rechtlich' genannten Staatssendern. Die Parteien sind überall.

Schier unglaublich, was diese Parteiprogramme den Wählern so vorsetzten an Allgemeinplätzen, Lehrformeln, Versprechungen, Wiedergekäutem. Die einzige Erklärung dafür war: Diese Programme las wohl ohnehin niemand. Aber wer verfasste sie, wer verantwortete sie, was wollten die Programmkommissionen mit ihnen erreichen? Nun, er würde die Verantwortlichen bald kennenlernen, er hatte sie ja zu sich befohlen, die Parteivorsitzenden, die ihm seine Fragen beantworten sollten. Aber vorher musste dieser ganze gedankliche Müll gesichtet, vorsortiert, geordnet, miteinander verglichen werden. Renstorff und sein Vorzimmer hatten schon mal gute Vorarbeit geleistet. Renstorff hatte auch die Einladungen an die Politiker verschickt, die heute über den Tag verteilt in der Julius-Leber-Kaserne aufschlagen würden.

Von Roddeck griff zum Telefon. „Renstorff, diese Vandalen, bestellt für 1030, die können Sie absagen. Termin wird ersatzlos gestrichen. Anhörung überflüssig. Bereiten Sie Befehl an Innenminister Wagner vor: Parteizentrale Berlin schließen und auflösen, zeitgleich die Landesgeschäftsstellen, viele haben die nicht. Programm haben die auch so gut wie keines – außer Abschaffung des Privateigentums, beginnend mit der Abschaffung des geistigen Eigentums durch totale Freiheit und Zugänglichkeit im Internet. Eindeutig verfassungswidrig, Artikel 14 Grundgesetz. Nähere Begründung erfolgt durch unsere Juristen auf Veranlassung Oberst Wagner."
Von Roddeck ließ das sechsseitige Programm der Vandalenpartei in einem Reißwolf verschwinden. „Zweitens: Warum kommen die Grünen nicht? Auf der Ladungsliste um 1130 steht ein Strich."
„Die haben abgesagt. Wollen aus prinzipiellen Überlegungen nicht teilnehmen. Soll ich den Vorsitzenden zwangsvorführen lassen?"
„Die trauen sich mir wegen ihres unsäglichen Programms nicht unter die Augen. Realitätsverweigerer, Spinner, Idioten. Sollen wegbleiben. Kommen sowieso nicht in die nähere Auswahl, was ich da eben so lesen musste." Von Roddeck warf das etwa drei Zentimeter dicke Programm der Grünen in einen Schredder.
„Drittens: Weshalb ist niemand von der AID geladen?"
„AID?"
„Aufbruch in Deutschland."
„Herr General, die sind wegen Ausländerfeindlichkeit vom früheren Innenminister von Hohenfels letztes Jahr unter Beobachtung des Verfassungsschutzes gestellt worden. Man munkelt, die Partei

soll wegen einigen angeblichen Verfehlungen und Verstrickungen in die rechtsradikale Szene verboten werden."
„Weiß ich. Trotzdem laden. Statt der Vandalen. Dieser Verleger, Gatzsch, sitzt hier irgendwo in Berlin."
„Jawohl, Herr General, Berlin und laden. Herr General: Oberstleutnant Stich möchte Sie sprechen. Steht hier neben mir."
„Soll reinkommen."

„Guten Morgen, Herr General. Störe ich?"
„Dann wären Sie nicht an Stabsfeld Renstorff vorbeigekommen. Ich möchte ohnehin, dass Sie an den Vernehmungen der Parteipolitiker teilnehmen. Für Ihre Pressearbeit; geht gleich los, 0900. Und weshalb wollten Sie mich sprechen?"
„Herr General, zwei Punkte: Erstens, welche Berichterstattungen wünschen Sie zu der Verteilung dieses Hitler-Pamphlets im Bundestag?"
Von Roddeck deutete auf den Stuhl gegenüber seinem Schreibtischersatz. „Wir, die Hauptverdächtigen, waren es nicht. Wir vermuten Trittbrettfahrer. Gibt es neue Erkenntnisse über die Täter?"
„Nein, Herr General."
„Innenminister Wagner und sein Verfassungsschutz werden sich darum kümmern. Eventuell mit Hilfe von Bundespolizei und BKA. Dem ebenfalls zuständigen Parlamentarischen Kontrollgremium traue ich das nicht zu. Dauert auch zu lange. Und meine Aufgabe als Vorsitzender des Militärrats ist es nicht, den Bundestag medial feindfrei zu halten; allenfalls von Politikern."
„Jawohl, Herr General."
„Punkt zwei?"
Stich zögerte. „Ich befürchte, auf Sie oder den Militärrat wird ein Attentat vorbereitet."
„Quelle?"
„Frau Norah Besser."
„Also zuverlässig. Gute Arbeit, Stich. Und von wem?"
„Das wissen wir noch nicht."
„Melden Sie einfach, was Sie wissen."
„Die Kanzlerin weiß von einem geplanten Attentat auf Sie, kennt aber selbst keine weiteren Einzelheiten oder verrät sie nicht. Und freut sich darauf, weil sie meint, sie ist den Militärrat dann los."

„Rätselhaft. Können Sie weitere Informationen beschaffen, ich meine, v o r dem Attentat? Oder nehmen Sie die Quelle überhaupt nicht ernst? Weshalb sollte die Kanzlerin ein Attentat in Auftrag gegeben haben, von dem sie selbst nichts weiß? Klingt nicht nach einem schlüssigen operativen Konzept."
Stich veränderte seine Sitzposition. „Also, Frau Besser, Norah, ist eine absolut zuverlässige Quelle, die nur mir zur Verfügung steht."
„Das war Ihr Auftrag."
„Weitere Informationen erhalte ich von ihr, sobald sie ihr vorliegen. Für mich gibt es derzeit zwei mögliche Erklärungen: Entweder die Kanzlerin bezieht ihre Persönliche Referentin nicht mit in die von ihr gesteuerte Operationsplanung ein."
„Sollte die Kanzlerin die operative Planung für das Attentat steuern, Stich, müssen wir von dem Attentat selbst nichts befürchten, allenfalls vor der Steuerung. Zweite Möglichkeit?"
„Oder wir werden gezielt desinformiert."
„Dann hätten Sie versagt und Frau Besser wäre Doppelagentin. Welchen Sinn sollte das haben?"
„Uns zu verunsichern."
„Wir lassen uns nicht verunsichern. Und das wissen die. Entfällt. Sonst noch Vermutungen?"
„Im Zusammenhang mit dem Attentat war von einer thailändischen Lösung die Rede, einer Idee von Justizministerin Gruber – ohne weitere Erläuterungen. Sagt Ihnen das was?"
Von Roddeck schüttelte den Kopf. „Renstorff soll ‚thailändische Lösung' mal durch die Suchmaschinen laufen lassen. Sagt mir jetzt nichts. Keine weiteren Erkenntnisse?"
„Laut Frau Besser hat die Kanzlerin von der thailändischen Lösung irgendwie Abstand genommen; sie gibt derzeit einem Attentat aus dritter Hand den Vorzug."
„Womit wir wieder bei unserem Innenminister, Oberst Wagner, sind. Stich, wir drehen uns im Kreis. Bleiben Sie dran an dieser Dame. Meldungen hierzu ab jetzt täglich 0900." Von Roddeck stand auf. „Kommen Sie, wir gehen rüber ins Kasino. Die Parteivertreter warten auf uns."

Sie schritten über die mit Steinplatten belegten Wege, die zwischen den Blocks des Kasernengeländes verliefen.

„Gestatten Sie, Herr General: Was versprechen Sie sich von diesen Vernehmungen der Parteivorsitzenden, die Sie da gleich vorführen wollen?"
„Sagte ich das nicht?" Von Roddeck verlangsamte seinen Schritt. „Stich, die deutschen Parteien haben in Europa bespiellose Macht, wie die *NZZ* vor einiger Zeit schrieb; in einer deutschen Zeitung liest man derart Erhellendes nicht. Ich lasse Ihnen den Artikel zukommen, können Sie in einem Ihrer Blätter mal abdrucken, damit der deutsche Michel weiß, was hier gespielt w u r d e.
Fazit: Das Grundgesetz mit seinen sakrosankten Rechtssätzen
- ‚Alle Staatsgewalt geht vom Volke aus'
- ‚Die Parteien wirken an der politischen Willensbildung mit'
ist längst zu dem Satz mutiert ‚Alle Staatgewalt geht von den Parteien aus'. Deshalb müssen wir, nachdem wir die Exekutive bereits in unserer Hand haben, nun breiter ansetzen: Wir hören uns die im Bundestag vertretenen Parteien an und unterstützen diejenigen, denen wir zutrauen, die Interessen unseres Volkes optimal zu vertreten." Der General hielt vor den Stufen zum Kasino an.

Es war eine Minute vor neun.

25

Oberst im Generalstab Krawatz las vor: „*'Nur Reiche können sich einen armen Staat leisten'*. Bei den Linken heißt das -."
Krawatz zog einen größeren Papierstoß zu sich heran. „*'Die Politik der Entstaatlichung, Liberalisierung und bedingungslosen Wettbewerbsorientierung ist rückgängig zu machen.'* Wer hat da von wem abgeschrieben?"

„Niemand. Aber unsere Programme haben gemeinsame Schnittmengen." Heidi Starke von den Sozialdemokraten hob selbstbewusst ihr Näschen und schüttelte die üppige dunkelblonde Haarpracht.
„Gilt das auch für die Forderung ‚*Reichtum für alle*'?" Krawatz legte das Programm der Linken zurück auf den Tisch.

„Das stammt ausschließlich aus der Feder der Linken."
„In Ihrem Programm, Frau Starke, lese ich: *‚Die öffentliche Hand trägt Verantwortung dafür, dass die Konjunktur Impulse erhält und die gesamte Gesellschaft davon profitiert‘*. Favorisieren Sie die Planwirtschaft gegenüber der Marktwirtschaft?"
„Die öffentliche Hand trägt Verantwortung dafür, dass die Konjunktur Impulse erhält und die gesamte Gesellschaft davon profitiert, ja, richtig. Eine nachhaltige Wachstumsentwicklung braucht kontinuierlich ansteigende öffentliche Investitionen in Bildung, Forschung und Infrastruktur."
„Das beantwortet meine Frage nicht."
„Ich bin ja auch hier nicht in einem Verhör, oder?"

Sie saßen sich an einem Tisch in einem Nebenzimmer des Kasinos gegenüber. Hinter Starke standen zwei Feldjäger, die sie nicht sehen konnte.
„Sie befinden sich in einer politischen Aussprache, der wir Ihr Parteiprogramm zugrundegelegt haben", erläuterte von Roddeck. „Unserer Einladung konnten Sie entnehmen, dass der Militärrat wünscht, sich einen Eindruck von den im Bundestag derzeit vertretenen Parteien zu verschaffen. Um die jetzige Regierung entsprechend beraten zu können. Sie können nun also entweder unsere Fragen beantworten oder Sie lassen es. Die letzten Fragen konnten oder wollten Sie nicht beantworten. Wir werden unsere Schlüsse aus den Lücken Ihres Grundsatzprogramms ziehen – wie auch der Wähler, wenn er es denn lesen würde. Ich lese: *‚Wir bestehen auf dem Primat demokratischer Politik und widersprechen der Unterwerfung des Politischen unter das Ökonomische‘*. Was meinen Sie damit?"
„Politik muss dafür sorgen, dass nicht zur bloßen Ware wird, was nicht zur Ware werden darf: Recht, Sicherheit, Bildung, Gesundheit, Kultur, natürliche Umwelt."
„Ja, so steht das hier, hübsch auswendig gelernt. Sind Sie auch für die Verstaatlichung von Banken?"
„Warum nicht?"
„Weil die Miseren der staatlichen Landesbanken in den letzten Jahren gezeigt haben, dass Politiker Wirtschaft und Finanzen noch weniger beherrschen als die sogenannten Experten", schlug

Krawatz vor.
„Primat demokratischer Politik nicht nur im Rahmen der Wirtschafts- und Finanz- sondern auch in der Sicherheitspolitik?“ fragte von Roddeck.
„Natürlich, da doch erst recht. Man sieht doch, wo das hinführt, wenn das Militär nicht unter Kontrolle gehalten wird, von der Politik, von unserem Parlament, von einem zivilen Verteidigungsminister.“ Starke ruckte mit ihrem Kopf hin und her und schoss lodernde Blicke der Empörung nach allen Seiten.
„Ja, das sieht man, Frau Starke. Sie werden das hoffentlich noch lange verfolgen können. Aus politisch unmaßgeblicher Position.“ Von Roddeck schaute seine Beisitzer, Krawatz und Stich an. „Haben wir noch Fragen an die Sozialdemokraten? Ich denke, nicht.“ Er gab den Feldjägern ein Zeichen. Frau Starke ergriff ihre Handtasche und ließ sich von einem der Militärpolizisten aus dem Raum führen.

„Als Medien- und Propaganda-Offizier hätte ich dieses Gespräch gerne im Fernsehen“, schlug Stich vor. „In einer Talkshow zum Beispiel.“
Von Roddeck schüttelte den Kopf. „Stich, wir treffen hier nur eine Vorauswahl. Für Talkshows, Interviews und ähnliche Unterhaltungsveranstaltungen stehe zumindest ich nicht zur Verfügung. Wir müssen auch nicht gewählt werden, meine Herren. Um gewählt werden zu können, muss man populär sein. Um populär zu sein und beliebt, muss man mittelmäßig sein. Oscar Wilde ‚The Picture of Dorian Gray‘. Sind wir nicht. Werden wir auch nicht.”
Von Roddeck dachte an *'Die Merkmale einer Eliteorganisation'* von Günther F. Gross, die in seinem provisorischen Gefechtsstand aushingen.
Frau Zielke betrat in knallrotem Kostüm den Raum. Sie bewarf die Anwesenden mit vorwurfsvollen Blicken, auch die hinter dem Quertisch hängenden Ölbilder, die Soldaten in historischen Uniformröcken zeigten, behangen mit zahlreichen Auszeichnungen. Wer da ehrwürdig in den antiken Rahmen hing, wusste sie nicht. Sie nahm unaufgefordert auf dem Stuhl vor dem Quertisch Platz und klatschte ein zweiseitiges Papierknäuel auf den Tisch.

Krawatz begann mit Zielkes Vernehmung, hielt aber inne, als von Roddeck die zwei Seiten Papier entfaltete. Im Hintergrund der Papiere schimmerte ein stilisierter Bundesadler grau durch.

Man muss bedenken, aus welch jämmerlichen Gesichtspunkten heraus sogenannte ‚Parteiprogramme' normal zusammengeschustert und von Zeit zu Zeit aufgeputzt oder umgemodelt werden. Man muss die treibenden Motive besonders dieser bürgerlichen ‚Programmkommissionen' unter die Lupe nehmen, um das nötige Verständnis für die Bewertung dieser programmatischen Ausgeburten zu gewinnen.
Es ist immer eine einzige Sorge, die entweder zur Neuaufstellung von Programmen oder zur Abänderung der vorhandenen antreibt: die Sorge um den nächsten Wahlausgang. Sowie in den Köpfen der parlamentarischen Staatskünstler die Ahnung aufzudämmern pflegt, dass das liebe Volk wieder einmal revoltiert und aus dem Geschirr des alten Parteiwagens entschlüpfen will, pflegen sie die Deichsel neu anzustreichen. Dann kommen die Sterngucker und Parteiastrologen, die sogenannten ‚erfahrenen' und ‚gewiegten', meistens alten Parlamentarier, die in ihrer ‚reichen politischen Lehrzeit' sich analoger Fälle zu erinnern vermögen, da auch der Masse endlich die Stränge ihrer Geduld gerissen, und die Ähnliches wieder bedrohlich nahe fühlen. So greifen sie zu den alten Rezepten, bilden eine ‚Kommission', horchen im lieben Volk herum, beschnüffeln die Presseerzeugnisse und riechen so langsam heraus, was das liebe breite Volk gerne haben möchte, was es verabscheut und was es sich erhofft. Jede Berufsgruppe, ja jede Angestelltenklasse wird genauestens studiert und in ihren geheimsten Wünschen erforscht. Auch die ‚üblen Schlagworte' der gefährlichen Opposition pflegen dann plötzlich reif für eine Überprüfung zu sein und tauchen nicht selten, zum größten Erstaunen ihrer ursprünglichen Erfinder und Verbreiter, ganz harmlos, wie selbstverständlich, im Wissensschatz der alten Parteien auf.

So treten die Kommissionen zusammen und ‚revidieren' das alte Programm und verfassen ein neues (die Herrschaften wechseln dabei ihre Überzeugungen wie der Soldat im Felde das Hemd, nämlich immer dann, wenn das alte verlaust ist!), in dem jedem das Seine gegeben wird. Der Bauer erhält den Schutz seiner Landwirtschaft, der Industrielle den Schutz seiner Ware, der Konsument den Schutz seines Einkaufs; den Lehrern werden die Gehälter erhöht, den Beamten die Pensionen aufgebessert, Witwen und Waisen soll in reichlichem Umfang der Staat versorgen, der Verkehr wird gefördert, die Tarife sollen erniedrigt und gar die Steuern, wenn auch nicht ganz, aber doch so ziemlich abgeschafft werden. Manches Mal passiert es, dass man doch einen Stand vergessen oder von einer im Volk umlaufenden Forderung nichts gehört hat. Dann wird in letzter Eile noch hineingeflickt, was Platz hat, so lange, bis man mit gutem Gewissen hoffen darf, das Heer der normalen Spießer samt ihren Weibern wieder beruhigt zu haben und hochbefriedigt zu sehen. So kann man innerlich also gerüstet im Vertrauen auf den lieben Gott und die unerschütterliche Dummheit der wahlberechtigten Bürger den Kampf… beginnen.

Frau Zielke sagte kein Wort. Ihre Scheinwerferaugen durchbohrten von Roddeck.
„Woher haben Sie das?“ fragte er.
„Woher haben Sie das?“ äffte sie.
„Eben von Ihnen übergeben bekommen.“ Von Roddeck schob die zwei Seiten Stich zu.
„Dieses widerliche Pamphlet lag der Post bei, mit der Sie Ihre Einladung zu dieser Zirkusveranstaltung hier heute verschickt haben.“

Den Postversand hatte Renstorff in von Roddecks Vorzimmer organisiert. „Das kann nicht sein“, sagte von Roddeck.
„Es war aber so!“
Von Roddeck befürchtete, Zielkes Scheinwerfer könnten ihr jeden Moment aus dem Gesicht fallen und ihn tödlich treffen.

„Sie meinen: Sie haben diese Seiten zeitgleich mit unserer Einladung erhalten. Am selben Tag oder so.“
Zielke zuckte nichtssagend mit den Schultern.
„Ihre Parteizentrale hier in Berlin hat doch sicher eine Posteinlaufstelle.“
Zielke nickte.

„In der Sie nicht persönlich die Post aufgemacht haben, vermute ich. Ich denke deshalb, Sie wollten sagen: Das Pamphlet ist Ihnen zeitgleich mit unserer Einladung vorgelegt worden."
Zielke schmollte und schaute sich intensiv die Gemälde hinter dem Rücken von von Roddeck an.
„Deshalb meine Frage nochmal: Wo haben Sie das her?"
Schulterzucken; dann, zögerlich: „Wollen Sie behaupten, das ist nicht von Ihnen?"
„Will ich. Sie wissen offenbar nicht, Frau Zielke, wer der Absender ist. Wissen Sie, wer der Urheber ist?"
Zielke schüttelte den Kopf.
„Sie scheinen zwar betroffen, sind aber ignorant.Die beiden Seiten stammen aus Hitlers ‚Mein Kampf'."
„Dann waren Sie´s also doch!"
„Mitnichten. Und gehen Sie der Frage nach dem Absender in Ihrer Zentrale nach und melden meinem Vorzimmer etwaige Erkenntnisse bis morgen Früh, selbe Zeit. Oberst Krawatz stellt jetzt seine Fragen nochmal. Ein Mal noch."

Krawatz legte die zwei Blätter zur Seite, die Stich ihm zugeschoben hatte, und wiederholte seine Eingangsfrage.

„Ja, wir bejahen den Staat, so wie es in unserem Parteitagsprogramm steht, und wir zersetzen ihn nicht, wie Sie das gerade tun. Deshalb steht da: ‚*Die Politik der Entstaatlichung, Liberalisierung und bedingungslosen Wettbewerbsorientierung ist rückgängig zu machen*'."
„Der Liberalisierung? Ist das Ihr Ernst? Sie plädieren für Unfreiheit?"
„Sie reißen Sätze aus ihrem Zusammenhang."
„Sie, Frau Zielke, haben diesen Satz eben gerade zitiert."
„Die Ablehnung bedingungsloser Wettbewerbsorientierung ist vor dem Hintergrund unserer Forderung nach bedingungslosem Grundeinkommen und dem Recht eines Jeden auf eine gesicherte Existenz und seine gesellschaftliche Teilhabe unter Entkoppelung von seiner Erwerbsarbeit zu sehen. ‚*Wir wollen eine aktive Arbeitsmarktpolitik, die sich in besonderem Maße für all diejenigen Menschen engagiert, die schlechte Chancen auf dem Arbeits-*

markt haben'."

„Ja, so verschwurbelt steht das hier, tatsächlich." Krawatz lächelte. „Sie wollen die durchschnittliche Leistungsfähigkeit des Sportvereins Bundesrepublik Deutschland auf die schwächsten seiner Mitglieder reduzieren. Erstaunlich. Und wie soll das funktionieren? Ich meine, wirtschaftlich?"

„Meine Herren, das ist ein Programm, ein Programm für gute Arbeit, soziale Sicherheit und Gerechtigkeit. Wir legen darin Ziele fest. Sie befehlen ja nur. Aber wir verfolgen politische Ziele, deren Annäherungswege wir in diesem Programm beschreiben, und wir wollen damit das Leben der Menschen verbessern. Sie zerstören ja nur Leben, etwas anderes hat ein Soldat ja nicht gelernt. Außer Morden."

„Meine Frage haben Sie nicht beantwortet Frau, Zielke. Aber zurück zu Ihren gesellschaftspolitischen Zielen: Kuba, Nordkorea, oder was soll es sein? Zurück in die DDR?"

„Alles ist besser als Ihre Militärdiktatur mit ihren Arbeitslagern."

Von Roddeck ergriff das Wort. „Frau Zielke, unsere soeben eingeführten Arbeitsdienste und Ausbildungszentren lösen die von Ihnen aufgezeigten gesellschaftlichen Probleme angemessen und finden ein positives Echo auf allen Seiten. Entweder Sie sind uninformiert oder Sie stellen sich so. Lassen Sie uns das Thema wechseln. Ich lese hier unter der Überschrift *Abrüstung, kollektive Sicherheit und gemeinsame Entwicklung* folgende Sätze:

'DIE LINKEN setzen sich für eine schrittweise Abrüstung der Bundeswehr ein, die kriegsführungsfähigsten Teile sollen zuerst abgerüstet werden...DIE LINKEN verfolgen langfristig das Ziel eines Deutschlands und eines Europas ohne Armeen, einer Welt ohne Kriege... Auch Militärberatungsmissionen müssen beendet werden'.

Wie stehen Sie zu diesen Ihren Aussagen, wenn ich Ihnen folgendes vorhalte: Freigesetzt durch den sogenannten arabischen Frühling, den wir Europäer auch noch unterstützt haben, warten jenseits des Mittelmeers Millionen junger Menschen, vorwiegend ungezählte Millionen tatkräftiger, politisch frustrierter und arbeitsloser Männer – 65 Prozent der arabischen Welt sind unter 30 Jahren alt, also in wehrfähigem Alter – darauf, zum Sprung über das

Mittelmeer anzusetzen, um die Festung Europa zu nehmen, zunächst als Migranten, dann wirtschaftlich, schließlich, um ihre Religion hier zu verbreiten, durch jedes Mittel, wie es der Koran fordert. Kennen Sie die Studie ‚Islamistischer Terrorismus und Massenvernichtungsmittel'? Haben Sie eine Vorstellung davon, welcher Migrationsdruck da auf Europa zukommt?"

Zielke schüttelte sich angewidert.

„Und Sie wollen die Bundeswehr abrüsten, diesen lächerlichen kleinen verbliebenen Rest einer Wehrtruppe, die soeben ihre Stützpunkte in Afghanistan räumt, in denen sie sich zuletzt nicht mal selbst schützen konnte?"
„Diese Argumente zeigen doch, wes Geistes Kind Sie sind, Sie -."

„Unterbrechen Sie mich nicht. Es geht nämlich noch weiter: Eine Welt ohne Kriege hat es nie gegeben. So wenig wie eine Welt ohne Schwerkraft, ohne Wetter, ohne Sonne, ohne Umwelt, ohne Katastrophen. Und Sie verfolgen eine Welt ohne Kriege? Wollen Sie nicht ernst genommen werden? Wie wollen Sie denn mit den Dschihadisten in Nordmali verfahren? Konflikt-Mediation? Wissen Sie, wie viele kriegerisch ausgetragene Konflikte es in dieser Welt gibt, während wir uns hier unterhalten? Und Sie lehnen Militärberatungsmissionen ab."
Frau Zielke wusste es nicht. Sie wusste nicht einmal, wo Mali liegt. Trotzig schleuderte Sie sich ihren roten Schal um den Hals und verließ den Raum.
„Und morgen Früh Ihre Meldung nicht vergessen!" rief von Roddeck hinter ihr her. „Es ist 10 Uhr 15."

Als die Chefin der Linken draußen war, fragte Tocker: „Verdammt, wer verteilt diese Hitler-Zitate an Parteien und das Parlament – wenn nicht wir, wovon alle auszugehen scheinen?"

„Das werden wir gleich wissen. Rufen Sie mal diesen Gatzsch rein von der AID."

Roland Gatzsch, Verleger wie Stich, hatte, als die Einwanderungsströme einsetzten, den „Aufbruch in Deutschland" gegründet, ein Sammelbecken all derer, die befürchtet hatten, die Migranten-Invasion könnte Deutschland ins Chaos stürzen. Zulauf hatte die neue Partei zum Erstaunen vieler insbesondere aus den Bürgerschichten der ehemaligen DDR. Seither wurde die AID in einer beispiellosen Presse-Kampagne ins rechte Spektrum der Parteienlandschaft verbannt und von allen Seiten angefeindet. Die Beobachtung durch den Verfassungsschutz war für viele AID-Sympathisanten ein Warnschuss gewesen.

Roland Gatzsch trat ein, gut aussehend mit seinen grauen Haaren, tadelloser, unauffälliger dunkelblauer Anzug, freundlicher Gesichtsausdruck. Von Roddeck schätzte ihn auf Mitte 50. Er bat ihn, Platz zu nehmen.
„Sie wollen sicher, so höre ich, Einzelheiten unseres Parteiprogramms mit mir besprechen. Leider gibt es nur noch wenige Exemplare, die hier habe ich Ihnen mitgebracht." Gatzsch legte ein paar Broschüren auf den Tisch.

Von Roddeck schüttelte den Kopf. „Uns interessiert was anderes, Herr Gatzsch: Stammen diese Blätter von Ihnen?" Er schob ihm die beiden Seiten mit dem Auszug aus Hitlers ‚Mein Kampf' hin.
Gatzsch setzte seine Lesebrille auf. „Sie stammen aus der Feder von Adolf Hitler, Herr General, ‚Mein Kampf', zweiter Band, Kapitel 1." Er schmunzelte.
„Wir fragen uns nach dem Absender. Die Linken behaupten, diesen Text mit unserer Einladung erhalten zu haben. Waren Sie der Absender?"
„Herr General, ich bitte Sie!" Gatzsch nahm pikiert seine Brille ab.

Auf einen Wink schob Stich Gatzsch die Seite mit dem stilisierten Spiegelrahmen über den Tisch, die vor einer Woche frühmorgens im Plenarsaal auf die Parlamentarier gewartet hatte.
„Und das hier? Lag neulich im Bundestag."
Gatzsch betrachtete das Blatt, von dem er aus seinen eigenen Presseerzeugnissen erfahren hatte. Heftiges Kopfschütteln. „Selbe Quelle, selbe Stelle. Sehr zutreffende Feststellung, die Hitler da bereits 1927 getroffen hat, wenn ich mir diese Bemerkung in

dem Kreis hier so gestatten darf. Stand die Tage schon in der Presse, als Skandal, der Ihrer Bewegung angelastet wurde. Waren Sie das etwa nicht? War auch ich fest von ausgegangen, meine Herren, dass Ihre Bewegung dieses Gedankengut wieder in Erinnerung rufen wollte."
„Habe noch nie die Ansichten eines österreichischen Gefreiten verteilt", brummte von Roddeck. „Sie wollen sagen, Herr Gatzsch: Keines der beiden Pamphlete ist aus dem AID-Umfeld verteilt worden. Könnte das nicht hinter Ihrem Rücken passiert sein"?
„Ich gehe der Sache gerne nach, Herr General, halte das aber für ausgeschlossen. Wir haben zu unseren Aktionen immer gestanden und sind keine Trittbrettfahrer. Ohne meine Billigung wäre das nie passiert, und ich weiß nichts davon. Ehrenwort."
‚Ehrenwort' hatte von Roddeck lange nicht mehr gehört. Erinnerlich nicht mehr, seit ein früherer Bundeskanzler und vor ihm ein schleswig-holsteinischer Ministerpräsident diesen Begriff in den politischen Dreck gezogen und ihn damit endgültig verächtlich gemacht hatten. Vielleicht würde dieser Begriff unter anderen politischen Vorzeichen seine ursprüngliche Bedeutung wiedererlangen. Er sah seine beiden Beisitzer an. Ausdruckslose Gesichter. „Wir glauben Ihnen, Herr Gatzsch."
„Dann darf ich Ihnen jetzt sicher unser Parteiprogramm schildern."
„Bedaure, aber dazu ist die Zeit heute nicht." Von Roddeck erhob sich.

Als der AID-Vorsitzende draußen war, fragte Krawatz: „Warum haben wir den nicht angehört, zu seinem Parteiprogramm?"
„Das sehen wir uns noch genauer an. Den Mann und seine Partei behalten wir im Visier."

26

Zwei Fragen bewegten General von Roddeck:
- Wer hatte die Zitate aus Hitlers „Mein Kampf" in den Bundestag auf die Abgeordnetenbänke und zu den Einladungen der DGNS an die Parteivertreter gelegt? Das war nicht nur bei den Linken der Fall gewesen, die anderen Parteizentralen hatten dasselbe bestätigt.
- Wer plante auf ihn ein Attentat, von dem die Bundeskanzlerin zwar wusste, selbst aber angeblich keine Einzelheiten kannte? Sollte das ein rechtswidriger Anschlag auf sein Leben werden, oder wollte der Staat ihn aus einer Art Staatsnotstand heraus legal unschädlich machen? Dass die Kanzlerin keine Details kannte, sprach für einen rechtswidrigen Anschlag Dritter. Davor musste er als Soldat keine Angst haben.

Mehr Sorgen bereitete ihm, dass die ganze Republik seiner DGNS die Verteilung der Hitler-Zitate zurechnete, eine Aktion, die bewundernswert professionell durchgeführt worden war. Dahinter standen offenbar keine Idioten.

Tocker hatte ihn auf die Idee gebracht, hinter dieser Aktion könnte die DGNS gestanden haben: *Wenn nicht wir, wovon alle auszugehen scheinen?* Von Roddeck schloss das aus: Aus seinen Reihen würde niemand der gemeinsamen Sache schaden wollen, und Illoyalität hatte es unter seinen Kommandos nie gegeben.

Er schaute aus seinem Bürofenster auf die im Herbstlicht liegenden welken Grasmatten zwischen den Kasernenblocks. Die Verantwortlichen mussten aufgespürt werden. Er würde sie aufspüren l a s s e n. Denn auch wenn er Tockers Befürchtung nicht teilte, wäre es besser, die Untersuchung von dritter Hand vornehmen zu lassen.
Er ließ sich mit dem Innenminister, Oberst der Reserve Wagner, verbinden.

„Guten Tag, Herr General."
Von Roddeck überlegte kurz, ob er Wagner mit ‚Herr Innenminister' ansprechen sollte. „Grüß' Sie, Wagner. Lage?"
„Alles gut, Herr General, keine besonderen Vorkommnisse. Bin hier noch dabei, den Laden durchzustraffen und meine Untergebenen zu takten. Scheiß-Bürokraten. Krieg´ ich aber hin, Herr General."
„Dazu sind Sie ja nun unser Innenminister, Wagner."
„Jawoll, Herr General. Was kann ich für Sie tun?"
„Folgende Lage: Sie wissen, dass Hitler-Zitate im Parlament ausgelegt worden sind?"
„Jawoll, Herr General, bekannt. Wurde ja überall veröffentlicht."
„Weitere Auszüge aus ‚Mein Kampf' wurden unseren Einladungen an die Parteien zur Erläuterung ihrer Programme beigefügt, Auszüge, die sich über Parteiprogramme lustig machen. Täter: unbekannt."
„Das wusste ich nicht. Mit anderen Worten: Wir waren es nicht."
„Natürlich nicht. Und es kommt noch besser: Mir wird aus vertraulicher und zuverlässiger Quelle gemeldet, dass ein Attentat auf mich geplant ist." Von Roddeck schilderte die rätselhaften Umstände um das Wissen und das Unwissen der Kanzlerin. „Auftrag an Sie, Wagner: Verantwortliche ausfindig machen, für die Verteilung der Hitler-Zitate Dringlichkeitsstufe eins, für die Planung des Attentats Dringlichkeitsstufe zwei; aber auch die sollte augeklärt sein, bevor es stattfindet. Ihnen unterstehen doch Verfassungsschutz, BKA und Bundespolizei. Sofort an einer Ihnen geeignet erscheinenden Behörde Task Force einrichten und angreifen."
„Jawoll, Herr General, Task Force, sofort angreifen."
„Noch Fragen, Wagner?"
„Keine, Herr General."
„Und tägliche Meldung immer um die Mittagszeit, die nächste also in 24 Stunden; morgen, Freitag, komme ich selbst zu Ihnen nach Alt-Moabit, bin da sowieso in Bellevue. Im Übrigen Sofortmeldung bei BVs." Von Roddeck legte den speckigen Hörer zurück auf die Gabel und verließ sein Hauptquartier.

Im Kasino warteten Tocker und Krawatz mit Wolfgang Windmer auf ihn. Der Vorsitzende der Liberalen, derzeitiger Minister ohne besonderen Geschäftsbereich, war ein junger Mann Mitte 30, 2-3-Tage-Bart, flachsblondes trockenes Haar, unter dem hellblaue Augen von Roddeck erwartungsvoll bis herausfordernd musterten.

„Herr Windmer, in Ihrer Personalakte lese ich, dass Sie Leutnant der Reserve sind, Panzeraufklärer, zwei Wehrübungen, und dass Sie sich anschließend sogleich der Politik zugewandt haben." Von Roddeck schob Windmers Personalakte Krawatz zu.
„Das ist nicht vollständig, Herr von Roddeck. Zwischendurch habe ich noch ein Kommunikationsunternehmen gegründet, das ich leider nach einem Jahr in die Insolvenz schicken musste."
„Steht hier gar nicht", brummte Krawatz.
„Das haben wir aus politischen Gründen unter Verschluss gehalten. Erfolgreich, wie ich sehe."
„Sie waren jahrelang der jüngste Bundestags-Abgeordnete, sitzen jetzt seit über 10 Jahren im Parlament. Sind Sie nach Ihrer Pleite schuldenfrei?"
„War ich immer. Mit der Insolvenz damals haben wir lediglich eine satte Million aus EU-Förderkrediten verbraten."
„Ach so." Krawatz nahm das Parteiprogramm der Liberalen zur Hand. „Ich lese hier: *‚Die Forderung anderer politischer Parteien, die EU brauche mehr Geld, ist falsch'.* Darf ich diesen Programmteil im Zusammenhang mit Ihrer EU-finanzierten Insolvenz verstehen?"
„Dürfen Sie." Windmer lächelte. „Das war eine grundlegende Erfahrung, die andere bitte auf meine Kosten nicht wiederholen müssen. Nur mit eigenem Geld geht man verantwortlich um."

Krawatz überflog halblaut die Kernaussagen zum sicherheitspolitischen Programmteil:
Die Liberalen werden darauf hinwirken, dass Deutschland gemeinsam mit Afghanistan und den Verbündeten daran arbeitet, die Strategie der vernetzten Sicherheit für die Stabilisierung Afghanistans unter Berücksichtigung der Stammesstrukturen endlich umzusetzen – hin zu mehr zivilem Wiederaufbau in ganz Afghanistan und zu einer verstärkten Übernahme der Verantwortung für die Sicherheit durch die afghanischen Armee- und Polizeikräfte, um den Zeitraum des Einsatzes der internationalen Truppen zu be-

grenzen.... Wir müssen unsere Kräfte bündeln, Aufgaben verteilen, Schwerpunkte setzen. Nur so können wir auf die neuen sicherheitspolitischen Bedrohungen richtig reagieren.

„Was verstehen Sie unter ‚*Strategie der vernetzten Sicherheit*'? Und was wollen Sie mit diesen Leerformeln aussagen?"
„Meine Herren, säße ich hier in meiner Abiturprüfung, woran Sie mich unangenehm erinnern, würde ich zugeben, dass ich von Sicherheitspolitik keine Ahnung habe. Jedenfalls nicht genug, um Ihre Fragen zufriedenstellend beantworten zu können. Also – bin ich jetzt durchgefallen, und wann darf ich wiederkommen?"

Von Roddeck unterdrückte ein Lächeln. „Kamerad Windmer, dieses Gespräch dient dazu, Politiker und politische Parteien zu finden, denen wir die Regierung dieses Landes zutrauen. Wenn Sie sich das selbst nicht zutrauen, sind Sie durchgefallen."
„Und ob ich mir das zutraue, mir und den Liberalen unter meiner Führung, keine Frage! Deshalb treten wir ja an. Immer wieder. Und immer wieder ohne durchschlagenden Erfolg. Dabei ist unser Programm doch gar nicht schlecht. Darf ich mal?" Er griff nach den Papieren auf dem Tisch:
Das Vertuschen und Beschönigen erheblicher materieller Mängel gerade für die Bundeswehr im Einsatz muss ein Ende haben.... Deutschland benötigt hoch motivierte, sehr gut ausgebildete und mit modernster Bewaffnung ausgerüstete Streitkräfte.
„Das gefällt Ihnen doch auch, oder?" Windmer warf die Programmblätter zurück und setzte sein wählerstimmengewinnbringendes Lächeln auf, das die drei aus dem Fernsehen kannten.

Der Junge hatte was, zumindest Mut. ‚Na ja, Panzeraufklärer-Offizier eben', dachte Krawatz. „Wenn hier nicht auch stünde: ‚*Unverzichtbar ist stets eine Zustimmung des Deutschen Bundestages (Parlamentsvorbehalt).*' Was halten Sie wirklich vom Parlamentsvorbehalt?"
„Höchst problematisch." Windmer ersetzte sein Lächeln durch verantwortungsvoll-besorgte Politiker-Falten, die seinen Mund in die Länge zogen. „Das steht da drin, weil das Bundesverfas-

sungsgericht in seiner Entscheidung vom Juli 1994 einen konstruktiven Zustimmungsvorbehalt bei Auslandseinsätzen unserer Armee gefordert hat."
„Das höchste deutsche Gericht hat von einem ‚Parlamentsheer' gesprochen", warf von Roddeck ein. „Das könnte Ihrem politischen Parteiprogramm doch völlig gleichgültig sein."
„Der Ausdruck ‚Parlamentsheer' wird allgemein als ein redaktionelles Versehen des Gerichts verstanden."
„Das Bundesverfassungsgericht kennt sich eben weder in der militärischen Terminologie noch in der Sache aus, in der es richtet."
„Das sehe ich persönlich genau so, Herr von Roddeck: Nach meiner persönlichen Auffassung ist die Parlamentsarmee ein verfassungswidriges Konstrukt in der Grauzone zwischen Legislative und Exekutive, das für seine diesbezüglichen Entscheidungen nie zur Verantwortung gezogen werden kann."
Präziser hätte es auch die DGNS kaum formulieren können, dachte von Roddeck. „Und weshalb halten sie dieses verfassungswidrige Konstrukt dann für ‚unverzichtbar'?" Er erinnerte sich an seine Gespräche mit Tocker und Stich neulich abends im Kaminzimmer.
„Meine Herren, wenn Sie Politik betreiben wollen, werden Sie es noch lernen müssen, dass Sie da nichts befehlen können. Da müssen Sie immer und immer wieder für Ihre Sache werben." Jetzt lächelte Windmer wieder. Nachsichtig.
„Auch mit falschen Argumenten?"
„Mit allen Argumenten, mit denen Sie gewählt werden, um an die Macht zu kommen. Gelingt das, setzen Sie natürlich als verantwortlicher Politiker nur die richtigen Argumente um."
„Eine Verlegenheit, in die sie mit Ihren Liberalen noch nie gekommen sind."
„Immerhin sind wir mit an der Regierung."
„Davon merkt man nichts, Windmer. Sie selbst als Vorsitzender der Koalitionspartei sind nur Minister ohne Geschäftsbereich. In früheren Regierungen wären Sie Außenminister gewesen."
„Diese Stelle haben Sie doch selbst neulich mit diesem Gehrke besetzt."
„Dr. Gehrke ist Fachmann, hat Vergangenheit im diplomatischen Dienst. Ressortlos waren Sie, Herr Minister, schon vorher. Wes-

halb?"
„Wenig Arbeit, wenig Verantwortung und alle Vorzüge des Ministeramts. Viel Zeit für Parteiarbeit. Und die Konservativen unter der Kanzlerin haben bei den Koalitionsverhandlungen alles getan, um die Liberalen von der Macht weitgehend fern zu halten. Unsere Kanzlerin betreibt Machtpolitik, keine Sachpolitik. Aber das wissen Sie ja sicher schon."

„Das ist wohl wahr. Ihre Partei besetzt nur Ministerien, die nichts weiter tun als sich selbst zu verwalten. Aber das könnten Sie anders haben. Sie könnten unserem Oberst Tocker das Wirtschaftsressort abnehmen. Insolvenzen beherrschen Sie ja schon mal."
„Gerne, sofort. Aber lieber nicht unter dieser Kanzlerin."
„Darüber liesse sich reden. In Ihrem Programm steht allerdings erstaunlich wenig über Ihre ökonomischen Vorstellungen."
Windmer zuckte mit den Schultern und setzte wieder sein besorgtes Politikergesicht auf. „Was ist denn mit denen hier?" Er tippte auf die liegengebliebenen Parteiprogramme der AID.
„Könnten Sie etwa mit der AID koalieren, Leutnant Windmer?"
„Ich kann mit jedem koalieren, der uns mitregieren lässt. Am besten mit denen, die das unter unserer freiheitlichen und vernünftigen Führung tun."
„Das sagen Sie, obwohl die AID angeblich eine rechte Partei ist?" Tocker.
„Das ist doch nur Polit-Propaganda, meine Herren. Damit wollen die etablierten Parteien doch nur die Konkurrenz ausschalten, allen voran die Konservativen. Deren Bestrebungen, sich möglichst deckungsgleich den Sozialdemokraten anzunähern, um aus der vermeintlichen Mitte Wählerpotenziale abzuschöpfen, hat doch die rechte Ecke des Spektrums überhaupt erst frei gemacht für die Nationalen. Und die haben doch hier ganz vernünftige Ideen im Programm." Windmer blätterte. „'*Wir sind auch inländerfreundlich.*' In diesem Kapitel werden die ausländer-freundlichen Argumente der Konservativen, der Linken, der Sozialdemokraten und der Grünen widerlegt, die BRD brauche zuzugswillige Migrationsströme, um überhaupt weiter bestehen zu können. Hier steht z. B.: ‚*Fiele die Überschwemmung unseres Vaterlandes mit Gewalt und Terror verbreitenden Angehörigen anderer Kulturkreise*

weg, die einfach nicht zu uns gehören, dann wäre so manche junge deutsche Frau eher bereit, in eine bereinigte Bundesrepublik Deutschland junges deutsches Leben zu setzen.' Die unterfüttern das hier auch noch mit beeindruckendem Zahlenmaterial: Seit 2015 strömen jedes Jahr fast zwei Millionen Migranten zu uns, die meisten davon Muslime ohne jede Bildung, viele mit kriminellem Hintergrund, einige sogar mit terroristischem. Allein 2015 sind mit den registrierten 950.000 und der weiteren Million von unregistrierten mehr Asylbewerber und andere illegale Immigranten nach Deutschland gekommen als von 1953 bis 1989 zusammen. Das heißt: Fast viermal so viele Menschen wandern nach Deutschland ein als im Land geboren werden. In wenigen Jahren wird Deutschland ein muslimisches Land sein. Die schlimmste Zahl aber ist: Die eine Million unregistrierter Zuwanderer taucht irgendwo in Deutschland unter. Die Behörden haben völlig den Überblick verloren. Hart, aber wahr, Realismus statt Visionen. Oder wie sehen Sie das?"
„Aus unserer Sicht ist alles besser als die jetzige Regierung", meinte von Roddeck. „An der Ihre Partei beteiligt ist, wenn auch in unmaßgeblicher Rolle."
„Das ließe sich ja ändern. Und alle wären glücklich."
„Wie stellen Sie sich das vor?"

Auf diese Frage schien Windmer sich vorbereitet zu haben.
„Artikel 67 Grundgesetz: Auflösung des Bundestages. Oder kalter Putsch: Würde ich die Kanzlerin im Zuge eines regierungsinternen Revirements ablösen, würde das Staatsvolk das erst zur Kenntnis nehmen und interessieren, wenn unsere politische Lage sich bereits verändert hätte. Und alle wären glücklich. Bis auf die Kanzlerin. Aber schlechter als sie kann man es nicht machen."
„Verstoßen Sie jetzt nicht gegen Loyalitätsgrundsätze?"
„Als Politiker hat man keine Prinzipien, die man nicht sofort wieder umwerfen könnte."
„Je nach Lage", murmelte von Roddeck. Der Junge gefiel ihm: seine Aufrichtigkeit, seine Ehrlichkeit, sein Mut. Offizier eben. Und absolut ohne Charakter. Politiker eben.

27

Von Roddeck lief seine abendlichen 5.000 Meter. Eine gute Gelegenheit, den Tag nochmal an sich vorüberziehen zu lassen. Diese Polit-Tussis von heute Vormittag hätte man sich nicht einmal anhören müssen. Der Blick in die Parteiprogramme der Sozialdemokraten und der Linken hätte schon ausgereicht, sie durch den Gitterrost der Zeitgeschichte fallen zu lassen. Von Roddecks Perfektionismus und sein Gerechtigkeitssinn hatten ihn gleichwohl veranlasst, die Parteivorsitzendinnen zu Wort kommen zu lassen. Das hatte sich nun eben als Zeitverschwendung erwiesen. Immerhin hatte er dadurch von einer weiteren Verteilung von Hitlers Zitaten aus dessen Kampfschrift erfahren, die scheinbar ihren Einladungen beigelegen hatten. Damit war überdeutlich, dass jemand ihre politische Bewegung sabotieren wollte. Wer wohl dahinter steckte? Wagner, der neue Innenminister, würde es herausfinden.

Den letzten Auftritt im Tagesprogramm hatte Herr Kaspar heute Nachmittag gehabt, stellvertretender Vorsitzender der Konservativen. Deren Programm war ja nun durch die Politik der Kanzlerin hinreichend bekannt:
Die Schuldenlast in Deutschland ist schon heute erdrückend. Der Wohlstand unseres Landes ist gefährdet, wenn der Staat auf Dauer mehr ausgibt als er einnimmt....
Die verfassungsrechtlichen Verschuldungsregeln sollten die Kreditaufnahmen wirksam begrenzen und eine Schuldenbremse sollte eingeführt werden.... Damit die Bürger das Steuerrecht akzeptieren, muss es einfach, niedrig und gerecht sein.
Gut gemeint und schlecht gemacht: Nichts von dem war von dieser Partei in den vergangenen Jahren auch nur ansatzweise umgesetzt worden, nicht in den vielen Jahren, die sie schon die Regierung stellte. Und keiner warf es ihr vor. Nur die DGNS und ihre neue Bewegung.
Ein schlanker Staat zeichnet sich durch geringe Bürokratie aus und fördert die Eigeninitiative statt sie zu blockieren. ... Eine Antwort auf diese Herausforderung ist der Einsatz der Bundeswehr im Inneren bei besonderen Gefährdungslagen. ... Ein unverbunde-

nes Nebeneinander und die Bildung von Parallelgesellschaften, in denen unsere Rechtsordnung missachtet wird, lehnen wir ab.
Alles nur nichtssagende Absichtserklärungen, nichts wurde umgesetzt, nichts verwirklicht, alles verschwamm im gesamtpolitischen Brei von widerstreitenden Interessen und im Morast von Kompromissen – und das bereits im Parteiprogramm.

Auf Runde sieben der Aschenbahn durchzuckte von Roddeck der Gedanke, dass Hitler mit seinem Pamphlet über die Parteiprogramme gar nicht so Unrecht gehabt hatte. *Es ist immer eine einzige Sorge, die entweder zur Neuaufstellung von Programmen oder zur Abänderung der vorhandenen antreibt: die Sorge um den nächsten Wahlausgang.*
Nur dieser Windmer hatte einen überzeugenden Eindruck auf sie gemacht. Sein jugendlicher Elan hatte die relativ geringen Schwächen des Parteiprogramms der Liberalen überdecken können. Das Parteiprogramm würde ohnehin keine Rolle für die Zukunft spielen, es spielte wie bei den anderen Parteien eigentlich überhaupt keine Rolle. Auf die politischen Führungsfiguren kam es an.

Als solche schien Windmer allerdings aus zwei Gründen nicht in Frage zu kommen: Er war zu jung und zu unerfahren, um Kanzler der Bundesrepublik Deutschland spielen zu können, auch nicht an der Leine DGNS. Und seine liberale Partei war bei weitem zu klein, um einen angemessenen Rückhalt in der Bevölkerung zu finden. Daran würde auch Stichs meinungsmachendes Presseimperium nicht dauerhaft etwas ändern können.

Und dieser Gatzsch mit seiner AID?
Von Roddeck war bei Runde zehn und wünschte sich, seinen politischen Umsturz gar nicht erst begonnen zu haben. Aber jetzt musste er seine Bewegung zu einem guten Ende bringen, zu einem guten und erfolgreichen Ende. Aber wie? Oder einen Nachfolger für sich finden. Aber wen?

Von Roddeck lief in die Zielgerade, als ihm die Idee kam. Sein Gehirn hatte offenbar genug Selbsthalluzinogene produziert, jetzt nach 30 Minuten körperlicher Anstrengung. Er drehte noch eine

knappe Runde zum Auslaufen und Abgewöhnen, dann blieb er keuchend zwischen Aschenbahn und Schwimmhalle an seiner Sporttasche stehen.
American Embassy – Bangkok – Thailand
stand in verwaschener Schrift auf dem knallroten Stoff, darunter irgendwelche Schriftzeichen in Sanskrit, die er nicht lesen konnte. Ein Geschenk von einem Oberstleutnant der thailändischen Spezialkräfte – Sabotage and Destruction -, vor fast 20 Jahren mal nach einem gemeinsamen Wassersprung in den Golf von Siam. Ob Renstorff inzwischen irgendwas rausgefunden hatte über die ‚thailändische Lösung' der Kanzlerin?

Von Roddeck rubbelte sich sein kurzes Bürstenhaar mit einem der braun-grünen NVA-Handtücher trocken, die in der Kaserne immer noch in Gebrauch waren. Mit der anderen Hand tippte er die Nummer seines Vorzimmers ins Mobiltelefon. „Renstorff: Will heute Abend, 1900, Krawatz, Tocker und Stich im Kaminzimmer des Kasinos sehen. Und morgen Früh 0630 diesen Gatzsch und diesen Windmer im Besprechungsraum, zusammen mit Stich und Tocker."
Renstorff wiederholte die befohlenen Teilnehmer und Zeiten.
„Gibt's was Neues über diese obskure thailändische Lösung?"
„Negativ, Herr General."
„Dann finden Sie mal diesen thailändischen Oberstleutnant, dürfte inzwischen General sein, mit dem ich vor knapp 20 Jahren mit dem Royal Thai Marine Corps in Satahip Springen war. Leitete damals eine Sabotage-Einheit, Sabotage and Destruction."
„Jawoll, Herr General."
Von Roddeck warf das Handy in die thailändische Sporttasche der amerikanischen Botschaft und ging duschen.

Einige hundert Meter weiter, jenseits der Kasernenmauer, am Rande des Volksparks Rehberge, unmittelbar neben der Freilichtbühne, setzte Stefan, das Milchgesicht, sein Fernrohr ab und verstaute es unter seinem Parka. Das Gelände unter ihm war wegen des leichten Nieselregens immer noch leer. Er machte zwei kurze Telefonate von zwei Handys und begann mit dem beschwerlichen

Abstieg von dem Baum, auf den er heute Nachmittag geklettert war.

28

„Na, meine Herren, wie finden Sie meinen Plan?" Von Roddeck nippte an seinem Rotweinglas und schaute die Herren nacheinander an: Oberst im Generalstab Krawatz, Oberst Tocker, Oberstleutnant Stich. Oberstleutnant Rinzen würde später noch zu ihnen stoßen, war entschuldigt noch irgendwo im Feldjäger-Einsatz. Sie saßen im Kaminzimmer des Offizierskasinos.

Krawatz lag der Vorschlag auf der Zunge, der General solle doch einfach die Umsetzung seines Plans befehlen oder dessen Ausplanung durch den Stab, aber von Roddeck schien hier eher so eine Art Brainstorming veranstalten zu wollen. Tocker, der neue Finanz- und Wirtschaftsminister, meinte: „Wie das verfassungsrechtlich funktionieren soll, kann ich nicht beurteilen, bin da aber skeptisch."
„Das sollen die juristischen Technokraten machen", brummte von Roddeck. „Gehen Sie mal davon aus, meine Herren, das wird verfassungsrechtlich gangbar gemacht. Weitere Bedenken?"
„Ihr Plan wird sich dauerhaft nicht bewerkstelligen lassen, weil alle Staatsgewalt vom Volke ausgeht", gab Stich zu bedenken, der Medien- und Propaganda-Offizier. „Das Volk kommt nämlich in Ihrem Plan überhaupt nicht vor. Das wird auf Dauer nicht gut gehen, es sei denn, wir ändern die Staatsform. Und das lässt das Grundgesetz nicht zu. Und abschaffen können wir es auch nicht."
„Wir drehen uns im Kreis, meine Herren. Vergessen Sie nicht, das von mir vorgesehene Revirement wird erstens von gewählten Volksvertretern veranlasst, zweitens: Diese Regierung regiert vorübergehend, will heißen, bis zu den nächsten Wahlen, wann immer die stattfinden mögen."
Tocker nickte. Es sah aus wie Zustimmung.
„Drittens, und das ist die viel interessantere Frage: Wieviel Beteiligung des Volkes an der Politik brauchen wir eigentlich? Wieviel ist

sinnvoll? In der letzten Kabinettssitzung habe ich – Sie werden sich erinnern – schon die Frage gestellt: Wie lange können wir uns unsere Demokratie überhaupt noch leisten?“
Die Herren erinnerten sich.
„Ich gebe Ihnen ein Beispiel.“ Von Roddeck winkte die Ordonnanz heran, einen Gefreiten, und bestellte noch eine Flasche Baron Philippe de Rothschild, 2005 Bordeaux. „Und ein Glas für den Kasinofeldwebel. Soll sich zu uns setzen.“
Der Gefreite stutzte. „Irgendwelche Beschwerden, Herr General?“
„Soldat beschwert sich nicht. Und Sie machen Ihre Sache gut. Und jetzt führen Sie meine Befehle aus.“

Der Kasinofeldwebel war kein Feldwebel sondern ein Stabsunteroffizier, geschätzte Mitte 20, nach dem Geschmack des Generals etwas zu füllig und mit einem gutmütigen Ausdruck im runden Gesicht. Er meldete sich in Grundstellung. „Herr General, irgendwelche Beanstandungen?“
„Keine. Setzen Sie sich zu uns, auf ein Glas. Wir haben einige Fragen an Sie, außerdienstlich.“

Die Ordonnanz schenkte die Gläser voll, der Unteroffizier nahm zögernd zwischen den Offizieren am Kamin Platz.
„Thema: politische Weiterbildung. Außerdienstlich, also legen Sie alle Beklemmungen ab; wir machen keine Personalnotizen, sondern einen kleinen Truppenversuch. Dazu brauchen wir einen mutigen Unteroffizier.“ Von Roddeck prostete dem Unglücklichen zu. „Folgende Fragen: Interessieren Sie sich für Politik?“
„Weniger, Herr General, wenn ich ehrlich sein soll.“
„Sollen Sie. Müssen Sie. § 3 Soldatengesetz.“
„Ich nehme aber regelmäßig an den politischen Unterrichten in der Kompanie teil.“
„Lesen Sie regelmäßig Zeitung? Tageszeitungen, Wochenmagazine?“
Stich horchte auf.
„Weniger, Herr General, offen gesagt. Manchmal. Hin und wieder.“
„Fernsehen?“
„Jeden Abend. Fast jeden Abend.“
„Politische Sendungen?“

„Weniger."
„Aber Sie wissen, an welchen Auslandseinsätzen unsere Kameraden derzeit beteiligt sind."
„Kosovo, Afrika, Irak, glaube ich - und natürlich Afghanistan."
Von Roddeck zog die Augenbrauen hoch.
„Nein, Irak nicht", verbesserte der Stabsunteroffizier. „Nicht mehr."
Die Augenbrauen des Generals blieben oben.
„Und Libyen", ergänzte der Kasinofeldwebel. „Aber nur die Luftwaffe, da haben wir vom Heer ja nichts mit zu tun."

Von Roddeck senkte die Augenbrauen. „Wissen Sie, Herr Stabsunteroffizier, woran sich der Zweite Weltkrieg entzündet hat?"
„Deutschland hat Polen angegriffen."
„Weshalb? Kriegsgrund?"
„Ohne Grund."
„Sagt Ihnen in diesem Zusammenhang der Danziger Korridor etwas?"
Kopfschütteln.
„Wissen Sie, wo Danzig liegt?"
„Muss ich das?" Die Fragerei ging ihm langsam auf die Nerven. Was sollte das hier? Er wurde in der Küche gebraucht.
„Ja, müssen Sie."
„Nordsee, äh, Ostsee. Meine Schwiegereltern leben dort.
„Ist Ihre Frau Polin?"
„Inzwischen ist sie Deutsche. Durch unsere Hochzeit."
„Gratuliere. Wechseln wir…".
„Entschuldigung, Herr General, eine Zwischenfrage." Krawatz. „Sie zögern bei Gdansk zwischen Nord- und Ostsee, und Ihre Schwiegereltern leben dort?"
„Der Oberst meint Danzig", erläuterte von Roddeck.
„Naja, sehe ich nicht so oft. Außerdem habe ich ´n Navi."
„Ach so."

„Wechseln wir das Thema." Von Roddeck wieder. „Was wissen Sie zu dem schwierigen Thema der Euro-Rettung? Sagt Ihnen das ´was?"
„Jawohl, Herr General: Der Euro muss gerettet werden."
„Vor welchen Gefahren?"

Der Stabsunteroffizier dachte nach. „Die Griechen geben zuviele Euros aus. Und wir müssen die dann ersetzen. Also zahlen. Nach Griechenland. Immer wieder. Immer weiter.“ Er schüttelte seinen runden Kopf.
Von Roddeck prostete ihm zu. „Nun trinken Sie mal von diesem köstlichen Wein, den Sie hier im Keller für uns bereithalten.“

„Gehen Sie wählen?“ wollte Tocker wissen.
„Nur zu unseren Personalratswahlen, Herr Oberst.“
„An politischen Wahlen nehmen Sie nicht teil?“
„Weniger. Hängt dann immer vom Wetter ab, und was meine Frau so machen will. Party oder so. Je nachdem.“
„Na dann“, sagte von Roddeck und trank dem Kasernenfeldwebel zu. „Dann schicken Sie uns mal unsere Ordonnanz.“
Der Stabsunteroffizier meldete sich ab.

Der Gefreite erschien.
„Alter, Schulbildung?“ wollte von Roddeck wissen.
„20, Quali.“
„Dann nehmen Sie mal Platz bei uns, Herr Gefreiter.“
Der Soldat zog verschüchtert den freigewordenen Sessel heran und belegte zögernd die vorderste Sitzkante.
„Hobbies?“
„Sport, Herr General.“
„Sehr gut! Politisch interessiert?“
„Ja, schon.“
„Schon mal gewählt?“
„Einmal, vor zwei Jahren, war gerade 18 geworden. Und einmal hier für Berlin, vor einem Jahr oder so.“
„Welche Wahlen waren denn das, die für Berlin?“
„Keine Ahnung, ich nehme an, Stadtrat oder so?“
„Und vor zwei Jahren?“
„Allgemeine Wahlen. Da wurde überall gewählt.“
„Und wie hießen diese Wahlen vor zwei Jahren?“
Achselzucken. „Weiß ich nicht mehr, Herr General.“
„Europawahlen? Bundestagswahlen? Wahlen zum Abgeordnetenhaus?“
Achselzucken.

„Herr Gefreiter, wechseln wir das Thema: Welche Rolle spielt Deutschland in Europa?"
Der Gefreite zögerte. „Also, wir sind mittendrin. Und wir zahlen am meisten."
„Wohin gehen diese Zahlungen?"
„Keine Ahnung, Herr General."
„Und weshalb zahlen wir am meisten?"
„Naja, Zweiter Weltkrieg und so. Da hatten wir ja Schuld dran. Sagen alle. Auch mit den Juden und so."
„Gefreiter, wann fand der Zweite Weltkrieg denn statt?"
„1871. Nein, 14 bis 18. Quatsch, Mitte der 40iger Jahre. Ist schon lange her."
„Lesen Sie hin und wieder Zeitungen oder sehen Sie regelmäßig fern?" wollte der Medien- und Propaganda-Offizier wissen.
„Sport ja, jeden Abend. Hauptsächlich Fußball. Finde aber auch Handball super. Spiele ich beides auch selber."

Tocker schaltete sich ein: „Herr Gefreiter, Sie sagen, Sie haben schon zweimal gewählt in Ihrem Leben. Von welchen politischen Überlegungen haben Sie sich denn dabei leiten lassen?"
Die Ordonnanz grübelte und rieb sich die Stirn. „Also, einmal habe ich diese -, ich weiß den Namen nicht mehr, gewählt, das war in Berlin, glaube ich, weil auch meine Freundin findet, dass mehr Frauen in die Politik sollten. Dann ist alles harmonischer. Nein, das war meine erste Wahl, also, als ich das erste Mal gewählt habe, gleich nach meinem Geburtstag. Und einmal habe ich diese Vandalen gewählt, endlich mal Politiker in meinem Alter und freier Internetzugang, keine Bevormundung, finde ich voll cool."
„Ende des Interviews", befahl von Roddeck.
Der Gefreite meldete sich ab. „Brauchen Sie noch ´was, meine Herren?"
„In einer halben Stunde die nächste Flasche Wein."

„Quod erat demonstrandum." Von Roddeck hob sein Weinglas. „Das ist das Volk, der Souverän, von dem alles ausgehen soll, meine Herren: Kaum einer weiß, wen er wählt, gewählt wird aus unzureichenden Überlegungen, sofern solche überhaupt angestellt werden, und dann auch noch aufgrund von Unwissenheit

und Irrtümern. Wobei wir hier gerade eben durch die ständige politische Bildung in unserer Armee eher noch eine überdurchschnittliche Auswahl erlebt haben dürften."
„Ich fühlte mich manchmal an den Witz mit dem rechten Winkel erinnert."
„Welchen Witz?"
„Darf ich, Herr General?"
Von Roddeck nickte.
„Der Unteroffizier erklärt Rekruten im Rahmen seines Unterrichts ‚Überleben im Felde' die Wasserzubereitung und dass Wasser bei 90 Grad zu kochen beginnt. Ein Abiturient meldet sich und stellt richtig: 100 Grad. Der Unteroffizier lässt ihn pumpen. Abends entschuldigt er sich bei dem Abiturienten: Er habe die 90 Grad mit dem rechten Winkel verwechselt."
Niemandem war nach Lachen zumute.

„Meine Herren, wir waren bei den Irrtümern, denen das Volk aufgrund seiner mangelhaften Begabung und unzureichenden Ausbildung schon im Ansatz der politischen Willensbildung unterliegt. Irrtümer, die unsere Parteien bewusst verursachen. Und dieser in Wahlen gesammelte Volkswille wird dann durch unser Parteiensystem noch einmal sortiert und ein weiteres Mal verfälscht, bevor er – von zahllosen politischen Kompromissen bis zur Unkenntlichkeit aufgeweicht – in unsere Gesetze einfließt, die danach natürlich keiner mehr wiedererkennt und die auch keiner haben wollte." Er prostete seinen Offizieren zu. „Das werden wir mit dem eben besprochenen Plan ab morgen ändern. Und wenn dabei vorübergehend der Bundestag nicht beteiligt sein wird und auch das Volk nicht - bis zu späteren Neuwahlen -, dann wird das von den Wählern, die wir soeben beispielhaft erlebt haben, zu ertragen sein. Sie werden es größtenteils nicht einmal bemerken, weil sie alle zu sehr mit sich selbst beschäftigt sind und weil wir ihre Lebensumstände verbessern werden."

Stich setzte sein Glas ab. „Waren Sie nicht früher immer der Ansicht, Sie wollten keine Politik machen, weil Sie sie verabscheuen, Herr General? Sie machen doch im Moment nichts anderes als Politik, nur mit unüblichen Mitteln. Sozusagen die Fortsetzung der

Politik mit den Mitteln des Staatsstreichs. Sie erinnern dabei an Generalfeldmarschall Walter Model, der sich immer als reinen Berufssoldaten betrachtet hat, der mit Politik nichts zu tun hatte; doch wie immer sein Selbstbildnis eines unpolitischen Soldaten ausgesehen haben mag, handelte er natürlich politisch."
„Lieber Stich, anders als Kamerad Model, damals Oberbefehlshaber von drei Heeresgruppen im Osten, hätte ich mich am 20. Juli 1944 nicht geweigert, der Behauptung der Verschwörer zu folgen, Hitler sei tot; und ich wäre auch anders als Model nicht der erste militärische Führer gewesenen, der dem Diktator seine Ergebenheitsadresse übersandte, nachdem er von dessen Überleben gehört hatte. In seiner Unterstützung der politischen Führung war Model im Gegensatz zu mir nie wankend. – Aber Sie haben gleichwohl recht: Mit der morgigen Besprechung möchte ich meine vorübergehende – wenn Sie so wollen – politische Tätigkeit nur allzu gerne in die Hände der auserwählten Polit-Profis legen. Wir werden sehen, was dabei herauskommt. Vielleicht wird der morgige Freitag wohltuend in die Geschichte unseres Vaterlandes eingehen."
‚Hoffentlich nicht als Schwarzer Freitag', dachte Stich.
„Und noch eines, meine Herren: Damit ich danach wieder voll und ganz meinem Beruf als Soldat nachkommen kann, beabsichtige ich, nicht weiter als Präsident unserer DGNS zur Verfügung zu stehen. Schaffen wir das morgen, hat die DGNS ein wesentliches Etappenziel erreicht, sodass mein Wunsch gerechtfertigt ist. – Ah, da kommt Kamerad Rinzen."

Oberstleutnant Rinzen setzte sich zu ihnen. Eine weitere Flasche Bordeaux wurde serviert. Die Herren prosteten sich zu.
„Von welchem Einsatz kommen Sie gerade?" wollte von Roddeck wissen.
„Ich habe Ihren Fahrer aufmunitioniert. Für Ihre Fahrt ins Schloss Bellevue morgen Mittag. Wegen der Attentatsdrohungen." Rinzen sah Stich an. Der nickte. Er hatte die obskure Information aus dem Umfeld der Kanzlerin an Rinzen weitergeleitet.
„Und wie soll das aussehen? Fahren wir im SPz Marder oder im Konvoi mit zwei Waffenträgern Wiesel?"
Alle sahen Rinzen an.

„Ich hab´ dem Hauptgefreiten Nolte ´ne MPi 5k übergeben. An der schießt er sich gerade ein."

29

Sie benötigten den ganzen nächsten Vormittag, obgleich sie mit ihrer Besprechung bereits um 6 Uhr 30 begonnen hatten. Kurz bevor die Zeiger der alten Archidis-Standuhr im Besprechungszimmer des Offizierskasinos der Julius-Leber-Kaserne sich über der Zwölf deckten, bestellte General von Roddeck zwei Flaschen Champagner.

„Meine Herren, ich fasse zusammen:
1. Der AID und die Liberalen fusionieren."

Gatzsch und Windmer nickten.

„2. Der Machtzuwachs der neuen Nationalliberalen – immerhin erfolgt hierdurch eine Vervierfachung ihrer Mitgliederzahl – muss sich in der derzeitigen Regierung in irgendeiner Weise niederschlagen. Vorgezogene Neuwahlen lehnen wir ab, weil das Volk unberechenbar ist und die Tragweite unserer Maßnahmen wahrscheinlich nicht erkennen wird. Auch die Mandatsträger würden Neuwahlen ablehnen, weil sie ihre Pfründe verlieren würden.
3. Roland Gatzsch wird Mitglied der Konservativen. Ermöglicht durch Ortsverbands-Vorsitzenden hier in Berlin, der Reserveoffizier ist und Mitglied unserer DGNS. Sofort anschließend geht Herr Gatzsch als Nachrücker in den Bundestag, wo ein Kamerad von uns, Hinterbänkler, seinen Parlamentsplatz für ihn räumt.
4. Die Berücksichtigung der neuen Kraftverhältnisse erfolgt dadurch, dass Herr Gatzsch von der Kanzlerin das Kanzleramt übernimmt. Er wird die Richtlinien der Politik in Übereinstimmung mit Artikel 65 Satz 1 des Grundgesetzes so bestimmen, wie (a) die DGNS – unter vorübergehend noch meiner, bald unter der Präsidentschaft meines Nachfolgers – sie ihm vorgeben und (b) sein Vizekanzler sie im Benehmen mit ihm festlegen wird. Die

Feinabstimmung bleibt Koalitionsverhandlungen vorbehalten.
5. Vizekanzler wird Wolfgang Windmer als Wirtschaftsminister. Oberst Tocker, der das Finanzressort behält, wird froh sein, dass er nicht beide Ministerien führen muss."

Tocker deutete lautlosen Applaus an.

„6. Unsere derzeitige Kanzlerin wird politisch abgefunden dadurch, dass sie die Bundespräsidentschaft übernimmt, wenn sie will. Will sie nicht, wird das Amt des Bundespräsidenten abgeschafft.
7. Mit der Durchführung der Parteienfusion beginnen Gatzsch und Windmer sofort."

Die beiden Politiker nickten.

„Stich organisiert die entsprechenden Medienkampagnen so, dass heute Abend 1800 die ersten Informationen über das Netz laufen, die Bevölkerung also in den Abendnachrichten davon erfährt, aus den Printmedien – mit Unterstützung der Presseverlage von Herrn Gatzsch – morgen, Samstagfrüh. Oberst Krawatz informiert unsere DGNS aktuell und koordiniert hier die Stabsarbeit. Ich bin auf dem Weg zum Innenminister, Oberst Wagner, anschließend zum Schloss Bellevue, um (a) die Kanzlerin in die neue Lage einzuweisen, (b) unserem Bundespräsidenten zu erläutern, dass nach dem folgenden Montag, nach Entlassung der alten und Ernennung der neuen Minister, seine Amtszeit endet, so oder so. – Noch Fragen?" Von Roddeck schob seine drei Manuskriptblätter übereinander, Kante auf Kante.

Ordonnanzen trugen zwei Eiskübel und fünf Kristallgläser auf zwei Silbertabletts herein.

Gatzsch hatte noch eine Frage. „Was wird anschließend aus unserem Bundespräsidenten?"
„Wir haben schon eine Anschlussverwendung für ihn, im Rahmen unserer nicht enden wollenden Fürsorge." Von Roddeck nahm ein gefülltes Glas entgegen.

„Kriegt diese Figur eigentlich einen Ehrensold?" wollte Windmer wissen.
„Ist nicht vorgesehen. Keine Ehre, kein Ehrensold. Das Amt hätte als Amtsinhaber ein Vorbild verlangt. Unser Präsident war immer nur ein Abbild, nämlich unseres deutschen Michel. Zuletzt nur noch ein Abziehbild. Er wird unserem Workfare-Programm vorstehen, das bereits in vorbildlicher Weise funktioniert. Hoffentlich beschädigt er nicht auch das. – Sonst noch Fragen?"
Die Champagnerkelche waren verteilt.
„Dann Prost, meine Herren. Auf eine gemeinsame bessere politische Zukunft!"

30

Der nato-olivfarbene Dienst-Mercedes kroch unter dem Schlagbaum der Julius-Leber-Kaserne durch und bog rechts in die Allee Camille Saint Saëns ab. Nach knapp 100 Metern fuhr er an einem roten Fiat vorbei.

In dem roten Fiat betätigte Stefan, das Milchgesicht, nacheinander zwei Mobiltelefone, ein rotes und ein schwarzes. Er durfte die beiden unter keinen Umständen verwechseln, aber das hatte ja in der Vergangenheit immer gut geklappt. In das rote Telefon sprach er: „Es geht los, ist gerade rausgefahren." Er drückte die rote Taste. In das schwarze Telefon meldete er: „Beginn Operation Bravo, Ende." Auch das schwarze Telefon schaltete er aus.

Er startete den Wagen und folgte dem Militär-Mercedes in großem Abstand. Der Mercedes war auch von weitem gut im Auge zu behalten, denn es gab kaum Verkehr, und mit seiner perversen Militärfarbe war er unverwechselbar. Das Grün des Volksparks Rehberge war einem tristen Graubraun gewichen.

An der Ecke Dohnagestell bog der Mercedes wie immer nach links ab und beschleunigte. Rechts lag der Friedhof am Plötzensee in jenseitiger Ruhe. ‚Wie passend', dachte das Milchgesicht, ‚dann hat er es nicht mehr so weit': Er gab dem General allenfalls noch fünf Minuten.

An der Ecke Transvaalstraße wartete ein schwarzes BMW-Motorrad den vorfahrtsberechtigten Mercedes ab und folgte ihm dann in einem Abstand von gut 50 Metern. Aus der Tangastraße einbiegend kam ihnen eine weitere Maschine entgegen, auch schwarz. Auf beiden hockten zwei Ledermonturen unter schwarzen Helmen, Visiere heruntergeklappt, gefechtsbereit.

Dem Hauptgefreiten Nolte fiel zunächst die Übereinstimmung der beiden Motorräder und der Bekleidungen der Besatzung auf, eines im Rückspiegel und ein identisches, das ihnen entgegenkam. Sekundenbruchteile hielt er sie für eine Sinnestäuschung. Er schmunzelte und wunderte sich, dass die BMW hinter ihnen noch nicht zum Überholen angesetzt hatte; das machten BMWs ja normalerweise. Nolte beschleunigte ein wenig.

Im Fond schaute der General von seinen Papieren auf. Er sah, wie auf der Friedhofseite eine Frau einen Kinderwagen über die Bordsteinkante schob. Ihr Gesicht war unter einem schwarzen Gesichtsschleier verborgen. Der Kinderwagen rollte vom Bordstein aus quer über die Straße. Die Frau versuchte nicht, ihn festzuhalten. Sie huschte zurück Richtung Friedhofseingang. Gerda.

Nolte nahm den Fuß vom Gas. Beide BMWs kamen jetzt schnell näher.

„Nolte: Geben Sie Gas! Am Kinderwagen vorbei, rechts über den Bordstein. Marsch, Marsch!"

Der Mercedes springt nach vorn. Sein rechter Kotflügel bricht Gerdas Beine und schleudert sie in die Friedhofshecke.
„Und jetzt halten Sie voll auf das Motorrad zu! Deckung!"
Nolte nimmt Maß und taucht in den Fußraum ab. Die rechte Hand drückt das Gaspedal durch, die linke steuert blind.

Von Roddeck zerschlägt mit dem Schaft der Maschinenpistole 5k das Rückfenster und nimmt das Motorrad ins Visier.

Die entgegenkommende BMW versucht, dem Mercedes auszuweichen. Der Abstand ist zu kurz: Das schlingernde Vorderrad kann dem heranbrausenden Wagen nicht mehr ausweichen. Die Maschine überschlägt sich. Sie kracht hinter dem Wagen auf die Straße und schliddert scheppernd und funkenstiebend über den Asphalt. Ein zappelnder Lederkörper klatscht auf und rollt hinter ihr her. Gisela.

Nolte, noch immer im Fußraum des Mercedes, stemmt seine Rechte in das Bremspedal. Hinter ihnen stoppt Michael die BMW ab und stellt sie quer. Sein Sozius, Simon, soll freies Schussfeld haben. Scheiße gelaufen bisher: Der Mercedes hätte beim Auftauchen des Kinderwagens seine Fahrt verringern, aber nicht beschleunigen sollen. Aber jetzt kann das Entscheidende noch gelingen.

Simon stellt fest: Der Mercedes hat keine Heckscheibe mehr, verbundglas-verklebte Fetzen hängen an ihrer Stelle. Und das, obwohl er noch keinen Schuss abgegeben hat. In der Mitte der Hutablage, splitterübersäht, ein bordeauxfarbenes Barrett. Er legt die AK 47 an, Einzelfeuer, zwei Schuss. Der dritte Schuss zerfetzt das Barrett und die Hutablage. Simon muss sich jetzt festhalten, weil Michael versucht, der ihnen entgegen schlitternden BMW auszuweichen.

Links von ihnen explodiert der Kinderwagen.

Rechts aus dem Fond des Mercedes wirft sich ein Typ und rollt über den Asphalt. Simon sieht drei Blitze. Es ist das Letzte, was er in seinem Leben sieht. Kurzer Feuerstoß aus der MP 5k, drei Schuss, der erste zerfetzt Michaels Schutzhelm, der zweite verirrt sich zwischen Michael und Simon, der dritte zerschmettert Simons Gefechtsvisier.

„Nolte! Alles gut?“

„Jawohl Herr General. Keine besonderen Vorkommnisse."
„In Deckung bleiben. Meldung an Renstorff. Und neuen Dienstwagen mit frischem Barrett anfordern." Von Roddeck lag bäuchlings in der Friedhofshecke und sicherte, linke Hand an der MPi, rechte an seiner P8, beide Waffen auf die Lederleiber gerichtet, die leblos auf dem Asphalt lagen.

Keine 100 Meter hinter ihnen sah er einen roten Fiat, den er heute schon Mal gesehen hatte, war noch gar nicht so lange her. Der Fiat versuchte zu wenden.
„Nolte! Sichern!" Von Roddeck sprang auf und hetzte hinter dem Fiat her. Das Wendemanöver war vollbracht, Stefan, das Milchgesicht, gab Gas. Da zerriss ihm ein Feuerstoß beide Hinterreifen. Der rote Fiat kam schleudernd zum Stehen.

Stefan fluchte und öffnete die Fahrertür. Der General stand vor ihm, P8 im Anschlag, auf Stefans Bauch gerichtet. „An den Baum da!"
„Hören, Sie, ich wollte umdrehen wegen dieses Unfalls da vorne. Ihnen ist hoffentlich nichts passiert?"
Von Roddeck hatte eine blutige Schramme auf der rechten Wange. „An den Baum da!"

Stefan ging auf eine junge Birke am Straßenrand zu.
„Front zum Baum, Beine unten verschränken, Schneidersitz, oben Arme verschränken, um den Stamm `rum."
Stefan fragte sich, ob diese unerwartete Anweisung mit dem benachbarten Naturschutz- und Grünflächenamt am Goethepark in einem Zusammenhang stand, tat aber wie befohlen. Wollte der ihn hier etwa hinrichten? Er umschlang die Birke mit allen Vieren.
Der General trat hinter ihn. „Runter! Weiter runter!"
Stefan rutschte an der Baumrinde weiter nach unten, bis es weh tat.
„Noch weiter." Der General stellte sich auf Stefans Knie und schaukelte sie mit leichten Wippbewegungen noch weiter auf den weichen Grasboden.
Stefans Gelenke knackten. Das Gewicht des Generals auf seinen Schultern drückte ihn noch einmal gut zehn Zentimeter tiefer. Un-

möglich, aus dieser Situation ohne fremde Hilfe jemals wieder herauszukommen. Ohne orthopädische Hilfe. Fesseln ohne Hilfsmittel, wahrscheinlich irgendsoein Lehrstück aus ‚Überleben im Felde'. Das Milchgesicht grub sein schmerzverzerrtes Gesicht in die Baumrinde.
„Sie werden abgeholt." Der General warf ihm einen letzten Blick zu und lief wortlos zurück. Nolte saß am Straßenrand, nicht weit von dem ausgebrannten Kinderwagen, aus dem noch Flammen züngelten. Er hielt mit seiner Dienstpistole drei Ledermonturen in Schach, zwei Erschossene und ein Unfallopfer, von dem man nicht wusste, ob es wieder aufwachen würde.

Durch die Hecke des Friedhofs am Plötzensee hörten sie Gerda jammern.

31

Die Tageszeitungen berichteten über das gescheiterte Attentat auf General von Roddeck aus den unterschiedlichsten Blickwinkeln. Die Abendnachrichten vom Freitag waren noch lückenhaft. Die Nachrichten vom Samstagmorgen ließen der journalistischen Phantasie freien Lauf:

Durchgeknallter General überfährt Hartz-IV-Empfängerin
so der Alternative Anarcho-Anzeiger AAA.

Militärrat dreht durch.

Schwerer Autounfall in Wedding: 5 Tote

titelten andere.

Ein Wochenendblatt des Verlegers Gatzsch berichtete, ein Attentatsversuch auf den Leiter des Militärrats, Brigadegeneral von Roddeck, sei am Freitagnachmittag gescheitert:

Der General befand sich auf einer eiligen Dienstfahrt aus der Julius-Leber-Kaserne, in der er sich mit hochrangigen Parteivertretern zu einem so wichtigen Thema wie der fundamentalen Veränderung unserer Parteienlandschaft den ganzen Vormittag über zusammengesetzt hatte. Sein ursprüngliches Ziel war das Schloss Bellevue gewesen, in dem die Kanzlerin vom Ergebnis dieser Besprechung und den daraus für ihre Kanzlerschaft folgende Konsequenzen hatte informiert werden sollen.
Eine kurzfristige Änderung seiner Pläne sollte ihn am gestrigen Freitag aber zunächst zum Innenministerium in Alt-Moabit führen, wo unser neuer Innenminister auf ihn wartete. Fast hätte der General also dem Attentat entkommen können. Sein Pech: Alt-Moabit liegt auf derselben Wegstrecke wie Schloss Bellevue. Aber als Soldat hat er sich offenbar zu helfen gewusst, zusammen mit seinem Fahrer, einem tapferen jungen Hauptgefreiten.

Und der BUNDESKURIER des Großverlegers Stich befand:

General stellt vier ABAB-Terroristen.
Bei einem Attentatsversuch auf General Berndt von Roddeck in Berlin am frühen Freitagnachmittag konnte das auserkorene Opfer erfolgreich seine militärische Ausbildung anwenden, um sich und seinen Fahrer zu retten.
Drei der Attentäter wurden beim Schusswechsel getötet, ein weibliches Mitglied der ABAB schwer verletzt. Gerda V. liegt auf der Intensivstation des Klinikums Neukölln, befindet sich aber außer Lebensgefahr. Bei den zu Tode gekommenen mutmaßlichen Attentätern handelt es sich um die seit zwei Jahrzehnten steckbrieflich gesuchten Simon L., Michael B., und Gisela F., die zuletzt abwechselnd in einem Autonomen Zentrum Berlin und im Schanzenviertel in Hamburg gelebt haben. Sie hatten sich den Falschen ausgesucht: Der General war ehemaliger Kommandobeauftragter der Bundeswehr und nahm nach dem Zwischenfall sofort wieder seine Dienstgeschäfte auf.

Kein Blatt erwähnte Stefan, das Milchgesicht.

Ein Kommentar im ZÜRICHER ECHO war der Ansicht:

Diesem Attentat hat offensichtlich das Schleyer-Attentat von 1977 Modell gestanden, denkt man an die beteiligten Motorräder und vor allem an den Kinderwagen. Das Schleyer-Attentat, dem der damalige Wirtschaftsführer Hanns-Martin Schleyer zum Opfer fiel, wurde damals von der Roten Armee Fraktion (RAF) verübt, eine Nachfolgerin der`68er Bewegung aus der linken Ecke der Bundesrepublik Deutschland. Die`68er und die RAF verstanden sich als Widerstandsbewegung gegen die schleichende Kontinuität des Dritten Reiches in der BRD, die sich beispielsweise dadurch zeigte, dass alte Seilschaften aus der NS-Zeit es geschafft hatten, in der jungen Republik eine Schlüsselposition nach der anderen peu à peu zu besetzen. So waren 1952 im Bundesnachrichtendienst 56 ehemalige NS-Funktionäre untergekommen, 1960 waren es schon 200; das Bundesamt für Verfassungsschutz hatte etliche Präsidenten und Vizepräsidenten mit brauner Vergangenheit, und im deutschen Bundeskriminalamt hatten von 50 Beamten des Leitenden Dienstes nur zwei ihre beruflichen Wurzeln nicht in der Sicherheitspolizei Heydrichs und Himmlers. Das „Zigeuner"–Referat des bayerischen Landeskriminalamts wurde seinerzeit vom „Zigeuner"–Spezialisten der SS verwaltet.

Seither hat die Bundesrepublik, die insbesondere durch ihre Wiedervereinigung mit der DDR selbst ein sozialistischer Staat geworden zu sein scheint, sich daran gewöhnt, dass der Terror nun von der rechten Seite kam – man denke an die zahlreichen Immigrantenmorde, die dem rechten Nationalsozialistischen Untergrund (NSU) zugerechnet - manche sagen: zugeschoben - werden.

Nun, seit letztem Freitag also wieder der Terror von links – bedeutet das, unser Nachbarland rückt wieder nach rechts in die politische Mitte? Bricht eine Zeitenwende heran? Bekanntlich verläuft die Geschichte in Wellenbewegungen….

Die Staatsanwaltschaft beim Landgericht Berlin eröffnete gegen General von Roddeck ein Ermittlungsverfahren wegen des Verdachts des Totschlags in drei Fällen in Tateinheit mit Körperverletzung zu Lasten Gerda V.s und wegen Verkehrsunfallflucht nach § 142 des Strafgesetzbuches. Von Roddeck war bei dieser Staatsanwaltschaft bereits aktenkundig: Sie hatte vor dem Umsturz einen Haftbefehl gegen ihn erwirkt, wegen Verstoßes gegen §§ 83 und 89 des Strafgesetzbuches, Vorbereitung eines hochverräterischen Unternehmens in Tateinheit mit der verfassungsfeindlichen Einwirkung auf Bundeswehr und öffentliche Sicherheitsorgane. Gegen Nolte wurde wegen Geschwindigkeitsüberschreitung in geschlossenen Ortschaften ermittelt.

Stefan, das Milchgesicht, wurde nach mehrfacher chiropraktischer Behandlung von der Berliner Polizei vernommen, danach von Beamten der Bundespolizei, die ihn an das Bundeskriminalamt weiterreichten. Dort verlor sich seine Spur. Zunächst.

32

Sanitätsakademie der Bundeswehr, München, Neuherbergstraße. Die 149. Gedenkfeier von Camerone fand wie jedes Jahr als Ball der ehemaligen Legionäre der URAC – Union des Réservistes et des Anciens Combattants – in der Offiziersmesse der Ernst-Von-Bergmann-Kaserne statt. Nach der offiziellen Zeremonie und dem Cognac Traditionnel de Camerone begaben sich die deutschen Gäste um Oberstarzt Dr. Lippmann auf die Terrasse, um ein wenig frische Luft zu atmen. Dr. Lippmann hatte sich zuvor noch die verstörende Geschichte eines seiner Gastgeber, eines ehemaligen französischen Colonel der Fremdenlegion, über das Schicksal eines seiner Legionskameraden anhören müssen, den die deutsche Justiz verurteilt und unter Verschluss genommen hatte.

Sie standen hinter dem zweimal zwei Meter großen Raucher-Karree. Lippmann ergriff das Wort zu einem Thema, das alle bewegte. „Meine Herren, ich denke, dass wir den Widerstand gegen diesen Militärrat nicht den linken Anarchisten überlassen sollten, zumal die soeben grandios gescheitert sind. Wir als aktive Angehörige der Bundeswehr sind in der Verantwortung, aus dem Kreis des Offizierkorps heraus den Widerstand zu wagen gegen diese unglaubliche Entgleisung unserer wehrhaften Demokratie.

Denken Sie an Oberst Graf von Stauffenberg – ein Vorbild für uns alle, auch heute noch."

Die umstehenden Offiziere in ihren schwarzen Gesellschaftsanzügen nickten und murmelten verhalten Zustimmung. Eine Ordonnanz huschte mit einem leeren Tablett vorbei.
„Ich schlage deshalb vor, meine Herren, dass sich dieser kleine Kreis heute um Mitternacht nochmal kurz in dem Speisesaal rechts vom vorderen Ausgang trifft, um unser weiteres Vorgehen zu besprechen. Der Raum ist für uns beim Kasinooffizier reserviert, als ‚geschlossene Gesellschaft'. Ich darf um strengste Diskretion bitten, meine Herren".

Kurz nach Mitternacht saßen die Herren vollzählig im Ernst-von-Bergmann-Zimmer. Vor Dr. Lippmann lagen Einsatzpläne, die er seinem Feldafinger Kreis aus der Führungsunterstützungsschule der Bundeswehr soeben erläutern wollte. Da sprang die Eingangstür auf. Ein Hauptgefreiter UA. „Meine Herren: Ihre Bestellungen?"
„Herr Hauptgefreiter, wir möchten danach bitte nicht mehr gestört werden."
„Ist mir klar, Herr Oberstarzt. Steht ja draußen: ‚Geschlossene Gesellschaft'. Aber ich dachte, zu trinken wollten Sie sicher noch was." Er nahm die Bestellungen auf.
„Habe Sie hier noch nie gesehen, Herr Hauptgefreiter. Neu hier? Seit wann?" Die Augen des Oberstarztes verengten sich.
„Bin auf Wehrübung, Herr Oberstarzt. Übe als Kasinounteroffizier auf `ner Uffz-Stelle. Die nächsten vier Wochen. Und bin jetzt der letzte Mann hier."
Dr. Lippmann wartete, bis der Hauptgefreite den Raum verlassen und die Tür sorgfältig hinter sich zugezogen hatte. Dann fing er an.
Drei Stunden später räumte der Hauptgefreite der Reserve die Tische ab, löschte das Licht im Ernst-von-Bergmann-Zimmer und zog sich im Kellerraum seine Zivilklamotten an. Seine Uniform hängte er liebevoll in den kleinen Spind. Er vergewisserte sich – völlig überflüssig –, dass am linken Innenkragen seines zivilen Parka das schwarz-rot-goldene ‚R' noch angebracht war. Das sollte ihn gleich morgen in der Früh daran erinnern, als erstes

seinen MAD-Offizier anzurufen, gleich nach dem Aufwachen. Er schloss die Offiziersmesse ab und fuhr durch den morgendlichen Nieselregen nach Hause.

33

Am Sonntag klingelte von Roddecks Diensttelefon. Der General krabbelte aus den TRX-Bändern, mit denen er sein morgendliches Suspension-Training absolvierte.
„General Lerpong Tangnoppakul für Sie, Herr General."
„Durchstellen."

Der Generalmajor rief aus einem Bungalow irgendwo im Dschungel zwischen Bangkok und Pattaya an. „Sawadee, mein Freund Berndt. Wie geht's? "
"Sawadee."
„Just fine, TRX-Training. Wie geht es Dir?"
„Oh, Navy Seals Sport, sehr gut. Aber ich höre, auf Dich ist ein Attentat versucht worden."
„Abgewehrt. Aber nach Meldungen meiner G-2-Abteilung steht das nächste Attentat schon bevor."
„Die thailändische Lösung, nach der ihr mich gefragt habt?"
„Ja, was könnte das sein, Lerpong?"
Der Thai kicherte. „Hier bei uns gibt es nur thailändische Lösungen. Alles hier ist eine thailändische Lösung. Es beginnt mit einem Lächeln. Und meist endet es auch mit einem Lächeln."
„Aber kannst Du Dir eine thailändische Lösung in Verbindung mit einem Attentatsversuch vorstellen?"

Der Thai dachte nach. Ihm fiel nichts dazu ein. „Was sie hier im Moment in unseren Südprovinzen versuchen, ist, Bomben hochgehen zu lassen. Seit 2004 sind hierbei in Yala Narathiwat und Pattani über 5.000 Menschen umgekommen. Muslime gegen Buddhisten."
„Wie gehen die vor?"
„In der Provinzhauptstadt Yala haben sie neulich zunächst einen

Kleinlastwagen hochgehen lassen. Als sich 20 Minuten später genug Schaulustige versammelt hatten, haben Sie dann eine größere Autobombe gezündet. Widerlich. Das kann man nicht als thailändische Lösung bezeichnen. Das ist eher eine muslimische Lösung."

Von Roddeck dachte nach. „Das Muster passt nicht. Auch das Ziel nicht. Wie könnte eine thailändische Lösung aussehen, bei der eine Einzelperson das Attentatsziel ist?"
„Keine Ahnung." Pause. „Oder doch: Wenn Du hier jemanden umbringen willst ohne Spuren zu hinterlassen, buchst Du einen einschlägig inhaftierten Killer. Du bezahlst ihn und den Gefängnisdirektor, der lässt ihn für die Dauer seines Auftrags ´raus und buchtet ihn anschließend wieder ein. Natürlich bei Strafverkürzung. Der Täter hat ein Alibi, das nicht zu toppen ist. Ja, das könnte eine thailändische Lösung sein."
„Kann man sich hier in Deutschland kaum vorstellen", erwiderte von Roddeck. ‚Außer, der Staat selbst plant das Attentat', dachte er.

34

Guten Tag, meine sehr verehrten Damen und Herren, willkommen zu unserem Mittagsmagazin:
Berlin. Heute Vormittag hat der Bundespräsident auf entsprechende Vorschläge unserer Bundeskanzlerin die neuen Minister unserer Regierung ernannt, nachdem er die bisherigen Minister für Verteidigung, Wirtschaft, Finanzen und Äußeres in einer kurzen Zeremonie entlassen hatte. Für die bisherige Verteidigungsministerin hat Staatssekretär Jaeger die Entlassungsurkunde entgegengenommen, nachdem die ehemalige Verteidigungsministerin Voncampen wegen Verdachts der nachhaltigen Wehrkraftzersetzung derzeit in Untersuchungshaft einsitzt. Auch wird es für sie unabhängig von den laufenden Ermittlungsverfahren keinen Großen Zapfenstreich geben, weil die neue Bundeswehr-Führung dies abgelehnt hat. Ernannt wurden

- Innenminister Wagner, ein Oberst der Reserve aus dem Militärrat
- Brigadegeneral Becker als neuer Verteidigungsminister. Er kommt aus dem Heeresamt.
- Das Ministerium für Finanzen übernimmt Lothar Tocker, ein ehemaliger erfolgreicher Vermögensberater, dem die Firma Omega Enterprises International OEI mit dem Hauptsitz in München gehört; er ist parteilos aber als Oberst der Reserve Angehöriger des Militärrats, der unserer Regierung zur Seite steht.
- Das Außenministerium übernimmt Elmar Gehrke, der der Regierung bisher als Chef des Bundeskanzleramts zur Verfügung stand. Der promovierte Jurist blickt auf jahrzehntelange Erfahrungen im diplomatischen Dienst zurück.
- Das Wirtschaftsministerium wird Wolfgang Windmer übernehmen, bislang Minister ohne Geschäftsbereich, Vorsitzender der Liberalen, die gerade mit dem AID fusioniert sind und deren neue nationaliberale Partei in diesen Tagen einen immensen Zulauf an neuen Mitgliedern verzeichnet.
Die Zeremonie im Schloss Bellevue ist die letzte Amtshandlung unseres Bundespräsidenten, der sich fortan dem neuen Workfare-Programm unserer Regierung ehrenamtlich zur Verfügung stellen will. Auch er soll angeblich auf den Großen Zapfenstreich verzichtet haben, der bislang zu Ehren eines jeden ausscheidenden Bundespräsidenten veranstaltet worden ist.

Die Kamera zeigte den Platz der Republik, im Hintergrund den Reichstag, davor zwei Schützenpanzer, davor eine Horde tanzender junger Leute.

Auch in anderen Städten Deutschlands ist die jüngste politische Entwicklung teils mit Begeisterung, teils mit größter Besorgnis zur Kenntnis genommen worden.

Es folgten Bilder aus Düsseldorf, Stuttgart, Rostock und Leipzig mit Demonstrationen, Plakaten, Freudenfeuern und Saufgelagen vom Wochenende.

Leipzig, Berlin. Zwei angekündigte kritische Stellungnahmen zu den jüngsten Ereignissen von den VorsitzendInnen der Sozialdemokraten, Heidi Starke, und der Linken, Sarah Zielke, können wir Ihnen leider nicht zeigen: Starke wurde in ihrer Berliner Wohnung am Sonntag aus unbekannten Gründen festgenommen und sitzt dem Vernehmen nach in der Mauerstraße in Untersuchungshaft. Zielke wurde bei einer Gegendemonstration in Leipzig gestern Abend von Demonstranten verletzt und in ein örtliches Krankenhaus eingeliefert. Über ihren Gesundheitszustand ist nichts bekannt.

Die Kamera zeigte einen Ambulanzwagen, der mit Blaulicht aus einer brodelnden Festtagsmenge in die Dunkelheit davonstob.

Oberstarzt Dr. Lippmann in der Sanitätsakademie München, Neuherbergstraße, schaltete den Fernseher in seiner Offizierswohnung aus. Unglaublich. Unerhört. Unfassbar. Er sah auf seine Armbanduhr. Gleich war Dienstbeginn. Wie gut, dass er am Samstag seine Kameraden aus dem Feldafinger Kreis schon mal auf die Seite genommen und alarmiert hatte. Dieser wildgewordene General musste unter allen Umständen wieder eingefangen werden. Und unschädlich gemacht. Höchste Zeit. Um Schlimmeres zu verhindern.
Er griff nach seinem Mobiltelefon und wählte die private Handynummer seiner Parteifreundin Gruber, Bundesministerin der Justiz.

35

Zur selben Zeit saßen sich Innenminister Wagner und General von Roddeck beim Mittagessen im Kasino der Julius-Leber-Kaserne in Berlin gegenüber.

Wagner deutete auf die Wunde, die auf der rechten Wange des Generals mit einem Pflaster überklebt war. Der Innenminister hatte am Freitag in Alt-Moabit sofort die medizinische Erstversorgung übernommen. „Schlimm?"

„Lächerlich. Selbst verursacht. Durch Sprung aus dem Dienstwagen. So sieht man aus nach Feindberührung. Nun berichten Sie mal, Wagner. Sie haben es ja richtig spannend gemacht am Telefon."
Oberst der Reserve Wagner legte den Suppenlöffel aus der Hand. „Das kann man wohl sagen. Fangen wir mit diesem Mann aus dem roten Fiat an, den Sie Freitag feldmäßig festgesetzt haben. Vorname Stefan, Zuname nicht einmal mir bekannt; Stefan ist auch nicht sein richtiger Name, genannt: das Milchgesicht."
„So sah der auch aus. Bleiben wir vorläufig bei Stefan. Weshalb erfahren nicht mal Sie seine Identität?"

Der Hauptgang wurde serviert, Labskaus aus den Plastikeimern in der Küche.

„Gut, Herr General, dass Sie sitzen. Es würde Sie umhauen: Stefan ist ein V-Mann, der für Limmers Amt arbeitet."
„Max Limmer, Präsident Bundesamt für Verfassungsschutz?"
„Genau der. Unterliegt meiner Dienstaufsicht als Innenminister."
„Ich weiß. Das heißt, dieses Bundesamt ist an einem Attentat gegen mich beteiligt."
„Genau das. Hat Stefan beim BKA offengelegt. Untersteht ebenfalls meiner Dienstaufsicht."
„Was sagt Limmer dazu? Schon vernommen worden?"
„War am Wochenende angeblich bereits zu einer Dienstreise aufgebrochen." Wagner schaute auf seine Tschibo-Uhr. „Sollte inzwischen festgenommen worden sein."
„Was haben Sie Belastendes gegen Limmer auf der Pfanne?"
„Wir haben am Wochenende seine Büros in Chorweiler untersucht, Computer, Fernsprecher, Mail-Verbindungen und so weiter. Und jetzt raten Sie mal, was wir da entdeckt haben?" Wagner lehnte sich zurück und genoss den Augenblick.
„Wagner, wir veranstalten hier keine Ratespiele. Nun melden Sie schon. Ich vermute: Verbindungen Limmer – Stefan."
„Genau das. Fernmelde-Verbindungen: Die letzte am Freitag, 1217, ‚Beginn Operation Bravo, Ende'; die vorletzte einen Tag zuvor, später Nachmittag, mit einer Beobachtungsmeldung, nachdem Stefan Sie beim Laufen observiert hatte."

„Operation Bravo, dass ich nicht lache. Gute Arbeit, Wagner, verdammt gute Arbeit."

Der Labskaus war kalt geworden und sah deswegen auch nicht appetitlicher aus.

„Kommen Sie, Wagner, wir lassen uns diesen Fraß nochmal aufwärmen."
„Warten Sie einen Moment, Herr General, das Beste kommt ja noch. Danach werden Sie ohnehin nichts mehr zu sich nehmen. Außer vielleicht einen Cognac. Wissen Sie, was wir auf den Festplatten im Büro des Amtes von Limmer noch gefunden haben?"
„Mensch, Wagner, woher soll ich das wissen? Nun machen Sie schon, damit wir an unsere Cognacs kommen!"

Wagner lehnte sich zurück und verschränkte die wulstigen Arme über der Brust. „Auszüge aus Hitlers ‚Mein Kampf', Seiten 409 bis 412, sowie Verteilungspläne Bundestag und Parteigeschäftsstellen."
Wagners Mobiltelefon summte. „Entschuldigung."

„Zum Donner!" Von Roddeck schob den Teller mit dem kalten Labskaus von sich und betrachtete die holzgetäfelte Decke des Speisesaals.

Wagner legte das Telefon neben den Suppenteller. „Herr General, melde Festnahme Max Limmer während seiner Dienstreise in München, SanAk."

Von Roddeck bestellte zwei Cognacs, doppelte, Pierre Ferrand, Sélections des Anges.
Sie prosteten sich zu. „Gute Arbeit, Wagner, verdammt gute Arbeit. Anerkennung – in verschärfter Form." Von Roddeck setzte den Cognacschwenker ab. „Jetzt hab` ich`noch was für Sie, Wagner." Er schilderte dem von ihm gekürten Innenminister alles, was er über die thailändische Lösung in Erfahrung gebracht hatte, von Norah Besser über Stich, über das Halbwissen der Kanzlerin, von General Lerpong Tangnoppakol. „Können Sie da`was für mich

tun? Zu meinem Schutz? Aufklärung?"
Wagner überlegte. Früher hätte der General befohlen, jetzt fragte er an. Möglicherweise hing das mit Wagners Ministeramt zusammen. „Über Kontakte bei den Landesjustizministerien. Richte eine entsprechende Task Force ein. Zu Befehl, Herr General."
„Das Unternehmen heißt ‚Operation Pattaya'."
„Jawoll, Herr General, Operation Pattaya."

36

Zurück in seinem Dienstzimmer nahm General von Roddeck von seinem Vorzimmer-Feldwebel, Stabsfeldwebel Renstorff, eine eilige Mail entgegen, Absender: Verteidigungsminister Becker.

Sehr verehrter Herr General,
MAD-Gewährsmann meldet heute 1035 möglicherweise konspirative Besprechung des Feldafinger Kreises um OA Dr. Lippmann in Ernst-von-Bergmann-Kaserne, SanAk, München, im Anschluss an dortige Camerone-1863-Gedenkfeier und Ball der ehemaligen Legionäre letzten Samstag, vorgestern, aufgrund Meldung Kasernenunteroffizier Sonntag früh. Ziel der Konspiration: Vorbereitung Zerschlagung Militärrat. Erwarte Ihre Befehle.

Mit kameradschaftlichem Gruß

Becker, Generalmajor und Bundesminister der Verteidigung

SanAk, München. Ort der Festnahme von Limmer, Präsident des Bundesverfassungsschutzes. Das konnte ja wohl kein Zufall sein. Was hatte dieser Kerl in einer Kaserne zu suchen? Da war doch wohl primär der MAD zuständig.

„Renstorff!"
Der Stabsfeldwebel krachte durch die Verbindungstür. In Grundstellung. „Herr General?"
„Folgende Meldung an Generalmajor Becker, Verteidigungsminis-

ter, jetzt sofort: weiter beobachten und melden, täglich diese Uhrzeit, 1400, oder bei Bedarf. Kein Zugriff! Ende."
„Jawoll, Herr General, beobachten und melden. Herr General: Der Professor ist aufgeschlagen, hockt bei mir im Vorzimmer."
„Welcher Professor?"
„Professor Dr. Leuschelder, Major der Reserve und Ordinariat für Öffentliches und Verfassungsrecht, Humboldt-Universität Berlin. Hatten Sie zu einem verfassungsrechtlichen Crashkurs befohlen."
„Ordinarius, Renstorff, Ordinarius. Soll reinkommen. Aber erst Befehl an Generalmajor Becker! Und anschließend verbinden Sie mich mit Oberstleutnant Stich."
Der sollte aus der Persönlichen Referentin der Kanzlerin, dieser Norah Besser, mal ein paar aktuelle Information herauskitzeln.

37

Am selben Nachmittag saßen die Kanzlerin und ihre Justizministerin, Frau Gruber, zu einem vertraulichen Vier-Augen-Gespräch im Kanzleramt zusammen. Draußen fegte kalter Herbstwind Regenschauer über die Spree.

„Jetzt weiß ich bald nicht mehr weiter, Frau Gruber." Die Kanzlerin setzte ihre Teetasse ab, irgendwo zwischen die hohen Aktenstapel. „Das gescheiterte Attentat dieser ABBA-Gruppe oder wie die heißt, war mir aus vertraulicher Quelle anonym annonciert worden, und diese Quelle ist nun heute Mittag festgenommen worden."
„Limmer, Präsident des Bundesamtes für Verfassungsschutz?"
Die Kanzlerin nickte traurig. „Woher wissen Sie das?"
„Über meinen Generalbundesanwalt, der über unser Gemeinsames Terrorabwehrzentrum GTAZ mit dem Bundesamt für Verfassungsschutz in Verbindung steht."
„Interessant." Die Kanzlerin konnte das Wort ‚General' nicht mehr hören. „Damit sind zwei Hoffnungen erloschen, diesen Militärrat loszuwerden."
„Und der wird nun mit Freude in den Medien dieses Stich und

dieses Gatzsch verbreiten lassen, dass die Hitler-Pamphlete in eben diesem Bundesamt vorbereitet, vervielfältigt und im Bundestag und bei den Parteizentralen verbreitet wurden – rechtswidrig, zumindest urheberrechtswidrig."

„Und wird süffisant darauf hinweisen, dass dies mit unser aller Wissen und Billigung geschah, um die rechte Bewegung um diesen verdammten Militärrat und nun auch noch um diesen Gratzsch oder wie dieser Herr heißt und seine ehemalige AID anzuschwärzen." Die Mundwinkel der Kanzlerin hingen noch weiter runter als sonst. „Und ich hatte wirklich keine Ahnung davon."

„So wird es kommen." Frau Gruber schob sich ein Stück Apfelkuchen in den Mund.

„Und in dieser Situation will mir dieser von Roddeck meine Kanzlerschaft entreißen und stellt mich vor die Wahl, sie entweder diesem Gartsch zu überlassen und ins Schloss Bellevue einzuziehen, oder -."

„Oder?"

„Dann bin ich weg vom Fenster. Frau Gruber, das kann es doch nicht sein, ich meine, das gibt unser Grundgesetz doch gar nicht her, also, die Pläne von diesem irren Roddeck sind doch sicher verfassungswidrig, oder nicht?"

„Aber ja: Ihr Amt endigt entweder mit dem Zusammentritt eines neuen Bundestages, Artikel 69 Absatz II des Grundgesetzes, oder der Bundestag wählt Ihren Nachfolger und ersucht den Bundespräsidenten, Sie zu entlassen, Artikel 67 Absatz I des Grundgesetzes, Misstrauensvotum. Darum wird sich dieser General nicht scheren. Gleichwohl ist mir rätselhaft, wie der Militärrat den Wechsel zu Gatzsch als Ihrem Nachfolger bewerkstelligen will."

„In unsere Partei ist der Herr jedenfalls heute Vormittag schon mal als Mitglied eingetreten. Und unsere Parlamentarier, die ja eigentlich auf uns als ihre Regierung hören sollten, werden ihre Fähnchen wie immer nach dem Wind hängen und ihr eigenes Süppchen kochen."

Frau Gruber runzelte ihre waschbrett-verknitterte Stirn. „Naja, dazu haben wir sie ja in der Vergangenheit auch irgendwie gebracht. Erzogen geradezu. Auch dieses neue Maulkorb-Gesetz, mit dem wir im Rahmen der Geschäftsordnung Fraktions-

Abweichlern das freie Rederecht beschneiden, trägt nun wirklich nicht zur Mündigkeit unserer Parlamentarier bei. Klar, dass die nicht mehr loyal sind. – Welche Nachrichten erhalten Sie eigentlich aktuell von Ihrer, äh, unserer Mata Hari aus dem Dunstkreis des Militärrats?“

„Norah Besser? Ist abgeschaltet. Erfährt nichts mehr. Limmer hatte mich schon vor einiger Zeit vor ihr gewarnt. Angeblich soll sie ein Sicherheitsrisiko darstellen. Deshalb ist sie auch heute hier bei unserem Gespräch nicht mit dabei. Dieser Apfelkuchen hätte ihr sicher gut geschmeckt.“ Die Kanzlerin nahm einen Schluck Tee. „Wie auch immer, Frau Gruber: Ich sehe als letzten Ausweg jetzt vordringlich eigentlich nur noch Ihre thailändische Lösung. Erklären Sie mir die doch mal.“
Frau Gruber erklärte sie ihr.

38

Der Ministerialbeamte hatte sich mit dem Rücken zur Tür auf den unbequemen Metallstuhl gesetzt. Er wollte es Serge, der jeden Moment in die Besucherzelle geführt würde, so leicht wie möglich machen, mit ihm ins Gespräch zu kommen. Dazu musste er sein Vertrauen gewinnen. Es sollte unter keinen Umständen nach einem Verhör aussehen oder nach sonstigen Unannehmlichkeiten; jeder Vernehmungs- oder Vollzugsbeamte hätte sich auf den gegenüber stehenden Stuhl mit dem Blick zur Tür gesetzt. Und keinesfalls durfte er Serge mit der Fülle der Unterlagen erschlagen, die in der geschlossenen Aktentasche vor ihm auf dem Tisch lagen.

Die Minuten verrannen. Kalt war es. Und der Metalltisch vor ihm, mit seinen scharfen Stahlkanten, machte es auch nicht gemütlicher.

Endlich hörte er, wie Schlüssel einrasteten. Die Metalltür hinter ihm zog sich saugend auf. Der Besucher drehte den Kopf. Zwei

Justizvollzugsbeamte erschienen in ihren blassgrauen Uniformen. In der Mitte Serge Motoux, der verwaschene blaue Anstaltskleidung trug und Handschellen.

„Ihr Mann", meinte der Vollzugsbeamte und drückte Serge auf den Stuhl ihm gegenüber. „Ich bleibe bei Ihnen." Seinen Kollegen schickte er mit einer Kopfbewegung aus der Zelle.

„Das entspricht nicht meinem Auftrag, bedaure", erwiderte der Ministerialbeamte. „Ich muss Motoux unter vier Augen sprechen. Die Sache ist höchst vertraulich, vertraulicher als jedes Anwaltsgespräch, das sollte Ihnen Ihr Direktor mitgeteilt haben. Und dann nehmen Sie ihm doch bitte die Handschellen ab."
„Und Gitanes bleues, einen Aschenbecher und Streichhölzer", ergänzte der Häftling. Er war kahlköpfig, buschige schwarze Augenbrauen unter einer hohen Stirn, stechend-kalter Blick aus wasserblauen Augen, der Blick gelangweilt. Vom linken Auge zog sich eine zentimeterlange Narbe über die Wange. Ein Gesicht wie eine Kraterlandschaft.

„Kommt überhaupt nicht in Frage, die Handschellen bleiben dran, Anstaltsverfügung für Häftling Nummer 0231. Wäre zu gefährlich. Zigaretten kann ich bringen, wenn Sie einverstanden sind."
Der Ministerialbeamte schüttelte den Kopf. „Zu eng hier, kein Rauchabzug. Herr Motoux wird während unserer Unterredung mir zuliebe auf´s Rauchen verzichten."
Nummer 0231 senkte den Kopf und schob die gefesselten Hände unter die Tischplatte.
„Wenn Sie uns brauchen, drücken Sie diesen Knopf hier. Wir stehen vor der Tür." Der Vollzugsbeamte warf Serge einen strengen Blick zu und ging. Die Tür sog sich in ihren Rahmen, abhörsicher.

„Das Justizministerium schickt mich. Genauer gesagt, der Justizminister Baden-Württemberg, und zwar im Auftrag der Bundesjustizministerin. Mein Name spielt keine Rolle.

Wenn Sie wollen, können Sie Karl zu mir sagen.“ Karl fand ‚Karl‘ irgendwie sympathisch.

Der Häftling verharrte regungslos, würdigte Karl keines Blickes, sah nicht mal auf.
„Ich habe Ihnen ein Angebot zu unterbreiten, im Auftrag der Ministerien.“
Keine Reaktion.
„Tja, dann woll´n wir mal. Karl schnappte seine Aktentasche auf, etwas zu heftig, Papierstöße, geheftete und geklammerte, ergossen sich über den kleinen Tisch zwischen ihnen. Karl grabschte ordnend nach ihnen, Serge schob ein paar zurück auf die Tischplatte, von der sie sonst heruntergefallen wären.

Karl las aus einem der Papiere vor: „Serge Motoux, Jahrgang ´78, deutscher Staatsangehöriger serbischer Abstammung, Geburtsort unbekannt, serbische Mutter, deutscher Vater hugenottischer Abstammung, Schulbesuch in Serbien, Abitur in Deutschland 1997, Serbisch, Deutsch, Englisch, Französisch fließend, verschiedene Drogendelikte, anschließend Auslandsaufenthalte, danach Fremdenlegion, zuletzt als Commandant in Calvi, Korsika, stationiert, Teilnahme am Golf-Krieg und im Afghanistan-Einsatz. Inhaftierung wegen zahlreicher Tötungsdelikte, Entlassung aus der Legion, danach als Söldner im Kongo, anschließend freiberuflich als Auftragskiller weltweit unterwegs, zuletzt Urteil Oberlandesgericht Stuttgart wegen zweifachen Mordes, lebenslänglich mit Sicherungsverwahrung.“

Serge Motoux hockte in unverändert gebeugter Haltung auf seinem Stuhl. Er schien nicht mal zugehört zu haben. ‚Der völlig ungeeignete Mann’, dachte Karl, nach allem, was er über den Auftrag wusste, den sein Minister ihm mit höchster Diskretion erteilt hatte. „Und nun wollen Sie sicher wissen, Herr Motoux, weshalb ich hier bin.“

Da macht Nummer 0231 einen Satz nach vorn, völlig geräuschlos, katzengleich, umklammert die Kehle von Karl, den er mit einem Ruck von seinem Stuhl hochzieht, und hält ihm mit den abgespreizten Fingern der rechten Hand eine aufgebogene Büroklammer vor den linken Augapfel, einen knappen Millimeter davor. Die Büroklammer, mit der er sich unter dem Tisch die Handschellen geöffnet hat. „Tout ce que tu fait maintenant, mon cher Charles“, haucht ihm der Häftling seinen üblen Atem ins Gesicht, „c`est tu appèlle la garde très gentil et tu va commander des cigarette Gitanes bleues, des allumettes et un cendrier.“ Motoux lässt Karl sanft wieder auf seinen Stuhl sinken, bevor er sich selbst hinsetzt, die Hände mit der umfunktionierten Büroklammer und den Handschellen unter der sichtschützenden Tischplatte verborgen, den ausdruckslosen Blick auf Karl geheftet.

Der Ministerialbeamte streckt den zitternden linken Arm nach dem Knopf aus, ganz langsam. Jetzt bloß nichts falsch machen.

Er machte alles richtig. Zehn Minuten später standen die bestellten Rauchwaren und ein schmutziger Aschenbecher zwischen ihnen. Karl hatte sein Selbstbewusstsein fast zurück. Er zündete Serge eine Zigarette an. Serge rauchte beidhändig, zurückgelehnt, den stechenden Blick immer noch auf Karl gerichtet. Immerhin sah er Karl nun an. Der Ministerialbeamte wünschte sich, Serge Motoux würde diesen entsetzlichen Blick wieder auf den Zellenboden richten. Tat er aber nicht.

Karl kramte in seinen Unterlagen, ohne etwas Bestimmtes zu suchen. „Wir möchten, dass Sie jemanden für uns liquidieren. Einen Staatsfeind.“
Serge hörte teilnahmslos zu.
„Wir lassen Sie für die Dauer Ihrer Operation ein paar Tage aus Ihrer Einzelzelle, ohne dass Ihre Mithäftlinge das mitbekommen. Offiziell sind Sie die ganze Zeit über hier, Sonderbehandlung oder Krankenhaus oder Maßregelvollzug – da lassen wir uns gemeinsam noch ´was einfallen. Sie erledigen Ihren Auftrag und sitzen wieder ein, als wenn nichts gewesen wäre als Sonderbehandlung oder Krankenhaus oder verschärfte Einzelhaft oder was auch immer.“

Serge warf seinen Zigarettenstummel in den Aschenbecher.
„Logistisch können wir Sie unterstützen, sowohl zur Vorbereitung wie auch bei der Durchführung Ihres Auftrags."
„Je ne travail que seul."
„Ich ersehe aus Ihren Akten, dass Sie immer alleine gearbeitet haben. Aber das hat ja auch nicht immer funktioniert." Karl dachte an den Doppelmord, der zur Verurteilung durch das Schwurgericht Stuttgart geführt hatte, und Serge wusste das.
„Da bin ich verpfiffen worden. Von Alain, diesem Schwein. Ein Grund mehr, nur allein zu arbeiten."
„Es ist ja auch nur ein Angebot. Nach der Tat lassen wir Sie hier noch zwei Jahre sitzen, dann werden Sie vorzeitig entlassen und kommen anschließend in den Genuss eines unserer Zeugen-Schutzprogramme. Wir ...".
„Merci, ich komm´ schon allein zurecht." Als erstes würde er dieses Schwein Alain umbringen. „Ich passe am liebsten selber auf mich auf."
„Umso besser. Wie Sie wollen."
„Dafür gehe ich aber dann nicht noch weitere zwei Jahre in den Knast zurück."
„Da muss ich den Minister fragen."
„Comme vous voulez, Messieur." Serge beugte sich vor, und Karl reichte ihm eine Gitanes, die er für ihn anzündete.
„Unser Angebot steht übrigens auch für den Fall, dass Ihr Unternehmen scheitern sollte. Sie müssen sich nur ernsthaft bemüht haben." Niemand dachte ernsthaft daran, sich an diese Vertragsklausel später zu halten, auch Karl nicht.
„Scheitern können Sie vergessen. Das ist noch nie passiert."
Auch das wusste der Ministerialbeamte aus der Akte. „Nun, was meinen Sie dazu?"
Serge sog beidhändig an seiner Gitanes. Er tat immer noch so, als wären die Handschellen geschlossen.
„Einzelheiten kann ich Ihnen leider in diesem Stadium noch nicht mitteilen. Nicht mal den Zeitpunkt Ihres Einsatzes."
„Interessiert mich auch nicht."
„Nur so viel: Es wird nicht einfach sein, kein leichter Auftrag."
„Mache nur schwierige Sachen." Die Narbe auf seiner linken Wange leuchtete.

Auch das wusste der Beamte aus seinen Unterlagen. Dieses Monster da hatte in Afrika vor Jahren drei Tage auf einem Baum verbracht, um einen Rebellenführer auf einer Safari unerkannt zu erschießen; danach hatte er weitere 36 Stunden auf diesem Baum verharrt und sich anschließend über eine Entfernung von fast 300 Kilometern alleine durch den feindlichen Dschungel geschlagen. Am Strand von Cabinda war er wieder auf seine Gruppe gestoßen, 250 Meter weit von dem vereinbarten Aufnahmepunkt entfernt.
„Tja, dann wären wir also zusammen, oder?"
Serge saugte an seiner Gitanes. „Ich denke darüber nach."
Karl rümpfte die Nase. „Wie lange?"
„Ich habe Zeit. Viel Zeit."
„Wir leider nicht, Monsieur Motoux." Der Ministerialbeamte fächelte mit einem Stoß Papier Rauch von sich.
„Euer Problem."
Karl begann, seine Tasche zu packen. „Denken Sie doch mal nach, Mann: Bei einer durchschnittlichen Lebenserwartung von 78 Jahren ersparen wir Ihnen etwa 40 Jahre, die Sie in Ihrem Alter doch besser in Freiheit nutzen können. Wahrscheinlich Ihre einzige und letzte Chance. Mann! Solange noch Tinte im Füller ist. Überlegen Sie sich das. Morgen Nachmittag besuche ich Sie wieder. Dann brauchen wir Ihre Entscheidung." Er schloss seine Aktentasche.
Serge starrte ihn unverändert an und machte seine Zigarette aus. Er hielt Karl die Hände mit den geöffneten Handschellen hin. „Schließen!"
Karl klickte die Handschellen zusammen.
„Und das nächste Mal passen Sie besser auf Ihre Büroklammern auf." Die verbogene Klammer, der Dietrich, die gefährliche Nahkampfwaffe, sie fiel klappernd auf den Metalltisch. „Einstecken, mitnehmen und Schnauze halten."

Der Ministerialbeamte war froh, als er wieder draußen auf der Asperger Straße stand. Er atmete in tiefen Zügen die frische Herbstluft ein und winkte einem vorüberfahrenden Taxi. Bevor er einstieg, warf er die verbogene Büroklammer in einen Gulli.

39

General von Roddeck hatte die Kanzlerin zu einem Vier-Augen-Gespräch ins Schloss Bellevue gebeten. Sie trafen sich in der Eingangshalle in der Mitte des Erdgeschosses. Pflanzenkübel standen andächtig zwischen den Türen, die in den Park, den Ehrenhof und in das präsidentiale Arbeitszimmer führten.
„Ich schlage vor, dass wir dort Platz nehmen, Frau Bundeskanzlerin." Von Roddeck schritt zügig über den Natursteinboden, die Kanzlerin trottete lustlos hinter ihm her.

Sie nahmen in der Sitzgruppe Platz, über der Canalettos Gemälde ‚Dresden vom linken Elbufer unterhalb der Augustbrücke' hing. Von Roddeck zog ein Blatt Papier aus seiner Uniformjacke und legte es auf den Tisch, parallel zur Tischkante. „Frau Bundeskanzlerin, Folgendes haben wir vorgesehen: Dieses sollte Ihr künftiger Arbeitsplatz werden – wenn Sie einverstanden sind. Schön hier, oder?" Er deutete auf die Fensterfront, deren drapierte Vorhänge den Blick auf den Park hinter dem Schloss freigaben.
Die Bundeskanzlerin räusperte sich. „Herr von Roddeck, ich bin Ihre Bundeskanzlerin; wer sagt, dass ich Ihre Präsidentin werden will? Kann ich das überhaupt?"
„Man muss das nur wollen. Hier meine Antworten – vier Schritte: Schritt eins - Sie ernennen Herrn Windmer zu Ihrem Vizekanzler, Artikel 69 Absatz I Grundgesetz. Schritt zwei: Sie treten als Bundeskanzlerin zurück. Damit vermeiden Sie ein Misstrauensvotum nach Artikel 67."
Die Kanzlerin schluckte.
„Ihr Rücktritt hat zur Folge, dass Windmer Ihre Kanzlerschaft übernimmt. Vorübergehend."
„Und was wird dann aus mir?" Justizministerin Gruber musste diese thailändische Lösung irgendwie beschleunigen.
„Warten Sie´s ab. Das war Schritt drei. Schritt vier: In seiner Rolle als Bundeskanzler stellt Windmer den Antrag, den Bundestag aufzulösen."
„Artikel 68. Er wird aber nicht die Zustimmung der Mehrheit der Mitglieder des Bundestages finden. Nicht, solange die Fraktion meiner Partei die stärkste ist."

„Davon gehen wir aus. Aber wir könnten Abhilfe schaffen. Es gibt dann drei Möglichkeiten: a) Auflösung des Bundestages, b)…“.
„Wir haben ja gar keinen Bundespräsidenten, der das machen könnte.“
„Doch. Wir haben seinen Stellvertreter, den bayerischen Ministerpräsidenten. Major der Reserve Erwin Bernreiter, Mitglied der DGNS. Wenn wir wollen, löst er auf, wenn nicht, nicht.“

Die Kanzlerin schluckte.

„b) Der Bundestag wählt den jüngsten Nachrücker Ihrer Partei, den Herrn Gatzsch, zum Bundeskanzler, Artikel 68 Absatz I Satz 2 Grundgesetz. Was halten Sie davon?“

Gatzsch. Der Kanzlerin fiel ein, dass dieser Mensch nicht nur überfallartig Mitglied ihrer Partei geworden war, sondern als Nachrücker für einen unter obskuren Umständen ausgefallenen Berliner Abgeordneten auch Mitglied des Bundestages. Diesen Umständen würde sie noch nachgehen. „Nichts halte ich davon, gar nichts.“
„Ich komme darauf zurück. Zunächst zu c): Wird der Bundestag nicht aufgelöst, kann der Bundespräsident den Gesetzgebungsnotstand erklären. Das würde der derzeitige Stellvertretende Bundespräsident tun, wenn wir ihm das befehlen. Diese Alternative böte darüber hinaus die Möglichkeit, sämtliche unserer Notverordnungen in Vergangenheit und Zukunft mit Ermächtigungsgrundlagen auszustatten.“
Die Kanzlerin schüttelte heftig ihren Bubikopf. „Dazu bedarf es eines Antrags der Bundesregierung, den ich nicht sehe, und der Zustimmung des Bundesrates, die ich mir auch nicht so recht vorstellen kann.“
„Sie übersehen, Frau Kanzlerin, dass inzwischen Windmer Bundeskanzler ist, siehe oben Schritt drei.“
„Und wenn ich nicht zurücktrete?“
„Dann werden drei Dinge passieren, zeitgleich: Zunächst werden wir publik machen, dass Sie von diesem ABAB-Attentat wussten. Wussten Sie doch, oder?“ Der Vorhalt kam wie ein Pistolenschuss, aus der Hüfte.

Die Kanzlerin druckste. „Nein, nein, natürlich nicht“, log sie. Verdammt: Ob er damit diese obskure Ankündigung von Limmer meinte, dem Verfassungsschützer? *Wir konnten in Erfahrung bringen, Frau Bundeskanzler, dass schon in den nächsten Tagen ein Attentat auf diesen General von Roddeck verübt werden soll.* Woher konnte der General das wissen. Mit Norah Besser, ihrer Persönlichen Referentin, hatte sie nie darüber gesprochen. „Woher sollte ich?“

Das wusste von Roddeck auch nicht. Aber er nahm an, durch diesen V-Mann des Verfassungsschutzes, also auf der Linie Milchgesicht – Limmer. „Und dass Sie die politische Verantwortung tragen für die Verteilung und Versendung dieser Hitler-Pamphlete, das wird die Öffentlichkeit dann auch erfahren - müssen.“

„Ihr Innenminister, dieser – wie heißt er gleich? – dieser Oberst der Reserve, der war doch verantwortlich dafür.“

„Der war für die Entdeckung verantwortlich. Er hat sie mir gemeldet. So war es, und so würde es die Öffentlichkeit erfahren.“

Die Öffentlichkeit würde es so oder so erfahren, das musste schon sein, um den Verdacht von dem grundsätzlich im Verdacht stehenden AID zu nehmen und natürlich von der DGNS. Aber im Moment war das ein ausgezeichnetes Druckmittel gegen die Kanzlerin. Und es schien zu wirken. Ihre Mundwinkel hingen knapp über dem dunkelblauen Teppich, der sich fast über die gesamte Größe des Amtszimmers erstreckte. Die Kanzlerin begann, an ihren Fingernägeln zu kauen.

Von Roddeck sah nicht mehr hin. „Zweitens werden wir, wiederum mit Hilfe unseres Medien- und Propagandaoffiziers – Sie kennen diesen Oberstleutnant Stich –“.

Wieder dachte die Kanzlerin an Norah Besser und an die Gesprächsaufzeichnungen, die ihr Limmer auf dem Kurierweg übersandt hatte; sie waren nichtssagend gewesen.

„- und mit Hilfe der Medienmacht von Gatzsch Ihre politische Vergangenheit in der DDR und der Sowjetunion ausbreiten. Sie kennen sicher die Verschwörungstheorien, die aus Ihrer gemeinsa-

men Zeit mit Putin in Dresden stammen, die politischen Versprechen, die Ihr Vorgänger der sowjetischen Staatsführung damals machen musste, damit die der Zwei-plus-Vier-Regelung und schließlich der Wiedervereinigung zustimmte...“.
„Ach, hören Sie doch auf mit diesem Quatsch!“
„‘Die Kanzlerin als späte Rache Honeckers‘ – die Titelzeile steht schon. Parallel dazu würden wir drittens ein Misstrauensvotum lancieren. Wir sind da sehr zuversichtlich. Und dass Sie dann jemals die erste weibliche Bundespräsidentin unserer Republik werden, können wir ausschließen.“
„Dieser Verschwörungsquatsch ist durch nichts zu belegen. Damit kommen Sie und Ihre Gesellschaft nie durch.“
Von Roddeck faltete das Blatt mit seiner verfassungsrechtlichen Skizze sorgfältig zusammen, Kante auf Kante. „Darum geht es nicht, um richtig oder unrichtig, wahr oder unwahr. Entscheidend ist das, was geglaubt wird. Das wissen Sie doch als Politikerin. Von diesem Phänomen haben Sie doch jahrzehntelang gelebt. Und die Medien, die Herren Gatzsch und Stich, werden das glauben machen, was dann schließlich richtig ist.“

Das leuchtete der Kanzlerin ein. Sie warf einen Blick nach links auf den präsidentialen Schreibtisch. Das Amtszimmer des Bundespräsidenten gefiel ihr immer besser.
Von Roddeck sah es ihr an. „Eine Mehrheit für Sie in der Bundesversammlung werden Sie doch organisieren können. Wir werden Ihnen dabei sogar helfen.“ Würden Sie voraussehbar nicht, aber von Roddeck musste jetzt zusehen, dass sie über die Klippe sprang.

Sie schien kurz davor. Sie tat auch so und überlegte. Lächelnd sagte sie: „Ich denke darüber nach.“ Und dachte: ‚Vorher ziehe ich die thailändische Lösung durch, du elender Intrigant, und dann ist der ganze Spuk schlagartig vorbei‘.
„Sie haben zwölf Stunden Zeit“, sagte von Roddeck.

40

Am nächsten Tag fand General von Roddeck auf seinem Schreibtisch ein Formular für die Abrechnung der während des ABAB-Attentats verschossenen Munition vor und die staatsanwaltschaftliche Einleitungsverfügung wegen Totschlags in drei Fällen in Tateinheit mit schwerer Körperverletzung.

‚Scheiß-Bürokratie' dachte er und griff nach den Tageszeitungen, die sich heute endlich mit den Abzugsplänen aus Afghanistan und mit der aktuellen Lage vor Somalia beschäftigten.

Alle Probleme, die unsere bisherige Regierung mit einem zeitnahen Abzug unserer Bundeswehr aus Afghanistan verband, hat die neue Führung beiseite gefegt – den NATO-Grundsatz ‚Gemeinsam rein, gemeinsam raus' ebenso wie alle angeblichen logistischen Schwierigkeiten mit allen in Betracht kommenden Abzugsrouten über wahlweise Usbekistan und Kasachstan oder über Tadschikistan, Kirgisistan und Russland. Auf dem NATO-Gipfel in Chicago hat unser neuer Verteidigungsminister, Generalmajor Becker, nur noch vorgetragen, dass die Bundeswehr über Pakistan auf dem Landweg abzieht, um in Karatschi in deutsche Zielhäfen verschifft zu werden. Die ursprünglichen Auflagen Pakistans, das bislang jeglichen Transport mit Waffen über sein Hoheitsgebiet abgelehnt hatte, wurden nach erfolgreichen Verhandlungen mit der Regierung in Islamabad fallen gelassen.

Das stimmte so nicht ganz, klang aber nicht schlecht: Mit Hilfe von Tockers Verbindungen zum Inter-Services Intelligence ISI, dem militärischen Nachrichtendienst der pakistanischen Streitkräfte, und nach offizieller Intervention ihres neuen Außenministers Dr. Gehrke hatte man den Pakistani klargemacht, dass die Bundeswehr natürlich nur bewaffnet durch Pakistan abziehen und marschieren und sich notfalls den Rückzug freischießen werde. Diese Ankündigung hatte überzeugt, zumal der ISI froh war, das verhasste Nachbarland Afghanistan nun wieder sich selbst überlassen zu sehen. Und der Chef des pakistanischen Militärgeheimdienstes konnte eine Million Dollar bar in seinem Safe deponieren.

Das hat dem deutschen Steuerzahler Millionen von Wegegeldern erspart, für die Usbekistan, Kasachstan, Tadschikistan, Kirgisistan und Russland bereits ihre Staatssäckel geöffnet hatten – und die immensen Kosten der üblichen aufgeblähten Delegationen, die früher immer die einschlägigen NATO-Gipfel wie in Chicago besucht haben.

Das Telefon klingelte. Stabsfeldwebel Renstorff.
„Renstorff, das erste, was Sie gleich machen, ist das Ausfüllen dieser Munitionsabrechnung, drei Schuss, zwei Treffer. Dann kümmern Sie sich um die Einstellung dieses Ermittlungsverfahrens gegen mich, wir haben da doch diesen Oberstaatsanwalt hier in Berlin, Oberstleutnant der Reserve, Mitglied der DGNS, der soll das machen. Und mich stattdessen meinetwegen für das Bundesverdienstkreuz vorschlagen. – Wer ist dran?"
„Der Innenminister. Mit seiner täglichen Mittagsmeldung."
Von Roddeck ließ durchstellen.
„Wagner, was gibt´s?"
„Probleme, Herr General."
„Welche? Lösen wir."
„Keine Justizvollzugsanstalt meldet besondere Vorkommnisse, die zur Klärung Ihrer thailändischen Lösung beitragen könnten. Die von mir befohlene Task Force steht mit leeren Händen da."
„Ist doch klar: Wenn irgend so ein Killer auf mich angesetzt würde, dann verschwindet der natürlich aus dem Vollzug, ohne dass das einer merkt. Das wissen dann allenfalls der Auftraggeber, vielleicht ein Justizminister und der Anstaltsdirektor. Der Kerl kann nur inoffiziell und unter höchster Diskretion aus dem geschlossenen Vollzug verschwinden. Da es aber irgendeiner innerhalb der Anstalt merkt, dass der Häftling XY drei Tage fehlt, braucht es irgendeine Legende – Krankenstation, Sonderbehandlung, Verschubung oder was weiß ich. Nicht einmal Hafturlaub wäre eine taugliche Legende. Ziel erkannt?"
„Ziel erkannt, Herr General. Aber bislang sind wir da keinen Zentimeter weitergekommen."
„Dranbleiben und weitermachen." Von Roddeck legte auf.

Eine Stunde später meldete ihm Renstorff die Absicht der Kanzlerin, innerhalb der nächsten Woche zurückzutreten, wenn der Militärrat diese Ankündigung bis dahin unter Verschluss halten würde.

Von Roddeck antwortete mit einem Schreiben, das der Kanzlerin noch am Nachmittag desselben Tages im Kanzleramt durch einen Boten der Feldjäger übergeben wurde.

Verehrte Frau Bundeskanzlerin,

zur Kenntnis nehmen wir Ihre Absicht, innerhalb der folgenden Woche, das heißt bis spätestens in 7 Tagen 2400 von Ihrer Kanzlerschaft zurückzutreten. Diese Ihre Absicht bis dahin der Öffentlichkeit nicht zugänglich zu machen, respektieren wir, aber Ihre zusätzliche Bedingung nur unter unserer zusätzlichen Bedingung, dass Sie Minister Windmer innerhalb der nächsten 24 Stunden zu Ihrem Vizekanzler und Stellvertreter ernennen. Das sollte bis übermorgen über die Ticker laufen, sonst gehen unsere letzten drei Besprechungsinhalte in Schloss Bellevue am darauf folgenden Mittwoch an die Agenturen aus.

Mit vorzüglicher Hochachtung
Von Roddeck
Brigadegeneral und Vorsitzender Militärrat BRD

41

Sie hatten Serge Motoux maximal sechs Tage Zeit eingeräumt für die Erledigung seines Auftrags. ‚Operation König' hieß das Unternehmen. ‚Königsmord' wäre passender gewesen, hatte er erwidert.

Serge hatte mit einem Tag Vorbereitung gerechnet, der sich nun dem Abend zuneigte. Und es war schon viel erreicht: In seinem Schoß spürte er das vertraute Gewicht der österreichischen Glock

Kompakt 9 Millimeter, und bevor er sich die besorgen konnte, hatte er die beiden Beamten-Schlaffis schon abgeschüttelt, die ihm seit Stammheim unbeholfen hinterher gestolpert waren. Und er hatte in Erfahrung bringen können, wo Alain sich aufhielt. Für den hatte er zwei Tage einkalkuliert, würde aber voraussichtlich nur einen brauchen. Morgen. Danach hatte er viel Zeit; die Erledigung der Operation König war Ehrensache, aber ob er anschließend wieder nach Stammheim zurückkehren würde, war mehr als ungewiss.

Er saß in Zavelstein an einem Hang schräg gegenüber dem Bungalow, in dem er Alain vermutete, in einem älteren Volvo V 70, den er vor zwei Stunden in Weil der Stadt hatte mitgehen lassen, und vernichtete eine Tüte Pommes frites. Die hügelige Landschaft gefiel ihm, und er genoss das ungewohnte Gefühl der Freiheit. Das schwarze Toupet drückte ihn, wärmte aber angenehm. Auf der linken Wange spannte sich ein Pflaster, das seine Narbe verbarg. Alles würde jetzt ganz einfach sein: Offiziell saß er lebenslänglich in Stammheim ein, hatte von seinen Auftraggebern einen Bundespersonalausweis ausgehändigt erhalten und von seinen Legionärskameraden heute Mittag zwei Reisepässe, einen deutschen und einen französischen, sowie einen weiteren Personalausweis. Und Alain würde am wenigsten mit ihm rechnen. Irgendwann musste der ja mal aus diesem Bungalow rauskommen. Sonst würde er hinein gehen. Sobald es dunkel war.

Zwei Stunden später kam Alain raus, aber nicht allein. Es war 19 Uhr 25. An Alains Seite stakste eine Vorstadt-Blondine durch den Vorgarten. Serge ließ den Motor an und kurbelte das Seitenfenster runter.

Die beiden hielten zunächst auf Serges Volvo zu, bogen dann aber zu einer BMW-Limousine ab, die in der Garageneinfahrt stand. Sie kannten sich offenbar noch nicht lange, denn Alain hielt seiner Begleiterin die Beifahrertür auf. Er umrundete den 7er BMW und stieg ein.

Serge katapultierte den Kombi mit eingelegtem Vorwärtsgang vor die Garageneinfahrt und stoppte ihn quer vor dem BMW. Alain legte soeben den Sicherheitsgurt an. Er brauchte ihn nicht mehr. Der erste Schuss aus der schallgedämpften Glock traf ihn an der Nasenwurzel, der zweite die Blondine unter dem Haaransatz.

Serge fuhr den Volvo sanft über die Kuppe Richtung Calw. Im Rückspiegel beobachtete er das leere Asphaltband der Vorort-Meile hinter ihm. Keine Lichter, nur die schwache Straßenbeleuchtung. Im Waldstück oberhalb des Ortes versteckte er den Volvo und zerrte das gestohlene Fahrrad Sursee Tigra Tramp von der Ladefläche. Mit dem fuhr er unbeleuchtet einen Feldweg Richtung Calw hinunter. Ein schöner Abend. Und wieder einen Tag gewonnen. Er konnte sich Zeit lassen. Das Fahrrad stellte er am Bahnhof von Calw zwischen Dutzenden anderer Räder ab. Auf der Toilette wechselte er sein Toupet in Halbglatze und steckte den kleinen Schlüssel zu dem Schließfach, den er unter dem schwarzen Toupet – für alle Fälle – verborgen hatte, in seine Hosentasche. Aus dem Schließfach holte er sich sein Gepäck und die Unterlagen, die er heute Mittag dort vorsichtshalber deponiert hatte.

An einem Kiosk kaufte er eine Schachtel Gauloises – die schmeckten zwar nicht so überzeugend wie Gitanes bleues, waren aber unter Tarnungsgesichtspunkten akzeptabel. Rauchend beobachtete er eine Stunde lang abwechselnd den abendlichen Bahnhofsvorplatz und die Gleisanlagen. Nachrichten im Bahnhofsrestaurant enthielten keine Informationen über Ereignisse in Zavelstein, wohl aber über den Afghanistanabzug der Bundeswehr, die jetzt irgendwie im Schutz der ATALANTA-Mission am Horn von Afrika vorbei heimkehrte, und natürlich über diesen verrückten General in Berlin, seine Zielperson.

Serge nahm den nächsten Zug in westlicher Richtung. Morgen würde er über Karlsruhe oder über Frankreich irgendwie nach Nordosten weiterreisen.

42

Von Roddecks Mobiltelefon brummte. Der Innenminister.
„Tag, Wagner, was gibt´s?"
„Eine gute und eine schlechte Nachricht, Herr General."
„Zuerst die schlechte."
„Operation Pattaya gestaltet sich schwierig bis undurchführbar..."
„Wagner, ich brauche keine Gestaltungen und keine Abläufe, auch keine Misserfolgsmeldungen, ich brauche Ergebnisse. Wo ist das Problem?"
„Wir kommen auf die Schnelle weder in die bundesweiten Justizvollzugsanstalten der 16 Bundesländer rein, noch könnten wir da irgendetwas in Erfahrung bringen, weil die dortigen Maßnahmen naturgemäß unter strengstem Verschluss sind. Eine thailändische Lösung wäre doch in einem Land allenfalls dem dortigen Justizminister, einem Gefängnis-Direktor und vielleicht noch zwei Justizvollzugsbeamten bekannt. Bei all diesem Scheiß-Datenschutz wären wir da auf Zufallstreffer angewiesen."
„Wagner, mit einer leichten Operation hätte ich Sie auch nicht beauftragt. Und wir wissen doch, wen wir suchen: am wahrscheinlichsten einen Auftragskiller, den sie auf mich anzusetzen versuchen, sitzt also wahrscheinlich ein wegen eines oder mehrerer Tötungsdelikte, hat womöglich militärischen Hintergrund, wird in seiner Anstalt irgendeiner Sonderbehandlung unterzogen und ist deshalb ein, zwei Wochen dort nicht anzutreffen. Außerdem braucht er für die Durchführung seines Auftrags logistische Unterstützung."
„Von diesem Täterprofil gibt es nach den bisherigen Recherchen unserer Task Force Pattaya 26 bis 51 Personen, die in Frage kämen...".
„Ich brauche die Liste."
„Aber wir bekommen bis jetzt nicht raus, wer von denen in seiner Zelle sitzt, im Krankenhaus, auf Hafturlaub oder sonstwo."
„Sobald ich die Liste habe - Name, Vorname, Vita, militärischer Werdegang, Straftat, Strafmaß, Anstalt, und so weiter - nehme ich eine Priorisierung vor, und Ihre Task Force Pattaya arbeitet dann in dieser Reihenfolge die Liste ab. Liste bis heute Nachmittag 1500 zu mir. Erhalten Sie bis 1630 mit Priorisierung zurück.

Wie lange brauchen Sie dann noch?"
„Die 51 Objekte sind auf 23 Haftanstalten bundesweit verteilt. Sogar wenn ich die Task Force aufstocke, mindestens 10 Tage. Wir können da ja nicht einfach anrufen."
„Zu lange. Melden Sie mir nicht ständig, was Sie nicht können. Die Kanzlerin will in sechs Tagen zurücktreten. Ich denke, dass sie bis dahin ihre thailändische Lösung abgeschlossen haben will, weil sie meint, damit ihren Rücktritt überflüssig machen zu können. Als ob es um mich und mein Überleben ginge. Unsere Walze rollt doch bereits, es geht doch nicht um mich, sondern um das System und um unsere Bewegung – aber sie scheint das alles in ihrer Einfältigkeit auf meine Person zu fokussieren."

Wagner überlegte. Irgendwie hatte die Kanzlerin nicht so unrecht in ihrer Lagebeurteilung: Ob die Bewegung der DGNS und ihres Militärrats ohne die treibende Kraft von Roddecks tatsächlich erfolgreich bleiben konnte? Er vermied einen Kommentar. „Was ist denn mit Ihrem Undercover-Kontakt Stich zu dieser Persönlichen Referentin der Kanzlerin? Ich hatte gehofft, dass wir auf diesem Weg schneller zu präzisen Informationen kommen, um den Kreis der Zielpersonen weiter eingrenzen zu können."
„Ist abgeschaltet. Hatten Sie nicht auch eine gute Nachricht für mich?"
„Ja, vielleicht, ein besonderes Vorkommnis, das von der Task Force Pattaya soeben gemeldet wird: Doppelmord in Zavelstein, eines der Opfer ehemaliger Fremdenlegionär, brutal hingerichtet. Organisierte Kriminalität, hatte vor zwei Jahren in einem Prozess vor dem Oberlandesgericht Stuttgart gegen einen Kameraden ausgesagt, der seitdem lebenslänglich in Stammheim brummt, ein gewisser Motoux. Auf den ist intern erst mal ein Anfangsverdacht gefallen wegen Rache und so weiter, aber der kommt nicht in Frage, weil er wie gesagt in Stammheim einsitzt. Sagt die Polizei."
„Zavelstein bei Calw?"
„Ziel erkannt."
„Also nur 30 bis 40 Kilometer von Stuttgart-Stammheim entfernt. Klingt gut, Wagner. So eine Konstellation suchen wir, das könnte unser Mann sein. Obwohl: Als Mitglied der Organisierten Kriminalität muss der nicht die Zelle verlassen, um einen ehemaligen Ka-

meraden auszuknipsen. Aber bleiben Sie an dem Fall mal dran und beginnen Sie sofort in Stammheim. Für Ihre Liste haben Sie jetzt noch zweieinhalb Stunden. Setzen Sie diesen Moutoux mal gleich an die erste Stelle."
„Motoux."
„Egal. Von dem brauche ich sämtliche Koordinaten, alles, was Sie über ihn in Erfahrung bringen können, alles inklusive bevorzugter Waffen, Krankheiten, Allergien, Schuhgröße, sexuelle Vorlieben, alles. Ebenfalls bis 1500. Ausführung." Von Roddeck machte sein Handy aus, bestellte bei der Ordonnanz einen Kaffee und setzte sich ins leere Kaminzimmer.

Fremdenlegion. Légion étrangère. Höchster Respekt. Im Kongo war er mal mit denen gesprungen, mit verschlossenen, finsteren Gestalten, alle namenlos und unansprechbar. Wie sein KSK, das er damals in Calw mit aufgebaut hatte. Fremdenlegion? Tauchte die nicht auch im Rahmen dieser Meldung von Generalmajor Becker auf im Zusammenhang mit Aktivitäten des Feldafinger Kreises und dieses Oberstarztes an der SanAk in München? An der SanAk, an der die Festnahme von Verfassungsschützer Limmer dieser Tage erfolgt war, dessen Amt die Hitler-Pamphlete verteilt und das von dem terroristischen Attentat dieser ABAB auf ihn gewusst hatte, über diesen V-Mann Stefan, das Milchgesicht? Ob da irgendein Zusammenhang bestand? Er nippte an seinem Kaffee. Becker sollte den MAD verschärft auf diese SanAk ansetzen. Der Verteidigungsminister würde mit seiner Routinemeldung, täglich 1400, ohnehin nachher bei ihm anrufen.

Von Roddeck bezahlte großzügig den Kaffee, zwinkerte dem Gefreiten zu, der ihnen neulich im Rahmen ihres kleinen Truppenversuches politisch und sportlich Rede und Antwort gestanden hatte, und verließ das Kasino.

43

Serge Motoux hatte sich in dem ICE in ein Abteil gesetzt, in dem er von möglichst wenigen der Mitreisenden wahrgenommen werden würde, in die Mitte des mittleren Wagens, 2. Klasse, hinten rechts ans Fenster. Je weniger sich an ihn erinnern konnten, desto besser. Seit heute trug er Zottelhaar, das auch seine Wangennarbe verbarg; er hatte eine abgewetzte Lederjacke an, graubraun, schmuddelige Jeans, verwaschene Turnschuhe und war undefinierbaren Alters.

Draußen flog die spätherbstlich öde Landschaft vorbei. Seine Fahrkarte war bis Hamburg gültig, aber in Kassel würde er aussteigen, in einer knappen Stunde. Er musste vorsichtig sein. Sein Rache-Attentat auf Alain und dessen blonde Schlampe hatte inzwischen zu einer bundesweiten Fahndung geführt, wenn man den Medien glauben konnte: *Rätselhafter Doppelmord in Zavelstein. Nach unbekanntem Täter wird gefahndet. Eifersuchtsdrama oder Organisierte Kriminalität?* Serge war sich sicher, dass diejenigen, die von seiner vorübergehenden Freilassung und seinem Spezialauftrag wussten, ihn längst in dringendem Tatverdacht hatten. Das waren zwar nicht viele, aber die entscheidenden. Auch wenn es keine Zeugen gab, auch wenn er gut getarnt gewesen war. Dummerweise hatte er sich bei seinem ersten Gespräch mit Karl dazu hinreißen lassen, den Namen ‚Alain' zu erwähnen. *Da bin ich verpfiffen worden. Von Alain, diesem Schwein. Ein Grund mehr, nur allein zu arbeiten.* Also würden sie ihn jetzt suchen, wenn auch nicht offiziell. Das konnten sie nicht, wenn sie ihre Mission und seinen Auftrag nicht gefährden wollten; und das war ihnen außerordentlich wichtig, Staatssicherheit. Aber kaum hätte er seinen Auftrag ausgeführt, würden sie ihm wegen eines weiteren Doppelmordes einen weiteren Prozess machen. Oder auch nicht, weil er sie erpressen konnte: mit seinem Wissen um den staatlichen Auftrag, diesen Staatsfeind illegal zu beseitigen. Jedenfalls war sein Deal mit dem Staat gefährdet, und wenn er erst mal wieder einsaß, in Stammheim oder sonstwo, dann wäre seine Situation deutlich schlechter als in illegaler Freiheit. Am einfachsten wäre, er würde sich gleich absetzen. Aber das verbot ihm seine Berufsehre: Er hatte den Auftrag akzeptiert, diesen General zu beseitigen. Dieses Attentat würde ein weiteres Ruhmesblatt in seiner freiberuflichen Karriere bedeuten und sein internationales Renommé enorm steigern. Keine Frage, das musste er jetzt durchziehen.

Zudem reizte es seinen sportlichen Ehrgeiz, dass die Operation König doppelt schwierig war. Er musste ja nicht nur diesen ausgebildeten Soldaten unerkannt liquidieren, sondern zudem noch damit rechnen, dass im Umfeld des Tatorts der Staat, sein Auftraggeber, mit seinen Häschern auf ihn wartete, um ihn festzunehmen. Zwar hatte er seine Verfolger schon vorgestern abgeschüttelt; aber in der Nähe dieses Generals, da würden die Häscher ihm wieder auflauern. Und anschließend der Öffentlichkeit stolz seine Festnahme nach dem ‚Ausbruch aus Stammheim', den Morden von Zavelstein und dem Attentat in Berlin als Fahndungserfolg vorgaukeln. Was sie unwidersprochen nur machen könnten, wenn sie ihn vorher - am besten im Zuge seiner Festnahme - liquidierten, etwa durch einen finalen Rettungsschuss oder wie auch immer. Oder hatten sie ihn längst abgeschrieben? Nein, er musste von der negativsten Alternative ausgehen. Und ja, es war ein höchst gefährliches Unternehmen, das ihm da bevorstand, aber das war er ja gewohnt. Auch wenn er noch nicht genau wusste, wie er das bewerkstelligen sollte.

Der Bistrowagen wurde den Gang entlang geschoben. Serge hätte gern einen Kaffee getrunken, aber allein deswegen könnte man sich später an ihn erinnern, sollten die ihn doch noch offiziell zur Fahndung ausschreiben oder seine alten Fotos im Fernsehen zeigen. Er tröstete sich damit, dass der Kaffee ihm ohne Zigarette ohnehin nicht schmecken würde. Noch 15 Minuten bis Kassel.

Serge nahm die Unterlagen zur Hand, die Karl ihm bei ihrer zweiten Besprechung feierlich übergeben hatte, ohne Büroklammern. Die Zielperson hatte ihre täglichen und wöchentlichen Gewohnheiten seit einem neulich gescheiterten Attentatsversuch irgendeiner Terrorgruppe verändert und immer wieder variiert. Aufenthaltsschwerpunkt war und blieb aber dieses Kasernenareal im Nordwesten Berlins, das wohl sein Hauptquartier darstellte. Nur dort konnte und würde er ihn zuverlässig antreffen und treffen. Und genau da würden auch die staatlichen Häscher auf Serge warten, das war ihm klar. Nur dort konnten sie hoffen, ihn wiederzufinden. Er blätterte durch das Kartenmaterial und grübelte. Wie konnte man dieses Problem lösen, das Problem einer Lokalität, die zwangsläufig und zeitgleich Tatort und Ort seiner potenziellen Hinrichtung wäre? Etwa dadurch, dass der Ort der Tatausführung und der Ort des Erfolgseintritts auseinanderfielen: zum Beispiel durch seine Spezialität, den langen Schuss des Scharfschützen. Aber von wo hätte er schießen können? Die die Kasernenanlage umgebenden Parkanlagen, ihre Bäume boten jahreszeitlich bedingt keinerlei Deckung. Er konnte nicht tagelang ungesehen auf einem unbelaubten Baum im Volkspark Rehberge hocken und abwarten, bis ihm der General durch die Visiereinrichtung lief. Das wäre ihm das Liebste und Einfachste gewesen, Routine, aber das schied aus. Deshalb hatte er auch davon abgesehen, sich von seinen Legionärskameraden über die Union Nationale des Parachutistes UNP in München das Präzisionsgewehr PGM Ultima Ratio Hécat II, Kaliber 12, 7 x 99 Millimeter beschaffen zu lassen; das hätte ihm zwar einen Abstand von gut anderthalb Kilometern zur Zielperson verschafft, aber unter den am Einsatzort wahrscheinlich ungünstigen Deckungs- und Tarnungsbedingungen wäre ihm dessen Transport jetzt nur hinderlich. Er reiste lieber mit leichtem Gepäck.

„Kassel“ summte der Lautsprecher, „in fünf Minuten“. Von dort würde er mit irgendeinem Auto weiterreisen, keinesfalls mit einem Mietwagen, irgendeinem Auto, dessen Sicherheitsvorrichtungen er mühelos ausschalten und dessen Zündung er innerhalb von Sekunden kurzschließen konnte - also älteres Modell, entweder Volvo, Opel oder Ford. Das Fahrzeug würde er irgendwo westlich von Berlin versenken oder verstecken, die Julius-Leber-Kaserne dann im Fußmarsch erreichen, das war das Sicherste. Zwischendurch wollte er sich in einem unauffälligen Gasthof ausruhen. Er brauchte gute Nerven und eine ruhige Hand.

Als er in Kassel über den Bahnsteig ging, wusste er, wie er sein Problem lösen würde. Ganz einfach, eigentlich.

44

Die Stabsbesprechung in Block 20 der Julius-Leber-Kaserne in Berlin wurde durch einen Anruf unterbrochen. Das musste wichtig sein. Von Roddeck presste den Telefonhörer an sein linkes Ohr. „Weitermachen und Unterlagen zu mir, jeweils 12 Mal, X minus 15."
Er legte auf und wandte sich dem nächsten Besprechungspunkt zu. Nach einer Viertelstunde waren sie durch. Ein Stabsgefreiter übergab von Roddeck einen verschlossenen dicken Umschlag und meldete sich ab.
„Meine Herren, setzen Sie sich wieder, einen Punkt haben wir noch. Zur Abwechslung mal was Militärisches." Er riss den Umschlag auf. „Aus zuverlässiger Quelle erfahren wir, dass auf mich ein weiterer Anschlag geplant ist, wahrscheinlich für die nächsten Tage, diesmal von höherer Regierungsstelle. Ausführung dieses Mal nicht von linken Laien, sondern mit hoher Wahrscheinlichkeit von einem oder mehreren Profis, wahrscheinlich von einem professionellen Auftragskiller." Von Roddeck reichte 11 Fotokopien nach links weiter; den restlichen Stapel behielt er bei sich. Zwei Blätter legte er sorgfältig vor sich auf dem Besprechungstisch ab, parallel zueinander. „Auf dieser Liste finden Sie die Koordinaten der in Betracht kommenden Auftragsattentäter, die Kamerad Wagner, unser Innenminister, durch seine Task Force Pattaya recherchiert hat. Einer von diesen Kameraden, meine Herren, dürfte auf dem Anmarsch sein, um mich zu treffen." Er überflog die Liste, Namen, Vornamen, Geburtsdaten, Alter, Verurteilungen, Gerichte, Straftaten, Vorstrafenregister, ehemaliger Zivilberuf, militärische Vergangenheit, Täterprofile in Kurzform, voraussichtliche Haftdauer, Vollzugsanstalten, Besonderheiten. Von den 51 Personen hatten 13 gedient –‚nicht nur Soldaten sind Mörder', dachte von Roddeck –, davon drei in Spezialeinheiten, einer bei den Green Berets, einer beim Special Air Service SAS, einer in

der Legion. Der Deutsche, der in der US-Army gedient hatte, war bereits 59 Jahre alt, der Engländer war inzwischen nach einem Haftunfall gehbehindert. Nummer eins auf der Liste war Serge Motoux. Nur der kam in Frage. Von Roddeck verteilte die weiteren Kopien.

„Das ist Serge Motoux, ehemaliger Commandant beim legendären 2. Fallschirmjäger-Regiment Calvi Korsika; über diesen Kameraden höre ich soeben telefonisch, dass er zwar in Stammheim eine lebenslängliche Freiheitsstrafe verbüßt, in seiner Zelle aber dort nicht anzutreffen ist. Das ist höchstwahrscheinlich der Mann, der uns in den nächsten Tagen besuchen wird."
„Der sitzt doch", murmelte Oberst Krawatz, der in den übergebenen Papieren blätterte und das Foto von Motoux betrachtete. Der Anblick würde ihn diese Nacht ein paar Stunden Schlaf kosten.
„Soeben erfahre ich von unserem Innenminister und seiner Task Force Pattaya, dass dieser Motoux im Rahmen seines Vollzugs irgendeiner Sonderbehandlung unterzogen wird und in Stammheim jedenfalls nicht da sitzt, wo er hingehört, nämlich in seiner Zelle. Das wissen wir seit einer halben Stunde von einem unserer Reservisten, einem Oberfeldwebel der Reserve, der im Zivilberuf Vollzugsbeamter in Stammheim ist. Außerdem ist Motouox inoffiziell höchst verdächtig, vor zwei Tagen in Zavelstein einen Doppelmord begangen zu haben, an einem ehemaligen Legionärskameraden, dem er angeblich seinen Gefängnisaufenthalt zu verdanken haben soll."

„Wieso weiß ich als Medien- und Propaganda-Offizier nichts davon? Das ist ja sensationell!" Stich formulierte in Gedanken schon eine Titelüberschrift seines Boulevardblattes ILLU-BLITZ: *‚Bundesregierung verantwortlich für Doppelmord in Zavelstein', ‚Regierung heuert Auftragskiller an.'*

„Weil der Killer offiziell einsitzt und es gar nicht gewesen sein kann und darf. - Meine Herren, in den Kompanien dieses Legions-Regiments, Soll-Stärke jeweils 176, befinden sich Kampfschwimmer, Waffentaucher, Scharfschützen, Gebirgsjäger, und natürlich unsere Waffenbrüder vom Groupment des Commandos Parachu-

tistes GCP, die es gelernt haben, lautlos zu töten, mit Messern, mit Drahtschlingen oder was auch immer. - Sicherheitsmaßnahmen? Rinzen!"
„Bis wann?" Der Feldjäger-Offizier saß von Roddeck gegenüber am anderen Ende des Besprechungstisches.
„Ab sofort. Sie haben das Wort, Rinzen."
„Herr General, bis auf Weiteres bleiben Sie kaserniert, hier auf dem Gelände sind Sie am sichersten. Jedenfalls bis zum Rücktritt unserer geschätzten Kanzlerin in den nächsten Tagen."
Von Roddeck schüttelte den Kopf. „Das mag zwar gegen die Kampfschwimmer, Waffentaucher und Gebirgsjäger der Legion helfen, nicht aber gegen diesen Motoux. Ich lasse mich auch von unserer von uns beherrschten Regierung weder kasernieren noch sonstwo einsperren. Mein Dienstschwerpunkt ist zwar hier in der Kaserne, aber ich muss beweglich sein und bleiben. Vor allem in den nächsten entscheidenden Tagen."
„Dienstfahrten nur mit zwei Wagen leicht bewaffnetem Begleitschutz, Herr General. Ich stelle Ihnen ein Begleitschutz-Kommando zusammen."
„Bei Routinefahrten auf regelmäßige Zeiten und auf dieselben Fahrtrouten verzichten, Herr General."
„Unsere Kasernenwache sollte verstärkt werden."

Früher hätte der General Befehle erteilt, jetzt führte er Brainstorming-Events durch, dachte Stich. Wurde er unsicher? Hatte er Angst vor diesem Killer?

„Ende. Folgende Befehle, an Sie, Rinzen: Erstens: Wache verstärken durch drei Mann, KSK-Soldaten, Führung Oberleutnant Sassen, soeben aus Afghanistan zurückgekehrt, derzeit Calw, Graf-Zeppelin-Kaserne. Meldung bei mir morgen Früh, Dienstbeginn."
„Ist letzte Woche zum Hauptmann befördert worden, Herr General." Sassen hatte Rinzen zusammen mit Tocker im Sommer an der US-Militär-Polizei, am MAD und am pakistanischen Geheimdienst ISI vorbei erfolgreich wieder aus Afghanistan herausgeholfen, im Sprungeinsatz. Rinzen würde ihm das nie vergessen.
„Umso besser. Zweitens. Begleitschutz-Kommando einsatzbereit

ab heute 1800.“ Von Roddeck erteilte weitere Anweisungen und beendete die Befehlsausgabe. „Das Unternehmen heißt ‚Operation Pattaya‘. Noch Fragen, meine Herren?“

Im Geschäftszimmer übergab ihm sein Stabsfeldwebel eine Mail von Verteidigungsminister Becker. Der MAD oberservierte diesen Oberstarzt Dr. Lippmann in der Münchner Sanitätsakademie und dessen Feldafinger Kreis, hatte aber nur trübe Erkenntnisse gewonnen und nichts Konkretes, nicht mal Attentatspläne. Langweilig.
„Sobald Sassen hier mit seinem Begleitkommando aufschlägt, sofort Meldung an mich. Auch wenn ich auf der Toilette bin.“
„Jawoll, Herr General, Toilette.“

45

Hauptmann Sassen, Führer des Kommandotrupps, der den persönlichen Schutz von General von Roddeck für die nächsten Tage übernommen hatte, war in der ersten Nacht für die Schicht von zwei bis sechs Uhr eingeteilt. Hundewache. Den General wusste er in der Unterkunft in Block 20 neben seinem Hauptquartier, in dem auch die beiden anderen Kommandosoldaten ruhten, ein Oberleutnant und ein Leutnant. Der Leutnant würde Sassen um sechs Uhr ablösen.

Es war halb fünf. Sassen trat vor das Unterkunftsgebäude und stand im Herbstregen. Scheißwetter. Er zog die Kapuze seines Feldparkas fester um den Kragen. Wie würde er als Serge Motoux versuchen, das Attentat auszuüben? Wahrscheinlich war, dass Serge Motoux nach seinem Doppelmord in Zavelstein längst auf der Flucht war und überhaupt nicht mehr daran dachte, seine Mission noch auszuführen. Wenn doch – wie würde er vorgehen? Der Mann war Scharfschütze, aber den General von außerhalb des weitläufigen Kasernengeländes ins Visier zu bekommen, war wenig aussichtsreich. Also würde er einen Zugriff innerhalb der Julius-Leber-Kaserne versuchen. Der Mann war auch Einzelkämpfer.

Und er würde da auftauchen, wo keiner mit ihm rechnete. Überraschungsmomente nutzen. Aber wie würde der Kerl in die streng bewachte und hoch umzäunte Kaserne gelangen können? Die Wache war verstärkt und besonders vergattert worden. Am besten, Sassen nahm mal Kontakt zum Offizier vom Wachdienst auf, im Rahmen seiner besonderen Dienstaufsicht. Dann würde die verbliebene Wachzeit auch schneller vorbei gehen. Der Regen ging in wässerige Schneeflöckchen über. Die Bogenlampen der Kasernenbeleuchtung streuten diffuses Licht. Sassen umrundete den Unterkunftsblock im Schatten der tropfnassen Bäume und hielt vor dem Fenster des Generals kurz inne. General von Roddeck hatte ihn vor 10 Jahren zum Kommandosoldaten ausgebildet. Nicht nur die Operation Mühle dieses Jahr in Afghanistan hatte sie zusammengeschweißt. Unverbrüchliche Treue.

Sassen bemerkte keinerlei Auffälligkeiten und ging auf den nassen Grasmatten neben der Asphaltstraße Richtung Wache. In dem Asphalt spiegelte sich trübes Neonlicht. Kommandosoldat Sassen war nicht zu sehen.

Die zwei Soldaten, die die Kaserneneinfahrt bewachen sollten, auch nicht. Vielleicht wegen des stärker werdenden Schneeregens. Es war kurz nach fünf, als Sassen das Wachlokal betrat.

Drei Dinge fielen ihm sofort auf: Ein schwerer beißender Rauch hing in der Luft. Am Tisch in der Wachstube hinter dem Schiebefenster saß nicht irgendein Unteroffizier oder ein einfacher Soldat sondern ein Oberfeldwebel, also wahrscheinlich der Offizier vom Wachdienst selbst. Und der sprang nicht hoch und machte Meldung, er sah nicht einmal auf, sondern schien mit irgendeinem Vorgang auf der Schreibtischplatte beschäftigt. Vielleicht hatte er Sassen gar nicht bemerkt. Ungewöhnlich für einen OvWa. Oder er hatte mit Sassen gerechnet. Aber das konnte nicht sein. Sassen ließ die Tür angelehnt und bewegte sich geräuschlos durch das Wachlokal Richtung Schreibtisch.

Der Oberfeldwebel sah ihn im Spiegel des Schiebefensters und sprang auf. „Oberfeld Römmer, OvWa, keine besonderen Vorkommnisse, Herr Hauptmann." Das Namensschild ‚Römmer' war im Schein der heruntergezogenen Schreibtischlampe gerade noch zu sehen, nicht aber das Gesicht des Oberfeldwebels, den Sassen nicht kannte.

Auf dem Schreibtisch sah Sassen einen Dienstplan und eine Schachtel Zigaretten. Daher wohl der beißende Gestank.

„Rauchverbot", murmelte er. „Wollte mit Ihnen ein paar Details des gemeinsamen Wachdienstes durchgehen." Seine Frage nach den beiden Torwachen lag ihm auf den Lippen, da sah er bei näherem Hinschauen auf den Dienstplan eine rote Markierung für die frühen Morgenstunden, so um sechs Uhr herum. Auf dem Boden unterhalb des Schreibtisches, gleich neben Oberfeld Römmer, entdeckte er hässliche braune Flecken.
„Nun setzen Sie sich mal wieder." Sassen zog einen Stuhl zu sich heran.
Der Oberfeldwebel setzte sich langsam und drehte dabei die Schreibtischlampe von sich weg. Für den Bruchteil einer Sekunde streifte ein Reflex des funzeligen Lichts die linke Gesichtshälfte des OvWa und holte eine rot glänzende Narbe aus dem Dunkel: Serge Motoux, das Foto aus den Erkennungsunterlagen vom Innenministerium, leibhaftig, als Offizier vom Wachdienst.

‚Jetzt sich nur nichts anmerken lassen', dachte Sassen. Auch er setzte sich. „Ach, wissen Sie was? Ich rauch' auch eine, darf ich?" Sassen griff mit der linken Hand nach der Schachtel Gauloises, hätte aber aufstehen müssen, um sie zu erreichen. Serge Motoux, schoss es ihm durch den Kopf, konnte nicht wissen, dass Sassen ihn erkannt hatte, denn Serge Motoux wußte nicht, dass seine Personalakte hier in der Kaserne seit zwei Tagen bekannt war, insbesondere sein Foto. Serge Motoux durfte auch bei den ständigen Wachwechseln, die ihm als Ex-Soldaten vertraut sein durften, davon ausgehen, dass Hauptmann Sassen Oberfeldwebel Römmer nicht persönlich kennen musste. Was nur mit Oberfeld Römmer passiert sein mochte? Sassen hielt die hässlichen rostfarbenen Flecken auf dem Boden inzwischen für Blut.

Motoux wollte Sassen zuvorkommen und schob ihm die gelbe Zigarettenpackung rüber. Er wollte verhindern, dass Sassen aufstand, womöglich seine P 8 Combat zog. Aber Sassen war schon aufgestanden. „Vielen Dank. Feuer hab´ ich." Sassen griff mit der Rechten in seine Uniformhose. Motoux stand auf, auch er scheinbar auf der Suche nach Streichhölzern, einem Feuerzeug oder was auch immer.

Im Aufstehen traf ihn Sassens Kampfstiefel im Gesicht. Motoux machte mit seinem Stuhl eine gekonnte Rolle rückwärts, verhedderte sich mit einem Bein in dem umgestürzten Stuhl und versuchte, sein Kampfmesser zu ziehen. Sassen sprang ihn an, kniete auf Motouxs Oberarmen und setzte ihm mit der Rechten sein Infanteriemesser 42 an die Kehle. „Ich hab´s mir anders überlegt – bin Nichtraucher."
Motoux versuchte, ihn abzuwerfen, seine Pranken streckten sich nach Sassens Gesicht aus, suchten die Ohren, die beiden verhornten Daumen kamen in bedenkliche Nähe der Augäpfel des Kommandosoldaten.

Sassen schlug mit der Linken zu. Einmal und kräftig. Der Legionär schien kampfunfähig. Um sicher zu sein, zertrümmerte Sassen mit seiner Stirn noch Motouxs Nasenbein.

46

Die ersten Verhöre des Gefangenen Serge Motoux ergaben keine Erkenntnisse, weder die Verhöre, die gleich nach seiner ärztlichen Versorgung in einer Arrestzelle der Julius-Leber- Kaserne stattfanden, noch die späteren in der Mauerstraße. Der Arrestant schwieg, der Gefängnisinsasse nahm an den Befragungen nur physisch teil, war inhaltlich nicht anwesend. Das schien nicht nur auf seine Gehirnerschütterung zurückzuführen sein.

„Machen Sie folgendes“, befahl von Roddeck Oberstleutnant Rinzen, dem Feldjäger-Offizier: „Versuchen Sie es auf kameradschaftlicher Basis. Wir kennen ja nun die Hintergründe: Der Befehlsstrang der thailändischen Lösung, die wir da erlebt haben, endet oben bei der Bundesregierung, wahrscheinlich bei der Kanzlerin selbst, die ihre Rücktrittszusage zeitlich entsprechend terminiert hat, auch wenn wir das nicht beweisen können. Viel mehr wird dieser Motoux auch nicht wissen. Aber was er weiß, das soll er eidesstattlich versichern, gegenüber einem Notar.

Anschließend lassen wir ihn laufen. Setzen ihn irgendwo ab, weitab von Stammheim, an einem Ort seiner Wahl.“

Der Feldjäger-Offizier runzelte die Stirn. „Der Legionärs-Kamerad hat drei unserer Wachsoldaten auf dem Gewissen.“ Das stimmte. Die beiden Wachen an der Zufahrt hatte er mit seiner schallgedämpften Glock außer Gefecht gesetzt, den Offizier vom Wachdienst, Oberfeldwebel Römmer, mit einer Drahtschlinge erwürgt und den Wachhabenden mit einem Bauchschuss lebensgefährlich verletzt, während der Motoux ein Bein gebrochen hatte. Als Sassen unerwartet auf der Wache erschienen war, hatte Motoux auf die für Viertel nach sechs im Wachbuch vorgesehene Durchfahrt des Generals gewartet, den er durch das Seitenfenster seines Dienstwagens dann nur noch zu erschießen brauchte.
„Gewissen hatte der keines, Rinzen. Ein solcher Mann kennt nur seinen Auftrag. Und Einzelheiten meiner Entscheidung bleiben späteren Befehlen vorbehalten. Tun Sie, was ich sage. Versuchen Sie es zumindest. Ausführung.“

47

Die eidesstattliche Versicherung von Serge Motoux hatte folgenden Wortlaut:

In Kenntnis der Bedeutung einer eidesstattlichen Versicherung, in dem Wissen, dass diese Versicherung auch staatlichen Stellen vorgelegt werden wird, und in dem Wissen, dass die falsche Abgabe einer eidesstattlichen Versicherung strafbar ist, versichere ich, Serge Motoux, derzeit Mauerstraße, Berlin, in Gegenwart des Notars Bulla, Kurfürstendamm 45, Berlin, folgendes an Eides Statt:
1. Vor etwa zwei Wochen wurde ich in meiner Haftanstalt in Stammheim von einem schwäbisch sprechenden Ministerialbeamten aufgesucht, der sich Karl nannte, wobei er betonte, dass das natürlich nicht sein richtiger Name sei.

2. Bei seinem zweiten Besuch beauftragte er mich im Namen des baden-württembergischen und des Bundesjustizministeriums – er sagte ausdrücklich „Bundesjustizministerin" – damit, Brigadegeneral von Roddeck auszuschalten, wofür er mir nach ein bis zwei Jahren weiteren Aufenthalts in der Justizvollzugsanstalt Stammheim Straffreiheit und ein staatliches ‚Zeugen'- Schutzprogramm zusicherte. Der anschließende weitere Aufenthalt in der Justizvollzugsanstalt sollte meiner Tarnung und der Tarnung meiner Auftraggeber dienen.

3. Diesen Auftrag habe ich angenommen, weil ich darin eine willkommene Möglichkeit sah, meiner zu Unrecht verhängten Haftstrafe zu entgehen, und weil der Auftrag meinem Berufsbild als ehemaliger Legionär entsprach sowie meiner derzeitigen freiberuflichen Tätigkeit.

4. Mit meinem Auftrag, Brigadegeneral von Roddeck zu beseitigen, bin ich leider gescheitert.

5. Mit dem sogenannten Doppelmord in Zavelstein habe ich nichts zu tun.

Vorstehendes versichere ich an Eides Statt.

Serge Motoux, Berlin, Mauerstraße

Diese eidesstattliche Versicherung wurde am nächsten Tag in fast allen Zeitungen veröffentlicht, in manchen wurde sie sogar in voller Länge abgedruckt.

Noch am selben Tag traten die Kanzlerin und Bundesjustizministerin Gruber von ihren Ämtern zurück. Als letzte Amtshandlung ersuchte die Kanzlerin ihren Vizekanzler, Wirtschaftsminister Wolfgang Windmer, gemäß Artikel 69 Absatz III des Grundgesetzes ihre Amtsgeschäfte bis zur Ernennung ihres Nachfolgers fortzuführen. Windmer nahm das Ersuchen an.

48

Der Nachrichtensprecher des öffentlich-rechtlichen Senders räusperte sich. „Zu den jüngsten Entwicklungen und Entscheidungen nun unser Kommentar. Es spricht unser Leiter Innenpolitik, Abdul al Fahan:

Die Kanzlerin ist zurückgetreten, vermutlich gedrängt von einer obskuren Militärjunta. Aber wer folgt ihr nach? Ihr Vizekanzler Wolfgang Windmer? Zu jung, zu unerfahren, zu wenig authentisch, sagen die einen. Eine Marionette des Militärs, spekulieren andere. Zu wenig Rückhalt im Parlament, vielleicht auch in seiner eigenen Partei, deren inhaltlichen Gewichte sich durch ihre erdrutschartigen Mitgliederzuwächse verschoben haben und verschieben werden. Und deshalb nur eine Übergangslösung. Deshalb auch sein Antrag, ihm das Vertrauen auszusprechen, über den der Bundestag morgen entscheiden wird: Man muss kein Prophet sein, um vorherzusagen, dass Windmer damit morgen scheitern wird. Und weshalb bleibt diese Regierung, abgesehen von der Kanzlerin und ihrer Justizministerin, überhaupt im Amt,

diese Regierung mit ihren vom Militärrat verordneten Militär-Marionetten-Ministern? Hätten deren Ämter nicht alle mit dem Rücktritt der Kanzlerin enden müssen, wie unsere Verfassung das verlangt? Wer hat da die schmutzigen Hände in diesem abgekarteten Spiel?
Und was kommt danach? Neuwahlen? Wird es überhaupt noch Wahlen in unserem Land geben oder wird uns diese uniformierte Clique aus der Julius-Leber-Kaserne in Berlin übermorgen weiß machen wollen, ohne politische Wahlen zum Bundestag würde sich – wenigstens auf absehbare Zeit – alles zu unserem Besten wenden? Nein, unter diesen Aspekten kann man den Rücktritt unserer verehrten Bundeskanzlerin nicht wirklich begrüßen.
Der Kommentator versuchte einen überzeugenden Augenaufschlag.

Aber es gibt andere Gründe, meine Damen und Herren: Sollte auch nur irgendetwas dran sein an den in diesen Tagen in den Medien geäußerten Vermutungen und Spekulationen, wonach der deutsche Verfassungsschutz hinter der Verbreitung der Zitate aus „Mein Kampf" steht, dann müsste ja wohl irgendjemand die politische Verantwortung dafür übernehmen, und zwar nicht nur der Präsident des Bundesamtes für Verfassungsschutz, der ohnehin bereits dafür inhaftiert wurde. Aber steckt unsere ehemalige Kanzlerin wirklich dahinter? Wusste sie überhaupt davon? Konnte das wirklich mit ihrer Billigung geschehen? Etwa, um sich der Militärs zu entledigen, indem der Verdacht auf sie gelenkt wurde?
Was ist ferner dran an dem Gerücht, die Attentäter, die nach RAF-Muster den General beseitigen wollten, der offensichtlich als Präsident der Deutschen Gesellschaft für Nationale Sicherheit die Militärclique steuert, seien ebenfalls vom Verfassungsschutz bestellt gewesen? Der Staatsfeind von über 40 Jahren heute Komplize des Staates? Mit oder ohne Billigung höherer politischer Stellen? Wo ist der angebliche V-Mann, der als einziger der Attentäter im Dickicht unserer Dienste untergetaucht ist oder untergetaucht wird? Nicht zu glauben, was uns da von den Medien aufgetischt wird. Man denke nur an die Presseerzeugnisse unseres populärsten politischen Konvertiten, dem es gelungen ist, statt in seiner verpönten Partei nunmehr für die Konservativen im Bun-

destag herum zu tönen.
Und, noch unglaublicher: Deutsche Ministerien sollen für den Attentatsversuch eines professionellen Killers, eines ehemaligen Fremdenlegionärs, auf diesen General von Roddeck verantwortlich sein? Womöglich wieder mit Wissen oder sogar auf Veranlassung unserer Bundesregierung? Nun, meine Damen und Herren, das würde zwar den zeitgleichen Rücktritt unserer Justizministerin erklären, aber welchen Wert hat denn schon die eidesstattliche Versicherung eines Gewaltverbrechers, der diese seine eidesstattliche Versicherung zudem noch als Gefangener einer Militärclique abgegeben hat – wer weiß schon, unter welchem Druck?
Nein, meine Damen und Herren: Nichts ist plausibel, auch nicht der Rücktritt der Bundeskanzlerin, der vor allem etwas auslöst: Ungewissheit über die Zukunft unserer demokratischen Republik, deren nächsten Tage und Wochen außerordentlich spannend zu werden versprechen." Abdul al Fahan glotzte verheißungsvoll in die Kamera und klimperte mit seinen langen Augenwimpern.

„Den Kommentar sprach unser Leiter Innenpolitik. Über die von ihm erwarteten spannenden Entwicklungen in den nächsten Tagen und Wochen werden wir Sie natürlich von hier aus aktuell unterrichten, das nächste Mal bereits in unseren Nachmittagsnachrichten um 15.50 Uhr nach der Werbung für unsere Programmvorschau."

Von Roddeck schaltete den Fernseher in seinem Büro aus. In den nächsten oder spätestens übernächsten Nachrichten würde dieser Kommentator nicht mehr auftreten. Der sollte besser zukünftig von seinem Heimatland aus über den arabischen Frühling oder vielmehr Winter berichten, vielleicht bei Sendern wie Al-Arabija oder Al-Jazeera, statt sich hier aus einem öffentlich-rechtlichen Sender über deutsche Innenpolitik auszulassen – und das auch noch als Leiter der Redaktion Innenpolitik. Suum cuique, das hatte schon Cicero gewusst, De officiis 1,5.

Von Roddeck rief Renstorff rein und erteilte entsprechende Befehle. „Ist Operation Pegasus startklar?"
Der Stabsfeldwebel bestätigte und übergab ihm das Protokoll der

Vernehmung von Oberstarzt Dr. Lippmann aus der Haftanstalt für politische Gefangene in der Mauerstraße.

Es begann mit den üblichen, viel zu langen Eingangsformalitäten. Von Roddeck überflog Entstehungsgeschichte und Ziele des sogenannten Feldafinger Kreises, eines Häufleins ehemaliger Hauptleute, die die Bundeswehr versucht hatten, zunächst quasi gewerkschaftlich, dann immer stärker linkspolitisch zu indoktrinieren. Aus diesem Dunstkreis, der in der Führungsunterstützungsschule aufgestiegen war, hatte sich in der Armee eine Bewegung entwickelt, die zwar nie dominant hatte werden können, aber unterschwellig ständig virulent war. Für von Roddeck Wehrkraftzersetzung. Er blätterte weiter und fand das Protokoll erst ab Seite sieben interessant.

V: „Was hat Sie, Oberstarzt Dr. Lippmann, dazu veranlasst, vor Wochen anlässlich des Camerone-Festes in der SanAk in München einen Kreis Gleichgesinnter um sich zu scharen, dessen Bestrebung es ist, den Militärrat unter Brigadegeneral von Roddeck unter allen Umständen zu Fall zu bringen?“
L: „Staatsbürgerliche Treue und mein Eid als Soldat und Offizier, der Bundesrepublik Deutschland treu zu dienen. Nicht General von Roddeck und auch nicht einem Militärrat.“
V: „Zusammenhänge mit dem Camerone-Fest? Verbindungen zur Fremdenlegion? Sie wissen, dass ein ehemaliger Fremdenlegionär gerade mit einem Attentatsversuch auf unseren General gescheitert ist.“
L: „Keine Verbindungen. Zufall.“
Von Roddeck glaubte Lippmann kein Wort.

V: „Verbindungen zum ehemaligen Präsidenten des Bundesamtes für Verfassungsschutz, Max Limmer?“
L: „Keine Verbindungen.“
V: „Präsident Limmer wurde vor einigen Tagen in der SanAk in der Ernst-von-Bergmann-Kaserne in München festgesetzt. Wieder Zufall?“
L: „Zufall. Sie sagen es.“
V: „War Ihnen bekannt, dass das Bundesamt für Verfassungs-

schutz Hitler-Zitate im Bundestag und bei den dort vertretenen Parteien verteilt hat mit dem offensichtlichen Ziel, den Militärrat und die DGNS damit zu verdächtigen und zu verunglimpfen?"
L: „Nein."
V: „Waren Sie in die Kollaboration des Bundesamtes für Verfassungsschutz mit der Terroristengruppe ABAB eingeweiht?"
L: „Nein, war ich nicht."
V: „Was wollte Präsident Limmer am Tag seiner Festnahme in der SanAk?"

Wäre Interessant, den Häftling Dr. Lippmann mit seinem Mithäftling Limmer gemeinsam in eine Zelle zu legen, überlegte von Roddeck. Oder würden die beiden vermuten, dass sie dort abgehört würden?

L: „Dienstaufsicht ausüben. Soviel ich weiß. Fragen Sie ihn doch."
V: „Das haben wir."
L: „Und was sagt er? Dienstaufsicht?"
V: „Die Fragen stellen wir hier."
L: „Schade."
V: „Wie bitte?"
L: „Ich hätte auch Fragen an Sie. Zum Beispiel, wie Sie es mit Ihrem Eid auf die Bundesrepublik Deutschland vereinbaren können, einer sich anbahnenden Militärdiktatur zu dienen?"

(Ende der Vernehmung 11.43)"

Von Roddeck legte das Protokoll weg. Interessante Fragen, die der Kamerad Oberstarzt da stellte. Würde er ihm gerne bei Gelegenheit überzeugend beantworten. Lippmanns provokante Fragen würde er mit ihm gerne bei einem gemütlichen Abend im Kaminzimmer des Kasinos besprechen. Er erinnerte sich an viele solche Unterredungen, die er mit Vorgesetzten, Gleichgesinnten, Andersdenkenden, mit seinen Offizieren und Soldaten geführt hatte. Eine Frage hatten sie allesamt übersehen, und dieser Dr. Lippmann sah sie bis heute nicht: Was macht der Soldat, der Offizier, wenn er sich von einer nicht mehr funktionierenden Politik in die Irre geleitet sieht? Falsche Wirtschafts- und Finanzpolitik kostete die Bürger des Landes Geld und Vermögen, alles ersetzbar, wie die Geschichte in ständigen Wiederholungen bewies. Unverantwortliche Außen- und Friedenspolitik, Verteidigungs- und Militärpolitik, ausgedünstet irgendwo in der rechtlich unverbindlichen Grauzone zwischen der dilettierenden Regierung als Exekutive und dem ignoranten Parlament als Legislative – solche Politik kostete Soldaten ihr Leben, das einzige, das sie hatten. Unersetzlich. Oberst Graf von Stauffenberg hatte seine Antwort auf diese Frage gefunden. Diktatorisches Versagen dort, demokratisches Versagen hier. Er, Brigadegeneral von Roddeck, hatte seine Antwort auf dieses Problem auch gefunden. Und war dabei, es zu lösen.

49

Roland Gatzsch turnte mit erstaunlicher Behendigkeit ans Rednerpult des Deutschen Bundestages, der mit 591 Abgeordneten so gut besucht war wie lange nicht mehr. Gatzsch warf einen Blick zurück Richtung Parlamentspräsident Hohner, sah dabei aber nur den über ihnen schwebenden Bundesadler an.

„Meine Damen und Herren, mit der anschließenden Abstimmung über die Vertrauensfrage, die unser junger und begabter Kanzler an Sie gestellt hat, werden Sie darüber zu entscheiden haben, ob Sie junger Politik den Vorzug geben oder aufgelöst werden wollen. Wenn Sie das nicht wollen, müssen Sie sich auf einen anderen Bundeskanzler einigen. Sie kennen alle die Verfassungslage, inklusive Artikel 81 unseres Grundgesetzes. Und hierzu darf ich Ihnen in Namen meiner Partei Grundsätzliches…“.
„Dein AID verstößt gegen eben diese Verfassung“, brüllte ein Abgeordneter der Grünen.

„Abweichler“, „Wolf im Schafspelz der Konservativen“, „Chamäleon“, „Verräter“ schallte es ihm aus dem Plenum entgegen, vor allem von der linken Seite.
„Parteien sind austauschbar“, fuhr Gatzsch fort, „ich nicht. Das

werde ich Ihnen anhand weniger Beispiele erläutern. Als erstes werde ich mich um das kümmern, würden wir uns um das kümmern, was ich als ‚schlechte Ausgaben' bezeichne. Das sind beispielsweise die Kosten der Einwanderung, die beträchtlich sind, und vor allem die Kosten der EU. Dieses ökonomische System, das uns einengt, möchte ich, möchten wir verlassen. Die bisherige Euro-Rettungspolitik lässt uns verarmen. Zwar hilft sie uns, Zeit zu gewinnen, nicht aber, die Probleme irgendeines Landes zu lösen, vor allem nicht das der Hilfe suchenden Länder. Griechenland als Musterbeispiel für verschwendetes EU-Geld hat in den vergangenen 20 Jahren mehr als 100 Milliarden Euro erhalten und steht heute wirtschaftlich schlechter da denn je. Wir befinden uns in der EU allesamt in einer Abwärtsspirale, oder glaubt jemand von Ihnen, wir würden die in die EU, in dieses planwirtschaftlich konzipierte Konstrukt, hinein gepumpten Gelder jemals wiedersehen?"
„Sie sind ein gewissenloser Volksverführer", erschallte es von den Bänken der Sozialdemokraten.

Gatzsch fuhr unbeirrt fort: „Wir haben die Wahl: Entweder wir finden zurück zu unserer Währungsfreiheit oder wir unterwerfen uns der Brüsseler Planwirtschaft. Einer europäischen Zentralverwaltungsbürokratie, die auf eine Stabilisierung der Staatsverschuldungen ihrer Mitglieder hinausläuft.
Ich hingegen fordere, dass wir unsere Währungsfreiheit wiederfinden. Der Euro hat keines seiner Versprechen gehalten, ob Inflation, ob Arbeitslosigkeit, ob Verschuldung oder Werksverlagerungen ins Ausland. Wir sehen im Euro inzwischen eine Währung, die weiterentwickelt werden kann, aber nur in Ko-Existenz mit der D-Mark, damit wir die Chance haben, zu früheren stabilen Verhältnissen zurückzufinden.

Dazu gehört auch ein Überdenken unserer Einwanderungspolitik. Wir sollten Einwanderern, denen Schengen es ermöglicht hat, bei uns illegal einzureisen, nachträglich keinen Aufenthaltsstatus geben, womit wir ja nur massive Anreize für künftige weitere illegale Einwanderungen vermitteln. Die Arbeitslosen und die Millionen Arme in unserem Land haben Anspruch darauf, dass wir keine weiteren Zuwanderer mehr aufnehmen und insbesondere arbeitslose Einwanderer in ihre Herkunftsländer zurückschicken. Ich bin, auch wenn Sie mich des Egoismus beschuldigen, für eine nationale Bevorzugung mit der Folge, dass bei gleicher Qualifizierung der Deutsche vorrangig vor einem Ausländer eine Stelle besetzen kann. Das gilt auch für ausländische Studenten: Diese bilden wir hier nicht großzügig dafür aus, dass sie anschließend in Deutschland arbeiten und unseren Absolventen Konkurrenz machen. Wir bilden sie hier aus, damit sie ihr Wissen von uns in ihre Heimatländer mitnehmen, um dort künftige Eliten zu stellen.

Darin sehe ich einen Akt sozialer Verantwortung, der diese Regierung beispielhaft bereits mit der Wiedereinführung der Wehrpflicht und ihrem Workfare-Programm nachgekommen ist. Aber hören wir doch endlich auf, meine Damen und Herren, den Bürgern unseres Landes immer mehr Restriktionen aufzuerlegen! Sie haben doch hier in diesem Hause den Bürgern bis in die privatesten Regelungsbereiche hinein die unsinnigsten Verhaltensregeln aufgezwungen. Damit muss Schluß sein!"
Einige Abgeordnete sprangen auf, mehrere klatschten, fraktionsübergreifend.
„Sie sollten in diesem Hohen Hause auch nicht im Minutentakt Gesetze durchwinken, deren Inhalt und Tragweite die wenigsten von Ihnen überhaupt zu beurteilen in der Lage sind."
Der Applaus erstarb. Die Parlamentarier, die Gatzsch eben noch stehend zugejubelt hatten, setzten sich wieder.
„Lernen Sie zu unterscheiden zwischen Wichtigem und Unwichtigem, regeln Sie in diesem Hohen Hause, was nötig ist, und das richtig, und vergeuden Sie keine Zeit mit verfassungswidrigem Eindringen in die Privatsphäre Ihrer Bürger, für die Sie hier für teures Geld sitzen dürfen. Und stimmen Sie über den Vertrauensantrag unseres Kanzlers heute Nachmittag verantwortungsvoll ab."

Egal, wie ihr abstimmt: Ich werde der nächste Bundeskanzler unserer Regierung sein, entweder mit Hilfe von Windmer, wenn er die Vertrauensabstimmung gleich gewinnt, oder mit Hilfe der Operation Pegasus, dachte Gatzsch, als er das Rednerpult verliess.
Im Plenarsaal war es still geworden. Präsident Hohner beendete

die Sitzung und beraumte die Abstimmung über die Vertrauensfrage des Kanzlers auf 13 Uhr an.

In den Nachmittagsnachrichten um 17 Uhr wurde als erste Meldung bekannt gegeben, dass Kanzler Windmer mit seiner Vertrauensfrage gescheitert war. Die Kommentare meinten anschließend, dieses Ergebnis sei vorhersehbar gewesen.

Das sah General von Roddeck genauso. Er ließ sich von seinem Vorzimmer mit Oberst Tocker, dem Finanzminister der Bundesrepublik Deutschland, verbinden. „Haben Sie die Rede unseres Herrn Gatzsch gehört oder gesehen?"
„Natürlich, Herr General."
„Wie fanden Sie sie?"
„Eine intellektuelle Überforderung unserer Volksvertreter."
„Sehe ich genauso, Tocker. Sieht man ja an dem nur vereinzelten Applaus und am Ergebnis. Deshalb mein Anruf: Operation Pegasus läuft an, Tocker."

50

Laura Schwartze war heute Abend ganz Schloßherrin. In langem Abendkleid hatte sie ihren ehemaligen Lebensgefährten Berndt von Roddeck und dessen Gast, den bayerischen Ministerpräsidenten, empfangen, auf Schloss Hirschesruh willkommen geheißen und die beiden nach einem Begrüßungscocktail allein gelassen.

Für die beiden Herren war im Speisesaal des ersten Stockwerks eine großartige Tafel angerichtet worden, der Bedeutung des Anlasses entsprechend. Nach der Vorspeise, einem vorzüglichen Lachstartar an Kaviarmousse, ließ sich der Ministerpräsident, Major der Reserve Erwin Bernreiter, ehemaliger Gebirgsjäger, letzte Stationierung Mittenwald, Edelweiß-Kaserne, eine Zigarre reichen. „Nun, Herr General, was kann ich für Sie tun?"
„Sie sind jetzt nicht nur bayerischer Ministerpräsident, sondern

nehmen auch das Amt des Bundespräsidenten wahr. Soll ich Sie nun mit Herr Bundespräsident oder mit Herr Ministerpräsident ansprechen?"
„Ich gehe mal davon aus, dass diese nicht Ihre einzige Frage ist heute Abend. ‚Major Bernreiter' wäre eine Anrede, die dem vermutlichen Anlass unserer Unterredung wohl angemessen ist." Er paffte den Rauch seiner Havanna Club genussvoll durch den Saal.
„Recht so, Major Bernreiter." Von Roddeck rückte auf seinem Stuhl vor und fächerte Qualm fort. „Folgende Lage: Rücktritt der Kanzlerin, Vizekanzler Windmer als ihr Stellvertreter wird Kanzler, verliert die Vertrauensabstimmung, Artikel 68 Grundgesetz: Nach der Verabschiedung unseres Bundespräsidenten sind Sie es, der nunmehr auf Vorschlag von Windmer binnen 21 Tagen den Bundestag auflösen kann."
Bernreiter nickte.
„Aber nicht muss."
„Windmer braucht ja auch diesen Vorschlag gar nicht erst zu machen, wenn Sie wollen, dass er Kanzler bleibt."
„Er wird Ihnen den Vorschlag aber unterbreiten. Weil er sonst regierungsunfähig wird. Und weil die DGNS ihn nur als Übergangskanzler braucht."
„Und ich soll den Bundestag nicht auflösen, wenn ich Sie richtig verstehe."

Erwin Bernreiter war seit fast zehn Jahren Mitglied der Deutschen Gesellschaft für Nationale Sicherheit DGNS und hatte sich so seine Gedanken gemacht, als von Roddecks Militärrat im Spätsommer damit begonnen hatte, der Regierung zur Seite zu stehen.
Von Roddeck nickte. Er gab der Ordonnanz den Wink, das Sorbet abzuräumen - geeiste Maracuja - und den Hauptgang zu servieren. „So ist das. Folge: Artikel 81 Grundgesetz – die Bundesregierung beantragt bei Ihnen als Interimspräsidenten dieser Republik die Erklärung des Gesetzgebungsnotstands, den Sie dann ausrufen."
„Dazu müsste der Bundesrat zustimmen."
„Dessen derzeitiger Präsident Sie sind, sonst nähmen Sie jetzt

nicht die Amtsgeschäfte des Bundespräsidenten wahr."

Der Hauptgang wurde gebracht, gemischte Wildplatte an Kastanienmousse mit Rosenkohl und Pfifferlingen. Dazu gab es einen Rotwein aus dem Napa Valley, Jahrgang 1995.

„Und was ist, wenn ich den Bundestag innerhalb der nächsten drei Wochen auflöse?" Bernreiter legte seine Serviette neben den Aschenbecher, auf dem die Zigarre erkaltet war.
„Kein Problem, dann wählt der Bundestag einen weiteren Bundeskanzler, Artikel 68 Absatz I Satz 2. Aber: Unsere Notverordnungen könnten rückwirkend nicht durch den Gesetzgebungsnotstand legalisiert werden."
„Weil der Bundesrat dem nicht zustimmt. Dessen Präsident ich derzeit bin."
„Diese Zustimmung ist meine eigentliche Bitte an Sie. Die Bundesregierung wird, noch unter Kanzler Windmer, eine Gesetzesvorlage einbringen, die sie als dringlich bezeichnet."
„Weshalb hat Windmer das nicht zeitgleich mit seiner Vertrauensfrage verbunden?"
„Wäre zu auffällig gewesen. Hätten sogar unsere Parlamentarier gemerkt."
„Welchen Inhalt hat das Gesetz?"
„Ermächtigungsgrundlage für sämtliche vom Militärrat in der Vergangenheit erlassenen Verordnungen. Und für weitere in der Zukunft. Bis wir eine andere Regierung eingesetzt haben."
Bernreiter suchte nach Streichhölzern. Eine Ordonnanz kam zu Hilfe und entzündete seine Havanna Club.
Der General legte sein Besteck zusammen. „Überlegen Sie Ihre Entscheidung in aller Ruhe. Und lassen Sie mich in der Zwischenzeit wissen, wie unsere Verwaltungsreformen sich mit Hilfe unserer Reservisten und dem von uns installierten RUSK-System auf den bayerischen Alltag ausgewirkt haben." Er winkte der Ordonnanz, die Digestive zu servieren. Vielle Prune.

„Diese Reserve-Unterstützungskommandos RUSK laufen außerordentlich gut an." Ministerpräsident Bernreiter referierte über gesteigerte Effizienz, war des Lobes voll über Engagement und

Vorbildlichkeit der wehrübenden Kreisräte, Landräte, Bürgermeister und Regierungsräte, die sich vereinzelt schon wieder in ihre Zivilberufe zurückgezogen, aber eine Systematik und Struktur zurückgelassen hätten, die „nachhaltig" fortwirke. „Eine, soweit mir immer wieder bis heute berichtet wird, überaus erfreuliche Entwicklung und Korrektur der bisherigen Verhältnisse." Bernreiter ließ sich noch eine alte Pflaume einschenken.
„Genauso haben wir das vorbereitet und erwartet, Major Bernreiter. Weiter so. – Ihre Entscheidung?"
„Herr General, ..."
„Lösen Sie auf oder nicht?"
„Herr General!" Bernreiter stürzte den Schnaps hinunter. „Lassen Sie uns das Verfahren vereinfachen: Was ist zu tun? Was befehlen Sie?" Der hochprozentige Alkohol, vierzig Prozent, bekam ihm nicht. Er fühlte sich unwohl. Dieser General von Roddeck war ihm nicht mehr geheuer, auch wenn er ihn jahrelang bewundert hatte.

Von Roddeck setzte sein Glas ab. Der Zigarrenrauch nervte ihn. Die Unsicherheit seines Verhandlungspartners nervte ihn. „Nichts befehle ich. Wir beraten. Wir geben zu bedenken. Sie entscheiden. Sie haben verantwortungsvolle politische Ämter inne. Sie haben eine Stunde Zeit für Ihre Entscheidung. Es ist 2030. Genießen Sie inzwischen den Nachtisch, eingelegte Birne auf Erdbeermousse an Zitronenblättern." Er gab der Ordonnanz einen Wink.
„Herr General, also, ich habe verstanden. Ich werde den Bundestag wunschgemäß nicht auflösen. Mit Nichtstun mache ich nichts falsch. Außerdem brauchte Windmer diesen Vorschlag ja auch gar nicht zu machen." Bernreiter kaute Birne. „Aber mit dem Gesetzgebungsnotstand tue ich mich schwer. Also mit der Zustimmung des Bundesrates. Als dessen Präsident. Sie kennen unsere Probleme mit dem Länderfinanzausgleich, um dessen Restrukturierung wir Bayern derzeit mit den anderen Ländern kämpfen." Bernreiter schluckte die Birne herunter und spülte etwas Rotwein nach.
„Will sagen: Sie kriegen da keine Mehrheit zustande. Oder: Sie organisieren eine Zustimmung nur, wenn das Problem des Länderfinanzausgleichs vorher oder nachher irgenwie gelöst wird?"

Bernreiter rutsche unruhig auf seinem Stuhl hin und her. „Sagen

wir mal so: Eine Regelung des Länderfinanzausgleichs in unserem Sinne würde mir die Beschaffung der Zustimmung des Bundesrats einfacher machen. Weil dann die Auseinandersetzung mit den anderen Bundesländern nicht mehr stattfinden müsste."
‚Du willst also einen Deal mit mir machen', dachte von Roddeck; ‚wie unsere ehemalige Bundeskanzlerin'. „Diese Auseinandersetzung könnten Sie aber auch dadurch aus der Welt schaffen, dass Bayern seine Restrukturierungsforderungen aufgibt."
„Da täte ich mich als bayerischer Ministerpräsident schwer, Herr General, mit Verlaub." Bernreiter schüttelte den Kopf. „Wir würden dann wohl einer verfassungsgerichtlichen Klärung den Vorzug geben."

Von Roddeck schob den Kristallteller mit den Resten seines Desserts weg. Dieser bayerische Hundling wollte also tatsächlich Händel mit ihm anfangen. Die Sattler-Standuhr draußen im Flur schlug 21 Uhr. Phase eins der Operation Pegasus war schon angelaufen. Zwar war noch Zeit, sie zu stoppen, aber keine Zeit mehr, auf eine Ersatzoperation auszuweichen. „Wir haben uns auf Ihre Unterstützung in dieser entscheidenden letzten Phase unserer Machtübernahme verlassen, Major Bernreiter."
„Ich helfe ja, ich bin dabei, Herr General. Als Bundespräsident, als Präsident des Bundesrates. Aber als bayerischer Ministerpräsident äußere ich die Bitte, ...".
„Das sagten Sie schon."
„... zumal ich erst dadurch eine Mehrheit der Mitglieder des Bundesrates überhaupt mobilisieren kann. Da greift ein verfassungsrechtliches Rädchen ins andere."

Beurteilung der Lage – Entschluss – Operationsplan. Von Roddeck musste jetzt zu einem Ergebnis kommen. „Dann machen wir doch folgendes: Sie bekunden, gegen den Länderfinanzausgleich mit seinem jetzigen Inhalt nichts mehr zu unternehmen. Damit sichern Sie uns die Zustimmung des Bundesrates zum Gesetzgebungsnotstand nach Artikel 81 Grundgesetz, den Sie anschließend als Amtswalter des Bundespräsidenten erklären. Ist das geschafft, erlässt die Regierung – sei es noch unter Windmer oder besser unter seinem Nachfolger – eine Rechtsverordnung, mit der

der Länderfinanzausgleich in Ihrem bayerischen Sinne neu geregelt wird. Ermächtigungsgrundlage: das soeben besprochene Gesetz".
„Ermächtigungsgesetz", murmelte Bernreiter nachdenklich.
„Nennen Sie es, wie Sie wollen. Damit ist die Regierungs-Verordnung legalisiert, und Bundesrecht bricht Landesrecht. Sämtliche Ihrer Protokolle, Korrespondenzen, Vertrags- und Klageentwürfe zur Restrukturierung des Länderfinanzausgleichs werden zu Makulatur. Und Sie halten Ihr gegenüber den Mitgliedern des Bundesrates gegebenes Versprechen, in Sachen Länderfinanzausgleich nichts mehr zu veranstalten." ‚Der Plan ist so infam, dass Du ihm eigentlich zustimmen müsstest', dachte von Roddeck und ließ den Tisch abräumen.
„Fantastische Idee, Herr General. Da spürt man den erfahrenen Strategen. Ja, so könnte es gehen. So sollte es gehen."
Beide ergriffen ihre Rotweinschwenker.
„Herr General, lassen Sie mich über diesen Ihren Entschluss und meine Entscheidung eine Nacht schlafen, wie das unter Soldaten guter Brauch ist, und morgen ...".
Von Roddeck setzte sein Glas ab. „Kamerad, es ist 2128. Sie haben für Ihre Entscheidung und Ihre Zusage noch exakt zwei Minuten; eine davon ist gleich um."

Bernreiter schwitzte. Die Hand mit dem Rotweinglas senkte sich zittrig nach unten, Richtung Tischdecke, als wollte sie es abstellen. Bernreiters Blick schweifte über die farbige Stuckdecke des Speisesaals und folgte anschließend dem Glas, bis sein Blick daneben auf der Tischkante lag.
Die Standuhr vor der Tür leitete den Halbstundenschlag ein.
Bernreiter hob Blick und Glas. „Herr General. Wir machen das. Ich folge Ihrem Operationsplan, Herr General."
Die Herren prosteten sich zu.

Von Roddecks Operationsplan wich von Bernreiters Vorstellungen in einem Punkt ab. Die neue Regierung unter Gatzsch würde eine Rechtsverordnung zur Restrukturierung des Länderfinanzausgleichs in Sachen Bayern nicht auf den Weg bringen. Nur ein gescheiterter Länderfinanzausgleich war ein geeignetes Paradebeispiel für eine scheiternde gemeinsame Währungspolitik in den Euro-Ländern. Egal: Wichtig war jetzt nur, dass dieses - wie hatte Bernreiter es genannt? - Ermächtigungsgesetz durchging. Mit einem von Roddeck dealte man nicht. Weder als Bundeskanzlerin, die es inzwischen nicht mehr war, noch als amtierender Bundespräsident oder Bundesratspräident, auch nicht als bayerischer Ministerpräsident. Bernreiters Tage in der DGNS dürften gezählt sein, aber darüber würde von Roddeck noch eine Nacht schlafen, nebenan im Gästehaus.

Es war kurz nach zehn, als im Schlosshof die Beleuchtung ansprang und das grüne Holztor sich automatisch aufschob. Die drei Fahrzeuge des bayerischen Ministerpräsidenten, ein Audi, ein BMW und ein weiterer Audi, rumpelten über das grobe Kopfsteinpflaster vom Hof. Von Roddeck grüßte und setzte seine rechte Hand erst ab, als das Holztor sich langsam wieder schloss. Er zückte sein Mobiltelefon und ging langsam auf das Gästehaus zu. „Operation Pegasus, Phase zwei, läuft an. Gute Nacht. Wir sehen uns morgen in Berlin. Schlafen Sie gut, Tocker."

51

Wolfgang Windmer, amtierender Kanzler der Bundesrepublik Deutschland, schüttelte den Kopf. „Ich werde, solange ich dieses mein Amt ausübe, weder eine Gesetzesvorlage einbringen, die als Ermächtigungsgrundlage für Ihre Verordnungen dient, noch wird die Regierung, solange ich ihr vorstehe, eine derartige Gesetzesvorlage als dringlich bezeichnen, Herr von Roddeck. Tut mir leid."

Sie saßen im Offizierskasino der Julius-Leber-Kaserne. Die Obristen Krawatz und Tocker hatten General von Roddeck eingerahmt. Der General warf Krawatz einen schnellen Blick zu. „Wir haben unsere informellen Absprachen getroffen, Leutnant Windmer, hier in diesem Raum, vor wenigen Wochen, im Beisein von Herrn Gatzsch. Sie erinnern sich?"

Windmer nickte. „Da war aber noch nicht von einem Ermächtigungsgesetz die Rede."
„Ist es auch heute nicht. Wie lautet Ihr Alternativangebot?"
„Der Bundestag würde eine solche Gesetzesvorlage ohnehin ablehnen."
„Den Bundestag lassen Sie unsere Sorge sein. Ihr Angebot?"
Windmer sah zu Boden. „Ich mache alles Besprochene ja weiterhin mit, meine Herren. Aber ich möchte nicht in der ersten Verantwortung stehen. Wir brauchen einen Kanzler."
Aha, dachte von Roddeck.
„In Ihrem Kommunikationsunternehmen und mit dieser Insolvenz haben Sie doch damals auch in der ersten Reihe gestanden. Waren Sie denn damals nicht Geschäftsführer?" Tocker.
„Nicht mehr zum Schluss; nur bei seiner Gründung und bei der Einforderung der EU-Fördermittel. Den Untergang habe ich damals meinem angestellten Geschäftsführer überlassen."
Aha, dachte von Roddeck. „Wie kommen Sie in unserem Zusammenhang auf Untergang?"
Windmer schlug die Beine seines stahlblauen Anzugs übereinander. „Sollte Ihr Unternehmen, meine Herren, vor den richtenden Augen der Geschichte keinen Bestand haben, werde ich noch Jahrzehnte meiner politischen Karriere vor mir haben. Wie ursprünglich geplant sollte der Herr Gatzsch die Kanzlerschaft übernehmen. Der hat doch seine politische Zukunft schon heute hinter sich." ‚Ihr drei dann übrigens auch', dachte er. „So war doch auch Ihr ursprünglicher Plan, Herr von Roddeck."

Von Roddeck tauschte Blicke nach rechts und links aus. Kanzler Windmer war soeben dabei, den Zeitplan für die Operation Pegasus zu verschieben. Aber ihm hatten sie die Rolle eines aggressiven Kontrolleurs dieses rechtslastigen Herrn Gatzsch zugedacht, und für diese Rolle schien Windmer in der Tat prädestiniert zu sein. „Okay, damit können wir leben." Seitenblick zu Krawatz: „Operation Pegasus, Variante Bravo."
Krawatz betätigte eine Taste auf seinem iPad.
„War das Ihr Alternativangebot, Windmer? Schritt eins, der Bundestag wählt Gatzsch zum Bundeskanzler. Schritt zwei, er bringt die Gesetzesvorlage als dringlich ein, die Sie sich nicht zutrauen."

„Der Bundestag wird sie ablehnen."
„Das sagten Sie bereits."
„Schon zuvor wird Gatzsch keine Mehrheit für seine Wahl zum Bundeskanzler erhalten."
„Zerbrechen Sie sich darüber nicht den Kopf." ‚Das ist Sache der Operation Pegasus', dachte von Roddeck, ‚meine Sache'. „Wir gehen davon aus, dass Ihre Partei und die Konservativen im Bundestag lückenlos Gatzsch wählen, wenn Sie ihn selbst als Ihren Kanzler und Verantwortungsträger wollen."
„Keine Frage."
„Schritt drei, die Bundesregierung unter Kanzler Gatzsch und Ihrer Vizekanzlerschaft beantragt die Erklärung des Gesetzgebungsnotstands - ."
„ - dem weder der Bundesrat zustimmen wird, noch wird der Bundespräsident, den wir nicht mehr haben, ihn erklären."
„Wieder nicht Ihr Problem, Windmer. Schritte vier und fünf sind unsere Probleme, und wir denken, wir haben die bereits gelöst. Konzentrieren Sie sich auf Ihre Partei und Ihre und deren Verlässlichkeit."

Windmers hellblaue Augen hielten dem Blick des Generals stand. „Dazu hätte ich noch ein Anliegen, meine Herren. Nachdem Sie und Ihr Militärrat und Ihre Gesellschaft die nationalen Geschicke nun so souverän in der Hand haben, richte ich mein Anliegen an Sie: Ich möchte das Amt des Bundesministers des Auswärtigen. Wirtschaft ist eben doch nicht so mein Ding, das sehen Sie ja an meiner Insolvenz. Das Außenministerium ist übrigens immer schon die klassische Domäne des Vizekanzlers gewesen."

Die uniformierte Troika verharrte regungslos. Einen Moment zu lange. ‚So geht das also', dachte Windmer, ‚man muss euch nur die Zähne zeigen'.
„Wir veranstalten hier kein Wunschkonzert", knurrte Tocker. Vielleicht wollte er das Wirtschaftsministerium auch nicht zurückhaben.
Von Roddeck trank seinen Kaffee aus. „Das sollten Sie mit Herrn Gatzsch besprechen. Wenn der Kanzler ist, legt er die Regierungsmannschaft und die Ressortchefs fest."

„Vorher hätte ich gern Ihren Segen. Den Segen des Militärrats. Und dass Sie dem Kanzler von Euer Gnaden meinen Wunsch sozusagen als Empfehlung mit auf dem Weg geben."
„Unseren Segen haben Sie, sonst würden Sie hier nicht sitzen. Können wir sonst noch was für Sie tun?"

Die Ordonnanz schenkte Kaffee nach. Von Roddeck schickte sie nach draußen.
„Sie könnten Ihr unwiderrufliches Einverständnis erklären." Windmer schien die Ironie in von Roddecks letzten Worten überhört zu haben. „Gatzsch hört doch auf Sie."
„Wir aber nicht auf Sie, Leutnant Windmer." Von Roddeck sah zu Tocker hinüber. „Was macht eigentlich Ihr Kabinettskollege Gehrke so, unser derzeitiger Außenminister?"
Windmer kam Tocker zuvor: „Gar nichts. Bis jetzt gar nichts."
Tocker nickte. „Leutnant Windmer hat recht. Bislang keine Aktivitäten, nicht mal Reisen, die Außenminister doch immer machen, wenn sie sonst nichts tun. Ist bis heute voll in der Deckung geblieben, der Kamerad."
„Äußert sich auch im Kabinett kaum; läuft da eher so als stiller Beobachter mit", ergänzte Windmer.
„Und keiner weiss, ob aus Überforderung oder aus mangelnder Solidarität." Krawatz.

‚Überforderung scheidet aus', dachte von Roddeck und erinnerte sich an die Umstände der Berufung Dr. Gehrkes aus den Kellern der Mauerstraße über sein Hauptquartier in der Julius-Leber-Kaserne bis hin in den Werderschen Markt, von wo noch kein Zeichen von Loyalität zu vernehmen gewesen war. Er dachte an die unerfreuliche Kabinettssitzung in der Kaserne, in der Gehrke ungefragt über die Militärdiktatur gehöhnt, Aristoteles unvollständig zitiert und die Fehlerhaftigkeit politisch gewählter Volksvertreter entschuldigt hatte. *Perfekt müssen nur Diktatoren sein. Demokraten dürfen auch Fehler machen.* Dr. Gehrke könnte sogar ein Sicherheitsrisiko sein oder werden. Immerhin hatte der ehemalige Chef des Kanzleramtes ihn, von Roddeck, damals an das Messer der Staatsanwaltschaft geliefert. Sollte seine Berufung ein Fehler gewesen sein – jetzt war die Möglichkeit da, diesen Fehler zu

korrigieren. Der General erhob sich. „Windmer, wir werden Herrn Gatzsch wunschgemäß eine Empfehlung für Sie geben. Solange Sie über diese Unterredung Dritten gegenüber Stillschweigen bewahren." ‚Ob wir uns später daran halten, wird von der aktuellen Lagefeststellung abhängen', dachte er.
Windmer sprang auf. „Selbstredend, Herr General."
„Auch über das, was Sie über unsere Operation Pegasus heute gehört haben."
„Dito, Herr General." Leutnant Windmer klatschte die Hacken seiner handgenähten Lederschuhe zusammen und strahlte.

An der Tür hielt er nochmal inne. „Gestatten Sie noch eine Bemerkung, Herr General, so en passant: Ihre Operation zur endgültigen Machtübernahme heißt ‚Pegasus', wie ich soeben gehört habe, Variante Bravo."
„Machtübernahme: negativ; Pegasus: positiv."
„Dann rate ich zur Vorsicht." Windmer grinste. „Wenn ich das aus der Schulzeit noch richtig erinnere, ist das geflügelte Ross namens Pegasus in der griechischen Mythologie von Beherophon später eingefangen und gezähmt worden." Seine Hand lag auf dem Türgriff.
„Als Beherophon sich auf dem Rücken von Pegasus zum Himmel empor schwingen wollte, hat Pegasus ihn abgeworfen. Wenn ich das aus meiner Schulzeit noch zutreffend erinnere, die deutlich weiter zurückliegen dürfte als die Ihre, Windmer. Und jetzt gehen Sie mal in Ihren Fraktionssaal und machen Sie Ihre Hausaufgaben."

52

Die Casa brummte monoton durch die afrikanische Nacht. Vor gut zwei Stunden war sie in Kamerun, im ehemaligen deutschen Schutzgebiet zwischen 1884 und dem Ersten Weltkrieg, gestartet, und sie würde in weniger als zwei Stunden, vielleicht in einer guten Stunde, Serge Motouxs Absetzplatz erreichen, eine größere Lichtung südwestlich Makoua, die Eingeborene dem Dschungel vorwiegend durch Brandrodungen abgetrotzt hatten. Die Flugroute führte an der kongolesisch-gabunesischen Grenze entlang über Pygmäengebiet, das knapp 1.000 Meter in tiefschwarzer Nacht unter ihnen lag.

Serge Motoux hatte sich die Ereignisse der letzten Wochen nochmal durch seinen immer noch schmerzenden Kopf gehen lassen und war dabei eingedöst. Nach seiner wunsch- und unwahrheitsgemäß abgegebenen eidesstattlichen Versicherung hatten sie ihn vor die Alternative gestellt, ihn entweder bis zu irgendeiner obskuren Unrechtsverhandlung in Haft zu halten oder ihn unter der Auflage an einem Ort seiner Wahl abzusetzen, dass er die Bundesrepublik Deutschland nie wieder betreten würde. Was sollte er auch noch dort? Nachdem er so kläglich gescheitert war. Anschlussverwendung im Kongo, das war es, was er wollte. Kontaktaufnahme mit General Goodluck Bajela, der derzeit irgendwo im Raum Owando mit Putschvorbereitungen beschäftigt sein musste oder damit, der neuen Regierung der Demokratischen Republik Kongo dabei behilflich zu sein, Invasoren aus dem Westen, aus Russland, Indien oder China den Zugriff auf die attraktiven Bodenschätze dieses Landes zu verwehren. Was auch immer. Arbeit für seinen Beruf gab es überall, weltweit, derzeit vor allem in Afrika.

Das Verhandlungsergebnis hatte Serge vor allem seinem Schweigen zu verdanken. Die Deutschen waren sehr ungeduldig. Er hingegen hatte Zeit, weil er nichts mehr zu verlieren hatte. Vorteil für ihn. Sie hatten sich irgendwann geeinigt, aber dann hatte es noch lange Diskussionen über seine Sicherheit gegeben. Die Deutschen hatten Angst vor ihm – verständlich -, und er traute den Deutschen nicht: Es würde zu einfach sein, ihn mit einem manipulierten Schirm in der kongolesischen Dschungelnacht aus dem Fluggerät zu werfen. Und anlanden wollten sie ihn nicht. Zumindest nicht offiziell, weil sie angeblich internationale Verwicklungen befürchteten. Mit Deutschland wollte kaum noch eine Nation zu tun haben, nicht mal der Kongo.

‚Wäre es Ihnen lieber, wir würden Sie mit einer Stretch-Limousine zum Anhalterbahnhof fahren und Ihnen das Gepäck zum Zug tragen?´ hatte ein Oberstleutnant ihn gefragt, der die Verhandlungen geführt hatte. Ein knapp zwei Meter großer Feldjäger. Rinzen. Schließlich hatte Motoux eingewilligt. Welche Wahl hatte er auch? Ärgerlich war nur, dass er diesen großen Auftrag vermasselt hatte. Das hatte er ausgerechnet dem Mann zu verdanken, der jetzt in der Casa die ganze Zeit ihm gegenüber saß, maskiert, und der ihn aus den Schlitzen seiner schwarzen Stoffmaske keinen Moment aus den Augen ließ. Hauptmann Sassen, hatte er inzwischen erfahren. Ohne Dienstgrad-Abzeichen, ohne Namensschild. KSK – Kommando Spezialkräfte. Serge Motoux hatte den Mann, dem er seine Kopfschmerzen zu verdanken hatte und seine Gehirnerschütterung, trotz Maske zweifelsfrei wiedererkannt. An der Stimme, an seinen geschmeidigen Bewegungen, an seinem bestimmten Auftreten. Der führte hier an Bord das Absetzkommando, drei Mann, alle maskiert.

Was Serge Motoux nachdenklich gemacht hatte, waren die Einzelumstände, die er erst auf dem kleinen Feldflughafen westlich Mbouda mitbekommen hatte. D`accord, die Dropzone im Kongo hatte er vorgegeben. Aber wieso flogen sie eine spanische Casa, die angeblich von Angola gechartert worden war, wo sie auch wieder landen sollte, nach seinem Absprung. Hatte diese kleine Maschine überhaupt die erforderliche Reichweite? Bon, sie konnten schlecht eine Transall mit deutschen Hoheitsabzeichen und der Aufschrift ‚Luftwaffe' verwenden. Weshalb gab es fünf Schirme an Bord, wenn die Casa, nachdem sie ihn abgesetzt hatte, nach den Angaben von Hauptmann Sassen in Angola landen wollte? Warum konnte er dort nicht vom unbewachten Flughafen in den Dschungel verschwinden? Vielleicht aus Sicherheitsgründen. Aber weshalb keine Reserveschirme? Und weshalb diese lächerlichen Maskierungen? Die trösteten ihn: Die machten nur Sinn, wenn die Kameraden vor Wiedererkennung geschützt sein wollten. Also wollten sie ihn überleben lassen. Gut, dass die Deutschen so korrekt und zuverlässig waren, in jeder Lage. Serge machte die Augen wieder zu. Die Kopfschmerzen kamen zurück.

Sassen hatte seinen Gefangenen im Auge behalten, auch während der Viertelstunde, in der der eingenickt war. Er sah Motoux an, dass der jetzt seine Gedanken und Bedenken hin und her schob, die alle um die für ihn lebenswichtigen Fragen kreisten: Was habe ich übersehen? Welche Fehler habe ich gemacht? Was plant dieses Absetzkommando des KSK? Wie komme ich hier heile raus?

Nachdem Motoux seine Augen wieder geschlossen hatte, überlegte Sassen, was er und sein Kommando falsch gemacht haben könnten. Ihr Auftrag lautete: liquidieren. Befehl von Oberstleutnant Rinzen, bestätigt vom General. Diesen gemeingefährlichen Terroristen konnte man nicht länger frei herum laufen lassen, vor allem nicht, nachdem er vier ihrer Kameraden ausgeschaltet hatte; der Wachhabende war vor drei Tagen an den Folgen seines Bauchschusses verblutet. Frei herum laufen lassen auch deshalb nicht, weil Motoux nur gefallen kein Sicherheitsrisiko für ihre oder irgendeine sonstige politische Bewegung auf dieser Welt darstellen würde. So beschlossen und verkündet. Vollstrecker: Hauptmann Sassen.

Einzelheiten der Ausführung dieses Auftrags blieben ihm überlassen. Motouxs Wunsch, im Kongo abgesetzt zu werden, hatte die Durchführung einfach gemacht: Bei allen fünf Schirmen waren die Auffangleinen mit feinem nato-olivgrünen Maschendraht zusammengebunden, keiner der Schirme würde sich nach dem Absprung über die Heckrampe öffnen können. Motoux würde an einer Fahne der Erde entgegen rauschen und unten im Dschungel seinen soldatischen Frieden finden. In einer Gegend seiner Wahl. Er hatte es nicht anders verdient. Ein beschaulicher Lebensabend in den Alten-Erholungsstätten der Legion, in Puyoubier oder in Aubagne, hätte gar nicht zu ihm gepasst.

Sassen ging zur Pilotenkanzel vor. Noch 15 Minuten bis zum Absprung. Er half Motoux beim Aufstehen; dessen angebrochener Unterschenkel war eingegipst – eine Erinnerung an sein Gefecht mit Sassen auf der Wache in der Julius-Leber-Kaserne. Sassen nahm zwei T 10 auf, einen für Motoux, einen für sich selbst als

Absetzer. Motoux grinste und tauschte die Schirme aus. Sassen zuckte die Achseln. Er half Motoux beim Anlegen, schlüpfte in sein eigenes Gurtzeug, verteilte zwei Springerhelme, einen zivilen für seinen Gast, einen Kommandohelm für sich. Beide überprüften den Sitz ihrer Ausrüstungen und hakten ihre Reißleinen ein.

Die Heckklappe fuhr nach unten. Die Casa zitterte leicht. Sassen stellte sich an den Rand der Heckklappe, rechte Hand an der hydraulischen Vorrichtung, mit der linken winkte er Motoux heran. Eine Besonderheit des Absprungs bei der Casa hatte Sassen Motoux in Mbouda gezeigt: Motoux sollte sich, Front in Flugrichtung, auf die äußerste Kante der Heckklappe stellen, Stiefelspitzen auf der Kante, Survival-Gepäcksack zwischen den Zehen, und dann weit nach hinten springen, um den für die Casa typischen Luftverwirbelungen am Heck zu entgehen. Motoux hatte schon vorher davon gehört, auch wenn dies sein erster Absprung aus einer Casa war. Als er sich mit Hilfe seines Absetzers rückwärts auf den Rand der Heckklappe zu bewegte, schoss ihm ein letzter Gedanke durch den Kopf. Man musste eben aus jeder Situation das Beste machen.

Beide Soldaten standen auf der Rampe, Motoux rücklinks mit den Hacken seiner Stiefel über dem nachtschwarzen Dschungel, Sassen seitwärts von ihm, rechter Arm am Gestänge der Ladevorrichtung, die Linke hielt Motoux. Loslassen hieß Absprung. Aus dem Innern der Casa dröhnte ein dumpfes Signal: Die Dropzone war erreicht, die Lichtung westlich Makoua. Sassen ließ los und versetzte Motoux einen Stoß. In diesem Moment packte Motoux mit beiden Händen Sassens Gurtzeug, trat zurück und hechtete weit über die Heckklappe hinaus in das schwarze Nichts. Sassen stürzte kopfüber hinter ihm her.

53

Im Hauptquartier des Militärrats in der Julius-Leber-Kaserne, Block 20, herrschte quirlige Betriebsamkeit, auch in den benachbarten Gebäuden, in die nach und nach die einzelnen Stabsabteilungen umgezogen waren, säuberlich geordnet und getrennt nach Führungsgrundgebieten und untergliedert in zahlreiche Abteilungen und diverse Referate. Es war früher Nachmittag. Aus grauschwerem Himmel, der tief über Berlin hing, taumelten die ersten Schneeflocken herab, nass und schmutzig.

Aus Block 20 waren zahlreiche Zwischenwände herausgebrochen worden, sodass das Lagezentrum inzwischen fast das gesamte Gebäude belegte. An der Längsseite thronte Brigadegeneral Berndt von Roddeck an einem Drei-mal-Fünf-Meter-Schreibtisch, der auf einem leicht erhöhten Podest stehend den Überblick ermöglichte, den er als Leiter des Militärrats in dieser Phase für erforderlich hielt. Vor ihm breitete sich ein Netz von Computer-Arbeitsplätzen aus, an denen Soldaten in Bildschirme starrten und auf ihre Tastaturen hämmerten. In den Zwischengängen hasteten Uniformierte hin und her, Stiefel klackten, Kommandos ertönten, Telefone schrillten, Faxgeräte summten. Rund um das Lagezentrum waren 12 Monitore aufgestellt, die stumm den Plenarsaal des Deutschen Bundestages zeigten. Phoenix strahlte live die Wahl des neuen Bundeskanzlers aus. Soeben wurden die Stimmen der Abgeordneten ausgezählt. Ein überdimensionierter Monitor hing hinter von Roddecks Schreibtisch und hatte etwa dessen Größe. Operation Pegasus, Phase eins, war heute Mittag angelaufen.

Da preschte Oberstleutnant Rinzen an von Roddecks Thron, eine Eilmeldung. Von Roddeck überflog die Zeilen mit unbewegtem Gesicht. Auf sein Handzeichen brüllte der Feldjäger-Offizier: „Achtung!“
Jedes Geräusch im Lagezentrum erstarb. Irgendwo klingelte noch ein Telefon.
Von Roddeck erhob sich, gleichzeitig die beiden Stabsoffiziere, die an seiner Seite die äußersten Flügel seines Schreibtisches besetzten. Rinzen nahm Grundstellung ein.

Alle Soldaten sprangen auf, Front zu General von Roddeck.

„Meine Kameraden!" Von Roddecks Stimme vibrierte. „Muss Ihnen die traurige Meldung übermitteln, dass unser Kamerad Hauptmann Sassen, KSK, vorgestern im Einsatz im Kongo gefallen ist. Abgeschmiert. – Schweigeminute!"
78 uniformierte Männer und Frauen vor ihm nahmen Grundstellung ein. 78 Stiefelpaare schlugen zusammen. Stumm flackerten die Monitore. Alle Blicke richteten sich ausdruckslos auf den General. Nur das Sirren der Rechner war zu hören.

„Weitermachen!" Die Soldaten des Lagezentrums nahmen ihre Tätigkeiten wieder auf, Stühlerücken, Kommandos, Laufschritte. Das Hauptquartier arbeitete wieder.

Von Roddeck studierte Details der Meldung, die Rinzen ihm vorgelegt hatte. Jedenfalls hatte der Attentäter, dieser Legionär, seine feige Attacke auch nicht überlebt. Schwacher Trost. Operation Pattaya beendet, erfolgreich, aber Verluste.

Der rechts von von Roddeck sitzende Oberstleutnant schob ihm einen Zettel zu. *Abstimmungsergebnis X minus zwo.*
Von Roddeck gab ihm ein Zeichen. Der Oberstleutnant sprang auf den Verstärker zu, der hinter dem Kommandopult aufgebaut war. Die Monitore wurden laut. Phoenix zeigte in einer Totalen den Plenarsaal, durch den Abgeordnete auf ihre Plätze zu hasteten. In der nächsten Einstellung wurde Bundestagspräsident Professor Dr. Hohner gezeigt, wie er sich von seinem Sessel erhob, ein Blatt Papier vor sich, von dem er ablas. Nahaufnahme: *„... entfallen 361 der abgegebenen gültigen Stimmen auf den Abgeordneten Roland Gatzsch. Herr Gatzsch, ich frage Sie:...".*

Seine Frage ging im Raunen und dem Applaus des Lagezentrums unter. Auf dem Monitor, der jetzt den Plenarsaal in der Halbtotalen zeigte, waren die Bestürzung und die Fassungslosigkeit einiger Abgeordneten zu erkennen, Abgeordnete, die die Fäuste ballten, die sich die Haare rauften, die Aktendeckel auf ihre Pulte warfen, Abgeordnete, die aus dem Plenarsaal stürzten. General von Roddeck war aufgestanden und schüttelte Hände, die sich ihm von allen Seiten entgegenstreckten: Oberstleutnant Rinzen, die beiden Stabsoffiziere an von Roddecks Seite, Oberst im Generalstab Krawatz, Oberst der Reserve Tocker, Oberstleutnant der Reserve Stich, linke Hand bereits am Mobiltelefon, um seine Redaktionen anzurufen. Der General lächelte schmal. „Meine Herren, quod erat demonstrandum: Das Stimmvieh ist nicht das Volk, das Stimmvieh sind die Parlamentarier, die nur von der richtigen Seite gefüttert werden müssen. Ihr Haupt-Daseinszweck ist ihr politischer und sozialer Selbsterhalt, wie bei jeder Kreatur. - „Krawatz, übernehmen. Tocker, wir sehen uns im Kasino, X minus fünf."

Dort nahmen die beiden Offiziere vor dem Kamin Platz, in dem aus knisternden Holzscheiten helle Flammen züngelten.
„Wenn ich an Ihre letzte Bemerkung anknüpfen darf, Herr General: Was hat Sie eigentlich so sicher gemacht, dass unsere Operation Pegasus erfolgreich sein würde?" Tocker zündete sich eine Zigarette an.
„Das hat doch in der Ukraine auch funktioniert: Da sind – noch vor dem Maidan – ungefähr 100 Abgeordnete aus der Opposition in die Regierungspartei übergewechselt."
„Wie hat das funktioniert?"
„Der Abgeordnete Roman Zabzaliuk aus der Partei Timoschenkos hat das öffentlich gemacht: Zunächst deutete er seinen Plan an, die Opposition zu verlassen. Daraufhin bot ihm das Regierungslager eine halbe Millionen US-Dollar und 2.000 US-Dollar monatlich an, wenn er wechselte. Er wechselte und kassierte; er war nicht der Einzige."
„Und Sie waren sich sicher, dass eins zu eins auf unsere Verhältnisse übertragen zu können?"
„Sie kennen seit einer Viertelstunde das Ergebnis, Tocker. Und jetzt melden Sie mal: Wieviel hat die Operation Pegasus die DGNS bis hierher gekostet?"

Tocker, Finanzminister der Bundesrepublik Deutschland und Schatzmeister der Deutschen Gesellschaft für Nationale Sicherheit DGNS, klappte seinen Laptop auf.
Von Roddeck rückte auf seinem Sessel vor. „Tocker, sind Sie

wahnsinnig? Sind die Pläne für die Operation Pegasus etwa elektronisch gespeichert?"
„Selbstverständlich, Herr General: USB-Stick, Speicherkarte, Flash-Speicher, Solid State Drive,... ."
Von Roddeck rupfte den Stick aus Tockers Laptop. „Idiotisch. Zu gefährlich. Alles rückstandsfrei vernichten, heute noch." Er warf den Stick in die Flammen. Es zischte. „Zwar haben unsere Parlamentarier noch immer nicht die Konvention der Vereinten Nationen umgesetzt und ein Gesetz gegen die Korruption von Abgeordneten beschlossen. Abgeordnetenbestechung ist demnach, wie wir gesehen haben, immer noch üblich, aber gleichwohl strafbar, Paragraph 108 e unseres Strafgesetzbuches. Noch. Wenn auch möglicherweise durch unser Widerstandsrecht oder durch Staatsnotstand gerechtfertigt. Hoffentlich werde ich das Major Leuschelder nie fragen müssen. Im Gegenteil hat der mich sogar noch darauf hingewiesen, dass diese Norm nicht Fälle der allgemeinen wirtschaftlichen Interessenverflechtung umfasst, auch nicht Angebote oder Annahmen nachträglicher Belohnungen und übrigens auch nicht Abstimmungen in einer Fraktion oder in Arbeitskreisen des Deutschen Bundestages. Ich hoffe, dass wir uns hier noch in einer politischen Grauzone sozial adäquaten Verhaltens bewegt haben, zumal Spenden zulässig sind und auch Belohnungen der Abgeordneten, die erst nach der Abstimmung vereinbart wurden; so jedenfalls Kamerad Leuschelder."
„Leuschelder, unser neuer Justizminister?"
Von Roddeck nickte. „Professor Dr. Leuschelder, Major der Reserve, Ordinarius für Öffentliches und Verfassungsrecht, Humboldt-Universität Berlin, unser verfassungsrechtlicher und sonstiger juristischer Berater. Der auch weiss, dass wir hier noch nicht auf der sicheren Seite sind. Also Vorsicht! Weg mit diesen Dateien, bis auf eine Sicherungskopie; die kommt in den Keller-Safe von Schloss Hirschesruh. Verantwortlich: Sie. Und jetzt die Zahlen!"

Tocker klappte schmollend seinen Laptop zu. „Wir mussten 206 Abgeordnete schmieren, durch alle Parteien hindurch abgesehen von den Nationalliberalen, mit unterschiedlichen Beträgen, die alle über die internationalen Finanzwege meiner Firma und auf verschiedenen Umwegen abgeflossen sind. Gesamtbetrag erinnerlich knapp über 60 Millionen Euro, ich denke, 62,5."

Von Roddeck ließ sich schwer atmend in seinen Sessel zurücksinken. „Mit anderen Worten: Die DGNS ist insolvent."
„Das nicht, aber fast. Neuwahlen wären eben billiger gewesen."
„Und unberechenbar. Entfiel: Frische Abgeordnete glauben noch an das Gute in der Politik und hätten für unsere Angebote kein Ohr gehabt. Wir hätten wieder von vorne anfangen müssen."

Eine Ordonnanz erschien in der Tür.
„Zwei Kaffee und keine Störungen mehr." Von Roddeck war gereizt.
„Dabei haben wir nicht mal die Gewissheit, dass die gekauften Abgeordneten der Gesetzesvorlage dieses von den Medien so genannten Ermächtigungsgesetzes zustimmen", sinnierte Tocker. „Das war nämlich im Kaufpreis nicht enthalten."
„Musste es auch nicht", brummte der General. „Das wäre rausgeschmissenes Geld gewesen. Der Bundestag s o l l die Gesetzesvorlage zur auch nachträglichen Rechtmäßigkeit unserer Not-Verordnungen ablehnen. Und die von Ihnen bezahlten Abgeordneten sind womöglich auch weitgehend der Meinung, durch diese Hintertür unsere Pläne durchkreuzen zu können; wahrscheinlich haben sie sich deshalb besonders gerne ihre Pensionen durch uns aufbessern lassen. Es ist, Tocker, ein Teil meines Plans, dass der Bundestag die Gesetzesvorlage a b l e h n t."
„Und wie geht es dann weiter?"
„Gemäß Ersatzplan Bravo und gemäß Artikel 81 des Grundgesetzes mit Hilfe unseres soeben gewählten Bundeskanzlers und des amtierenden Bundespräsidenten."
„Erwin Bernreiter? Und der macht mit?"
„Hat er zugesagt. Deal. Vereinbart auf Schloss Hirschesruh. Tocker, so geht Politik. Das wissen wir doch inzwischen. Auch wenn wir es nicht gutheißen."

Die Ordonnanz servierte den Kaffee. Als sie wieder alleine waren, fragte von Roddeck: „Wie steht es nun tatsächlich um die Finanzen der DGNS?"

Der Reserveoffizier setzte seine Tasse ab. „Wie gesagt, übel, Herr General, aber als Finanzminister weiss ich natürlich einen Ausweg. Finanzminister wissen immer einen Ausweg."
„Ich höre."
„62,5 Millionen machen nicht mal ein Promille des jährlichen Bundeshaushalts aus, den ich verwalte, etwa 0,25 Promille. Sie können versichert sein, Herr General, dass ich diese Petitesse unbemerkt aus irgendeinem Einzelposten herausziehen kann, um ihn dann der DGNS...".
Von Roddeck schüttelte sich. „Vergessen Sie´s, Tocker! Denken Sie nicht mal daran! Sie verwalten Steuergelder, Gelder, die dieser Staat unseren Bürgern abnimmt und abpresst. Solange wir Einfluss auf diese Regierung haben, werden Steuereinahmen des Staates ausschließlich für Zwecke verwendet, die dem Steuerbürger mittelbar oder unmittelbar wieder zugute kommen, und künftig nur noch in dem Ausmaß, wie das Steuergesetzbuch es vorsieht, das Sie für die neue Regierung schubladenfertig vorbereitet haben. Denken Sie an Ihr Vorbild: ‚Das Verfassungsrecht garantiert den Steuerpflichtigen, dass aus den Steuererträgen ihre eigenen Lebens- und Erwerbsbedingungen finanziert werden', Kirchhof, ‚Deutschland im Schuldensog', das sollten Sie aber kennen, Mann."
Irgendwie war das heute nicht sein Nachmittag, dachte Tocker und schmollte wieder.

„Mit Ihrer abstrusen Idee reihen Sie sich zwar in die trost- und glücklose Kette Ihrer Amtsvorgänger ein. Aber deswegen haben wir diesen Machtwechsel nicht versucht. Sie haben sich als Finanzminister dieser Republik soeben selbst disqualifiziert. Rechnen Sie damit, dass unser neuer Bundeskanzler Sie ersetzen wird."
„Das hoffe ich, Herr General. Sie erinnern sich, dass ich dieses Amt nur interimistisch ausüben sollte und wollte."
Von Roddeck nickte. „Gehen Sie in Ihr Unternehmen zurück und kümmern Sie sich schwerpunktmäßig um die finanzielle Restrukturierung unserer DGNS." Von Roddeck nahm einen kräftigen Schluck Kaffee. „Sobald das hier in geschätzten zwei Wochen vorbei ist. Hoffentlich."

„Jawohl, Herr General, vorbei." ‚62,514 Millionen Euro', dachte Tocker. Wie er die mit seiner Omega Enterprises International OEI für die DGNS aus den ihr verbliebenen Finanzpfützen von weniger als zwei Millionen Euro erwirtschaften sollte, war ihm heute Nachmittag ein Rätsel. Zwei Millionen – das war etwa der Betrag, den Laura Schwartze ihm vor knapp 20 Jahren im Rahmen ihrer Vermögensverwaltung zur Verfügung gestellt hatte, als Ausgangskapital für die DGNS. Ob er das nochmal schaffen würde? Und wie lange würde das dauern? Seine Zweifel würde er dem General zu einem anderen Zeitpunkt melden, nicht heute Nachmittag. Es war wirklich nicht sein Tag heute.

54

General von Roddecks Einschätzung, die nächsten geplanten Schritte sollten in zwei Wochen vorbei sein, erwies sich als belastbar. Niemand, der ihn kannte, hatte anderes erwartet, wenngleich es viele gab, die einen anderen Verlauf erhofft hatten. In den Folgetagen nach der Wahl von Roland Gatzsch zum Bundeskanzler überschlugen sich die politischen Ereignisse. Die Medien kamen mit ihren größtenteils diffusen Berichterstattungen kaum noch nach.

Bereits einen Tag nach seiner Wahl brachte die Regierung Gatzsch die dringliche Gesetzesvorlage zur „nachträglichen und künftigen Ermächtigung des Militärrats zu Rechtsetzungsakten durch Rechtsverordnungen, insbesondere durch Not-Verordnungen" ein sowie ein Amnestiegesetz für die letzten Monate. Zwei Tage später lehnte der Bundestag beide Gesetzesvorlagen ab. Die Abgeordneten des Deutschen Bundestages waren der Auffassung, hiermit dem neuen Bundeskanzler die ersten Knüppel zwischen die Beine geworfen zu haben; 206 Abgeordnete waren der Ansicht, mit ihrem Votum den Militärrat und die DGNS ins Leere laufen zu lassen, deren großzügige Alimentationen diskret auf ihren ausländischen Konten eingegangen waren.

Alle Abgeordneten irrten: Noch am Tag der gescheiterten Abstimmung beantragte die Regierung Gatzsch, den Gesetzgebungsnotstand zu erklären. In ihrer Kabinettssitzung hatte lediglich der Minister des Auswärtigen, Dr. Elmar Gehrke, dagegen gestimmt, wegen verfassungsrechtlicher und politischer Bedenken und aus grundsätzlichen Erwägungen. Er hatte sich mit diesem Militärrat nie anfreunden können, auch nicht mit der von ihm auf die politische Bühne gehievten Regierung unter diesem Gatzsch.

Am Abend desselben Tages schlug der Bundeskanzler dem amtierenden Bundespräsidenten Gehrkes Entlassung vor.

Drei Tage später räumte Dr. Gehrke sein Amtszimmer Am Werderschen Markt. Der Kanzler hatte ihm angeboten, das Finanzministerium von Tocker oder das Wirtschaftsministerium von Windmer zu übernehmen, aber Gehrke hatte sich eine Bedenkzeit von 48 Stunden erbeten und gestern abgelehnt. Seine persönlichen Sachen hatte er in zwei Metallkoffern bereits verstaut. Im Vorzimmer brachte seine Sekretärin, Frau Savatzki, die er aus seinen Zeiten als Chef des Bundeskanzleramts ins Außenministerium hinübergerettet hatte, noch ein paar Wanzen an. Gehrke saß in der Ecke seines Amtszimmers und verfolgte auf dem Bildschirm die noch andauernde Abstimmungsdebatte des Bundesrates über den Gesetzgebungsnotstand. Er wartete auf einen wichtigen Anruf, den letzten seiner Amtszeit. An die hohen mit Seidenschals verhängten Fenster klatschte schneegrauer Nieselregen.

Es gab erstaunlich wenige Debattenbeiträge, die sich gegen eine Zustimmung des Bundesrats aussprachen. Dafür überraschend zahlreiche Fürsprecher, vor allem aus den nördlichen Bundesländern. Ob das mit den einleitenden Worten des Bundesratspräsidenten Bernreiter über den Länderfinanzausgleich zusammenhing? Gehrke durchschaute das alles nicht mehr so ganz, und inzwischen war es ihm auch fast egal. Diese subversiven Militärmächte, die hinter all dem Undurchschaubaren stehen mussten, waren durch ihn, den demnächstigen Ex-Außenminister, ohnehin nicht mehr auszuschalten, uberhaupt durch keine bundesinterne Macht, die seit Monaten ausschließlich in den Händen des Militärs und dieser AID-Nachfolge-Partei lag, sondern allenfalls noch durch eine externe Kraft. Wie etwa der Androhung eines Entwurfs des „Fortschrittsberichts Bundesrepublik Deutschland", der aus den Reihen der Europäischen Kommission angeregt worden war, die sich fortan jährlich über die besorgniserregende Entwicklung Deutschlands weg von der Demokratie informieren wollte; solche Fortschrittsberichte kannte man bislang nur über die Beitrittsländer Bulgarien und Rumänien. Gehrke hatte von diesen Plänen der EU-Kommission erst letzte Woche - zunächst nur inoffiziell kraft seines Amtes - erfahren und das hatte ihm die zunehmend desolate und isolierte Rolle des künftigen Deutschland vor Augen geführt. Immerhin: ein Anstoß von außen.

Gehrke trat an die regennassen Fenster. Schneeflocken perlten an ihnen ab. Eine Intervention der EU, dachte er, würde ähnlich an dieser Regierung Gatzsch abtropfen. Das Gesabber eines zahnlosen Tigers, den der neue Kanzler mit Unterstützung und dem Segen dieses Militärrats lieber würde reiten wollen.
Deshalb musste eine andere externe Kraft jetzt helfen, eine, die stärker und entschlossener war. Sein Anrufer. Die Debatte im Bundesrat schien sich ihrem Ende zu nähern. Soeben ging Bernreiter wieder ans Mikrofon.

In Gehrkes Vorzimmer klingelte das Telefon. „One second, please", rief Frau Savatzki.
Endlich, sein Anrufer. John Epstein. Sein Freund, der Chef der CIA. Sein Freund, der erfahrenste Geheimdienstler der Vereinigten Staaten. Nur er konnte noch helfen. Gehrke riss den Hörer von der Gabel.
„Mr. Epstein, Herr Minister. Auf der gesicherten Leitung."
„Ich weiss, her damit! Sind die Wanzen etwa schon aktiviert?"
„Nein, Herr Minister, natürlich nicht."
„Also, stellen Sie schon durch!"
Geraschel in der Leitung, Geratter, Stimmengewirr, danach eine freundliche helle Stimme: „Mr. Gehrke? One moment, please. Mr. Epstein for you."
„John, bist Du´s? Endlich!"

„Hey, man, how are you doing? What the fucking hell is going on in good Old Germany over there?"
„Hi, John. Thanks for calling. Du erwischt mich in den letzten Stunden meiner kurzen Amtszeit als Außenminister. Ab Mitternacht steht mir dieser Apparat hier nicht mehr zur Verfügung."
„Dann nimm ab morgen ein Cellphone."
„Ich meine den Apparat des Ministeriums."
„Mit dem Ministeramt hattest Du mich überholt, Elmar. Das ist jetzt vorbei. Aber nun erzähl' mal, was da aus Deiner Sicht so abgeht in eurer Republik. Stimmt das, was mir von meinem Open Source Center hier so gemeldet wird - dass Auszüge aus Hitlers ‚Mein Kampf' von eurer Regierung bei Parlamentariern und euren Parteien verteilt worden sind?"
„Ja, vom Bundesamt für Verfassungsschutz. Um den Militärrat damit zu belasten. Wäre zu meiner Zeit als Chef des Kanzleramtes nicht passiert."

„Unglaublich." Epstein ließ offen, wie er das meinte. „Und was passiert im Augenblick? Der Militärrat hat doch diese rechtslastige Partei jetzt an die Regierung gebracht. Sagen zumindest die uns in Langley vorliegenden Berichte und Meldungen, die hier inzwischen im Viertelstundentakt eingehen."
„Stimmt. Sie wechseln auch ihnen nicht genehme Nachrichtensprecher und Multiplikatoren aus, das heißt sie üben Einfluss aus auf unsere öffentlich-rechtlichen Medien."
„Das machen alle Regierungen."
„Sie inhaftieren oppositionelle Politiker: In der Mauerstraße hier in Berlin...".
„Wie in Russland und seinen Vasallenstaaten – bedenklich, aber eigentlich nichts Besonderes."
„Ausländer werden nicht mehr integriert, sondern verlassen scharenweise das Land...".
„Wollt ihr das etwa rückgängig machen? Elmar, komm bitte zum Punkt: Momentaufnahme!"
„Und jetzt, in dieser Stunde, ist diese Regierung unter Bundeskanzler Gatzsch dabei, sich einen Gesetzgebungsnotstand vom Bundesrat genehmigen zu lassen, mit dem dann alle Rechtssetzungsakte der jüngsten Vergangenheit legitimiert wären. Von den

legitimierten Unrechtsakten der Zukunft ganz zu schweigen. – John, bist Du noch dran?"

„Wir überlegen hier, Elmar, ob Interessen der Vereinigten Staaten tangiert sind. Bislang sind sie das nur in Afghanistan, wo ihr uns schändlich im Stich gelassen habt. Auch euer Abzug aus der UNIFIL-Mission hat nicht nur erhebliche Irritationen bei der UN ausgelöst. Auf der anderen Seite finden wir euer Workfare-Programm sehr überzeugend, das ihr bei uns abgeguckt habt. Und wir versprechen uns von einem durch einen Militärrat ausgelösten Regierungswechsel bei euch, dass ihr da drüben endlich aufhört, eure Militärausgaben weiter zurückzufahren; in der letzten Dekade ist Europas Anteil an den NATO-Ausgaben von 50 Prozent auf ein Drittel geschrumpft. Ihr solltet euch ein Beispiel an unserem neuen Präsidenten nehmen: Der will in den nächsten 10 Jahren unser Verteidigungs-Budget um 2.500 Milliarden Dollar erhöhen. Hoffentlich plant eure neue Regierung Entsprechendes. Got it?"
„Aber John, ihr müsst wissen, dass die nationale Bewegung, die hier erfolgreich eingesetzt hat, ganz Europa gefährdet ...".
„Ach, Old Europe", seufzte Epstein.
„... weil nicht auszuschließen ist, dass dieser nationale Funke überspringt. Auf andere Mitglieder der EU, auf unsere Nachbarländer...".

„Was uns die größten Sorgen macht, old friend, ist, dass euer durchgeknallter General der NATO sehr kritisch gegenüber steht. Einen Austritt Deutschlands aus dem Bündnis werden wir nicht hinnehmen. Niemals. Wir checken bereits, welche Verbindungen seine Militärs zu Russland haben. Gott sei Dank haben wir schon vor Jahren dafür gesorgt, dass wir unsere Augen und Ohren überall in Deutschland haben. Auch von eurem Militärkomplott und der Vorbereitung eines Staatsstreichs wussten wir doch schon vor euch."
Gehrke schluckte. „Wie das?"
„Also besser gesagt: d u r c h euch, nämlich durch euren BND-Auslandsgeheimdienst, der uns ja jeweils informiert, bevor er seine Informationen bei euch auf den offiziellen Dienstweg gibt." Ep-

stein erinnerte sich an Meldungen eines BND-Mitarbeiters namens Hannes Lomer, der schon vor weit über einem halben Jahr diesen General und seinen jetzigen Finanzminister im Raum Schloß Hirschesruh ausgespäht hatte, dem Sitz dieser Deutsch-Nationalen Gesellschaft DGNS oder wie die hieß. „Und das zahlt sich jetzt aus.“

„Aber was wollt und könnt ihr jetzt noch unternehmen?“ Gehrkes Stimme zitterte.
Epstein am anderen Ende der Leitung blieb ganz ruhig. Er wirkte sehr entspannt, als er sagte: „Wait and see. Come down, old Buddy, relax. And keep me informed. Okay?”
Da war wieder Geraschel in der Leitung, elektronisches Geknatter, Rauschen. Danach war sie tot.

Gehrke legte langsam den Hörer zurück. Sein letztes Telefongespräch als Außenminister war ebenso erfolglos verlaufen wie seine kurze Amtszeit. Seine Miene verfinsterte sich. Er fuhr die Lautstärke seines Fernsehers hoch.

Bernreiter war schon nicht mehr am Rednerpult. Die Kamera schwenkte zum Sprecher eines öffentlich-rechtlichen Senders. „Zu der erstaunlichen Zustimmung des Bundesrats zum Antrag unserer neuen Bundesregierung, den Gesetzgebungsnotstand für die Bundesrepublik Deutschland zu erklären, über die wir hier soeben live berichtet haben, nun der Kommentar unseres neuen Ressortleiters Innenpolitik, Hermann Krause.“

Ein blonder Lockenkopf erschien im Bild, wasserblaue Augen schauten Gehrke freundlich an. Der kurze Kommentar endete mit den Worten: *„Kein Zweifel kann nunmehr daran bestehen, dass der Wortführer der Debatte, unser amtierender Bundespräsident, den Gesetzgebungsnotstand morgen früh erklären wird.“*

Das sah Gehrke genauso. Er schaltete den Fernseher aus. „Frau Savtzki, Sie können gehen. Es ist schon spät.“
„Die Wanzen müssten noch aktiviert werden, Herr Minister.“
„Das mache ich später selbst.“

„Und Ihr Gepäck?"
„Nehme ich nachher mit." Er sah auf seine Armbanduhr. „Mein Dienstwagen steht mir ja noch gut zwei Stunden zur Verfügung."
„Wie Sie möchten, Herr Minister."
„Unsere vertraulichen internen Unterlagen sind alle vernichtet?"
„Alle. Sind alle von dieser Spezialfirma heute Nachmittag abgeholt worden und dürften inzwischen Schutt und Asche sein."
‚Hoffentlich nur Asche', dachte Gehrke. „Waren das diese Reinigungsleute von diesem angeblichen Reinigungsunternehmen, *‚Ihre Spezialisten für Grundreinigung und Umzüge'*?"
„Genau die."

Sie verabschiedeten sich. Ein letztes Mal. Frau Savatzki wischte sich Tränen von der Wange. Die Vorzimmertür fiel hinter ihr ins Schloss. Gehrke ging wie in Trance in sein Arbeitszimmer zurück und löschte das Licht. Jetzt funzelte nur noch seine Schreibtischlampe. Er zog die Vorhänge zu und entsperrte den Safe, der in dem Wandschrank hinter der letzten Kirschholztür versteckt war. Seine Dienstpistole lag im untersten Fach.

55

96 Stunden später: Tiefschwarze Nacht lag über Schloss Bellevue. Im Innenhof säumten Soldaten des Protokolls die Anfahrt, großer Dienstanzug mit Helm, Fackeln in weißen Stulpenhandschuhen, den Blick geradeaus ins Nichts gerichtet. In den Ecken des offenen Vierecks standen zwei Luftlandepanzer Wiesel mit aufmontierten Panzerabwehrwaffen TOW, jeder bewacht von zwei Fallschirmjägern in Kampfanzügen unter Springerhelmen. Es war klirrend kalt. Die Soldaten erwarteten das Ende des feierlichen Festakts der neuen Regierung, der jetzt im Erd- und Obergeschoss des Hauptgebäudes seinen offiziellen Abschluss fand. Im Großen Saal des Obergeschosses, dem größten Raum, den Bellevue zu bieten hatte, standen die geladenen Gäste plaudernd in kleinen Grüppchen zusammen. Ordonnanzen in weißen Hemden und schwarzen Uniformhosen wieselten umher. Zwischen den

Türen, die zum Schinkelsaal führten, und zwischen den Saalfenstern zum Park hatten Feldjäger Aufstellung bezogen.

„Gibt es neue Erkenntnisse zum Ableben Ihres Amtsvorgängers?"
Außenminister Wolfgang Windmer schüttelte den Kopf. „Nein, Suizid scheint sich zu bestätigen. Aber wir haben Erkenntnisse über seine Motive."
„Enttäuschung über seinen plötzlichen Amtsverlust?"
„Eher nicht; vermutlich ist er einer Aufdeckung von Landesverrat zuvorgekommen."
Neugieriges Schweigen. Acht Augenpaare waren auf Windmer gerichtet. Umstehende traten näher.
„Sie werden es Morgen ohnehin aus den Medien erfahren: Seine Arbeitsräume waren sämtlich verwanzt, eine Reihe von Unterlagen sind verschwunden – wohin, ist noch ungeklärt. Hoch geheime Unterlagen."
„Verdacht auf Landesverrat?"
Der Außenminister nickte. „Der Staatsschutz ermittelt."
„Mein Gott, wie furchtbar!"
„Unglaublich."

Windmer wollte sich gerade abwenden, als Oberstleutnant Stich auf ihn zutrat. „Herr Außenminister: Würden Sie Ihrem amtierenden Medien- und Propaganda-Offizier eine Frage beantworten?"
Keine Frage, dass er das tun würde; dieser Reserveoffizier gehörte zum engeren Kreis des Militärrats, der ihn zum Außenminister gemacht hatte. „Wie gedenkt unsere Regierung mit den aufsichtlichen Maßnahmen umzugehen, die die EU-Kommission mit der Anforderung eines ‚Fortschrittsberichts BRD' wegen ‚ernsthafter Gefährdung von Rechtsstaatlichkeit und Demokratie' in unserem Land heute eingeleitet hat?"
Der Kreis der Zuhörer vergrößerte sich.
Windmer setzte die staatsmännische Miene auf, an der er noch arbeiten wollte. „Richtig ist, dass die Kommission diesen Entwurf dem Europa-Parlament und den 27 europäischen Staaten, also auch uns, heute übergeben hat. Uns als Betroffenen. Es heißt darin unter anderem, ‚im Lichte der Ereignisse der vergangenen Monate' hätten sich Bedenken der Kommission ‚verstärkt',

Deutschland würde sich ‚unumkehrbar und nachhaltig' auf nationale Werte besinnen. Bis zum Jahresende werden wir aufgefordert, ‚die Aufstellung und Umsetzung eines umfassenden Reformkonzepts unseres Rechtssystems und unserer Finanzpolitik' vorzulegen; die Kommission hat uns hierzu eine dreiseitige Liste mit empfohlenen und durchzuführenden Einzelmaßnahmen überreicht. Die wir abarbeiten sollen, damit der ‚Glaube' an unser Land ‚zurück gewonnen werden könne durch den Beweis, dass Recht über Partei- und Militärinteressen steht, durch Respekt vor Rechtsstaatlichkeit und nachhaltigen Reformen'." Zufrieden beobachtete Windmer das fassungslose Kopfschütteln und das ungläubige Geraune der ihn umgebenden Gäste, deren Kreis sich während seines auswendig gelernten Vortrags noch vergrößert hatte. So liebte er das.
Auch Noch-Finanzminister Tocker trat hinzu.

„Beabsichtigte Reaktion der Regierung hierauf?" Stich wurde ungeduldig. Was dieser Polit-Laffel da eben feierlich vorgetragen und zum Teil wörtlich zitiert hatte, wusste er bereits seit heute Mittag. Seine Redaktionen brauchten für die Morgenausgabe Ausblicke in die Zukunft.
„Nun." Windmer rückte seine Silber-Krawatte zurecht. „Ohne dem Bundeskanzler und seiner Richtlinien-Kompetenz vorgreifen zu wollen: Wir tun erst mal überhaupt nichts. Vor allem halten wir die uns gesetzte Frist nicht ein. Mir persönlich als Außenminister dieser Bundesrepublik schwebt eine diplomatische Demarche vor. Immerhin hält uns diese Kommission in dem Papier vor, ein ‚unstabiles politisches System' zu sein."
„Wenn sie wenigstens ‚instabil' geschrieben hätten. Die können ja noch nicht mal richtiges Deutsch", rügte Stich. „Und was passiert mit unserem Rechtssystem und unseren Finanzen?"
„Ersteres wird der Kanzler mit dem neuen Justizminister zu erörtern haben. Und was unsere Finanzpolitik angeht, fragen wir am besten den Kollegen Tocker. Noch ist er ja Finanzminister."
Oberst der Reserve Tocker setzte den Champagnerkelch ab und zog an seiner Zigarette.
„Was werden Sie Ihrem Nachfolger für Ratschläge erteilen, Herr Minister?" wollte einer der Umstehenden wissen.

„Ich werde meinem Nachfolger keinerlei Ratschläge geben, überhaupt keine Schläge. Aber ich kann Ihnen sagen, was ich machte, wenn eine solche Entscheidung und Maßnahme in meine Amtszeit fiele: Aussetzung unserer Transferzahlungen. Mit sofortiger Wirkung bis zur Aufhebung dieser lächerlichen europäischen Forderung. Und gegen die verbindliche Zusage, von weiteren Einmischungen in nationale Angelegenheiten der Bundesrepublik Deutschland abzusehen." Nachdem seine Zuhörer das verdaut hatten, fuhr er fort: „Was die EU-Kommission auf dem Finanzsektor vor allem stört, sind nämlich unsere neue Haushaltsdisziplin und unsere vorbildliche Sparpolitik. Und die werden sie uns nicht abgewöhnen und wir uns nicht abgewöhnen dürfen, erstens, weil wir uns vertraglich dazu verpflichtet haben, und zweitens, weil unser Grundgesetz verlangt, unsere nationalen Hoheitsbefugnisse, die auch unsere Haushaltsführung umfassen, nicht anderen Institutionen zu überlassen, vor allem nicht solchen, die weder demokratisch legitimiert noch sachlich hierzu in der Lage sind. Ich denke, dass unser neuer Bundeskanzler... – da wird soeben seine Rede angekündigt."

Ein schneidiger Ordonnanzoffizier bat am Mikrofon um Aufmerksamkeit für „ein paar Worte unseres Bundeskanzlers."
„Wenn Sie mich bitte entschuldigen wollen." Tocker wischte sich ein Aschestäubchen vom schwarzen Gesellschaftsanzug, nahm sein Glas auf und wandte sich der Stirnseite des Saales zu.
Vor einem der Farbraumkörper Gotthard Graubners nahm Bundeskanzler Roland Gatzsch das Mikrofon entgegen.
Außenminister Windmer nuschelte eine Entschuldigung und folgte Tocker.
Die beiden Minister bauten sich seitlich und hinter dem Bundeskanzler auf, wo ihre Kollegen sich bereits positioniert hatten, Generalmajor Becker – Verteidigung, Oberst der Reserve Wagner – Inneres, Oberst im Generalstab Krawatz als neuer Minister für Nationale Sicherheit und Integration, Major der Reserve Professor Dr. Leuschelder – Justiz.

„Meine sehr verehrten Damen und Herren, liebe Gäste. Keine Angst, es folgt keine politische Rede, davon habe ich vor allem in der jüngeren Vergangenheit viele und genug gehalten – nein, ich möchte lediglich meinen Dank, meinen ganz persönlichen Dank und auch den Dank meiner neuen Regierung allen gegenüber aussprechen, die dazu beigetragen haben, dass wir heute gemeinsam diesen Abend unseres Erfolges feiern können. Nach Wochen und Monaten spannender politischer Entwicklungen in unserem Land.“ Roland Gatzsch ließ seine Augen über die knapp 200 Gäste wandern, die in schwarz-weißer Abendgarderobe versonnen an seinen Lippen hingen. Jedes Gespräch war erstorben. Sein Blick blieb an einer größeren Gruppe hängen, die sich um Brigadegeneral Berndt von Roddeck geschart hatte.

„Mein erster Dank gilt der Deutschen Gesellschaft für Nationale Sicherheit, die diesen Abend in jahrelanger Detailarbeit überhaupt erst möglich gemacht hat. Das war, wie wir alle wissen, nicht immer einfach, auch weil es zum großen Teil subversiv geschehen musste. Erleichtert wurde diese Kärnerarbeit allenfalls durch die Unfähigkeit und Verstocktheit der Regierungen, die wir jetzt endlich abgelöst haben.“ Der Saal applaudierte, die angesprochene Gruppe um von Roddeck nickte dankend. Von Roddeck hatte Grundstellung eingenommen.

„Aus diesem erlesenen Kreise gilt mein besonderer Dank ihrem Präsidenten, Brigadegeneral von Roddeck...“. Tosender Applaus liess Gatzschs Worte untergehen, für einen Moment lang. „Berndt von Roddeck, an den sich unser Verteidigungsminister nachher noch in einem persönlichen Gespräch wenden wird, Berndt von Roddeck, der sich nach allem, was er für die DGNS, für unsere politische Bewegung und damit für unser Land getan hat, weil – wie er sagte – er es tun musste, dieser entschlossene und tatkräftige Staatsbürger in Uniform hat sich – das wird Ihre Stimmung heute Abend trüben – nicht davon abbringen lassen, seine Präsidentschaft bei der DGNS zum Jahresende niederzulegen. Daran knüpft sich meine Bitte an Sie, Herr General: Finden Sie bis dahin einen würdigen Nachfolger, damit Ihre Gesellschaft unsere Politik auch in Zukunft begleiten kann. Damit das gewährleistet ist, wird dieses prachtvolle Schloss, das als ‚Schloss Schönblick‘ vor über 225 Jahren von Michael Philipp Boumann errichtet wurde, ab sofort dem Militärrat, diesem Bindeglied zwischen der DGNS einerseits und der Politik andererseits, als Hauptquartier zur Verfügung stehen. Raus aus der Kaserne, rein in diese standesgemäße Unterkunft!"

Andächtiges Schweigen der Zuhörer, danach zögernd anschwellender Applaus. Einige Gäste erkundigten sich bei ihren Nachbarn raunend nach dem Verbleib des Bundespräsidenten-Amtes.
„Ist abgeschafft", zischte einer.
„Findet nicht mehr statt", murmelte ein anderer.
„Wird nicht mehr gebraucht."
Der Ordonnanzoffizier bahnte sich mit einem Silbertablett den Weg zu Brigadegeneral von Roddeck und übergab ihm den darauf liegenden Schlüssel für das Schloss Bellevue. Der Applaus nahm zu. Von Roddeck nickte und reichte den Schlüssel an Stabsfeldwebel Renstorff weiter, der in feinem Blaugrau neben ihm stand.

Kanzler Gatzsch räusperte sich. „Wenn ich noch für einen Moment um Ihre geschätzte Aufmerksamkeit bitten darf: Mein Dank gilt allen Offizieren des Militärrats, die fortan in diesem Gebäude dazu beitragen werden, dass unser Volk einen ‚schönen Blick' auf seine Zukunft haben kann." Es folgten Danksagungen an einzelne Offiziere, unter anderem an Oberstleutnant der Reserve Rinzen und seine Feldjäger, an Oberstleutnant der Reserve Stich und sein Presseimperium als „Verbindungsoffizier" zwischen Politik und öffentlicher Meinung. Ihm und seinen Presseerzeugnissen ILLU-BLITZ, BUNDESKURIER und BLITZKURIER sei es gelungen, „die Schere zwischen öffentlicher Meinung und veröffentlicher Meinung wieder zu schließen." Die Verdienste seines eigenen Blätterwaldes ließ der Kanzler unerwähnt. „Mein abschließender Dank, meine Damen und Herren, gilt Ihnen als meinen Gästen: Jeder von Ihnen hat an irgendeiner Stelle dazu beigetragen, dass wir heute Abend erleichtert und mit einem optimistischen Blick in die Zukunft unseres Vaterlandes sehen dürfen, das wir gerettet haben."
Ordonnanzen füllten Champagnergläser auf.
„Und vergessen wir, meine Damen und Herren Kollegen, nicht: ...". Der Kanzler wies mit einer weit ausholenden Armbewegung auf seine hinter ihm aufgereihten Regierungsmitglieder. „Unsere

Arbeit fängt jetzt erst an. – Ihnen allen, meine sehr verehrten Gäste, danke ich für Ihr Kommen. Auf das Wohl der Bundesrepublik Deutschland!"
Die zur Gartenseite positionierten Feldjäger rissen die Flügel der Fenster auf. Eiskalte Nachtluft zog in den Saal. Schulterfreie Damen zogen Stolen und Seidenschals enger oder schlüpften in Pelzjäckchen. Der Ordonnanzoffizier reichte dem Bundeskanzler einen Champagnerkelch. Gatzsch legte das Mikrofon ab und erhob sein Glas.

Aus dem Park schwoll die Nationalhymne herauf. Die Festversammlung im Großen Saal stimmte singend ein. Alle sangen alle drei Strophen. „... Blüh` im Glanze dieses Glückes, blühe, deutsches Vaterland."

Am Ende des letzten Takts krachten die ersten Böller des Feuerwerks los, das unten im Park angelegt war. Gelbe, rote und grüne Blitze spiegelten sich in den geöffneten Fensterflügeln. Die Gäste wandten sich raunend der Fensterfront zu und genossen das grandiose Spektakel.

Der Verteidigungsminister, auch er im schwarzen Gesellschaftsanzug der Bundeswehr, steuerte von Roddeck an und nahm ihn auf die Seite. „Herr General von Roddeck, der Kanzler deutete eben ein Personalgespräch an." Sie waren in der äußersten Ecke des großen Saales angekommen und standen etwas abseits der vielen „Aaaahhs" und „Oooohhs", das der Feuerzauber im Schlossgarten den Gästen entlockte.

„Herr Minister!" Von Roddeck nahm Grundstellung ein.
„Herr General, kommen Sie, Mann, stehen sie bequem." Generalmajor Becker ließ sich Rauchwaren bringen. „Ich möchte Ihnen schon heute, gerade heute, eröffnen, worum es dabei gehen wird. – Aber vorab eine Information, die Sie interessieren wird. Erhielt ich kurz vor diesem Empfang vom Leiter MAD.

Die haben inzwischen auch alle Mobiltelefonate von diesem Oberstarzt Dr. Lippmann an der SanAk in München – Sie erinnern sich – ausgewertet."
Von Roddeck erinnerte sich. Feldafinger Kreis.
„Lippmann ist ein Parteifreund unserer ehemaligen Justizministerin, dieser Gruber. Er hat ihr von seinem Handy auf ihr privates Handy seine Mithilfe zu Ihrer Beseitigung angeboten. Zum damaligen Zeitpunkt hatte Gruber die Kanzlerin bereits für diese sogenannte thailändische Lösung erwärmt, aber jetzt konnte sie mit Lippmanns Hilfe sogar mit Einzelheiten aufwarten wie mit dem potentiellen Tatausführenden Motoux; von dessen Schicksal hatte dieser Lippmann nämlich beiläufig auf einem Legionärstreffen erfahren, bei dem er in der SanAk zu Gast war. Er hielt diesen Häftling für den geeigneten Mann."
„Und das ergab sich alles aus den Telefongesprächen?"
„Sowie aus weiteren Vernehmungen übereinstimmend sowohl von Dr. Lippmann wie auch von Gruber durch unsere Verhör-Spezialisten."
„Auch von Gruber?"
„Haben wir ebenfalls inhaftiert. Sitzt wie Lippmann in der Mauerstraße. Wegen Mordversuchs in Mittäterschaft, nennen das unsere Juristen. Und, ich glaube wegen tateinheitlicher Staatsgefährdung oder so ähnlich."
„Gute Nachricht." Wegen Vorbereitung eines hoch verräterischen Unternehmens in Tateinheit mit verfassungsfeindlichen Einwirkungen auf die Bundeswehr und öffentliche Sicherheitsorgane war von Roddeck selbst vor einen halben Jahr im Verteidigungsministerium in der Stauffenbergstraße von der Staatsgewalt festgenommen worden. Die sich verändernden Zeiten hatten was Gutes. Wenn man sie selbst steuerte.

Draußen prasselte Dauerfeuer, Funken stoben an der geöffneten Fensterfront vorbei.
„Aber nun zurück zu Ihnen, Herr General. Sie haben in der Tat in den letzten Monaten, ja im letzten Jahr - ich habe das ja schon im Heeresamt miterleben können - Erstaunliches geleistet. Der Personalberaterausschuss hat Ihre Beförderung befürwortet, aufgrund Ihrer Verdienste um das Wohl der Bundesrepublik Deutsch-

land, Verdienste, die heute Abend hier ihren würdigen Abschluss finden."

Der Minister erhob sein Glas, von Roddeck zog nach. „Eigentlich sollte das hier heute Ihr Abend sein, General von Roddeck."

General von Roddeck schaute auf das sprühende und krachende Inferno, das die militärischen Pyrotechniker da unten im Garten inszenierten. Er setzte sein Glas ab und schüttelte den Kopf. „Herr Minister, mit Verlaub: Kann und werde ich nicht annehmen. Begründung: Habe mir in der gesamten Dienstzeit, seit Versetzung aus der DSO, keinerlei militärische Verdienste erworben, die eine Beförderung rechtfertigen würden."
„Erwerben k ö n n e n", ergänzte der Minister und zog an seiner Pfeife. „Es wäre trotzdem kein Problem, Ihr seinerzeit ausgesetztes Beförderungsverfahren wieder in Gang zu bringen."
„Herr Minister, mache folgenden Gegenvorschlag, wenn Sie gestatten. Antrag: Übernahme eines angemessenen militärischen Kommandos, wenn der politische Zauber hier vorbei ist, sagen wir, zum Jahresbeginn. Sollte ich mich da bewähren, lassen Sie mich gerne zu Ihrem Dienstgrad befördern. Im letzten Jahr habe ich mir ja nur politisch die Finger schmutzig gemacht."
„So dürfen Sie das nicht sehen, Kamerad. Sie haben einer guten Sache gedient. Politik ist nun mal wie das Feuerwerk da draußen. Aber ich respektiere Ihre Entscheidung. Und werde Ihrem Antrag entsprechen. Unter zwei Bedingungen." Der Minister zündete den Cavendish in seiner Pfeife wieder an. „Sie empfehlen mir Ihren Nachfolger für den Vorsitz des Militärrats. Niemand könnte das besser als Sie mit den politischen Erfahrungen, die Sie in der letzten Zeit sammeln konnten."
Von Roddeck zog die Mundwinkel herab. „Zweitens?"
„Bekanntgabe des Wechsels erst, nachdem er stattgefunden hat. Sollte Ihr Abschied aus dem Militärrat vorzeitig bekannt werden, könnte das zur Beunruhigung der derzeit noch frischen und fragilen innenpolitischen Situation führen. Vergessen Sie nicht: Unsere politischen Gegner, die meisten von ihnen jedenfalls, laufen da draußen immer noch frei herum."
Von Roddeck nickte. „Noch. - Ziel erkannt."

Unten im Garten hämmerten die finalen Böllerschüsse wie Maschinengewehrfeuer. Dann ein dumpfer tiefer Knall, der wie vom Himmel gefallen die Fenster erzittern ließ, illuminiert von einem purpurnen Farbenregen, der sich beim Herabfallen in die Nationalfarben auflöste – Rot und Goldgelb leuchteten vor dem pechschwarzen Winterhimmel.
„Klang wie der Abschuss von einem Leo“, murmelte der Minister.
„Das w a r ein Leo“, sagte von Roddeck.
Becker legte seine Pfeife in einem Kristallaschenbecher ab. „Kommen Sie, wir verabschieden die Gäste.“

56

Mit einem grandiosen Spektakel, zelebriert im kleinsten Kreise Eingeweihter und erprobter Mittäter und Verschwörer, hat die neue Bundesregierung unter ihrem Kanzler, dem bis dahin politisch umstrittenen Roland Gatzsch, ihre Inthronisation und ihre Komplizenschaft mit dem seit einem Vierteljahr in der Republik politisch mitwirkenden Militärrat gefeiert. Und das nur vier Tage nach dem Suizid ihres Außenministers, der sich am Ende seines letzten Amtstages in seinem Dienstzimmer in Berlin erschossen haben soll. Eine bemerkenswerte Koinzidenz in diesem immer merkwürdiger werdenden Land, der Mittelmacht Europas, die soeben verzweifelt dabei ist, aus dem alten Europa ein neues Europa zu kreieren. Dabei gefährdet die jüngste innenpolitische Entwicklung in der Bundesrepublik Deutschland eben diesen Konvergenzprozess, in dem die Europäische Kommission bei der deutschen Regierung nachprüfbare Verhaltensänderungen anmahnt und die deutsche Regierung als Reaktion darauf die europäischen Institutionen im Regen stehen lässt. Um sie zappeln zu lassen, bis neue deutsche Transferleistungen initiiert werden, oder um sie auflaufen zu lassen? Beobachter vermuten ersteres: Die national erstarkte Republik, Rechtsnachfolgerin des vor sieben Jahrzehnten untergegangenen Dritten Reiches, werde sich jetzt sammeln, auf ihre nationalen Werte besinnen, um dann nach einer kurzen Verschnaufpause zu versuchen, die Macht über ganz

Europa an sich zu reißen, so, wie die Deutschen das im vergangenen Jahrhundert immer wieder - und immer wieder vergeblich - versucht haben.

Das Feuerwerk-Spektakel, das die erstarkte Bundeswehr da gestern in den schwarzen Nachthimmel über Berlin geschossen hat, liess gegen Ende rot-gelbe Funkenteppiche auf die Stadt fallen, was wohl an die deutschen Nationalfarben Schwarz-Rot-Gold erinnern sollte – aber war das Gelb wirklich gelb oder gar gold oder regnete da symbolträchtig nur braune Sauce vom Himmel?

John Epstein liess die *Washington Post* nachdenklich neben sich auf den Rücksitz seines Dienstwagens sinken, auf die anderen Zeitungen, neben die Stapel bedruckten Papiers und seinen Aktenkoffer mit den Dokumenten. Alles Bullshit, dachte er, alles Spekulationen, aber, okay, die Kommentatoren durften im Meinungsteil ihrer Fantasie natürlich freien Lauf lassen. Wäre an diesen deutschen Allmachtsbestrebungen für Europa etwas dran, die Europäer würden schon aufeinander aufpassen. Der Präsident hatte ihn, den Direktor der CIA, auf das weitaus Besorgniserregendere angesetzt: mit allen Mitteln verhindern, dass Deutschland Stimmung gegen die NATO machte. Mit allen Mitteln – das hörte Epstein gerne.

Eines wusste er so gut wie sicher: Sein alter Freund Elmar hatte sich nicht selbst umgebracht. Das würde er, der alte Kämpfer, nie tun, dazu kannte John Epstein ihn zu lange und zu gut. Letztlich überzeugt hatte ihn vorgestern der verzweifelte Anruf dieser Mrs. Sawalsky oder wie die hieß, dieser langjährigen Vorzimmerdame von Elmar, die ja schließlich wusste, wie man den Direktor der CIA erreichen konnte: Elmar hatte ihr kurz zuvor noch angekündigt, eigenhändig Sicherheitssysteme zu aktivieren, eine Maßnahme, mit der er diese Putschregierung hatte anzapfen wollen, bevor er das Feld räumen musste. Jemand, der das so vorausschauend plante und vorbereitete – Frau Sawalesch, oder wie auch immer, hatte alle Einzelheiten aufgezählt – legt nicht 10 Minuten später Hand an sich; schon gar nicht his old Buddy Elmar. Frau Sawarskow oder so hatte Epstein die zeitlichen Abläufe exakt durchgegeben: Danach trat Elmars Exitus nicht mal 15 Minuten nach ihrem Telefonat ein. Undenkbar, dass er die Dienstwaffe aus alten Zeiten gegen sich selbst gerichtet hatte.

Die schwarze Lincoln-Limousine verließ den Stadtbezirk von Washington D.C. und fuhr nach Nordwesten. Die flachen Häuser, die die Straße säumten, wurden weniger und wichen kastanienbraunen und dunkelroten Bäumen, die sich im Indian Summer hier jetzt in ihrer letzten Schönheit zeigten.
Epstein erschrak bei dem Gedanken, dass der Tod seines Freundes die Folge seiner Enttäuschung über den Inhalt ihres Telefonats gewesen sein könnte. Abwegig, entschied er. Viel wahrscheinlicher war, dass der ehemalige Kanzleramtschef Dr. Elmar Gehrke dem amtierenden Unrechtssystem und seinen Machenschaften als Chef des Auswärtigen Amtes auf die Schliche gekommen war. Und daß er fündig geworden war. Bloß, weshalb hatte er dann hierzu keine Bemerkung oder wenigstens einen Hinweis gegeben, als sie endlich auf dieser abhörsicheren Leitung zusammengekommen waren? Nicht mal eine Andeutung. Oder hatte man ihr Gespräch doch abgehört? Auf jeden Fall musste Elmars Fund erheblich sein, sonst hätte man ihn nicht am Abend seines letzten Tages als Minister of Foreign Affairs liquidiert. Was noch für diesen Hergang sprach, war die Kaltschnäuzigkeit, mit der dieses Regime jenseits des Atlantiks nur vier Tage später ein rauschendes Fest feierte, ohne dass auch nur eine deutsche Flagge auf Halbmast gehangen hätte. Im Übrigen waren nach Epsteins langjährigen Erfahrungen quasi-diktatorische Militärregierungen in ihrer systembedingten Unbeholfenheit generell unberechenbar, weitere Spekulationen also überflüssig.

Je länger John Epstein darüber nachdachte, umso sicherer wurde seine Erkenntnis, dass dieses deutsche Unrechtssystem verantwortlich für den überraschenden Tod seines alten Freundes war. Und umso entschlossener wurde er, die Umstände dieses Todes aufzuhellen. Das würde Elmar zwar nicht mehr helfen, aber endlich diesen Anti-NATO-Virus bekämpfen, den seine Informanten in der neuen nationalen Regierung Deutschlands entdeckt und gemeldet hatten.

Er würde seinen Freund Elmar rächen, God bless him. Das war das letzte, was er noch für ihn tun konnte.

Der Lincoln fuhr durch bunten Blätterwald. Die Straßen trugen keine Beschilderung mehr. Der schwere Wagen kurvte behäbig in das Rondell vor dem Langley Research Center ein. Im Fond packte Epstein seine vertraulichen Unterlagen zu den Dokumenten in den Aktenkoffer. Ein amtlich-offizielles Mandat für geheimdienstliche Ermittlungen im Fall Dr. Gehrke, Minister of Foreign Affairs, Federal Republic of Germany, hatte er nicht, würde er aber auch nicht brauchen. Denn die faktische Macht dazu, die hatte er.

Ebenfalls im Anderwelt Verlag erschienen:

Was für ein Leben! Hineingeboren in die dunkelste Epoche der Neuzeit, wird der Protagonist dieser authentischen Odyssee konfrontiert mit menschlichen Grenzerfahrungen, wie wir sie uns, die wir in Frieden, Freiheit und Wohlstand aufgewachsen sind, überhaupt nicht vorstellen können: Hunger, Terror, Verfolgung, Vernichtungslager, Flucht, Gefangenschaft. Ständig in Gefahr, kein Ort, der dauerhaft Schutz und Sicherheit bieten konnte, Verlust der Heimat, Entbehrungen und Verzicht. Wie viele Menschen sind in vergleichbaren Situationen gescheitert?!

Nicht so Peter Gorew. Das Vertrauen auf seine Fähigkeiten und Talente, der Mut, sich in ausweglos erscheinenden Situationen nicht aufzugeben und allen Gefahren zum Trotz seinen Weg zu gehen, ein klares Ziel vor Augen und der unerschütterliche Wille, dieses Ziel zu erreichen, waren ihm Quellen der Kraft und der Orientierung. Nur dank dieser schier unmenschlichen mentalen Stärke konnte er die Wirren des Zweiten Weltkrieges schadlos überstehen und sein Ziel erreichen: ein neues, ein besseres Leben in Freiheit.

Der Leser wird förmlich hineingezogen in diesen geradezu unglaublichen Lebensbericht eines ungewöhnlichen Menschen und muss sich immer wieder vergewissern, dass es sich hier nicht um Fiktion handelt, sondern um die brutale Wirklichkeit eines gelebten Lebens. Die Lektüre dieser beiden Bände hinterlässt eine Fülle unauslöschlicher Bilder und eine tiefe Dankbarkeit für „die Gnade der späten Geburt".

Der Weg vom Don zur Isar
Autor: Vadim Grom

Band 1: ISBN 978-3-940321-12-1 — **€ 13.90 (D)**
Band 2: ISBN 978-3-940321-15-2 — **€ 14.20 (D)**

Ein bemerkenswertes Leben in der DDR: kein Anstehen in der sozialistischen Wartegemeinschaft, nicht Tempo 80 auf der Autobahn, sondern 180, keine schikanösen Grenzkontrollen … Ein angenehmes Leben, versüßt mit Privilegien und Partys, ein Leben, von dem der gemeine DDR-Bürger nur träumen konnte.
Aber da waren auch die Ängste der Andersdenkenden, die Sehnsucht der Ausreisewilligen, die Not der Enteigneten, das Elend der Knastinsassen. Und da waren an jeder Ecke die „Ohren", jene willfährigen Angestellten der Firma „Horch & Guck", denen so gut wie nichts entging. Ja, es war ein zwiespältig-schillerndes Leben, damals im schönen Arbeiter- und Bauernstaat – sagt eine bemerkenswerte Frau, die es wissen muss.

Wundersame DDR
Autor: Margot H.
ISBN 978-3-940321-08-4 **€ 9.90 (D)**

Afghanistan wird in Deutschland vor allem mit Krieg, Terror, Taliban, Chaos, Korruption und Drogen in Verbindung gebracht, nicht zuletzt deshalb, weil die Medien hierzulande fast ausschließlich über Kämpfe, Bomben und Tod berichten.
Der Auslandseinsatz der Bundeswehr indes wird eher mit „höflichem Desinteresse" begleitet – die Soldaten und ihre Angehörigen werden in vielfacher Weise alleingelassen. Anliegen dieses Buches ist es, in einem persönlichen Exkurs episodenhaft und exemplarisch das andere, das zivile Afghanistan zu zeigen.

Verteidigung am Hindukusch
Autor: Dr. Joachim Sproß
ISBN 978-3-940321-09-1 **€ 14.00 (D)**

Überzeugen kann nur, wer das, was er sagt, authentisch lebt. Dieser Leitsatz bestimmt mein Denken und Handeln und führt gleichzeitig hin zu der zentralen Fragestellung dieses Buches: Wer, wenn nicht ICH? „Strategie der Sieger …" wendet sich an Menschen, die spüren, dass ihnen die Herausforderungen des Alltags – Beruf, Karriere, Geschäfte, Partnerschaft, Familie, Selbstverwirklichung – allmählich über den Kopf wachsen und dass sich etwas ändern muss in ihrem Leben. Panta rhei – alles fließt – ist ein Leitmotiv dieses Buches, und alle denkbaren Problemlösungen setzen immer eines voraus: die Übernahme von Eigenverantwortung – Wer, wenn nicht ICH? Wer dieses Prinzip seinen individuellen Fähigkeiten und Talenten gemäß konsequent umsetzt, wird ein Sieger sein.

Strategie der Sieger oder Wer, wenn nicht ICH?
Autor: Hubert von Brunn
ISBN 978-3-940321-05-3 **€ 23.00 (D)**

Kriege werden aus zwei Gründen begonnen: Wirtschaft und Religion. In der Neuzeit ist es oftmals nicht zu übersehen, dass der Kampf ums Öl der wahre Grund für Kriege ist. Die Betrachtungen von Peter Haisenko zeigen, dass es bereits vor mehr als 100 Jahren nicht anders war. Politisch orchestrierte Lügen und Intrigen sind keine Er ndung der Neuzeit. Mit diesem Buch gehen Sie auf eine Reise durch das 20. Jahrhundert, und die Analyse wirtschaftlich-politischer Verknüpfungen lässt manche „geschichtliche Wahrheit" zweifelhaft erscheinen.

England, die Deutschen, die Juden und das 20. Jahrhundert
Autor: Peter Haisenko
ISBN 978-3-940321-03-9 **€ 24.90 (D)**

Auf keinem anderen gesellschaftspolitisch brisanten Terrain herrscht ein so geisterhaftes Diktat des Schweigens, des Verschweigens, des Schönfärbens wie bei Fragen rund um Migration und Integration.
Dieses Buch wagt sich weit vor, es zeigt mutig die zentrale Ursache jener längst aus dem Ruder gelaufenen Einwanderungsströme auf: das Tabu. Leidenschaftlich und mit lebendigen Beispielen räumt der erfahrene Sachbuchautor auf mit Lebenslügen, die unsere politisch Verantwortlichen uns seit 50 Jahren auftischen, um ihre Konzeptlosigkeit, ihr Zaudern, ihre Ohnmacht auf diesem grundlegenden Zukunftsfeld zu verschleiern.

Auf nach Germania!
Autor: Hans Jörg Schrötter
ISBN 978-3-940321-06-0 **€ 14.90 (D)**

Wer echte Demokratie will, muss als wichtigste Voraussetzung ein Finanz- und Wirtschaftssystem fordern, das die Macht des Kapitals bricht, der „wundersamen Geldvermehrung" durch Zins und Zinseszins ein Ende setzt und Korruption weitgehend unmöglich macht. Die Humane Marktwirtschaft wird das leisten, und nicht nur das. Sie wird den Menschen Freiheit schenken in bisher nicht gekanntem Ausmaß; ein Leben frei von Lohnsteuer und Inflation und damit eine zuverlässig planbare Zukunft. Um das zu erreichen, bedarf es keiner blutigen Revolution, sondern lediglich der Rückbesinnung auf die Grundsätze des Humanismus – und deren konsequente Umsetzung.

Die Humane Marktwirtschaft
Autoren: Peter Haisenko / Hubert von Brunn
ISBN 978-3-940321-13-8 **€ 15.00 (D)**